有爱的青春陪伴者

白日飞鸦 著

第二十三秒

At the
23rd Second

江苏凤凰文艺出版社
JIANGSU PHOENIX LITERATURE AND
ART PUBLISHING

**图书在版编目（CIP）数据**

第二十三秒 / 白日飞鸦著. -- 南京：江苏凤凰文艺出版社, 2025.6. -- ISBN 978-7-5594-8710-0

Ⅰ. I247.5

中国国家版本馆CIP数据核字第20253WM457号

## 第二十三秒
白日飞鸦 著

| 责任编辑 | 王昕宁 |
|---|---|
| 特约编辑 | 加　肥 |
| 责任校对 | 言　一 |
| 责任印制 | 杨　丹 |
| 出版发行 | 江苏凤凰文艺出版社 |
| | 南京市中央路165号，邮编：210009 |
| 网　　址 | http://www.jswenyi.com |
| 印　　刷 | 长沙鸿发印务实业有限公司 |
| 开　　本 | 880mm×1230mm 1/32 |
| 印　　张 | 11 |
| 字　　数 | 348千字 |
| 版　　次 | 2025年6月第1版 |
| 印　　次 | 2025年6月第1次印刷 |
| 书　　号 | ISBN 978-7-5594-8710-0 |
| 定　　价 | 45.80元 |

江苏凤凰文艺版图书凡印刷、装订错误，可向出版社调换，联系电话025-83280257

**001** 第一章　薄荷糖
他勾唇，语气略显玩味："弟妹好。"

**025** 第二章　蝴蝶
近得再上前一步，就能变成一个暧昧的拥抱。

**052** 第三章　热红酒
比起兄弟，更像情敌。

**085** 第四章　可乐
这难道就是，嫂子虽然还是我嫂子，但是哥不是我想的那个哥？

**125** 第五章　草莓
现在，他忽然懂了爱情跟赛车的不同之处。

**146** 第六章　荔枝气泡水
他看见——
周柏野在终点线前跟沈枝意接吻。

- 178 **第七章　纽扣**
  对我负责，沈枝意。

- 214 **第八章　早餐、午餐、晚餐**
  没有历史数据，得你建立了才知道。

- 245 **第九章　抹茶慕斯**
  不好意思，现在是我的了。

- 283 **第十章　流心蛋黄**
  他想跟她看日落，也想跟她看日出。

- 324 **终章　玫瑰**
  那确实是，他所经历的，最好的一天。

- 335 **独家番外一　爱人**
  不需要预测，几乎笃定，这种喜欢将只增不减。

- 341 **独家番外二　时光**
  新的一年开始，什么都在变化，唯独爱没有。

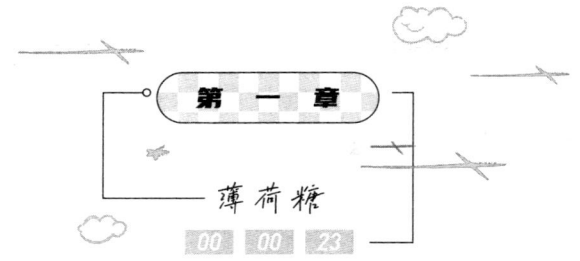

# 第一章

## 薄荷糖

前阵子回南天,浴室滴水,墙壁发霉,空气中都是鱼类腐烂的气息。

直到一场瓢泼大雨,自此绥北一直艳阳高照。

眼下四月,别的城市还在穿毛衣厚夹克,绥北已经风扇、空调轮班转。

沈枝意坐在位于绥北郊区的赛车比赛观众看台上,被下午两点的阳光晒得意志昏沉。她所在的位置是最佳观赛区,只可惜她根本分不清哪个车手驾驶、哪辆车,也记不清这些车跑了第几圈。旁边不时传来的欢呼和尖叫像是偶尔注射过来的清醒剂,让她打哈欠的瞬间就被惊醒。

旁边坐着的大哥被她逗笑,问她支持哪个车手。

沈枝意想不起来周梓豪的哥哥叫什么名字,随便往赛道里指了一辆。

就红色吧,喜庆,看起来跑得也挺快。

大哥露出一副果然如此的表情:"我看你就猜到你是冲他来的。是不是会玩赛车对你们小姑娘都挺有吸引力啊?"

沈枝意不知道他话里的那个"他"是谁,没接话,只笑了一下。过去她不想和人交流时通常都会这样,对方也都能识趣地从她的表情中看出她的兴致欠缺。

只可惜这位大哥不能。他换了个坐姿,把裤腰上别的奥迪车钥匙更完整地暴露在沈枝意眼前。

他刚进场时就注意到沈枝意,她长了一双圆眼,眼尾略微上挑,看向别人的时候总给人种善良、好说话的感觉,这种感觉在他看来归结于涉世未深、好哄。只不过她刚来时身旁有异性作陪,原以为是她男朋友,但开场不到二十分钟,那男的就离场了。

他用大拇指反复搓着食指,等了两三秒,舔了下干燥的上唇,率先笑了起来,打破寂静道:"我要是家里有钱,肯定不在这儿比赛。国内有什么好跑的,肯定得往国外走啊,你说是这个道理吧?"

沈枝意平时很少和人起冲突,哪怕被领导指着鼻子骂,也只会点头说"您说得对,我再拿回去修改一下"。

但今天实在是燥热,她的手机又一直响个没完,哪怕是请假出来跟男朋友见他亲哥哥,工作也没有放过她,各种群聊在屏幕上争先恐后地跳。种种因素叠加在一起,最后,她视线从赛道上那辆飞驰而过的红车上挪开,重新看向旁边这位眯着眼看她笑的男人。

等紧追在红车后的黑车轰鸣驶过,她才点头,语气温柔地送上了祝福:

"那祝你下辈子投个好胎,早日成为世界知名赛车手,为国争光。"

周梓豪接完电话回来,就见沈枝意站在入口处低着头看手机。

他走到她面前,递给她一杯冰美式:"不好意思,刚才有点急事。你怎么出来了?等我?"

沈枝意没接:"我不想喝这个,你自己喝吧。"

"刚才公司有点急事,所以电话打得比较久……"他说着自己都觉得这个理由实在说不过去,谁还没个工作,在来的路上沈枝意手机都没停过,于是咳嗽一声,转移话题问,"比赛怎么样?精彩吗?"

"还行。"沈枝意语气平平,简短回应后便拿出手机查看时间。

下午四点半,时间还早。她又说:"要是你公司有事要处理,我们可以现在回去。"

"不用啊,"周梓豪笑着拒绝她的提议,"我让同事处理也一样。"

他嘴上这么说,人却是肉眼可见的心神不宁,不时瞥向在口袋里响动的手机,也不知是太多消息还是电话根本没停。

沈枝意也看过去:"看来你刚才没跟你同事交接清楚。"

周梓豪盯着沈枝意,夸张地叹了一口气,说:"毕竟不是谁都像我女朋友这么聪明,对我了如指掌,不需要我反复解释。"

沈枝意没笑,抬眼对上他笑着的眼眸,重复了一遍刚才的提议:"你要是实在忙,我可以自己打车回去。"

周梓豪这次没立刻回绝。他的语言功能似乎受阻,想说些什么又没能说出口,一向能言善道的人沉默了好一阵,才说了一声"抱歉"。

"真的抱歉,宝宝,我保证绝对不会有下次,不然……"周梓豪难得语气迟疑,过了好一会儿才接着说,"一会儿我让我哥送你回去?"

"我哥"这两个字在他这儿属于生僻字。他们站的位置距离赛道还有好几级台阶的高度,居高临下的视角里,那辆红色赛车像团燃烧的流火,疾驰而过,留下的引擎声如巨兽咆哮,让他下意识地皱起眉。

他知道这并不是一个好主意,但口袋里的响动声实在让他左右为难。

沈枝意并不是外向开朗的人,不擅长与陌生人打交道,也总会因为找不到合适的话题而感到内疚。

更何况,这个陌生人还是男朋友的亲哥哥。

无论怎么想,都不是初次见面就能和谐顺畅进行交流的关系。

"不用了,你真的不用管我。"

她话音刚落,周梓豪的手机又开始响。他拿起来看了一眼来电显示,没接,挂了,但没过几秒,又开始响。

"你这样说,我会觉得你在生我的气。"他浓睫下一双清澈的黑眸认真地看着她,"我也想和你好好约会,看完一场比赛。"

手机在两人中间像定时器般响个没完。

他没接,也没关,见沈枝意侧过脸不搭理他,又伸手去捏她的手指。

每次两人意见不合,周梓豪都会用这招,利用一张英俊好看的脸,撒娇卖乖,把问题变成调情。

他捏着她蜷缩的手指:"这里这么偏僻,你坐陌生人的车我不放心。我保证,就这一次,以后我绝对不会抛下你。"

一只苍蝇在这时钻进他们的交谈中,"嗡嗡嗡"的低弱声响像赛道的回声,周梓豪抬手拍开,才看见两人头顶不知何时环绕了一片密密麻麻的摇蚊。

他伸手在她头顶挥开蚊群:"有蚊子咬你吗?这儿环境怎么这么差?要不然我还是先送你回去吧?"

他的动作像招财猫,又像雨刷。

沈枝意被逗得唇角上扬。

周梓豪见她笑也跟着笑,用撒娇的语气哄道:"真错了,下次再这样我任你处置。这回听我的,我让我哥送你回去,嗯?"

沈枝意这才问:"你哥长什么样?"

周梓豪拉着她的手,带着她往台下看。

"从红色车上下来的那个,就是我哥。"

比赛已经结束,但观众没有立刻全部离场,多数人在兴奋讨论着刚才的赛事。沈枝意站在出口的位置,频繁听见有人提起她手机通讯录里新存进去的名字:周柏野。

前面还有个前缀——冠军。

沈枝意踌躇许久,才找了一个面善的女孩子问哪个是周柏野,对方当时一脸惊讶的表情,随即卖力推销自己抓拍到的周柏野。

周围人都在等着离场,深度近视的沈枝意没细看,感激地说了几声谢谢就顺着人流往外走了。

此刻在相册里找出那张照片,她凑近一看,才懂对方所说的氛围感是什么意思。

照片里,一双骨节分明的手正在调整头盔,整张脸只有一双黑色的眼睛完整露出在外。那时阳光正烈,他的睫毛被汗水打湿,似乎察觉有人在拍,他掀眸,冷淡地投来一眼。

作为照片来看,这张确实富有艺术感。

可是作为"寻人启事",就过于高难度。

戴着眼镜的沈枝意尚且不能在找不同游戏中脱颖而出,更何况摘下眼镜。

参加比赛的十几号赛车手全部戴着头盔,戴红色头盔的也有好几个人,她实在没有一眼认出谁是周梓豪他哥的能耐。

沈枝意在原地迟疑了会儿,最后拿起手机,在通讯录里找到周梓豪帮她存进去的号码。

——周、柏、野。

拨通。

她低头看着墙根生出的绿色苔藓,等一队蚂蚁艰难地爬过小山丘,电话那头才从机械声切换成吵闹的背景音。

那边刚结束比赛的赛车手都还没走，正七零八落地窝在休息室里讨论着刚才的比赛。

猫牙是赫尔墨斯车队唯一的女车手，这次虽然没上场，但看完了全程，刚被拎着发表完意见，见队友饼干正沉迷游戏，便用手戳他的肩膀："你觉得我刚才说得怎么样？"

饼干头也没抬，随口敷衍道："说得不错，不愧是你。"

猫牙被他的态度气得牙痒痒，一巴掌拍在他后背上。饼干看着游戏里自己操纵的角色倒在了草丛旁，面无表情地抬头看着猫牙："趁现在周柏野不在，你过来，我们打一架。"

边上坐着的狐狸被吵得头疼，起身离开沙发这片是非之地："我劝你忍忍，他过会儿要送人，一晚上都不在。"

这话说得有歧义。

猫牙一脸"有八卦"的兴奋表情，问："送人？什么人？亲人还是情人？"

狐狸思索片刻，回答："亲人的情人？"

话题的中心人物恰好在此时脚步拖沓地走过来，他身上的赛车服没换，脖子上挂着一条毛巾。

他一出来，其他人立马七嘴八舌地问他什么情况，他在绥北哪儿来的亲人，又哪儿来的情人。

这群人没有别人接电话时要安静的自觉。

周柏野懒得在休息室召开记者发布会一般一一回答问题，也懒得走出去，就站在门边背对着身后那帮人，随手按了接通键。

在沈枝意说话之前，他率先开口了。

不是"喂"，也不是"你好"，而是——

"沈枝意？"

声音隔着电流传递过来，疑问句而轻微上扬的尾音，显得对方格外懒散，像刚睡醒。

比这更重要的是，在打电话之前和之后，一直苦恼于该怎么称呼对方的沈枝意因为他随意的直呼全名，而放心地丢下了"哥哥"这个难以启齿的称呼。

"嗯，我是。"

她停顿两秒，完成任务似的问："你是，周柏野没错吧？"

那边沉默了一会儿，才淡淡地开口："嗯，是我。"

"是我过去找你，还是？"

"你在哪儿？"电话那头的人问她。

"在……"沈枝意出于对赛车手认路的信任，开始描述，"我后面是一面画着很多圆圈的涂鸦墙，左边是观众席的一个出口，右边是一盏路灯，前面是一片空地。"

"行。"周柏野说，"那你就站在圆圈中间，等着别动，我让人过去接你。"

"好。"

电话挂断后，沈枝意扭头拍了张涂鸦墙的照片给周梓豪发过去。

沈枝意：画这个的人要么喜欢潇洒哥，要么喜欢吉原治良。

周梓豪明明在开车，消息回得却挺快：你怎么还在那儿？他人呢？

沈枝意：路上吧。

周梓豪回了个叩首的表情包，又说：他这人除了车，在乎的东西不多。你一会儿见着他直接叫他名字就行，路上要是尴尬你就做自己的事情，他不在意这些。

沈枝意从他的补充里听出点儿别的意思。她跟周梓豪交往四年，见过他妈、见过他继父，也见过他还在读高中的妹妹，但从没见过甚至很少从他嘴里听见过他哥。

为数不多的一次，还是某个周末的夜晚，两人喝酒看电影。

是一部亲情片，讲的是一对大山里的兄弟互相依靠最后去到大城市的故事。

沈枝意对所有亲情题材的电影都没有抵抗力。

周梓豪拿纸巾给她擦眼泪，说电影都是为了骗眼泪刻意安排的煽情剧情，现实中找不到几个这样的，没必要难过。

他提起七岁那年父母离异。他父母都是体面人，无论是财产还是孩子，分得很和谐，他哥归他爸，他归他妈。离异后，他妈迅速跟他爸之前的司机结婚扯证，而他爸带着他哥去了京北，一年中只有他和他哥生日的时候才会短暂聚两回。

"其实他们想要的孩子都是我哥,只可惜我哥只有一个。"周梓豪当时是这么说的。

她在生活中一直是个不太敏感的人,不能立刻察觉出朋友的情绪,从别人口中才知道关系好的某某是讨厌她的,也直到现在才发现当时的周梓豪平淡叙事背后的情绪。

但这种发现来得不合时宜,在她即将和他嘴里那个薄情寡义的哥单独相处时,才顿悟周梓豪刚才提议让他哥送她时语气中的迟疑。

她低头,摩挲着屏幕,慢吞吞地打字,回复:好,我知道了,你好好开车,别加班到太晚。

周梓豪笑着回了个语音:"行,你到家跟我说一声啊。"

沈枝意发了个表情包过去后,没再看手机。在原地等了大概五分钟,一名男性工作人员匆匆过来,带她去休息室找周柏野。

休息室离她刚才站的位置不是很远,步行五分钟左右。里面装潢简单,像是办公室改建成的休息间,饮水机、沙发、咖啡机这些东西倒是一应俱全。工作人员给沈枝意倒了一杯水,让她随便坐,说周柏野应该快洗完了。

沈枝意这才发现原来休息室里那扇关着的门后面是淋浴间。

工作人员笑:"特意改的。最近天气热,他们比赛完一身汗,很多选手会洗完澡换完衣服再走。"

沈枝意表示理解。她只是在外面走了一段路,后背都黏了一层细汗。

房间里的布局对她来说很新鲜,她忍不住左右张望。展览柜里格外珍贵地摆放着一堆赛车模型,桌上却七零八落地放着一堆杂物,一本舒马赫的自传压在冒着热气的泡面上。

"大家平常不这样。"工作人员怕沈枝意误会,立马跟她解释,"这比赛时间太早了,很多人都没来得及吃午饭。"

沈枝意摇摇头:"没事,我在家也这样。"

正闲聊着,淋浴间的门被人从内打开。

工作人员明显松了口气,一副如释重负的表情看了过去:"你终于洗完了啊,周哥。"

热气跟着周柏野开门的动作往外扑,他随便套了一条灰色卫裤,上身是一件白色短袖,上面没有任何图案,衣摆有些湿润,头发也滴滴答答地往下滚着水。

他没接工作人员的话,而是看了沈枝意一眼:"沈枝意?"

沈枝意点头。

"正好,走吧,我送你回去。"他将手里的赛车服丢给站在那儿的工作人员,弯腰从门口放着的袋子里捞了一条干毛巾,边擦头发边往这边走找手机。

工作人员抱住赛车服,有点儿蒙,道:"哎,周哥你去哪儿?下午不是还有一个活动吗?"

"我知道。我送完人再回来,来得及。"周柏野在桌上拿了自己的手机。未接来电清一色全是周梓豪打来的,见他没接,又给他发消息,翻来覆去都在说一件事儿,问他接到他女朋友没,记得送他女朋友回去。

周柏野回了一个"1"。

下面还挤着一堆人发来的消息,经理、队友、活动方,还有他爸让他去他妈那儿吃顿饭、他妈问他比赛结束没有什么时候走,这些他就懒得回了,直接将手机开了静音丢进兜里,在桌上捞了几颗薄荷糖,又将毛巾往沙发上丢。

接着,他冲沈枝意说:"走吧。"

沈枝意有些犹豫地看着他:"但我住的地方,离这儿没这么近。"

言外之意就是,你可能会来不及。

这话出来,工作人员先笑了:"别担心时间的问题,只要有车,时间在他这儿就不是问题。"

沈枝意不知道他们口中的那个活动是几点,但听他这么说也就下意识地觉得应该是来得及的。

"好,走吧。"

周柏野已经拿了车钥匙。准备出去时,工作人员又跟他确认了一遍:"活动是下午五点啊哥。"

"嗯。"他嘴里含着薄荷糖,说话有些含混,路过沈枝意身边时,伸手带了下她挎包的细带,"走了。"

沈枝意就跟赶场似的,还没坐下又跟着周柏野往外走。

穿过回廊,不时有人跟周柏野打招呼,有的是工作人员,有的是穿着赛车服的赛车手,称呼都不一样,喊他全名的有,喊他"阿野"的也有,年纪大点儿的也会喊他"小野"或是"小周"。这些各异的称呼他全部接受，回应招呼的方式也很统一——抬抬下巴、懒散地扯扯唇，露出敷衍的微笑就算完事儿。

这段路分明不长，但硬是走了好几分钟。沈枝意一直在默默算时间，那些揶揄玩笑的话都没往耳朵里进。

周柏野以为她沉默代表尴尬，于是问她："薄荷糖要吗？"

沈枝意一愣："啊？"

他已经摊开手，掌心里放着一颗蓝色的薄荷糖："这个，要吗？"

"谢谢。"

这种糖就是火锅店门口随意拿的普通糖果，薄薄一片，薄利多销。

她伸手去拿时，指尖似有若无地扫过他的掌心。

一阵轻微的痒，像是被蚊子叮了一下。

沈枝意没察觉这短暂的接触，边拆包装边问他："你们平常活动也这么多吗？"

周柏野说："要分情况。"

沈枝意又问："比如呢？"

"比如——"周柏野手里按着车钥匙，还在分神找停车场里究竟哪辆是他的车，语调慢悠悠地对沈枝意说，"冠军的话，活动和采访是要多点儿。"说完又闲聊般地问，"你们今天什么时候来的？"

沈枝意翻了下跟周梓豪的聊天记录，才说："下午一点半左右。"

周柏野"哦"了一声，又问："好看吗？"

他说话随性，话题不连贯，想到什么说什么。也因为过于随意，以至于让人轻而易举地看出他此刻所有的寒暄不过是为了让她感到舒服、不尴尬。

沈枝意原本还带着点儿见男友家属的拘束逐渐消失，格外坦诚地说："其实没看懂，在来之前我甚至不知道哪辆车里是哪个人，你们一共跑多少圈。"

周柏野手里转悠的车钥匙"啪嗒"一声落回手心，不远处，车喇叭"嘀嘀"地响。

他没往那边走，忽然停住脚步低头看着她。

沈枝意险些撞到他身上，有些莫名地停住脚步，也抬头礼貌地回视。

原以为这个注视也就几秒钟，不过是下句话前的铺垫，哪知道周柏野盯了她足有十秒的时间。他右眼下方那颗浅浅的褐色小痣都被她看得分明，眉眼、鼻梁、唇形，都能执笔落成一幅画——可就算是人物素描，也没有这么直白的对视。

沈枝意略微感到不自在，就要移开视线随便找个话题结束这奇怪的气氛时，对方收回视线，薄唇微掀，笑着问："现在呢？"

沈枝意茫然地瞪眼："啊？"

"现在再比赛的话，"他说着，又抬手，车钥匙勾在尾指上，晃着问她，"能认出来哪个是我吗？"

说实话，沈枝意有点儿摸不着头脑。

在她还没见到周柏野，只听见电话里的声音时，觉得他性格较冷，行事雷厉风行。现在，在此基础上，又多了些别的，比如随性松散、无厘头，以及全然不在乎别人的想法。

无论是搭话还是送她回家，只是基于他答应了要送她回去。两人有话聊，场子没冷下来就OK，至于话题是什么、合不合适，就不在他的考虑范围之内了。

许是沈枝意表情中的疑惑过于明显，周柏野懒懒地收回手："我以为他下次还会带你来。"

沈枝意更困惑："为什么这么说？"

周柏野说："他说你工作需要？"

沈枝意沉默了片刻，终于跟上周柏野的脑回路，诚恳地道："下次能认出来。"

她又补充："其实今天还不知道哪个是你的时候，我就发现场上的红色赛车是最引人注目的，最起码能让像我这种什么都看不懂的观众一眼发现。"

周柏野轻笑，挺有绅士风度地打开副驾驶的门。

沈枝意随口道了一声谢，从他身边绕过往车里钻时，听见他语调懒散地说："我也一样。"

沈枝意脑子像被糨糊填满。

什么一样？他也一样是什么意思？是觉得红车亮眼很满意，还是什么别的意思？

当她开始细品周柏野的话后，就隐约感到不对劲，另一种不自在从心底泛出来。

心里像有个小人拿着棒槌一下下敲着提醒她说，这不对，应该没有哥哥跟弟妹的相处会说含混不清的话让人去猜、去细品，甚至察觉到不一样的感觉，哪怕是他有口无心。

舌尖的薄荷糖化开，清凉感直入嗓子眼，她手指轻轻掐了一下掌心。

车门"啪"的一声关上，绕过车身的周柏野进了驾驶座。发动机的声音响起后，外面的偌大空间被正式切割成车里这狭小一块，不再有打招呼的人群，只剩下两人独处。

沈枝意决心不再多说什么，原本想在车上问的关于赛车的事情也绝口不提。

她低着头拿出手机，装作业务繁忙的样子翻着公司群。

但没想到周柏野问她想听什么歌。

沈枝意"啊？"了一声。

周柏野以为她不知道该怎么选，于是细化了选择："是中文歌还是英文歌？"

沈枝意手指停住，还是没抬头，随口道："英文歌吧。"

周柏野连接自己的蓝牙，播了一首Matt Wertz的*Snow Globe*。

沈枝意有些意外。她以为周柏野的歌单会是些炸耳的音乐，但没想到周柏野竟然听这么轻快的曲子。

"晕车吗？"周柏野又问她。

话题再度跳跃。

沈枝意摇头："不晕。"

周柏野看着前方，在摸到方向盘后，状态就一改刚才的懒散，唇边含笑地给了她个预告："那坐稳了。"

"嗡"的一声——

车开出了停车场。

沈枝意后仰，脖子都僵直，整个人如同贴在棺材板上。

这里位于绥北郊区，附近都是工厂，平时是封闭式管理，除了周末基本没有工作人员外出，所以这段路上没什么人，红绿灯也少，绥北那帮富家公子平时爱在这儿飙车。

周梓豪之前带着她跟朋友来这儿玩过一次，不过车速跟现在比起来，是天壤之别。

她觉得自己像是忽然被拎到悬崖边的小鸡，猝不及防就被人一脚踹了下去，陡然的失重感让她迟迟说不出话。

现在明白了，为什么他这么有自信一小时就能回来。

也终于明白，工作人员那句"别担心时间的问题，只要有车，时间在他这儿就不是问题"是什么意思。

这个速度，确实绰绰有余。

直到临上高速，他才放慢了速度。这时，他才想起旁边有个好久没说话的人，于是问："还好吗？"

沈枝意死死攥着自己的手机，往窗外望了一眼，指着距离收费站还有几十米远的行道树旁："那儿能停车吗？"

周柏野顺着她的手看了过去："应该可以。怎么了？"

"那靠那边停下吧，"沈枝意看着他，脸色苍白道，"我想去吐会儿。"

周柏野看着沈枝意蹲在地上吐得稀里哗啦。

他拧开一瓶从车上拿下来的矿泉水递给她。

沈枝意接过水，说了一声"谢谢"，拍着胸口问他："我不会耽误你时间吧？"

她的脸涨红，眼睛也红，蹲在那儿抱着膝盖，看着挺惨。

听到这话，周柏野笑了起来，薄唇微掀，那双略显薄情寡义的眼也跟着弯起些弧度。

他蹲了下来，手撑在膝盖上托着下巴，懒懒地平视着她，像路边随和的大哥哥提醒乱闯马路的小朋友，说："你还是先担心你自己。"

沈枝意回到家正好是下午五点，她完全没精力去关心周柏野迟到的活动要怎么办。

她甚至有些恶劣地想，比起坐他的车，自己还不如直接打车回家。

就算是打最便宜的快车，司机也不可能开这么让乘客难受的车。

这点胸口不停犯恶心的怨念让她没有对周柏野说句客套的抱歉，只在拉开车门的时候冲他丢了一声"谢谢"。

准确来说,是"谢谢啊"。

很轻的一声,尾音也刻意加重了点儿。她自己倒是挺满意这种既表达了不满又表达了感谢的语气,只可惜周柏野完全没有发现,他头也没抬地在回微信消息,语气比她更平淡地回了一声"不客气"。

沈枝意的那口气就这么被堵在了胸口。

接下来的一切都不顺——电梯维修,走楼梯上了八楼;打开门,养的金毛多比尾巴摇成螺旋桨,没跟平常一样扑上来表达欢迎,而是趴在地上一动不动。沈枝意疑心它又生病,蹲下来扒拉它的脑袋,才看见它压着咬烂的女士拖鞋。

多比害怕被骂,舔她的手,又将脑袋凑过来让她摸。

沈枝意深呼吸,全凭对它的爱意才强忍着怒火,摸了摸它的头,打开鞋柜又拿了一双拖鞋出来换上。然而,她走出玄关,才发现拖鞋只不过是开胃小菜,地上全是被撕碎的纸巾,东一块、西一块,像是北方的雪下在了她家里。

沙发也没能幸免,毛毯和公仔都被拖到了地上。

沈枝意扭头看着趴在地上冲她摇尾巴的多比:"你是因为今天一天没出门,所以才在家捣乱的是不是?"

多比"汪"了一声。

沈枝意又说:"那我现在带你出门,你能给我道个歉吗?"

多比贴过来用脑袋蹭她的腿。

沈枝意把自己哄得消了气,放下包,把地上的狼藉都收拾干净,水都没喝,给多比套上牵引绳就又出了门。

这时间,小区里的老人都带着小孩儿在外面玩,多数人对宠物的态度都挺友好,但住她楼上的老头格外刻薄,每回在电梯里撞见都会阴阳怪气地说"臭死啦,全是味",之后也总没事找事,跟物业举报过几次,说多比在电梯里尿尿、在小区草坪里乱拉屎。

物业看过几次监控,发现情况并不是这样后,深感疲惫地跟沈枝意委婉地说过几次,大致意思是老人家不听,以后你遛狗还是多绕着点儿他走,免得大家都麻烦。

现在不凑巧,正是那老头外出散步的时间,沈枝意没办法,只能带着多比出了小区,朝东边水库的方向走。

同事林晓秋发微信问她今天的赛车比赛看得怎么样。

沈枝意将遛狗绳套在手腕上,回复:一般。

林晓秋:我在微博搜关键词都说挺精彩啊,怎么到你这儿就成一般了?

沈枝意一言难尽地回:比赛结束才看懂规则。

林晓秋:……那你完了。Ruby姐说你今天看了现场肯定有所收获,点名让你负责新选题,反正阴阳怪气的,看得人不是很舒服,还艾特你了。你去看下工作群就知道了。

沈枝意点开工作群,消息已经99+。

最新的聊天都是还在加班的同事讨论晚上点哪一家的外卖。她点开艾特她的内容,消息就"嗖嗖嗖"往上跑,在半小时前的位置停了下来。

Ruby:关于赛车的新企划,你们谁目前手头上没事的扣个1。

大家都没吭声,Ruby直接艾特了所有人。

这时才有勇士率先出来抱怨:哪有空啊Ruby姐,反诈主题的都还在改,谁不是手头上好几件事在跟,都加班好几周了,哪还有精力跟新企划啊?

其他人都在跟话,说"是啊""忙死了""真的没空"。

Ruby回了个微笑的表情,又说:既然你们都没空,@沈枝意 你今天不是请假看比赛去了嘛,这个企划你来跟吧。

有人弱弱地问了一句:Ruby姐,我没记错的话,枝意现在不是有三个工作在跟进吗?她没精力接新的了吧……

Ruby:宣传海报、养生条漫,还有一个科普条漫,是什么很难的工作吗?科普条漫还刚好就是赛车相关,不是跟这个企划同一个主题?还省了再去查资料的时间,你要是觉得她忙,那你来接?

群里顿时鸦雀无声,直到人事出来问了句下午茶大家要喝什么,群里才又热闹起来。

她们项目组比较特殊,承接的都是别的公司没精力完成的美工工作,像需要一些插画或是漫画,都会找到她们代为完成。听起来没那么困难,奈何甲方要求都很高,对细节的把控更是到了变态的地步,大到人物的神态,小到人和人之间的间距,每个都要调十几个来回。

在今天之前,她已经连轴转近一个月,就算周末放假,在家也是加班。

昨天她第一次请假,Ruby没批,第二次拿着周梓豪截图给她的赛车比赛入场券，Ruby才勉强批了假，一边签字一边批判了遍她的业务能力，说让她去看就好好看，别再交些精雕细琢的狗屎上来，别说是给甲方，她看看都觉得垃圾。

沈枝意已经习惯Ruby的说话风格，点头说"好，知道了"。

当时尚且能够隐忍下来的怒火，在这一刻终于被点燃。她手指滑动屏幕，直接引用了Ruby艾特她的那句，站在路边打字回复"要不然还是算了吧，我怕我能力不够，交上去一堆精雕细琢的狗屎让甲方和您都生气"。

发送键就在旁边，发出去无非被骂一顿，最坏的情况也就是被辞退。她从毕业就在这家公司，接近三年的时间，没迟到、没早退、没犯过不可饶恕的错误，就连年假都没用完，已经算是仁至义尽，哪怕辞职去儿童游乐场做面部彩绘，都比在这儿受窝囊气强。

就在即将发出去的时候，她妈沈如清跟开了天眼似的打来电话。

多比听见铃声，就乖乖坐在地上等她。

沈枝意看着屏幕许久，才按下接通键。

"你怎么这么久才接电话？干吗去了？"沈如清的询问单纯只是习惯性斥责，不需要她的任何回应就跳到下一个话题，"下周你外婆生日，你有空回来吗？"

"我得看看。"沈枝意低头看着多比，无声地叹了口气，怕沈如清误会她不愿意回，解释，"最近工作比较忙，不一定能请到假。"

沈如清冷笑一声："你多大领导啊，公司没你不能转？当时你大学选专业我就让你别学美术别学美术，非不听，你张姨女儿学医现在在咱们市医院干得可好了，你呢？你公司我跟别人说，别人都没听过……"

——没出息，不争气。

这样的话沈枝意已经听过无数次。

沈如清太了解她，所以知道什么样的话最让她受伤，什么样的话最让她难受。

"你要是下周不回来，以后也别回来了。反正有没有这个家，我看在你那儿都一样。"沈如清撂下最后一句，"啪"地挂了电话。

——Ruby就是拿软柿子捏，你脾气太好了，我要是你我直接就辞职了。老娘不干了，不过就是一份工作，干吗非要拿乳腺安全来换啊，我直接回家啃老。

林晓秋安慰她的微信信息在界面黑了之后"叮"的一声跳了出来。

沈枝意：没事，我早就习惯了。

林晓秋：哎，我要是有你一半能忍，也不至于经常气得睡不着。不说了，明天公司见，楼下咖啡店请你喝咖啡。

沈枝意回了一个笑着说"好的"的表情包。

看出她情绪不佳的只有多比。它什么都不懂，也无法进行交流，晃着尾巴贴上来，坐在她脚边，睁着一双圆滚滚的大眼睛"吭哧吭哧"地喘着气盯着她看。

有这么一瞬间，情绪积累到泄洪点，眼泪就要飙出来，但沈枝意忍住了，这是在外面，这不体面。

她回到群聊界面，删了原本打好的字，重新编辑，回了个"好的，收到"。

然后，她抬起头，看着被风吹着晃动的树叶，又搓搓脸，最后蹲下来用力揉揉多比的脑袋。

她牵着多比回家，给它重新倒了饮用水、换了狗粮，之后就去浴室洗澡。

出来后，她给周梓豪发消息问他什么时候回，周梓豪说没那么快。

她进了卧室，关上窗户和窗帘，倒在床上后，听见手机又"叮咚"一声。

她关注的汽车博主发了新微博。

——在活动现场看见我男神了，九宫格合照献上～

周柏野。

没点开之前，沈枝意脑子里就冒出这个名字。

她趴在枕头上，点进去后发现果然，九张图里全是下午送她回来的那个人。

不知道他是用什么速度往回赶的，她原以为他会迟到、会耽误原定行程，结果他不仅没有，甚至还换了一身衣服。只有姿态和表情没变，哪怕位于照片中间，都一副事不关己高高挂起的姿态，仿佛只是被误拍进去的观众，唯一违和的是这观众实在惹眼。

沈枝意沉默着点了取关，将手机丢得老远。她把头埋在枕头里，原以为自己睡不着，脑子里想着太多事，结果还没想出个结果，就跌进了梦乡。

夜里不知道几点，她被开门声吵醒。

客厅的灯光从门缝里透进来。

多比跳跃的兴奋声和周梓豪低低让它小声点的声音一起传来。

沈枝意踩着拖鞋打开卧室的门，坐在沙发上一只手玩手机，另一只手安抚多比的周梓豪立马抬头。他脸上写满疲惫，问她："我吵醒你了吗宝宝？"

沈枝意站在门口没吭声。

周梓豪笑，冲她伸手："抱抱。"

所有委屈在这一刻找到倾诉点，她吸吸鼻子，朝他走去，然后扑进了他的怀里。

"不开心吗？下次我都会陪你的好不好？"

无论是温柔略带嘶哑的声音，还是他身上清冽的香水味，都足够让沈枝意感动并且得到安慰。

唯一奇怪的是——

他因为凑近而敞露鼓起的上衣口袋里。

放着一根不属于她的红色头绳。

夜里，周梓豪洗完澡出来躺在她旁边，问她："你觉得他人怎么样？"

没有指代性的一个字，沈枝意却听懂了周梓豪说的是谁。

沈枝意说："还行。"

周梓豪显然对这个含糊的回答不满，追问："哪儿行？"

这个问题稍显奇怪，沈枝意没说话。

周梓豪碰了下她的胳膊："他送你回来的路上没说些什么？"

沈枝意转过身看着他："应该说些什么？"

"比如他这次待多久、什么时候走之类的。"周梓豪说。

沈枝意沉默片刻，才说："你为什么觉得，他会跟我说这些？"

"别多想，我只是随便问问。没说就算了，睡吧。"

周梓豪没再说话，沈枝意却难以入眠。她看着天花板不知道过了多久，才喊他的名字："周梓豪。"

他声音含糊："嗯？"

"你口袋里的皮筋，"她声音平静，和他刚才说话的语气相同，问，"是谁的?"

"什么皮筋?"他似是压根记不起来,回想了很久,才"哦"了一声,笑道,"同事啊。你不是知道阿牛头发长,他最近在模仿什么艺术家,加班的时候还跟我展示他精妙绝伦的扎头发技术,大概是什么时候塞进我口袋的吧,忘了拿回。阿牛就是这样,你又不是不知道。"

"……哦。"沈枝意闭上眼睛,这次才轻声说,"睡吧,我困了。"

第二天,沈枝意到公司。部门例会上,Ruby把赛车相关的项目资料给了沈枝意,说这算个重点项目,让她跟部门另一个人一起负责,但沈枝意主导,那人只是辅助。通常这么说,也就意味着你忙不过来再去找他,忙得过来的情况下别轻易去烦别人。

散会后,Ruby又单独把沈枝意留下来:"你是不是觉得我在针对你?"

她倒是开门见山,把沈枝意问得愣了一下,才说:"我没这么觉得。"

每天谎言数量发生最多的场合就是职场。

"没有"就是"有","好的,收到"就是"滚吧,烦了",见面的阿谀奉承转身就是冷脸白眼,每个人都是川剧变脸传承人并且演技绝佳。

最起码现在,沈枝意的演技达到巅峰。

"这个项目又不是白让你跟,咱们公司不一直是多劳多得嘛,工资是你自己拿又不是给我拿的,而且你就没有一点儿危机感吗?"Ruby说到这儿,刻意停顿了一会儿,"公司去年新来的实习生都开始带项目了,你还停在这儿,不觉得可能是你完成工作的方式出错了吗?"

沈枝意不能理解Ruby说的话,他们这工作能自由发挥的部分很少,甲方需求都非常细致,包括这个人在什么场景下应该是什么姿势、穿什么样的衣服,全部是规定好的,按照既定要求完成工作,哪能有什么不一样的方式。

Ruby说某某某在甲方的需求之外额外提交了一套自己的方案,结果甲方大为赞赏。她说沈枝意最大的问题就是墨守成规,游戏规则说怎么玩,她就一点都不会求变,只完成别人要求的事情是永远不会出彩。

"甲方的要求是A,你不能只看到A,你得看到比A更多的东西,明白就出去做事吧。"

沈枝意很想说自己不明白。

一个科普类公众号要怎么看到比科普更多的东西,这是个巨大的难题。

林晓秋在旁边出谋划策："要不然你试试加点八卦呢？我每天关注那么多公众号，最爱看的还是明星八卦，谁谁谁当小三啦，谁谁谁看似好男人其实出轨啦，还有那种无从证实的八卦，上回我就看到一个说某明星在床上喜欢飙东北话，你看，就这短短十几个字，场景、声音同时出现了，我甚至能脑补出他说了什么，不比认真科普类的文章好看多了？"

后面工位的大哥都听乐了："林晓秋你这平时看的东西上不得台面啊！"

林晓秋脚踩着地面，坐着工作椅转到后面去说："成年人的快乐无非财和色。你看之前咱们企划的一期裸聊诈骗的文章，不是一夜之内10W+阅读量？都上网了，不得看些刺激的？人的私欲嘛，无非就是这样。"

沈枝意竟然被林晓秋说服。

她在网上很直白地搜了一下赛车圈刺激的八卦，跳出来的第一个关联词就是周柏野。

——宋蕾和周柏野约会被拍。

写这条新闻的人估计和林晓秋共脑，文案挺吸引人：顶流小花宋蕾与大热赛车手周柏野停车场约会，车内共处接近半小时的时间！前阵子宋蕾和季延礼的新剧刚播完，"送礼"CP粉还正上头，女方就换新欢爱上赛车手了？这下季延礼怎么办？

评论区已经骂起来了。

季延礼的粉丝是骂得最凶的：滚啊，你闲着无聊吃口屎都要带上我们家季延礼，不然没流量是不是？

宋蕾的粉丝喊"非官宣不约"，顺便宣传宋姐姐的新剧：来都来了，不如看看职场菜鸟是如何一步步拿下整个公司的吧！没剧可看，认准宋蕾就对啦！除此之外，都不约哦～

周柏野的粉丝来得最晚，但也出乎意料被点赞在了最上面：你说周柏野跟人去酒店开房我信，说他跟别人在车里约会你是认真的吗？他可是别人在他的副驾驶吃东西都受不了的人啊……

楼中楼深以为然：点了，之前老赫出的纪录片，我看鲨鱼进周柏野的车都要先擦一遍鞋，编料能不能先动动脑子？

…………

整整1000+的评论区，沈枝意光点了几个前排就大为震撼。

林晓秋问她:"你怎么这个表情?怎么了?找到灵感了?"

沈枝意说:"我只是在回忆,我那天是怎么在他车上活下来的……"

大概是因为她在要吐的时候及时申请下了车。

无论宋蕾跟周柏野是什么关系、在车上到底发生了什么,从这个角度琢磨点什么显然不行,蹊径过于狭窄,顷刻间很难被寻觅。

好在Ruby知道自己平常压榨太过,没有强行摁着人加班,到下班的点还在群里@所有人,让大家工作做完就早点回去。

只是大家都没动,默认加班半小时后,才有人伸着懒腰站起来。

沈枝意望了眼窗外的天色,霞光灿烂,云跟对面的高楼几乎连在一起,阳光从中往下渗。她拿着手机拍了一张,发朋友圈问:除了这些,还看见了什么?

周梓豪几乎秒回:或许你应该看见我的车?在你照片下边,你公司楼下。

沈枝意立马拨了个电话过去:"你怎么这个点下班?"

周梓豪说:"接你去你妈那儿啊,我昨晚不是跟你说过吗?"

沈枝意完全不记得了。她收拾了东西往外走:"我现在下来。"

上车后,周梓豪例行关心地问她今天上班怎么样。

沈枝意说还行。

周梓豪又问她累不累。

沈枝意说还行。

周梓豪突然来了一句:"那你爱我吗?"

"还行"两个字就在嘴边,沈枝意面无表情地扭头看着他。

周梓豪笑得整个人都在抖,手握着方向盘边看前面的红绿灯边跟沈枝意说:"怎么不说话啊你?行吧,我贿赂一下你,"他从口袋里摸出一个东西递给沈枝意,"送我女朋友的礼物。"

沈枝意打开,是一支口红,某品牌新出的色号:"怎么想到买这个?"

"不喜欢吗?"

"不是,只是比较意外。你之前送的要么是香水,要么是包。"

从来没有送过口红,也压根不懂口红。

"那不得变化一下,不然老是送一样的多没新意。试试看喜不喜欢呢?"周梓豪替她把上方的遮阳板化妆镜打下来。

枫叶红的颜色，正好弥补了她被工作摧残得苍白的面色。

周梓豪妈妈家在鹤沙的别墅区，周梓豪没立刻开车回去，而是先去绥北中学接了他妹曹疏香。

曹疏香今年十七，正读高二，校服不好好穿，偷偷拿出去改短一截，出校门之前用外套在腰上打个结，一出校门立马解开外套露出同样被改窄的校服上衣，一身青春洋溢，拉开后座门上车就喊了一声"姐姐好"。

周梓豪不满意，问她："我呢？"

曹疏香嬉皮笑脸："姐夫好！"

周梓豪被气笑："你是她家的是吧？"

曹疏香从书包里掏出手机："是啊，你可得好好表现，不然我让我姐随时给我换个姐夫。对了，姐夫，妈说大哥今天回来吃饭，真的假的？"

"真的啊，"周梓豪说，"不然你妈为什么允许你今天回家？"

"……啊？他还真回来啊？"曹疏香顿时瘪了嘴，连手机也没劲儿看了。

她不太喜欢周柏野，跟周柏野完全不熟。不同于她被周梓豪带大的亲近，周柏野几年才见得着一回，而且见面时对方都冷淡，她被妈妈摁着喊"哥哥好"，他坐在那里，记忆中是在开可乐还是牛奶，总之，手上在做的事情没停，也没抬眼看她，只是"嗯"了一声表示回应。

她最开始觉得周柏野不喜欢她。

后来，她发现自己错了。

周柏野不是不喜欢她，而是不喜欢他们家所有人。

厨师已经做好了饭。

客厅里，周梓豪的妈妈张正梅和继父曹征都坐在沙发上。平常两人感情好，只要在家都会坐得较近，今天两人中间却隔了一只叫虎虎的狸花猫。张正梅抚摸着虎虎的脑袋，看着电视里的天气预报和坐在另一头的周柏野闲聊，问他什么时候离开绥北。

"后天。"

他正在回消息，没抬头，分明不是在自己家，却是全场最自在的一个。

周梓豪脚步停住，站在那里看着客厅里的周柏野，一时间没有动。

曹疏香扯扯周梓豪的袖子："哥，你不进去我不好意思进。"

沈枝意有些意外，她和周柏野相处只觉得他恣意妄为，但并不觉得他吓人。

曹疏香的反应，几乎让沈枝意以为，那天所见到的周柏野已经拿出了十足的社交礼仪，才对她如此礼貌友善。

她也跟着停在那里。

屋外三人，屋里两人。

每个人都有自己的阵营，泾渭分明。

只有周柏野坐在沙发角落，最靠近门的位置，手肘撑着膝盖，垂眸看着自己的手机。

是个不需要分辨，就能够一眼看出的外人。

周梓豪和周柏野没话说，小时候没有，长大也没有。

一顿饭吃得无比尴尬，曹疏香这种在饭桌上爱分享自己校园生活的话痨都埋头苦吃。

曹征有心缓和气氛，却不知该说些什么，生意场上的话术全部失效，局促地搓着手指。

张正梅给沈枝意介绍周柏野，说这是周梓豪大哥，比周梓豪大两岁。

周柏野没吃几口饭，只在刚上桌的时候用筷子拨了一下米饭，挑了几筷子面前的蔬菜，之后就不再动。他倒也没走，只是坐在那里。桌上放着的手机不停地在振动，他偶尔划拉一下，更多的时候，注意力都在绕着他脚边打转的虎虎身上。

他拆了一根猫条喂虎虎。对于张正梅前面的介绍，他都没什么反应，在她说他常年在国外时，才勾了下唇。

张正梅说："按照关系，枝意你可以称呼他'大哥'。"

沈枝意停下筷子，曹疏香又屎又不爽，很低地"啧"了一声，嘀咕："见谁都拉着人让喊大哥。"

曹征抬起筷子警告性地敲了一下她的手背。

周梓豪说："也大不了多少，喊什么大哥，俗不俗？"

张正梅不满："从进门我也没看你喊声哥哥，你的礼貌都去哪儿了？"说着，她眼风又扫向瘪着嘴的曹疏香，"还有疏香，你是哑巴了吗？"

曹疏香平时在家是小霸王，曹征宠着她，她又是张正梅唯一的女儿，跟周梓豪比起来，张正梅对她更溺爱些，很少说重话，只有在周柏野来的时候，才会跟平常不一样。

她攥着筷子，不太服气地喊了一声"哥哥"。

张正梅又看周梓豪。

周梓豪皱眉，已然忍到极致，即将发火。

沈枝意及时拉住他的手腕，看向始终置身事外、仿佛桌上的一切纷争都与他无关的周柏野。

"大哥好。"

她语气和缓，引得周柏野脚边的虎虎弓起身懒懒地打了个哈欠，"喵"了一声朝她蹭去。

周柏野抬头，看见那天坐他车上拉紧安全带的人，礼貌地笑望着他。

她生疏地向他自我介绍："我叫沈枝意。"

人的一生总会有一个瞬间，觉得自己此前的人生可笑。

周柏野听各种人用玩笑的口吻说起自己的过往，比如爸爸出轨被妈妈捉奸在床，还有长大后才知道自己竟是私生子……豪门并不缺乏各种各样的事故和故事。

周柏野很少提起自己的事情。

但现在，他觉得确实挺可笑。

他妈、他爸之前的司机、他妈和司机生下来的女儿、跟他同个爸妈的弟弟。

这些人跟他都沾点儿关系。

属于哪怕关系不好，以后也得参加彼此葬礼的存在。

这顿饭吃得客气礼貌。

或许也确实是想他，只是这种想念不需要见面。

见面就因为尴尬和疏离而变得让人烦躁。

他烦躁，他们也烦躁。

所有人各怀心思，毫不知情的只有他弟的女朋友。

那个不认路、站在圆圈中间的人。

她这会儿也没找清楚路，所谓的邀请只不过是多一个人多个话题让场面没那么尴尬。

可惜她并不清楚，所以笑得礼貌客气。

"嗯。"

周柏野手撑在桌面上,视线笔直地望过去,脸上懒倦的表情没有收。

他勾唇,语气略显玩味:"弟妹好。"

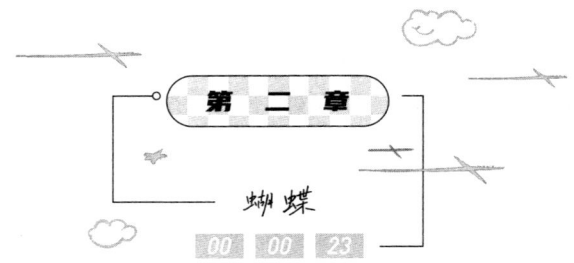

## 第 二 章
### 蝴 蝶
00 00 23

沈枝意之前看过一个综艺节目，叫《打造空间》。讲知名设计师给普通家庭装修房子，其中有个家庭中有一对兄弟，年龄相近，住在二居室次卧的上下床，夫妻俩的诉求是让兄弟俩有自己独立的空间。只是空间哪怕再怎么拆分，房间也总有优劣之分，一碗水总是很难端平。

哥哥觉得自己的房间没弟弟的大，弟弟觉得自己的房间没哥哥的漂亮。

父母在旁边跟节目组说笑，兄弟哪有不打架的，打打闹闹才是一家人。

眼下，张正梅显然也这么想。她面带笑容，一会儿看看周柏野，一会儿又望向周梓豪和曹疏香。大概饭桌上只有她一人脑子里上演着合家欢，其他人眼神游离，看桌面、看菜碟、看虎虎，反正就是不看人。

尴尬而又微妙的时刻，沈枝意收到工作上的信息，Ruby问她有没有空电话沟通。她指着手机，对张正梅和曹征有些抱歉地说自己出去接个电话，推开门走到屋外才给Ruby拨电话过去。

Ruby说蝉知那边希望晚上八点能开个线上碰头会议，初步沟通一下想法。

沈枝意拿远手机看了眼时间，七点四十分。

Ruby问她："你有空的吧？"

"有空。"

"行。会议室号我一会儿发你微信，记得不要迟到。"

挂了电话，沈枝意就近去了拐角处的空地，只来得及粗略扫一遍蝉知公众号的资料，就进了会议室。

这不是第一次和蝉知合作，只是上一回跟他们对接的是部门年资最高的小苏姐。工作结束后，小苏姐跟脱了层皮似的，在办公室叫苦连天，抱怨了一通对方的骚操作，包括但不限于需求上写着小蓝人最后却要求她画个绿的，再用软件操作成走路时变成蓝的，站定时变成绿的，给的理由是这样护眼又好看。

小苏姐晕厥，趴在桌上跟他们说珍爱生命远离蝉知。

她得知沈枝意这回要接蝉知的项目后，也一脸同情地给沈枝意传授和那边接洽的要诀，很简单，就一句话：无论对方说什么，"好的，收到"可迎万难。

线上会议还有三分钟开始时，沈枝意看见Ruby和蝉知那边的人一起进来。

视频没开，蝉知那边的人说："最近状态不好，不方便见人，就电话沟通吧。"

是个男的，声音挺好听，像个主播。

Ruby笑："我刚想说今天没化妆，能不能申请不开视频，小郁总您就先说了，真是万分感谢。参加会议的，还有这次负责这个项目的同事沈枝意。枝意，跟大家打个招呼。"

沈枝意礼貌地全部问候了一圈，说很荣幸能负责这个项目，又说希望以后能合作愉快、多多指教。

蝉知那边的人除了Ruby嘴里的小郁总，还有三个人，一男两女，都是文案组的。

会议室里一共六个人，她算着这场会不会这么快结束，本打算找个台阶坐下，结果曹征从屋里出来抽烟，沈枝意耳朵里正塞着耳机，随时要回应电话那头，见状只好默默后退，钻进了后方敞开的杂物间。

那小郁总耳尖，问："有人在外面是吗？"

沈枝意有些尴尬："是的。"

小郁总笑："真是抱歉，这会开得突然，没提前通知，耽误大家时间了。大家不用太严肃，项目结束前还有很长一段时间要共事，随意就好。"

他这话说完，他的同事就立马附和，大家和谐相处，有啥直接沟通，就比如这次企划他们这边的想法是吧啦吧啦吧啦。

一长串要求就跟过年的鞭炮似的，压根不知道尾在哪儿，响个没完了，放在古代写在竹简上，都得用完一整片竹林的竹子。

她起初听得认真，还打开手机备忘录记，但记着记着就发现压根没这个必要。

蝉知的男工作人员说，这次画风希望能够精致点儿，就跟国外的少女漫画画风类似就行，毕竟他们后台数据显示女性读者居多，又都偏年轻化，赛车这个主题听着就青春洋溢，而且还有现成的人可当作主角，偶像化的塑造更吸睛。

蝉知的女工作人员A就反驳，这不符合他们的定位，他们走的是认真科普路线，服务的都是想认真获取知识的人，风格早就成型，乍一从认真严肃的科普类转变为少女漫，阅读量极有可能惨淡。

等A说完，女工作人员B又急忙发表自己的观点。

沈枝意默默停下打字，发现这原来是个倾听会。真就如小苏姐所说，压根不需要有什么自己的想法，甲方的想法已经足够多，她只需要当个捧哏，用语气词表示自己还在线没有挂机。

注意力默默飘向门外，张正梅种了很多花草，正对着房门的不知是月季还是玫瑰，正开得灿烂，院子里亮着昏黄的小灯，花瓣是黑色的。

黄光、黑色，所以花应该是红色的。

她抬手，百无聊赖地比了个照相机的手势，用正方形把花定格在中间。这种"照相机"是最环保的，不需要电也不需要钱，只需要手指动动就能用眼睛捕捉最高清的春景图。

"咔嚓——"

她左右手的拇指和食指同时动了下，画面里的花却忽然被遮挡。

黑色裤子和白色卫衣出现在了正中间。

沈枝意的手停住，耳机里的Ruby在这个时候问她："枝意，你怎么看？"

"我觉得——"话说出口的时候，挡住光源的人已经看了过来，他手里也拿着手机，有些意外地挑了挑眉，似乎没想到她这么大了还会玩手动拍照的幼稚游戏，但也没让开，就这么站在那儿挡着她的画面，略微偏头，比起询问更像是明知故问，表情仿佛在说："需要我走开让给你拍？"

她声音应付着工作，说："都挺好的，大家的想法都很不错，我会好好参考。"眼睛却看着周柏野，试图用手指着手机让他明白自己刚才只是为了打发时间。

但周柏野好像会错意，直接也进了杂物间。

沈枝意的声音顿时卡壳。

蝉知的人对她说:"那之后就要麻烦你多多费心啦,这次原型就按照周柏野来吧。周柏野,你知道吗?"

有些滑稽。

耳机里念着的名字变成了眼前站着的人。

他扬眉,用口型问她:"怎么了?"

"我知道,"沈枝意艰难地对电话那头说,"我看过他的比赛和现场。"

要被当作原型的人没骨头似的靠在墙上看着她。

沈枝意原本很想问他干吗要进来,这么大的别墅难道只有这个门是开着的吗?但很快她听见院子里张正梅和曹征说话的声音,就明白了缘由。

张正梅问曹征:"你怎么不进去?"

曹征笑着拖长嗓音说:"我怕他尴尬。"

张正梅明显不赞同:"怎么会,孩子都这么大了,早就懂事了,你别老提醒自己,自然点儿,你跟梓豪不就相处挺好吗?"

曹征叹气:"梓豪跟柏野能一样吗?"

话题中心的人神色如常。杂物间的灯没开,只有屋外那盏照明的小黄灯亮着,光鬼鬼祟祟地钻进来,偷偷摸摸地照在他身上。

沈枝意压低声音对手机那头蝉知的人夸赞周柏野的话附和说"是"。

——新锐赛车手、粉丝很多、长得很帅、性格很酷、家境富裕,上辈子大概做了很多好事,所以这辈子buff开这么足。

一通彩虹屁的最后,对方又有些遗憾地补充:"就是私生活好像很乱,到时候内容上我们会避免这方面。"

沈枝意担心耳机隔音差,话被他听见,哪知道杂物间外面的谈话比耳机里的更劲爆。

"我当初接送他上下学那么久,他也是一直喊我'曹叔叔'。现在我们结婚,你说孩子心里能舒服?"

"……都这么久过去了。之前他不也见都不愿意见你嘛,现在能在一个桌上吃饭,就说明已经接受了。"

"我也愿意这么想。比起梓豪,我更难面对柏野,每回见到他,总觉得愧疚。"

"别这么说，你又没做错什么，感情上的事哪有什么对错。"

沈枝意被动地听完。

手机里，蝉知的小郁总已经退出了会议，只剩下三个跟Ruby关系不错的工作人员，在跟Ruby聊着八卦，说前阵子狗仔拍到的周柏野和宋蕾的绯闻，又说赛车手的私生活能有多干净，有钱又追求刺激，还能玩纯情跟人在车上纯聊天？也就是他们公众号定位的原因不能写，不然跟某营销号一样发个八卦的预告图，不就能天天热搜站岗？

几人都跟着笑。

沈枝意呼吸变得很轻，在这间狭小的屋子里，那双漆黑的眸在昏暗光线中笔直地看着她的眼睛。

"枝意？还在线吗？"

"可能信号不好，要不然今天就到这儿？时间也不早了，明天还上班呢，别耽误你们的时间。"

"行行行，那下了，等明天再群里详聊一下方案。"

"好。"

"啪嗒"几声，Ruby和蝉知的几个工作人员都下了线。

线上会议里只剩下沈枝意一个人的头像亮着，麦克风的小标识也亮着，里面代表声量的横线"一格、两格、一格、两格"故障一般循环跳动。

是呼吸声。

沈枝意贴着墙面。

戴着美瞳的眼睛不再有视力模糊的困扰，于是更加清晰地看见他下眼睑如蝴蝶翅膀一般的睫毛阴影。

他看着她，手里拎着明一阵灭一阵的手机，手指晃动，手机也跟着晃动，地上的影子也晃，唯独他的目光不晃。

沈枝意没来由地攥紧手机。心虚让她说不出质疑的话，尴尬也让她无法率先挪开视线，否则对视就因为她的躲闪而变得不再清白。

直到周柏野伸手，将手机丢进卫衣口袋里，食指和拇指却成了直角，两边会合——不久前沈枝意手里的"照相机"来到了他手里。

他懒散地靠着墙面，将沈枝意框在了"照相机"中间。

"注意点儿啊。"

他打破寂静，声音懒洋洋地对她说："你的罪证被我抓住了。"

"喵——"

虎虎不知从哪儿蹿过来，避开光源钻进屋子，高高竖起尾巴，贴着墙角蹿到周柏野旁边。它明明是周梓豪养大的，却对周柏野百般谄媚。

"虎虎，过来。"

周梓豪不知何时出现在门口，手里拿着一根逗猫棒。虎虎听见自己的名字，却缓缓在周柏野脚边趴下，露出肚皮看着周梓豪。

周梓豪看了它会儿，又看向沈枝意，问她："忙完了吗？"

"刚忙完。阿香呢？"

"写作业去了。我妈还问你要不要吃甜品，你还吃得下吗？"

"吃不下了，谢谢阿姨。"沈枝意说着发现另一个人被排除在对话外。

周梓豪"嗯"了一声，这才问对面蹲着用手机逗虎虎的周柏野："你这次在绥北待多久？"

周柏野说："看我心情。"

周梓豪又说："我以为你今天不会过来。"

周柏野笑了一声："我也这么以为。"

这句式他之前用过。

赛车场上送沈枝意回来的时候，说的那句"我也一样"。

这时候沈枝意才发现他那话并没有任何含义，只是习惯使然。

懒得动脑筋想着该怎么回应，索性把敷衍写在了脸上。奈何中华文化博大精深，简短几个字拼凑起来又经过语调的润色，就让敷衍都成了让人多想的暧昧。

周梓豪揉了揉酸胀的脖子，问周柏野："没约卢彦他们吃顿饭？你走后他们可变化不小，结婚的结婚、改行的改行，黄祺还开了一家酒吧，要是知道你回来，肯定会约你过去坐坐。"

周梓豪说的这些朋友，沈枝意都见过，据周梓豪所说，是他还小的时候就认识了，算发小。

卢彦和黄祺年纪都比周梓豪要大点儿，一个大三岁、一个大五岁，平时一块儿相处却没有哥哥弟弟的照顾感，反倒更像是损友，只要坐下玩笑就开个不停，"卢老板""黄总""周校草"这样的称呼以恶心彼此为乐，关系是真好。

周柏野却像是没想起来他说的这些人都是谁,隔了会儿才说:"再说吧。"

回家的路上,周梓豪始终沉默,途经好几个红绿灯都一言不发。

他的手机连着车里的蓝牙,卢彦打来电话:"梓豪,我在新闻上看见你哥回绥北比赛了,他真回来了?"

"你怎么不直接联系他?"周梓豪冷淡的回应让电话那头的卢彦和身边的沈枝意都感到意外。

沈枝意朝他看了一眼,窗外的路灯一盏盏擦过,他的表情冷淡又厌倦。

沈枝意微愣。

卢彦便笑了:"发消息没回我这不才来求助你嘛,你帮我约他一起到黄祺的酒吧坐坐?"

"再说吧。"周梓豪说,"我帮你转达,但我最近没空。"

卢彦这人粗线条,听见这话也没心没肺地说声"好",然后就匆匆挂了电话。

沈枝意看着前面亮着的红灯。

周梓豪问她:"你们刚才在里面聊什么了?"

"我的耳机隔音不好,电话会议里提到他可能被听见了,仅此而已。"

那天,周梓豪第一次对她问周柏野的事情,她当时想周梓豪可能是不开心她和他哥走得近,这种不开心基于女朋友与男性独处而作为男友会产生的微妙情绪,但现在她发现不是这样。

周梓豪所有的在意都像是小孩子看见属于自己的朋友被抢后的闹情绪,他在意的不是她和周柏野独处,而是她作为他女朋友,和他关系冷淡的哥哥谈笑风生。

"他或许跟你想的不太一样,"周梓豪目视前方,没再打官腔,非常直白地说,"他跟我们不是一个世界的人。"

周柏野是个什么样的人?

百度只罗列他的荣耀,不评判他的为人。

微博真假混杂,爱他的为他冲锋陷阵,不爱他的说他扰乱赛车圈风气,运气大于实力。

沈枝意在网上看他的资料与新闻，最后在纸上写下"待定"两个字。

林晓秋看她神色倦倦，问她要不要喝咖啡。

两人就到楼下的咖啡店一人买了一杯拿铁。外面春光正好，位于市中心的大楼享受着绥北最繁华的景色，不远处就是大型公园，后面十几万一平方米的楼盘倒映着正午耀眼的光，穿着漂亮的网红带着摄影团队和装衣服的行李箱到处取景拍照。

沈枝意和林晓秋等咖啡的工夫已经看见了好几位绥北当地的知名网红。

林晓秋说："人和人的差距就是，这个时间我们在当牛马，她们在当美女。"

沈枝意笑："知足吧，没看技术部那边忙得连午餐都没时间吃？我上厕所的时候碰见技术部刚来的实习生妹妹，她一脸痛苦地问我加班是常态还是偶然事件，我都不忍心跟她说技术部不加班才是偶然事件。"

"唯一可以聊以安慰的只剩下因为工作太忙，我妈都不给我介绍对象了，说我在银行上班的表哥都没我这么忙！"说到这儿，林晓秋忽然想起沈枝意的男朋友就是银行的，"你最近加班这么频繁，你男朋友没说什么了？"

"没啊。他很少在意这些，他自己工作也忙。"

"你男朋友还挺识大体，我记得去年他生日你加班没时间陪他过，他还在公司楼下自己拿着蛋糕等你，当时Ruby都羡慕了。我记得她还跟你说让你跟你男朋友好好谈是不是？说这样的男人市面上难找。哎，你知道吗？我这段时间从别人那儿听了一个八卦，说Ruby和市场部总监有一腿，哇，那男的可是有老婆的！"

工作时间出来摸鱼，无论聊什么，最后话题要么是骂公司，要么是聊同事的八卦。

林晓秋说着说着，发现沈枝意在看手机，没听自己说话，便有些不满地喊她："这位美女，你在干吗？能不能尊重一下我们Ruby姐？"

"在看日期——"沈枝意有些茫然地抬头，看着林晓秋，说，"今天是我男朋友生日？"

"……你问我？"林晓秋手指着自己，一头问号，"我确定他是你男朋友？"

今天真是周梓豪生日。

但他没有任何提醒,仿佛今天只是最寻常的一天,早上出门的时候跟往常一样提醒她记得好好吃饭。

沈枝意沉默片刻,给周梓豪发消息:你今天加班吗?

周梓豪回:估计要。最近挺忙,怎么了?

这时沈枝意也就确定,他大概率自己都忘了今天是他生日。

她抿唇,回复:没事,我今天也没这么早下班,如果你先到家,记得遛多比。

周梓豪回了个表情包,又说:好。你加班太晚的话,记得自己吃晚饭。

"你男朋友还是这么体贴。"林晓秋瞥了一眼沈枝意和周梓豪的对话,又看沈枝意表情有些奇怪,问她,"你怎么这个表情?"

"如果——"沈枝意的目光还停留在周梓豪发的那个表情包上。

一只黑色小猫悲伤到扭曲拼命掉眼泪的动图。

她之前没看周梓豪发过。

她语气尽量委婉,像倾诉别人的事情,问林晓秋:"一个人忽然开始买之前没买过的东西、用之前没用过的图,这说明什么?"

可惜沈枝意的功力还没修到家。

如果是Ruby在场,询问感情的事情,会先转移话题,提些公司其他人的八卦,再顺其自然地在八卦中穿插自己想问的东西,显得不过是她从别人事件中产生的困惑或得到的感悟。

至少林晓秋立马就听出沈枝意口中的"一个人"大概率是她男朋友。感情问题不好处理,劝和劝分都不合适,尤其是她跟沈枝意虽然关系不错,但也只是比起寻常同事要关系更好些,还不到能给情感建议的地步。她想了想,才对沈枝意说:"可能是工作原因接触到新的朋友?我之前跟新的甲方合作,也会因为工作联系频繁,沾上些对方的口癖。"

手中的餐铃"嗡嗡"作响,林晓秋急忙说自己去拿咖啡。

沈枝意一个人坐在椅子上,盯着那张小猫动图看了好一会儿,才点开周梓豪的朋友圈。

非常干净,一条内容都没有,只有一道横线。

上面写着:

——朋友仅展示最近半年的朋友圈——

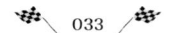

她准备退出去的时候,忽然注意到,周梓豪朋友圈的背景图换了。

之前是她伸手摸多比的照片,现在换成了一张风景照。

周梓豪见她许久没回,问她:很忙吗?

他头像没变,还是多比晒太阳的照片。

沈枝意:嗯,很忙。

周梓豪:好,那你先忙,我也工作去了。

沈枝意没再回复。

晚上八点,办公室的人陆续起身准备下班,沈枝意没动。

林晓秋收拾完东西看她还在画图,问她:"你男朋友不是今天生日吗?你还不走?"

"也不急这一会儿了。你先走吧,我忙完就走。"沈枝意说。

林晓秋打哈欠:"好吧,那你注意安全。"

等人都走了,沈枝意才慢吞吞地收拾东西。

她到楼下直接打了一辆出租车,到周梓豪公司楼下,下车却没上去。

高楼大厦灯火通明,一楼大堂里,就连前台打着哈欠还在查看电脑。

她站在原地给周梓豪打了通电话。

响了足有十几秒后,那边才接电话。

沈枝意问:"你下班了吗?"

"哪那么快啊宝宝,我倒想马上下班。怎么了?你下班了?"周梓豪在电话那头笑着问她。

沈枝意语调淡淡:"没有,只是想问问你忙不忙。"

"忙啊,但应该忙完这一阵就好了,到时候我带你出去旅游?想去哪儿,国内还是国外?"

"再说吧。"沈枝意说,"等你忙完再说吧。"

"好,你回家也注意安全,到家跟我说一声。"

"嗯。"

沈枝意挂了电话。

她不清楚这变化究竟是从什么时候开始的。

是头绳出现的时候,还是给她买口红的时候,又或是最开始使用新的表情包的时候。

外婆在这时候给她打来电话,问她下班没有。

她还没跟家里人提起过自己有个交往四年的男朋友,咳嗽了一声平复语气,才用唠家常的语气对外婆说:"我刚下班,你跟外公在干吗呢?"

"能干吗呀?你外公在公园跟人下棋还没回来,我在看新闻呢。"

沈枝意是外公外婆带大的。但不同于别的留守儿童,沈如清也和他们一起生活,只是沈如清工作繁忙,周末都不见得有时间好好陪她吃顿饭。

外婆知道她工作繁忙,很少主动给她打电话,怕她在公司不方便接,今天忽然打过来,多半是为了上次沈如清给她打电话,结果两人不欢而散的事情。

果然,没说几句,外婆就问她:"枝意,你这段时间一直没给你妈打电话吗?"

"最近工作比较忙。"

外婆叹气,说沈如清年纪大了,身边亲戚朋友的孩子都在身边,她看着难免羡慕,脾气又比较急躁,但心是好的。

话说到后头,还是让沈枝意多体谅,不要跟沈如清计较。沈如清说话不好听,那就左耳进右耳出。就算有天大的不愉快,她们都是母女,无论怎么说,沈如清都是爱她的。

沈枝意垂眸,看着自己的鞋面:"好,我知道了,我会给她打电话的。"

外婆满意地说"好":"那你在外面照顾好自己。有时间回来,外婆给你做好吃的。你忙去吧,照顾好自己身体,一个人在外面,别那么逞强。"

"外婆——"沈枝意喊住她。

外婆在那头笑呵呵地问她怎么了。

"抱歉外婆,我最近很忙、非常忙,我们领导给我新分配了一个项目,要是能完成的话,会有额外的奖金,钱不少。你生日我赶不回来,但你能不能等等我?等我忙完这个项目,带你和外公出去旅行。"

她有一瞬间,很想对外婆说,她谈恋爱了,男朋友对她很好,但现在男朋友好像出轨了。

也想说,工作其实没有她说的那么好。公司很大,在行业内很有名,可是上班真的很累,新项目虽然有钱拿,但是忙到根本没有自己的时间,也失去精力去关注身边发生的事情。

所以,她没时间去想跟沈如清的矛盾,也想不起来周梓豪是从什么时候开始变的。

但这些话全部说不出口。

挂了电话后,沈枝意又给沈如清打了一通电话。

最开始沈如清没有接,电话不过响了几声就提示对方正在忙碌中。

沈枝意已经习惯沈如清的冷暴力,神情木然地挂了又打了几次过去。到第四次时,沈如清终于接了电话,冷声冷气地问她:"你有什么事?"

"你还在上班吗?"沈枝意耐着性子问。

"不然我在家绣花?"

"……我跟外婆在电话里说了,工作比较忙没时间回去,过阵子五一小长假我会回去看你们。"

"别、别你们。你回来要看就看你外公外婆好了,跟我哪有话聊。从来只要我不给你打电话,你就不知道给我打一通。我哪敢让你回来看我啊,你就好好搞你的美术,成为一个大画家,以后我给你外公外婆换个大电视,让他们想你了就在电视上看就行。"

沈枝意被讽刺得哑然,沉默了许久才问:"你一定要这么说话吗?"

"那你挂了吧!"沈如清刚拔高音量,那边立马有她同事的声音问她怎么了,她又温声说没事,而后不等沈枝意回应,就匆匆挂了电话。

沈枝意把沈如清的手机号拉进黑名单,隔了两秒,又放出来。

她大学的时候很少给沈如清打电话,舍友关系熟络后好奇地问她:"枝意,你都不跟你妈打电话的吗?"

她当时觉得难堪,被动地觉得自己不够孝顺。这种认知让她痛苦,然而在每一次自我检讨过后,又会因为和沈如清的沟通不畅而陷入更深的痛苦。

这种恶性循环像是身体同时出现两道伤口,而她只有一个创可贴。

她走到路边,没等到出租车,打开手机却怎么都点不开软件。

"你没事儿吧姑娘?"推着婴儿车出来遛弯的老奶奶关心地问,她扶着推车在下面篮子里找出婴儿湿巾,递给沈枝意,"来,拿纸巾擦擦,工作上的事儿吧?嗐,没什么过不去的坎儿,总会好的。"

沈枝意被动地接过纸巾,想解释自己没哭,却发现手在抖。

她机械地道了一声谢,拿着那张湿巾,直接从周梓豪公司走回了家。

近两个小时的步行路程。

环江大桥上匆匆赶路的人很少,都市人的繁忙都挤在中间川流不息的车行道。隔几米就有一盏路灯,黑色的江面被风吹起银色涟漪,走在她前面的一个穿裙子的女生拉着男朋友的手说,现在有三个月亮,手指着天上,嘴里数着一个,又指着江面,两个,最后笑眯眯地指着她男朋友,有些不好意思地凑到他耳边,像是在说第三个。

男生被逗得直不起腰,笑声无比夸张:"哇,你给我来土的,肉不肉麻啊你。下次再有这样的话私发给我,让我来当这个闰土好吧?"

女生也笑,余光瞥见沈枝意走在他们身后,以为她放缓速度是因为他们挡住了路,拉着她男朋友走到栏杆边让开道路,故意指着江面让他看看里面有没有鱼。

沈枝意低着头从他们身边路过。

女生压低声音对男朋友说:"美女哎!"

男生有些无奈:"你看看我呢,帅哥哎!"

又是一阵笑声。

沈枝意跟周梓豪的交往不是这样的。

她性格偏淡,哪怕说些玩笑的话,周梓豪也要反应一会儿,才意识到她刚才是在跟他逗趣。

"——早知道你喜欢玩尬的,我追你的时候就多看几本冷笑话了。"

他会笑着跟她这么说,从来不隐藏自己的爱意,总会第一时间为她应援:在她被领导否认的时候,给她发一堆消息夸她,"画得好看""超好看""简直就是世界名画""没人比你更会画画""你的手就是为画画而生",说到词穷,就跟她站在一起,说她领导缺少一双分辨美丑的慧眼。

大学同学说周梓豪简直就是"他超爱"的最佳诠释。

哪怕最开始大家觉得他"中央空调"、对谁都不错、跟女生相处距离感拿捏不是很到位、总给人一种谁都有机会的错觉,但跟沈枝意确认恋爱关系之后,这些缺点都跟海市蜃楼似的,不过是认知偏差。

舍友玩笑般跟沈枝意说,你就是周梓豪最好的医美。

最初沈枝意也会反复警醒自己,不要因为爱情而觉得对方完美。

但女生天性越久越依赖,她性格温暾,做决定需要很久,就好比去年下定决心想辞职,辞职信都写了好几个版本,一年多过去了,她仍旧在这家公司没挪窝。

改变比按部就班的忍受更需要勇气。

这段漫长的路几乎让她看完了平时坐车时没注意到的绥北。

快走到家的时候,周梓豪给她打电话,问她下班没。

沈枝意说自己快到家了。

周梓豪一怔,随即笑了:"快到是具体到哪儿了?多比说它想去接你,多比——"他话筒往下移,让沈枝意听见多比的叫声。

"快到小区了。你带多比遛弯直接回去吧,我有些累,不想逛,不用等我,我直接回去了。"

"你怎么了?"周梓豪柔声问她,"怎么听起来很疲惫,是工作太累吗?"

哄人的语气听起来深情。

沈枝意疲于应对,随口"嗯"了一声。

"那我背你回去?你往前面看看呢?"他声音落下的时候,前方一到金黄色的影子蹿了过来,被解开狗绳的多比热情地围着沈枝意来回转圈。

穿着居家服的周梓豪晃着狗绳站在不远处冲她笑,暖黄灯光温暖地笼罩在他周身,他偏头看她:"回家吗,沈画家?"

沈枝意挂了电话,站在那里,看着周梓豪一步步朝她走过来。

他弯腰给多比重新拴上狗绳,想要去拉她的手,沈枝意却提前将拐在肩上的包提在手中。

周梓豪没察觉异样,眯着眼问沈枝意:"你是不是忘了什么?"

沈枝意抬头看他。

他笑起来有酒窝,黑色线衫显得他像个男大学生:"你男朋友生日啊沈小姐,又忘了是吧?你去年怎么答应我的?"

沈枝意错开视线:"今天太忙了。"

"嗯哼。"周梓豪一副没脾气的样子,"没关系,不用为此费心,我会自己哄好自己,还买了蛋糕在家里等你。走吧,回家吃蛋糕去。多比馋得不行,几次跳到桌上,要不是我及时拦住它,它就成奶油小狗了我跟你说。哎?你说奶油金毛这个IP怎么样,能不能跟黄油小熊一样火起来?"

多比不满地"汪"了一声。

吓得前面练滑冰的小男孩急忙喊奶奶。

周梓豪低声制止:"多比,No!"

沈枝意像个观察者,冷眼看着。

她脑子里充斥的所有问号都淡了,什么时候开始的、对方是谁、到哪个地步,以及,究竟是不是、有没有其他可能性,这些全不见了。

她发现所有这些希望得到回答的疑问,不过是说服自己继续跟他在一起的理由。

生日蛋糕是沈枝意喜欢吃的抹茶慕斯。

周梓豪为了安抚多比,给它开了一个罐头。

沈枝意一根根插着蜡烛,点燃火柴,关掉灯,看着周梓豪在她对面许愿。

他放在桌面上的手机屏幕亮着,有微信消息跳出来。

"希望我们沈老师,能别那么忙,早日升职加薪,身体健康万事如意;还有我们多比别再那么调皮,早点儿学会自己下去遛弯;还有一个最重要——"他没看手机,而是睁开眼,在烛光中看着沈枝意的眼睛,笑道,"希望小沈永远爱小周。"

这个蛋糕他们没吃完。

沈枝意一口没动,周梓豪吃了一块后将剩余的放进冰箱里。

沈枝意坐在客厅,看了眼墙上挂着的时钟。还没到十二点,今天仍是周梓豪生日。

周梓豪站在厨房门口看她,忽然喊她的名字。

沈枝意抬头看向他。

他笑:"这样看你,感觉像回到大学,还没追到你那会儿,我喊你,你总是这么冷淡地看着我。"

"有吗?"沈枝意不记得了。

"嗯。"周梓豪走过来坐在她身边,双手撑在腿侧,低头看着自己跟沈枝意的情侣拖鞋,"你那会儿真挺冷,感觉谁也追不到你。要不是我长得帅,你是不是也不会搭理我?"

这种玩笑话,沈枝意现在没心情接。

"明天晚上有空吗?"话题陡然急转弯,周梓豪拿出手机给她看微信群聊,是跟卢彦那帮人的群,里边很热闹地在组织明天的活动,消息一条条往下跳，有说去酒吧的，也有说去烧烤野营唱歌的。

"他们说要给我庆祝生日。本来非要今天，但我说今天只能跟你过，换明天，明天——"他皱了下眉，整个人后仰，靠在靠枕上，手指绕着沈枝意的长发，轻笑着抱怨，"说明天正好也给周柏野接风洗尘。你说这帮人是不是有病，哪有把生日跟接风宴一起办的，但也确实有段时间没聚了，明天一起吧？嗯？算我今天的一个生日愿望，我明天来接你？"

沈枝意没说话。

周梓豪立马拖长嗓音："去——吧——不然卢彦他们都带女朋友，我跟他大眼瞪小眼？你不是说你目前的项目还有细节要问问专业人士嘛，嗯？"

现实和偶像剧最大的差别就是，人做不到像女主角一样善良、纯粹、果断。

她犹豫的表情被周梓豪捕捉，他手指着沈枝意，故作不满地轻哼，嘴里说着现在心动了是吧之类开玩笑的话，然后伸着懒腰站起来，跟沈枝意说自己要先去洗个澡，便直接进了卧室。

他的手机又响了一声。

站在衣柜前的周梓豪表情冷淡了下来。

曾羽灵给他发来五十多条微信，问他在哪儿、她为什么打不通他的电话。

他直接删了聊天记录，又把曾羽灵重新放进微信黑名单里。

又一条消息跳出来。

卢彦：你女朋友怎么说，来吗？

周梓豪：嗯，应该是同意了。

卢彦：行，那明天还是按照计划来。你别掉链子啊，我之前发你的求婚流程自己多看几遍。

周梓豪笑：放心。

卢彦：你也别太放心，万一她不答应呢？

周梓豪回了个"滚"，语气无比笃定：不可能的事。我知道她爱我。

晚上两人没有同床，沈枝意借口身体不适。

周梓豪拿着自己的枕头去次卧，站在门口问她："发生什么事了吗？"

沈枝意将手机充电，没回头："睡吧，晚安。"

周梓豪没强求，温声说了句让她好好休息，便进了次卧。他心里忐忑，求婚的事情在心里揣着，边上还摞着一个名为曾羽灵的定时炸弹，他不接电话她就换微信，微信被拉黑就找两人共同的朋友给他消息轰炸。

——梓豪，你要不然还是给她回个消息吧，我是真怕她出事，发的消息怪吓人的。

附的聊天记录里，曾羽灵不断询问周梓豪为什么不回她的消息、为什么不接她的电话，朋友表示自己也不知情，让她冷静，她却仿佛陷入情绪的黑洞，无法挣脱，一会儿说求求你让周梓豪给我回个电话，一会儿问他自己是不是很糟糕。

朋友吓得不行，发了长段语音。

"我知道你也很难，但我女朋友前段时间见过她一次，说她精神状态不太好，入睡要靠安眠药，平时一天三包烟。她家里人知道她的情况也懒得管，说都是她自己作的。唉，不管怎么说，同学一场，你就当应付一下，万一她出事了……还是不太好。"

周梓豪下意识地在口袋里摸烟，发现没有。为了不让沈枝意发现他学会了这个，都放在公司了，这会儿心里的烦躁就像是四月天里有人端了盆炭火过来，烧得他太阳穴都疼。

他把手机丢床上，推开窗透了会儿气，又捡起来给朋友回了个知道，在通讯录黑名单里把曾羽灵放出来。

在打过去之前，他走到门口，锁上房门，打开音响随便放了一首能掩盖声音的音乐。

一切准备就绪，他才拨去电话。

不过两声，那边接通。

周梓豪还未开口，曾羽灵就带着哭腔不停地哭求。

"对不起对不起，我错了我真的错了，我不会再不停地给你打电话了，你不要不理我好不好？我求求你，你别拉黑我，你不允许的话，我再也不烦你了，你把我微信放出来好不好，我求求你……"

周梓豪靠着墙，音响里播放着沈枝意喜欢的歌曲。

……But one day, came in a storm, knocked down my door.

屋外的多比听见声音，用爪子在刨门。

记忆里穿着校服喊他周梓豪的女生，好像跟着高中时期一起走远了。

他疲倦地蹲下身,仰头看着屋里的吊灯。

"曾羽灵,我也求你放过我吧。"

沈枝意夜里想了不少事。

成年人的分手没有那么简单,她现在住的是周梓豪的房子,搬走找房子需要时间,收拾东西也要时间,工作日不行,那时候要上班,尽管硬要抽时间也不过是劳累一些,但最好的方案还是找个周末让搬家公司一趟拉走。

东西都好分割,两人不是夫妻,没有什么共同财产,衣服、包包、鞋子之类,不会担心归属权模糊,周梓豪也不是小气到计较这些东西的人,唯一难办的只有多比。

多比是她生日时周梓豪送她的,之后两人一直共同抚养。周梓豪无论是手机壁纸还是头像全是多比,她不确定到时候真分了,多比她能不能带走。

这么一细想,唯一头疼的只有多比的归属权。

但她没有房,如果要带着多比走,得找个空间大些、附近能遛弯的房子才行。

这些意外周梓豪全部不知情。

他甚至没想过沈枝意会跟他分手,他睡了又醒、醒了又睡,一整晚梦见的全是曾羽灵,从两人的高中时期,一直到曾羽灵高考失利随便报考了一所专科学校。后来曾羽灵哭着问他为什么要跟她分手,两人的共同朋友也都在旁边附和说"周梓豪你这样真的挺过分"。

梦里有真实也有虚构的部分。

最起码当初曾羽灵拿到专科录取通知书,退出高中所有群聊后,两人共同的朋友并没有说过周梓豪一句,甚至安慰他说这跟他都没有关系。

他醒来后是晨间六点,带着多比去附近公园跑步,顺便给沈枝意买了份早餐放在桌上。他洗了个澡出门准备上班时,又退回客厅给沈枝意写了张纸条,提醒她晚上别忘了有聚餐。

下午六点。

周梓豪结束所有工作,难得没加班,收拾完东西径直离开办公室。

绥北下起了小雨,卢彦打电话问他要不要换到室内。

他看了眼天气预报,说:"这雨下不了多久,没事。"

但现场还是受了影响,原本想放的烟花放不了,大屏上全是水珠。

来负责布置的工作人员看着雨越下越大，撑着伞跟周梓豪确认一些环节还有没有必要。

这么一通忙下来，周梓豪想起给沈枝意打电话时，已经过了七点半。他匆忙到室内打给沈枝意，问她下班没。

沈枝意那边却有雨声，隔着电流，她的声音显得冷漠："你发我地址吧，我已经从公司出来了。"

周梓豪把地址发给她。

上车时，她肩膀都是湿的，从包里拿出纸巾擦干，揉成团丢进了包里。

她思绪很乱，一整天脑子里都跟进了糨糊似的，唯一想好的就是，今晚聚餐过后回家的路上她就跟周梓豪把话说开。至于究竟是从他最近的变化说起，还是直接说分手的结论，沈枝意还没完全想好。

两套方案都大概有了话术。

她会冷静、果决地，结束这段感情。

然后带走多比。

等车到了地方，沈枝意才隐约察觉不对劲。

这是黄祺开的一家网红店，平时小红书和抖音上不少绥北年轻男女打卡，内容多半是求婚相关。因为场地足够大，布景又特别浪漫，室内墙壁上挂满了各种花，室外的小天台正对着绥北的巨型摩天轮，围栏用星星灯做点缀，地面铺的是玻璃，下方是踩一下亮一个的爱心感应灯。

但这时，她以为是卢彦要跟女朋友求婚，所以周梓豪才让她一定要来。

直到上楼，推开天台的玻璃门，才看见鲜花尽头的大屏幕上写着她沈枝意的名字。

老实说，她压根没什么第一反应。

无论是荒谬、震惊还是什么别的，全部没有。她大脑里一片空白，宕机了整整三秒，直到周梓豪被起哄朝她走过来，她才扭头就走。

在场的人愣了一下，想过沈枝意可能会感动，也可能会震惊，但没想过她会转身离开。

周梓豪也愣在原地。

最先反应过来的是卢彦，他推了一把周梓豪："追啊，等什么呢你？"

周梓豪这才像重新拧开发条的机器人，追赶而去。

里间没什么人，电梯却停在一楼迟迟不上来。

周梓豪在她身后喊："宝宝，你怎么了？"

所有争吵她全预演过，但刚才看见的场景让她说不出话。她跟周梓豪相处的这些年，见过他所有样子，自以为足够了解，现在才发现自己片面了。

怎么能有人无耻到这个地步？一边出轨，一边深情地准备对她的求婚。她胃里往上涌着酸水，在周梓豪追上来前，直接推开旁边一扇虚掩的房门，"啪"地重重关上。

沉闷的一声把周梓豪所有困惑都震出了一道缺口。

他这时才感到心虚，过去和曾羽灵所有接触，自认为没有踩上出轨的红线，充其量也不过是隐瞒。当时能说服自己心安理得的借口，在这一刻却失效，他感到恐慌，并因为这恐慌而迟迟说不出话。

隔了好久，才知道拍门。

"你听我解释，事情不是你想的这样。"

他在门口这样喊。

屋里没有大灯，黄祺为了追求氛围感和体现自己的创造力，在每一层里都特意装了一个休息室。

房间不大，只能放得下两个懒人沙发和一个投影仪。

黄祺当初说的是，方便告白、约会、搞事。

前两样时常发生，最后一样第一次上演。

因为沈枝意进来后发现，周柏野也在里面。

他坐在靠近门口位置的懒人沙发上，懒散地伸着腿，手里拿着遥控器，正在找电影看，听见声响抬头，和沈枝意愤怒的眼眸撞了个正着。

门被拍得"砰砰"作响，他弟周梓豪的声音从门外传进来。

"——你听我解释。"

哦。

周柏野扬眉，心说有意思。

他丝毫没有撞见情侣吵架的难堪。

甚至因为被张正梅要求一定要来而略感烦躁，但眼下出现的这一出戏，倒让他来了些兴致。

他坐在懒人沙发上没起，目光就这么懒懒地投在沈枝意身上。

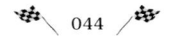

"这门没锁。"他提醒,"你要是一直不说话,他随时可能进来。"

沈枝意本没想搭理周柏野,却因为他这句话而下意识地抵住房门。

周柏野笑,似夸赞般"嗯"了一声。

沈枝意没有看他,而是对门外的人说:"你走吧。有些事情我不想说得那么直白,我不信你不知道发生了什么,不要装傻了好吗?"

门外的周梓豪听罢,解释得更急:"我没做过任何对不起你的事情,在一起这么久,你难道不相信我吗?"

周柏野听着觉得这语气比当初问他爸爸妈妈为什么要离婚的时候还要焦急。

"有意思吗,周梓豪?"沈枝意以为自己足够理智,然而开口还是忍不住问出那句烂俗的话,"……你们什么时候开始的?"

"我跟她没开始过,只是高中的时候关系很好,她考差了跟家里人关系也闹翻,情绪一直不好……最近从朋友那儿听说我要跟你求婚,才开始找我。但我真的跟她没有任何事情,你相信我!"

周柏野是记得周梓豪有个初恋女友。

当时闹得还挺大,因为张正梅跟曹征出差去了,周梓豪的电话竟然打到他这儿来,问他,爸有没有时间,能不能回一趟绥北。

这话问得周柏野都懒得回答,周建民这种全年到处飞的人,有空才见鬼。

最后是周柏野去学校给周梓豪处理的这件事。周梓豪的班主任说周梓豪跟一个女生走得近,那女生父母都来了。老师每说一句,那女生的父母就气得抽一下女生的胳膊。那女生低着头,眼泪"啪嗒啪嗒"地往下掉,周梓豪挺叛逆地当着老师面替那女生挡住抽打,还说他们没做出格的事情。

周柏野挺不合时宜地笑出了声。

办公室里的几个人全部看着他。

然后他就说出了一句让周梓豪好几年都没联系过他的话。

——"你一个高中生,还想玩出什么花样?"

他此刻听周梓豪在外面跟报皇帝起居录似的事无巨细汇报这段时间发生过的事情,才隐约想起了些什么。

长相。

当时那个女生跟靠在门上听他弟在外面胡扯的沈枝意有些像,都是温柔文艺的类型。

他弟的八卦不如他在营销号那儿被编排出来的吸引人,放网上甚至吸引不了多少点赞评论。

周柏野听了几句就没了兴趣。他站起身,想端起靠门位置柜子上放着的水,胳膊却被一只纤细的手拉住。

"别、别出去。"

很轻的声音,带着不易察觉的颤抖。

周柏野低眸,看见她浅色的唇上被咬出一道齿痕,一双圆眼像是被水洗过,泛着晶莹。

两人之间的距离很近,比上次在他车上的距离还要近,近得再上前一步,就能变成一个暧昧的拥抱。

门外,周梓豪还在喊她:"你出来我们谈谈好吗?我是真的想跟你结婚!"

而屋里,他弟想结婚的对象紧紧攥着他的袖口,抬着一双湿漉漉的眼,用过于可怜的表情看着他。

她轻声对他说:"我不想看见他,你不要出去,好不好?"

这种爱恨情仇其实周柏野并不感兴趣,本来也没打算掺和其中,现在却忽然来了兴趣。

这种兴趣就好比无聊的人忽然手里被塞了一个游戏机,哪怕知道容易玩物丧志,但谁让他无聊。

"真想分手?"他问。

"不能分手吗?"

沈枝意的语气仿佛他是忽然叛变的叛徒。

"随便啊……"周柏野笑,修长的身形站在她面前,房间里那盏小小的灯起不到什么照明作用,反倒像个暧昧的引线,让两人的影子交织成一团。他的目光淡淡落在她身上,"想分就分。"

随意的语调让沈枝意和周梓豪的恋爱变得像过家家。

之前的四年都只是一场儿戏。

沈枝意呼吸急促了些,正想说些什么。

门外又传来周梓豪的声音。

"我们谈一下好吗?这件事没有严重到这个地步不是吗?你知道我对你的

感情，我怎么可能背叛你？"

这些话没起到任何降火的作用。

沈枝意只觉得好笑，她不懂究竟是什么程度在周梓豪那里才算严重。

好像男人天然擅长化解矛盾，只要不是生死大事，其余什么在他们那儿都是小事，所有感情上的纷争都不过是女人想太多和太多事。

凭什么？

哪怕头绳、口红、头像，这所有行为都有合理的解释，给外人说也构不成出轨的要素。

但沈枝意觉得硌硬，不想再消耗时间成本去赌周梓豪会汲取教训，对异性收敛起自己多余的同情心和泛滥的善良。

"我跟她真的只是普通朋友，如果我做了任何对不起你的事情——"

"不用再说了。"

沈枝意打断了周梓豪的发誓。

分手的话说出口总是千斤重，谁不是在心里来回掂量过好多个回合才会涌上喉咙？

她确信自己已经考虑得足够周全，哪怕之后会难过，但也绝不后悔。

"——我们分手吧。"

门外安静了片刻。

随即"砰砰砰"的拍门声响起。

"我不同意！就算我是真的做错了，但我也只有这么一次！你再给我一个机会好吗？我们都在一起这么久了，枝意你知道我是真的喜欢你……"周梓豪在外面喊，他声音沙哑，哭腔很重。

他扭动房门想不顾沈枝意的意愿当面跟她谈一谈，因为见不到面的分手会失去所有回旋的余地。

无论怎么样得见面，得面对着面，哪怕是讨好求饶或是赌咒发誓，都好过见不到面隔着一扇冰冷的门板。

沈枝意挡着房门。

门板的震动让她身体都在跟着颤。

她仰头看着周柏野，昏暗的光线只垂怜他的下半张脸，那双眼睛隐匿在黑暗中，像是伺机而动的捕猎动物。

"心软了？"他低声问，语气平淡听不出情绪。

沈枝意只能从他松散的站姿看出，作为哥哥的他，暂时并不想管弟弟情感问题。

门外周梓豪拍门的声音如激烈的架子鼓，"砰砰砰"地在整个房间里回荡。

沈枝意冒着酸水的心里翻涌着带着苦味的厌恶，这种厌恶像是翻看旧匣子里自己收藏的心爱物件，忽然发现它发霉腐烂甚至生出蛆虫一样的恶心。

银质把手像把刀，被周梓豪用手一点点推进她的后背。

"别让他进来，"她哑声说，在黑暗中寻找周柏野眼里的情绪，"我现在不想看见他。"

周柏野看着她，眼神晦暗不明。

"你看起来很脆弱。"

铺着地毯的地面让走路没有声响，他的运动鞋对上她的鞋尖，距离拉近到她瞳孔里清晰只出现他一个人的倒影，他才停住脚步。他目光散漫地扫一眼"砰砰"作响的门板，伸手扶住反复上下动弹的门把手，这个动作看起来像是将她揽进了怀里。

但两人之间碰上的，除了鞋尖，只有袖子。

他问："这样行吗？"

"枝意，我们在一起那么久，你真的要这么绝情吗？"发现摁不动门把手的周梓豪停止了拍门的动作，苦笑着问她。

沈枝意没回应。

周柏野听见细微的啜泣声，他丝毫没掩饰自己的行迹，弯腰同她低垂的视线齐平。

"哭了？"问出后，他就发现哭的人不是她，而是门外那个不争气的弟弟。

但他没再动。

沈枝意全部心思都在周梓豪那儿，她疲惫至极。

分手的话听起来洒脱，但四年的感情一朝断掉，占据大脑的绝不可能只有绝情和冷静。

周梓豪所有的解释，在她听来都只有可笑。恋爱的这些年，她给足对方信任，从不查看他的手机，他跟异性朋友聚餐吃饭也很少过问，也是今天才知道他跟初恋女友至今还在延续那段缠绵悱恻的爱情故事。

她不信周梓豪有那么无辜，是个只因善良而被缠上的完美受害者。

"分手吧。"她最后一次重复，对周梓豪说的话，看的却是周柏野的眼睛，"挺没意思的，难道什么话都要说透彻，仔细罗列你跟她相处的所有细节，逐帧分析究竟有没有男女之情吗？在你跟她联系，却隐瞒我的时候，就应该想过，我不会原谅你。"

她说："你走吧。"

门外的人停住了动作。

卢彦他们早在听见周梓豪说的第一句解释时就尴尬地出去了。

走廊上没人，只有他一个人站在这里，手里还狼狈地拿着一枝本想送给她的玫瑰花。

他有很多想说的，最后却被沈枝意的这番话堵在了喉咙里，像急于往外冒水却被堵住出口的水龙头，默了好一阵，才漏出两滴："我……知道了，晚上我会去我妈那儿住，你好好休息，等你想谈的时候，我再找你。"

沈枝意没听见离开的脚步声，不知道他在说完这句话后究竟走没走，便保持原来的姿势没动。

门外安静了下来，门内气温却似蒸汽缓缓上升。

"上一次看他哭，还是他那位女同学高考失利。"周柏野说。

沈枝意不确定他是火上浇油还是概述事实，连话都没力气问。

"他当时承诺再也不谈恋爱……我第一次见你的时候，以为你是他上一任。"

"我们很像？"

"或许？"周柏野笑，"这话你该去问我弟。"

沈枝意也笑："你觉得他会有其他答案吗？"

周柏野没说话。

沈枝意看着地面，比起跟他说话，更像是在跟自己说话："你的意思是我是她的替身，还是他就是喜欢这一款？追我、喜欢我不是因为我是我，而是因为我恰好是他的理想型，所以被他感动的我才是最大的傻子，所有的一切都是我咎由自取。

"我是不是还应该感谢他没真的跟别人睡，让这段感情不至于那么狼狈？别人不至于觉得我是个被背叛的傻子，是不是……没有实质行为就可以被认为不属于出轨？"

周柏野打断她："看着。"

低缓的声线跟平时他说话的语气截然不同，这暧昧不知是无意行之还是有意而为，落在耳里像用羽毛轻轻挠了一下，带来细密的痒。

下一秒，原本站得松垮的人忽然倾身。

他弯下腰和她视线齐平，在她因诧异而陡然放大的动作中，伸手抵住她靠着的门。

距离拉近，再拉近。

近到他的动作无论怎么解读都只有接吻一个含义。

沈枝意终于无法忍受，偏过头想问他究竟在干什么时，听见周柏野轻声问她。

"这种距离，你觉得算出轨吗？"

沈枝意诧异地张开唇。

"看来还不算。"

周柏野身上原本淡淡的木质香因为靠近而变得浓稠。

搅得沈枝意呼吸都变得困难，可他还在靠近。

这场测试游戏被他点明后，沈枝意的身体就像是被摁下了暂停键。她像是进入了学生时代临时开始的随堂测试，任何终止或退出的行为都不是好学生该做的。

好学生应当接受并通过一切测试。

看着他的眼睛，分析两人之间的距离，听着自己的心跳去揣测另一个人出轨的尺度。

这是这一趟测试课的任务。

额头即将相抵。

他的睫毛从一团变成清晰的一根根。

呼吸间的热气也交汇。

沈枝意心跳像雨后春笋，又如街头的打地鼠游戏，一个个全部跳了出来。

她想后退，却没有后退的余地。

只能伸手挡出两人之间将更为靠近的距离。

她别开脸，气息不稳地提交了自己的答案："算、现在算。"

"那你的判定就没出错，这些行为归于出轨，他已经出轨了无数次。"

周柏野松开手，距离却没拉开，手重新放进了外套口袋里，身体后仰，站直。身高差让沈枝意变得弱小，像朋友家那只无论生气还是开心看起来都好欺负的曼基康猫。

"再给你一个建议，疑问句在他那儿，通常意味着妥协。"

他扭动一下酸胀的脖颈，打算结束临时支教。

"正式和他说分手的时候，可以更果决一些。"

"我们……分手。"

他声音刚落下，沈枝意略带困惑的声音响起。

周柏野少有被别人愣住的时刻，现在却头一次没反应过来。

下一秒，沈枝意的声音已经归于冷淡，仿佛面前的人不是他而是周梓豪。

"我不想在你真的跟别人接吻上床的时候再后知后觉地提这句话。"

她长发散落到肩头，发丝如炭笔勾勒出饱满圆润的线条，眼里的情绪薄雾般被气氛模糊。

"这样很没意思，我也不想再看见你，你的声音、眼睛、一切都让我觉得恶心。"

周柏野就要被这种奇怪的角色扮演逗笑的时候，一双手忽然捂住了他的眼睛。

不够严实，指缝让他看见她靠近的动作。

她像停在他眼前，又像是停在了他的唇边。

并没有完全触碰，中间足够一只蝴蝶停栖的距离。

"你们的眼睛不太像。"

沈枝意松开捂着他眼睛的手，拉开房门，外面光线倾泻进来时，她礼貌地道谢。

"扮演游戏结束。谢谢你刚才没有站在他那边，我会跟他好好分手。"

## 第 三 章

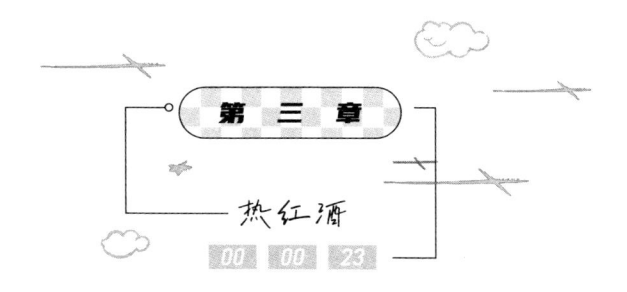

### 热红酒

00 00 23

那天过后，周柏野有一段时间没听见过沈枝意的名字。

直到半个月后在去悉尼的机场，队友猫牙跟饼干闲聊说起她遇到的神仙租客："就你说我那房子租不出去？不好意思了哥，我不仅租出去了，还遇见了一个好人……"

她吧啦吧啦说了一长串话，全是细数她的租客搬进去后有多给她省心，又有多懂礼貌，还烤了小面包送给她。猫牙这人就是个"甜品脑袋"，再加上过段时间就要去英国留学，绥北的房子空着，家里亲戚就觊觎，跟她爸妈提了好几次问能不能让他们住方便给孩子陪读。

"……真是敢开口。之前在背地里跟我爸说我妈没给他生儿子，劝他在亲戚里抱养个男孩儿回去养，说我迟早是要嫁出去的，满脑子的封建思想，我把房子给他们住才见鬼了，只怕是有去无回。那小姐姐也是人美心善，觉得我房租要得少还一个劲儿跟我说谢谢，我都没好意思跟她说，她才是解了我的燃眉之急。"

旁边坐着的狐狸念出猫牙手机屏幕里的微信昵称："1/1？还挺酷的微信名，是个女Rapper？"

他撞了下周柏野的胳膊："能别玩了吗？不知道的还以为你是个电竞选手，能不能拿出点赛车手的精神面貌？抬起你的眼、摘下你的耳机，看看眼前的大好风光。"

周柏野抬眼就看见几乎撑他脸上的，女生抱着金毛笑着的头像。

前不久在房间里捂着他眼睛靠近他的人，在照片里笑得阳光灿烂。

周柏野的表情顿时有些玩味。

狐狸笑着问他:"你喜欢的类型?让猫牙把微信推给你啊。"

猫牙跟着唱双簧:"那不行,人家好像有男朋友,签合同的那天我发小也在,他问过。"

周柏野扯了扯唇:"那你的发小人品不行。"

猫牙没听懂他这话什么意思,还想问,但他已经把耳机重新戴上,很不合群地继续玩游戏。

直到上飞机。

饼干在旁边打着哈欠说自己也要把房子租出去,跟猫牙取经:"你房子怎么租的?哪个平台?帮我也挂一下。"

猫牙还没开口,就听走在后边的周柏野说:"租给我吧。"

猫牙和饼干同时回头。

饼干:"哈?"

周柏野收了手机,揉着酸胀的后脖颈,站起身往前走:"我月底要回一趟绥北,之后要待比较长一段时间,懒得找酒店了。"

饼干急忙说:"哦哦哦。我们之间说什么租,你要住,我直接把钥匙给你得了。"

说到一半,他忽然意识到不对:"你要在绥北待比较长一段时间是什么意思?你不回京北了?"

此时几人已经走到登机口廊道。

周柏野伸手将自己的机票递给安检员,随口对身后的饼干说:"再说吧。"

在听见一众不满的"啧"声后,他又笑。

"看我心情。"

沈枝意忙得不可开交,将东西全部搬进新家花了一段时间,其间周梓豪还不时借用朋友的手机给她打来电话,问她在哪儿,又问多比现在怎么样。她一听见他的声音,立马就把电话挂了。

刚分手的时候,朋友们都以为他们是闹着玩,迟早会和好。

哪知道半个月过去,沈枝意态度越发坚决,无论谁来劝,都一个原则:说别的可以,说周梓豪就别聊了。

有朋友过来打探风声,问她现在身边有没有人追,要给她介绍对象。

沈枝意全部敬谢不敏。

朋友又说她一朝被蛇咬,十年怕井绳:"周梓豪前女友的事儿,我听大胖说了。他们高中一帮人玩得都挺好,他前女友以前是个阳光美少女,你懂吧?性格阳光、成绩好,长得又好看。后来周梓豪跟她断了,也不知道她家里情况那么复杂,觉得她考砸了有自己一半责任,所以一直比较迁就她……再加上她后来有点走极端,割腕了好几次,挺吓人的……"

沈枝意听出朋友来电说介绍对象是假,替周梓豪说情是真:"那现在不是正好吗?"

她还在看着微信工作群回复蝉知那边的消息,打字的声音"噼里啪啦"透过耳机传出。

"他可以抽出精力好好照顾前女友了,这不挺好的嘛。"

朋友还欲再说几句,沈枝意已经没心情聊下去:"下次再聊吧,我工作上有点事还没处理完。"

朋友只能说有空见一面,便挂了电话。

沈枝意晚上八点要跟蝉知那边的人一起吃饭。

她以为自己已经够早,哪知道Ruby比她更早。

约吃饭的地方是日式料理店,沈枝意进去的时候看到Ruby。她换了身跟平常在公司截然不同风格的服装,往常要么是西装裙要么是小香风,现在却是一身月牙白长裙搭配珍珠耳环,看起来温婉,不像是能在办公室拍桌子骂人傻子的。

蝉知的人还没来,Ruby跟沈枝意简单介绍了一下一会儿会来的人。

群聊里的小郁总全名郁从轩,是蝉知的老板。

另外三个,分别是Lisa、David和翠翠。

沈枝意面露茫然。

"多元化,蝉知都用化名,因为小郁总懒得记人名,一会儿自我介绍的时候你也可以想个名字方便他们称呼。"Ruby说。

沈枝意有取名困难症,微信名都用的是自己名字的谐音,连个英文名都没有,一时半会儿也想不出什么别的名字,问Ruby:"小沈?"

Ruby面露嫌弃："你还不如就跟他们说叫你'枝意'，俏皮点儿也可以叫你'之一'，代表彼此能合作也是万里挑一的缘分。"

沈枝意表示自己受教了。

过了二十多分钟。

服务员带着蝉知那边的人过来。

走在最前面的男人长了张娃娃脸，比起她和Ruby的郑重着装，他倒是随意地穿了一件套头卫衣和一条牛仔裤，看着像个大学生。沈枝意立马明白了为什么叫他小郁总，原来是样貌上的小。

后头的两男一女跟他们老板穿着风格类似，都挺休闲。两个女生一个扎着丸子头，另一个长鬈发，男生倒是挺精致，刚进来时香水味就弥漫了整个包厢。

Ruby跟郁从轩之前就认识，饭桌上所有聊天的话题她一人主导。

沈枝意的主要工作就是添茶赔笑，记住他们随口提出的需求及创意。

日料本就不顶饱，主要吃个氛围感。一个个小碟子叠起来，Ruby问他们还要不要加餐，郁从轩拿起手机看了一眼时间，问她俩一会儿还有事没。

沈枝意本想着结束后回家遛狗，但见Ruby摇头也只好说自己没事。

"没事的话，去我朋友的酒吧坐坐？我认识的一个玩赛车的朋友昨天从国外回来，今天正好有空，介绍你们认识一下，方便项目取材。"

于是，一行人就从日料店转场到酒吧。

酒吧位于鹤沙区的融萃湖庄旁边，绥北知名别墅区。张正梅曾跟她开玩笑说，等她和周梓豪结婚，就给他们在融萃湖庄买套婚房。沈枝意之前觉得这里不属于自己，现在也仍是这个想法。

周遭冷清，酒吧门口停着一辆辆豪车，穿着昂贵西装的酒保眼尖地替少爷小姐们泊车。

Ruby问沈枝意："酒量怎么样？"

沈枝意如实回答："很烂，之前在家试过红酒，两杯的量。"

Ruby恨不得掐人中："一会儿你自己估量着，不能喝了就直接说，别逞强。"

沈枝意点头说"好"。

然而坐下后，就发现在这种场合喝酒是不容自己控制的。

郁从轩在日料店里斯文儒雅，但在酒吧就像是换了个人，一上来就给每人倒了一杯酒，让他们先自己玩着，自己拿手机出去说是去接人。

Lisa坐在沈枝意旁边，凑近过来问她有没有男朋友。

沈枝意也是没想到一天之内能听见两次这个问题。音乐声震耳欲聋，她只能凑近到Lisa耳边回答没有。

Lisa露出一个奇怪的笑容，对沈枝意说："那你完了，我们小郁总超爱当媒婆！他朋友全是单身，之前每一次公司团建，最后都会变成相亲宴，但是吧——"

她在看见郁从轩带着三四号人进来后，立马放轻了声音，手朝那边指了一下，示意沈枝意去看。

Ruby说郁从轩身高有一米八五。

走在他旁边的人还要比他高点儿，穿着也比郁从轩更简单，像是随便捞出的一件纯白色短袖，下着一条黑色休闲长裤，从舞池处晃出的光线摇晃着从他衣服上落在脸上。

"他朋友都长得挺——"

Lisa嘴里的那个"帅"在看清那人的长相后也就随之变成了："这个这么帅！"

沈枝意没想到，会再见到周柏野。

当初在小房间里的那通分手演习，事后想起只觉得尴尬和莫名。

混乱时做的傻事她反复用"反正再也不会见"这句话宽慰自己，哪知道竟然还有再见面的时刻。

还是在这种场合。

她坐在最边缘的位置，抱着酒杯迟迟没回神。

愣怔的目光与他的视线在游弋的光线中不期而遇。

郁从轩勾着他的脖子跟他介绍："这就是我前段时间跟你提起，最近跟我们合作赛车项目的两位。

"冰汇公司的Ruby，还有——"

郁从轩果然记人名很差，看着沈枝意迟迟想不起她叫什么，声音卡在那里，脸上却没有多尴尬。

Ruby站起来解围："小郁总，这是我们的——"

"沈枝意。"

聒噪的舞曲间歇，DJ拿着话筒问舞池里的人今天开不开心。

周柏野的声音就像是冰块"啪嗒"掉进了水池里，激起的水花让沈枝意抱着酒杯的手指收紧。

时间仿佛随着他的话逐渐倒退到那个闷热的午后，她站在观众席旁的涂鸦墙前，拿着手机给他打电话。

他从听筒里喊出的名字，和此刻隔着时间缓缓重合。

跟在周柏野身后的两人原本在微信上摇人过来喝酒，听见周柏野的话后，立马探究地望来，语气暧昧："认识啊？怎么回事啊阿野？什么情况？"

Ruby也朝沈枝意看了过来，脸上困惑明显。

沈枝意无从说起，不知该怎么介绍两人之间的关系。

前任的亲哥哥这样的称谓无论怎么听，都不像是能坐下来喝酒的关系。

她的情绪实在是太明显。

无论是苦恼，还是困惑，抑或诧异，都写在了表情里。

瞪圆的眼睛、微张的唇，跟猫牙手机里那个抱着金毛笑得灿烂的人成了两个样子。

周柏野很少有体恤别人的时候，也像是完全看不懂她眼底"保持距离、当作不熟"的警告，没按照郁从轩的指引落座于正中间的位置，而是直接朝她走去，坐在她身侧的空位上。

而后，他才似终于想起要回答问题似的，对诧异的众人说："她看过我的比赛。"

沉闷的鼓点从四面八方传来。

让他最后说出的四个字，变成了只有沈枝意能听见的低语。

"——好久不见啊，喜欢红色赛车的粉丝朋友。"

沈枝意原本坐在边缘地带，可以装傻充愣当作听不见聊天的声音避开社交，捧着酒杯偶尔在Ruby喊干杯的时候用手掌挡住大半，浑水摸鱼抿几口。反正光线够暗，她只不过是个充数的陪衬，没人在意她到底喝没喝，又喝了几杯。

但现在有个吸引眼球的人坐在她旁边。

或许是接触的场合不对。

周柏野在她这儿,并没有直接和明星选手、引人注目此类词语挂钩,也不知道是不是脱离了周梓豪哥哥这层身份,换了个地点重新接触,他身上的光环让她有些坐立难安。

她被动握着酒杯,被重金属摇滚乐震得头昏脑涨,已经没办法集中于酒桌上,但其他感官异常灵敏,掺杂着酒味的木质香像是在雪天带着热红酒进了树林里。

跟他一起来的人在对面扯着嗓子和他说话,问他喝哪种酒,他凑近到桌前,手撑在桌上,腕间的银色手表擦过沈枝意裸露在外的手臂,一阵凉意又很快被肌肤相接的热度替代。

"随便啊。"

闷躁的鼓点一声声往沈枝意耳朵里敲,他的声音就像是站在门外,分明是回应对面那人,却只有沈枝意这个站在门口的人能听见。

其实酒桌并不小,但十个人为了凑近聊天,便显得拥挤。

沈枝意游离在话题之外,直到有人递了骰盅过来,号召一起玩个游戏。

这游戏听起来简单,就是摇骰子喊数字,几乎是酒吧人人必会的基础游戏。

Ruby问郁从轩:"人多要不要玩'斋'的?"

郁从轩低头查看工作信息,随意道:"都行,反正在场的应该没人不会吧?"

沈枝意视线中斜过来一只手,握着酒杯,手背的青筋若隐若现。

"不懂啊,介绍一下规则。"

郁从轩下意识地问候了一声他家人。这一声让郁从轩一整晚的精英人士形象破功,他一副"我真是欠了你"的表情,跟在场的众人重新介绍一遍。规则对于之前没接触过的人来说复杂,数字1一会儿只是1,一会儿又可以代表任何数,总的来说就是算法和骗术的结合体。

他介绍完又不满,看看周柏野说:"哎,我就不懂了,周柏野你装什么清纯,之前一个劈九个的不是你?"

"有吗?"周柏野停下手,手腕和沈枝意放在桌上的手碰上,短暂的触碰伴随着音乐里那声沉闷的重音消失而移开。

沈枝意终于忍不住看向他。

而他垂眸，视线淡淡地看向两人之间的距离，重新靠在沙发上，距离保持得很好，一副正人君子的样子："真不会啊，没喝过酒，人生头一回进酒吧，没见过这么热闹的场面，原来你们都这么玩。"

"滚！"

郁从轩和他的那几个朋友几乎异口同声。

郁从轩骂得没他朋友难听，他朋友指着他就是一句："周柏野，你现在玩得真的很脏！我要吐了，你给我等着，今晚你就算喊四个一我都开死你！"

但真的开场，那人就发现不对劲。

他坐的位置是周柏野的前三家，也就是沈枝意的上两家。

他全程紧盯周柏野，看他嘴里说着自己不会、不懂，摇骰子倒挺熟练。

郁从轩先比了十五个六的手势，他想也没想直接就加了一个，David想玩个大的喊了二十个六，紧接着就看向沈枝意。

沈枝意手气不好，只有三个二，其他数字都散。她玩这种酒桌游戏一贯是求稳，只敢喊自己有的数字，不会像别人那样没有也装作有。但今天她想着反正都是冲着周柏野来的，就算她喊三十个六，也没人会开她，也就很放心地加了一个。

哪知道那人直接就是一声："开！开开开！"

沈枝意顿时蒙了。

现在坐周柏野旁边都要被牵连吗？

其他人在看清她的骰子后笑出声："不是，你胆子挺大，一个六都没有敢喊二十一个六？"

所有骰子加起来也只有十五个六，那人很抱歉地跟沈枝意说："不好意思啊妹子，我有点儿激动，喊早了，下一把我绝对不开你。"

沈枝意哪好计较这个，说着没事，把杯子里的酒喝完，又被人给满上。

周柏野的视线从她身上移到自己朋友身上。

朋友隔空和他对视，面带困惑：作甚？

周柏野勾唇，笑得温柔。

朋友顿时皱眉，搓着胳膊问郁从轩，周柏野是不是有病。

然后很快，他就发现，周柏野是真的病得不轻。

他喊十五个三，周柏野开他。他觉得可能周柏野真的没三，喝了一杯酒挺没心眼地说继续继续。

然后下一把,玩飞的,一可以算任何数,他喊十七个六,周柏野还开他,他表情就有些奇怪:"哥,这飞,不是斋,你开我?"

周柏野手肘撑在桌上,随着音乐点了几下头。

"不是——"他郁闷地算了一圈,又喝了一杯酒。

这时候他隐约察觉到不对,但还没意识到问题的严重性。

下一把、下下把。

无论什么数,只要他喊出口,绝对能听见周柏野的那声开。

于是在场的人,除了开场的郁从轩有点参与感,其他人都直接看这三人的表演。

有时候他幸运,凑到了数,周柏野一饮而尽。

但更多时候,都是他闷头喝酒,一杯又一杯,喝得他火气都上来了,也没听郁从轩说的什么,直接就喊:"五个一!"

周柏野:"哦,开。"

不是!请问他知道自己在说些什么吗?

十个人的局,五个一都开他。

真把他给气笑了。

"哥哥,你喝多还是我喝多,五个一你都开我?"

周柏野也笑:"五个一你都敢喊,不开你开谁?"

有人玩笑般说了一句:"不会是帮人报仇吧阿野?"

那朋友才似回过味儿来,喝蒙了的眼睛一开始没找准沈枝意,飘忽般先看向Ruby,才找准了沈枝意的位置,招财猫似的双手环抱跟她求饶:"遭不住了姐姐,行行好,让他收手吧,我刚步入成人世界三年多,玩不来这么花的!"

沈枝意脸都热了,尴尬得只知道摆手。

"不、不是——"

但解释显得多余,因为旁边那个人并无反应,甚至听见他的轻笑。

像是另类回应,认可了别人的揶揄。

酒吧最易滋生的便是暧昧。

成年男女在这种地方眼神对上,彼此有意,出门便能直通酒店。

只是心动保质期并不长久,几小时、几天,就因为看清所有悸动只来源于氛围和酒精而迅速散场。

调侃玩笑同样,哪怕拍着桌子指着两人说"亲一个",第二天也忘了调侃对象是哪两位。

沈枝意解释不通,索性开溜,拿着手机指着厕所说自己出去一下。Ruby靠在郁从轩身上笑着点头,示意她去。

女厕里有女生对着镜子擦拭唇边晕开的口红,沈枝意进来时看见外面有男人在等,她进来后刚打开水龙头,就听外面的人问,"陈茵,你掉坑里了这么慢?"

女生气得皱眉:"闭嘴啊游淮,你烦死了!"

沈枝意这会儿才觉得醉,脑子里似有无数个摩天轮在转,撑着洗手台缓了会儿。

再出去时,看见刚才在厕所里骂人的女生已经挂在了男生脖子上,手从后面伸过去掐他的脸,嘴里喊着"背我回去"之类命令的话。

再往前走几步,总能看见光线昏暗的廊道贴身紧靠的男男女女。

她孤身一人格外引人注目,没走几步就有人拿着手机过来搭讪,问她是不是一个人、要不要一起喝一杯,都被拒绝后,又没脸没皮地将手机递过去,问她能不能加个微信。

全是询问的话,但身体挡住了她离开的路。

沈枝意后退一步,对方全然听不懂拒绝,不依不饶地说着金牌销售一般的话术。

——"加一个呗,就当作交个朋友,我还没有过美女的好友位,就实现我这个愿望吧……"

沈枝意冷了脸,刚想说些什么,视线中出现了熟悉的身影。

是周柏野。

只不过他并非一个人出现,而是和那个被他灌醉了的朋友一起。那人走路摇摇晃晃,全靠周柏野扶着才走稳,嘴里念着:"你欠我三杯,一会儿回去你得还我。"

周柏野语气散漫:"嗯,你欠我三杯。"

朋友委屈:"我不都喝完了吗?怎么还欠你三杯……不行,我想吐,到厕所了没啊?"

周柏野却没回他了。

他看见了被陌生男人堵在路中间，看向他的沈枝意。

她脸上满是不耐，看向他的眼神也没有求助。

只是单纯的询问，像是刚看见他来时产生的困惑。

——你怎么会来？你怎么在这儿？怎么会是你？

周柏野松开搀扶的醉鬼，让他扶着墙自己摸索着过去，在对方骂骂咧咧的声音里停下脚步，眼神直白地看向她。

搭讪的男人没听到回音，顺着她的视线看见不远处样貌出众的男人。

他嗅到两人间不同寻常的气息，问："你男朋友？"

沈枝意没解释。

"早说你有男朋友啊，浪费我这么多时间……"烦人的搭讪男和酒桌上让她喝酒的人都走了。

除了缠绵的情侣，走廊里只剩下他们一对隔着距离对视的异性。

"周柏野？"

这是今晚沈枝意第一次喊出他的名字。

"沈枝意。"

这是他今晚第二次喊出她的名字。

奇怪的氛围。

或许酒精和暧昧的音乐也属于同谋。

沈枝意朝他走过去，直线成了曲线，站在他面前，更近距离地看向他的眼睛。

"你刚才，是在帮我挡酒吗？"

"不够明显吗？"

"为什么呢？"沈枝意歪着脑袋，眼前的这个人才不是摇晃的。

周柏野想了会儿，似没找到更合适的理由，便随口说："见不得我的学生输给别人。"

沈枝意"啊"了一声："你上次的方法很管用，他除了打电话找我和好，没来纠缠我。"

"那你出师了。"

沈枝意又问："你有很多学生吗？"

"不好说，"周柏野笑，他低眸看着沈枝意泛红的脸，轻声说，"谁知道一个算不算多？"

"那，你是喜欢教别人的女朋友，还是弟弟的女朋友？"沈枝意心头悸动，嘴唇也干涩，声音像烧着的干柴，有些刺耳地传递到周柏野耳中。

有人从两人的身后路过。通道狭窄，那人醉意明显，摇摇晃晃地要撞到沈枝意，周柏野伸手，拉住她的手腕，让她脚步往前，来到离他更近的位置。

他问："就没有弟弟的前女友这样的选项？"

沈枝意喉咙里像是被人丢了一把火。

将喝进去的酒精全部点燃，从胃一路烧到大脑，把所有还在坚强工作的理智全部燃烧殆尽。

她抬头，直勾勾地看着周柏野的眼睛。

周柏野没有躲闪，反而靠在墙上，弯着腰迁就她看得更仔细。

安静比对谈更显黏稠，木棍在糖浆中搅动到如螺丝钉被拧紧到再也无法动弹。

她才伸手，用湿漉漉的手指贴着他的脸。

下一秒，她的手指擦过他的唇，贴在了他的唇角。

温热气息像被春风吹在身上的蒲公英，引起一阵难挨的痒意。

语气却轻柔，说是情人间的低语、恋人间的调情，抑或爱人间的调侃全部恰当。

她略带斥责但脸上尽是笑意地看着他的眼睛，说：

"那糟糕，周柏野是个浑蛋。"


周柏野很久没回座位。

郁从轩给他发了一条消息，问他是不是找不到回来的路。

周柏野没有回复。

他放心不下地起身，身旁的Ruby在跟David摇骰子，看见他要出去，拍拍他的胳膊跟他说不用担心。

郁从轩当时只以为Ruby喝多了，但去到通往厕所的长廊，看见贴着墙角站着的男女后，才发现Ruby的观察力还是一流。他颇为好奇地拍了一张照片发到和周柏野共友的群聊中。

——有哪位大师能解读一下,这是什么情况?

照片高糊,只能从轮廓看出站着的那个男人是周柏野。

——孔雀开屏好歹也找个地方,哪有在酒吧厕所附近开屏的,我们阿野还是没经验,何方神圣收了他这个神通啊轩轩?

郁从轩对沈枝意的名字有印象,但记忆不深刻,回忆了一下也只回答好像叫什么"之一"。他又回到跟冰汇的工作群,截图了沈枝意的微信头像发到群里。

一石激起千层浪,群里不少人发出周柏野原来喜欢这类型的感慨,只有猫牙是真情实感地感到困惑。她在大洋彼岸的课堂里,前方五官深邃的英俊教授正在讲台上授课,她一脸困惑地贴近手机仔细辨认,而后发出灵魂质问:这不是我的租客吗?

而在长廊尽头。

周柏野根本没察觉郁从轩的到来,他低头看着沈枝意。

沈枝意已经收回了手,问他:"你开车了吗?"

"开了。"

"但你现在喝酒了,送我回家是不是得叫个代驾?"

"已经叫了。"

沈枝意有些困惑:"什么时候?"

周柏野说:"看见你快喝醉的时候?"

"这么明显吗?我以为我看起来酒量很好。"

"一般这么说的人都酒量不行。"

对话是流畅的,只是因为背景音乐过大,导致必须靠近才能顺利交流。

空间变得很小,小匣子一般将他们独立在新的空间。

沈枝意仰着头,看了周柏野许久,才认可了他刚才的话,较劲似的问:"那你呢?"

代驾给他打来电话,他拿起手机,在接通之前轻飘飘留下一句"你觉得呢",便换了副语气跟电话那头的人沟通地址。

夜里空气凉爽,汽车后排车窗开了道小口,冷风从外面灌进来。

沈枝意稍微清醒,对身旁的周柏野说:"我觉得你的酒量应该不错,平时训练得当?"

周柏野看向她。她脸上是醉态的红,一双眼睛却格外亮。她比平常都要更有沟通欲,不等他提问,便率先解释,伸出手做了个开酒瓶的动作:"我查过资料,每次夺冠,都会开香槟。"

"那你采访对象错了,下次我比赛的时候,带你去采访真正该回答这个问题的对象。"周柏野靠在椅背上,语气闲散。

这话勾起沈枝意的好奇:"谁呢?"

她鼻音很重,周柏野看着她,也学着她的语气:"谁呢?"

沈枝意又感觉到渴,心脏像夏日里被暴晒的谷子,发出细微的声响,脱开生疏的外壳。她看着周柏野的脸,审视许久才说:"你跟我想的不太一样。"

"是吗?"周柏野问,"你想的是什么样?"

沈枝意想了想,说:"自傲、自我、自私。"

"有趣的评价,那现在呢?"

沈枝意迟迟没有回答。她久久注视着周柏野的脸,在这种时候,脑子被酒精占据大半,其他感受被模糊,只剩最直接连自己都说不明白的答案作弊般忽然冒了出来。

"挺自由。"

驾驶座的代驾没听懂两人的对话,透过车内后视镜看见女生靠在座椅上,侧着身子在看坐在她旁边的人。

几秒的安静后,周柏野才说:"好评价,听起来像是随时能触碰道德和法律的红线。"

沈枝意笑了一声,没再接话,她转过头看着窗外,慢慢睡着。

两人之间一直安静到抵达她家楼下。她不得不承认周柏野是个很有绅士风度的人,他送她到家门口,没追问她现在是什么感受,也没问些她不想回答的问题。

沈枝意换了鞋坐在沙发上,多比跳上来蹲在她手边舔她的胳膊,又往门口的方向跑。

她随之看去,才想起一个很重要的问题。

——她没有跟周柏野说过自己住哪儿,那他是怎么知道她家住址的?

她坐在沙发上缓了会儿,收到Ruby的微信,问她到家没。

她回复"刚到",以为话题到此结束,哪知道Ruby又问她:你跟周柏野是怎么认识的?

这个问题显然在Ruby那儿憋了一个晚上,现在才终于问出口。

沈枝意早就想好该怎么回答,跟Ruby说之前请假去看他比赛的时候见过一面,所以周柏野有印象。

Ruby没揭穿这个蹩脚的借口,只说她既然认识他,那就充分利用这层关系,今晚小郁总的反应已经充分说明他们选题里的赛车手参照对象最好是周柏野。

之后便没有再回复。

客厅里时钟显示时间为晚上十一点。

沈枝意却了无睡意,倒了一杯热水,从沙发坐在地上,在茶几上用笔在纸上随意起了个稿,结果意外有灵感,从简单的线条渐渐变成了赛车和打开车门从里面走出来的人。

赛车服、胸口处赫尔墨斯的图案、随意拎在手里的头盔、汗湿的额发和一双多情眼。

她甚至在周遭随意勾勒了欢呼的人群,还有喷到他身上的香槟。

微信又响了一声。

备注为林秋里的房东在这时候给她弹了个消息,问她是不是认识周柏野。

沈枝意还没来得及回复,就发现微信好友界面弹出一条申请。

微信名很直白,就三个字,周柏野。

头像是他的红色赛车。

好友申请就几个字:介绍你和你的采访对象认识一下。

时钟滴滴答答地转。

他好友申请下面就是周梓豪换微信号提交的好友申请,申请理由比周柏野长,长到界面显示不完。她之前没点开,现在也没点开,只是视线在上面停顿了几秒,才打开周柏野的好友申请,点了通过。

她看见他添加她的途径是搜索手机号。

有趣的是,她的手机号还是周梓豪给他的,但现在周梓豪从她的好友列表消失,而他后来者居上。

沈枝意点开和他的对话框。

他给她发来一张照片，照片里是他的赛车服。

沈枝意：[？.jpg]

周柏野：最爱喝酒的是这个。

隔着屏幕，沈枝意被他的冷笑话弄得沉默片刻，才问：你到家了吗？

周柏野：嗯。

沈枝意：谢谢你今晚送我回家，你早点休息。

周柏野没再回她。

仿佛加她只是为了告诉她，爱喝香槟的人不是他，而是他的赛车服。

周柏野确实是沈枝意见过最与众不同的人，他对她有吸引力，让她产生窥探欲，想知道他究竟是什么样的人。她和他的交谈总带着很多问号，每一个问句都能得到让她意想不到的答案，这让她觉得新鲜。

她点进周柏野的朋友圈，发现他平时发得不少，只是都是赛车比赛的信息。

朋友圈封面倒是很有意思，是一只摊开肚皮在阳光下晒太阳的小狗。

沈枝意关了手机，把这幅画画完，然后打开微信发给了Ruby。

之后就进了浴室洗澡。

周柏野从浴室出来，微信消息已经堆积如山。

各种群聊都有艾特他的，他看见郁从轩的名字就没往里点，不看都知道里面会说些什么话。

张正梅拉的"相亲相爱一家人"竟然也有人发消息，张正梅在里面艾特周梓豪问他什么时候下班。

周梓豪没立刻回。

倒是曹疏香没心眼地在群里跟张正梅说：妈，你发错群了。

群里没人再说话。

张正梅给他私发了消息：阿野，现在在忙吗？

他回：有什么事？

隔了两三分钟，张正梅才说：你上次来见过你弟弟的女朋友，还有印象吗？

周柏野面不改色：怎么？

张正梅：她好像和梓豪分手了，梓豪现在状态很不好，你要是有空的话，能跟他聊一下吗？

周柏野回：你们的话他不听，我的就听了？

张正梅回了震耳欲聋的七个字：毕竟你们是兄弟。

周柏野：[省略号.jpg]

这话他没听进去，但周梓豪似乎听进去了。

难得给他打来电话，扯东扯西说了一些有的没的，问他，张正梅有没有跟他说些什么。

他说十句，周柏野听着全是废话，不耐烦地打断他："说你想说的。"

周梓豪这才说："你有我女朋友的手机号是吗？"

周柏野靠在沙发上，手指往下滑，看见那个1/1的微信名："是有，怎么？"

周梓豪松了口气："她不接我的电话，也不回我们朋友的消息。她最近项目上应该有很多要问你的，如果她来找你的话，能不能帮我跟她解释一下曾羽灵的事情？"

周柏野点进和沈枝意的对话框。

几乎是同时，他收到了那边刚发过来的微信消息。

是一张照片，缓存了一阵后，才显示出来是一张画。

他点进去，看见桌子上摆的一张画纸，画的是他的赛车和他的样子。

现在时间是凌晨一点半，这么晚喝了酒回家不睡觉，坐在客厅画他是什么意思简直一目了然。

周梓豪还在那边嘀嘀咕咕，像终于找到个不知情的倾听者，诉说着自己对沈枝意的感情有多深，时不时寻求互动："你要不加一下她微信吧？你直接、直接搜她手机号就能加，你知道她手机号吧？"

说话颠三倒四，一听就知道喝多了。

"弟弟。"

好久没听到的称呼。

周梓豪皱着眉，几乎就要骂出口说你在发什么疯。

就听周柏野在电话那头对他说："你就没想过另一种可能？

"——比如，她不理你，是因为有了更想搭理的人？"

沈枝意睡前刷到Ruby发的朋友圈，定位还在酒吧，拍的是酒桌上凌乱的酒杯，旁边露出了男人戴着腕表的手。

她看见有跟Ruby关系近的其他部门领导在评论区问跟哪个帅哥在外面喝酒呢。

Ruby回复：客户啦。

上面整整齐齐一排点赞，都凌晨失眠的同事们。

没有领导的微信群里果然就这条朋友圈展开了讨论，林晓秋在里面艾特沈枝意：今晚什么情况啊？你看大群没，Ruby还在里面发了那个挺有名的赛车手的照片，怎么你们今晚的局还真有赛车手啊？

其他人全在复制粘贴林晓秋的，整整齐齐一排全是艾特沈枝意的话。

沈枝意回：他跟蝉知的小郁总是朋友。

林晓秋：真人有网上说的那么帅吗？

沈枝意回了串省略号，又说：五分的帅哥到酒吧都成十分，你问的标准是几分？

林晓秋说沈枝意狡猾，简直是玩弄语言的一把手，在群里开着玩笑说明天不上班就全是对八卦嗷嗷待哺的夜猫子，让大家散了赶紧去睡觉。

沈枝意今晚却难得做梦。

梦见自己在表姨家阳台的小桌椅上写作业，玻璃门开着，表姨夫抱着表弟在看动画片。灰太狼和喜羊羊的声音实在是大，她的注意力总分散，忍不住往电视机的方向看，又怕被表姨夫发现，看会儿电视就紧张兮兮地扫一眼表姨夫。

"沈枝意。"电视机里，懒羊羊被灰太狼抓去了狼堡；电视机外，表姨夫夹杂着浓痰的声音喊出了她的名字。

她浑身一震，吓得手里的笔都要丢出去，又听见表姨夫问她："你要是实在不想学，就进来看，别在那里装模作样的，你是学给我看的吗？"

难堪的情绪让她死死摁着那支笔，紧咬着嘴唇，一句话都不知道该怎么回。

沈如清的声音像是从半空响起，问她为什么要学美术，问她怎么一点都不听话，碎碎念的一长串，最后又很诡异地变成了酒吧里的声音。

吵吵闹闹的舞曲，画面随着声音一同变黑，远处又亮起一个光点，逐渐扩大后，是周梓豪站在那里，他拍打着一扇门，问她为什么这么无情，凭什么不需要审判就给他死刑。这些声音都在外面，她一个人在屋子里听着这些声音到天明。

她醒来后精神不振，休息了比没休息更累。

多比早上需要出门遛弯，她洗了把脸，换了身休闲，装随便找了顶帽子扣上，收拾完家里的垃圾带多比出门时久违地收到了表姨的微信，非常突然、毫无预兆地，问她是不是谈恋爱了。

沈枝意呼吸一滞，刹那间以为自己还在梦里，直到多比往前跑勒动绳子，她才回过神。

她十分生硬地回了两个字：没有。

她已经很久没想起在表姨家住的那段时光，小学时期发生的事情，至今已经过去十几年。

逢年过节，沈如清会叫表姨和表姨夫来家里。外公外婆也记得自己生病时期，沈枝意在他们家住、被他们照顾的恩情，备着好酒好菜来招待，临走还送上烟酒及给表弟的红包。他们来的时候，沈枝意总会借口要出去，去图书馆、找同学写作业，但所有借口都会被沈如清拒绝。沈如清让她做个有礼貌的小孩儿，没有任何一个主人是客人来了结果自己不在家的。

都说父母是孩子的第一任老师，跟沈如清做母女的这些年，她最大的感触就是有时候沟通也没有用。哪怕网上那些心灵鸡汤听得再多，那些关于亲情的电影拍得再煽情，那些大团圆的结局中彼此理解的剧情也很少会出现在现实里。

她有时候会羡慕Ruby的长袖善舞，又有时候会羡慕林晓秋的开朗阳光。

跟周梓豪谈恋爱的时候，她又羡慕他对所有人都展现的温柔体贴。

朋友曾说她总是在别人身上找到她喜欢的特性，拼凑成一个她理想中的自己。

她总爱在遛狗的时候放空自己，想些平时没时间想的东西。转一圈回到家也不过才十点，冰箱里可以吃的东西早已告罄，她收拾了下自己后准备出门找些吃的，走到玄关换鞋的时候听隔壁有开门的声音。

这很奇怪，她住这儿半个多月的时间，房东林秋里特意跟她说过，住隔壁的是她朋友，不过很少回来。她便以为是林秋里的朋友回来住了。林秋里对她不错，没有像市面上别的房东那样要求押二付一，反而格外信任她，不仅没收她押金，还给了她远低于小区其他房子的价格。

她换鞋，出去时还在想着该怎么跟林秋里的朋友打招呼，"你好"这两个字就在嘴边，结果被对方抢先一步。

"早啊。"

拖腔带调而显得没睡醒般的声音，就在正前方响起。

沈枝意抬头就看见周柏野站在电梯前，一只手摁着下行键，另一只手提着垃圾，笑着跟她打招呼。

他看起来没睡醒，头发有些凌乱，像是被他睡醒随意抓了几下，穿着一件印着小狗线条图案的卡通短袖和一条灰色的家居裤，脚上踩了一双帆布鞋。

沈枝意感觉自己陷入了一个名为周柏野的循环之中，不明白他怎么会在这个时间出现在这里，所有假设只指向一个概率性极低的偶然——

"早，你……你就是房东的朋友？"

周柏野打了个哈欠："算吧，但应该不是她跟你说的那个朋友。"

"嗯？"

"我在这儿借住一段时间而已。"

他语气闲散地跟在说今天天气不错没什么区别，沈枝意也就"哦"了一声，电梯里播放着男人重振雄风的广告。

男声语气激昂地念着："男人的体力，女人的福气！"

这电梯平时广告打的不都是到家清洁和白酒吗？

怎么今天换成了这个……

声音还挺大，生怕电梯里的人听不见，重复了两遍后，甚至还有回音捧哏般的高呼："棒棒棒！"

"那还挺巧的，难怪你昨天——"话说到一半，沈枝意忽然意识到不对劲。

他昨天没问她地址就直接送她回来，说明他很早就知道她住在这里。

先后顺序一旦转变，他出现在这里的原因也就变得引人深思。

她抬着头，表情里满是困惑地看着他。她头上戴的棒球帽往后滑动，险些要掉下去的时候被他伸手拦住帽檐，他提着的垃圾袋在另一只手里发出"叮叮当当"玻璃物品碰撞的声响,像夏日海边清脆的风铃。

周柏野替她把帽子扣好,才收回手:"猫牙——哦,也就是你口中的房东提起过你。"

他像是全然不知自己说的话有多暧昧,非常平淡地说完这番话后,又对她说:"我以为你的眼睛是棕色。"

沈枝意对他的上句话还来不及理解,紧接着就听见他话题骤变。

"什、什么?"

周柏野伸手指了下自己的眼睛:"颜色。今天看是黑色,在酒吧和餐厅见你,好像是棕色?"

沈枝意有些招架不住地移开视线,左看右看,最后还是只好盯着那个循环不停的广告,声音尽量镇定:"啊,你说这个,之前戴了美瞳,但是第一次见面,去看你比赛的时候没有,在路上因为眼睛不舒服摘下来了,所以比赛过程中除了赛车颜色几乎看不清什么。"

她有心转移话题,但周柏野重复了一遍她说的话。

"看我比赛的时候。"

语速迟缓到总让人觉得里面夹杂着笑意。

沈枝意感觉闷热,电梯间的冷气想来并不给力,好在这时候终于抵达一楼。

两人走出电梯。

沈枝意问他:"这话有什么问题吗?"

"没有,只是觉得你挺会。"他意味不明。

沈枝意茫然不解:"什么挺会?"

"画画、说话,不都挺会?我朋友都问我是谁把我画得这么帅。"

他从兜里拿出自己的手机,解了锁递给她:"微信朋友圈。"

沈枝意匆忙接过,本想说"我为什么要看你手机",结果因为他太自然的动作而下意识照做。

他微信消息不少,好多消息都未读,头像有男有女,穿插在各种群聊里。点进他朋友圈之前,她隐约瞥见了周梓豪的头像,但没细看,打开他朋友圈才明白他刚才说的是什么意思。

他在昨晚发了一条朋友圈,是她画的那张画。

配文很直接,只有四个字、两个标点符号。

——我,我的车。

沈枝意这会儿才意识到自己消息发错了人,难怪Ruby一直没回她消息,原来她压根没发。

评论区汇集了不少彩虹屁。

——谁!对你滤镜那么深!把你画得那么帅!

——深夜发骚啊你?

——你跟半夜睡不着发自拍的油腻男最大的区别也就是你不油腻了,哥。

——介绍一下,帮我也画一张,标准就是跟你的一样好看。

…………

楼下已经有不少老人带着小孩儿在健身器材那边玩,吵吵闹闹的声响让鸟都不敢在树上停歇。周柏野把垃圾丢进垃圾桶里,又迎着阳光回到沈枝意身边,和她并肩往外走。

沈枝意把他的手机还给他,觉得这种夸赞是应该有所表示,于是问:"我需要请你吃早餐表达感谢吗?"

周柏野原本正在看儿童设施区两个小屁孩抢滑滑梯,听见她这话又将视线转到她身上。

"感谢我在朋友圈给你开画展?"

沈枝意想了想:"也感谢你昨天送我回家。"

周柏野"哦"了一声:"那就牛肉拉面和豆浆。"

沈枝意拿出手机记录:"加辣吗?"

"吃不了辣啊,我菜得很。"

"那豆浆加糖吗?"

"聪明啊老板。"周柏野笑。

"明白,请跟我来。"沈枝意收起手机,走到前面带路。走了几步又觉得刚才的对话实在有够神经质,她扭头看着周柏野,"天马行空是你的技能吗?"

"还有个你没发现的二技能。"

"什么?"

"未卜先知,正前方三点钟的方向,你的麻烦在前方路口等着你。"

正前方三点钟，拉面店门口。

那位仿佛等候被触发对话的前任NPC站在那里，目光略带审视地看着他们。

周梓豪来的目的很简单，就是求和好。他终于从朋友那里打听到沈枝意住的小区，一大早赶过来，到处问，原本以为今天碰不见她，结果在拉面店门口碰见她跟他哥走在一起，有说有笑，很愉快的样子。

"早上好。"他将买好的礼物放进口袋里，对前女友和亲哥问，"吃过早饭吗？没有的话，一起？"

这家拉面店生意最火爆的时候是早上七八点，那时候买菜的老人和送孩子上培训班的家长会过来吃早餐。

现在已经过了繁忙的时候，里头的人不多。老板娘穿着围裙在指导儿子做作业，见到三个样貌出众的男女走进来，急忙站起来："吃些什么？"

周梓豪坐在沈枝意旁边，替她洗碗筷，头也不抬地对老板娘报菜单："三碗牛肉拉面，一份加辣加香菜，另外两份不加辣，还要三杯豆浆，加糖，谢谢。"

"好嘞。"

不远处的小孩儿见妈妈进了厨房，偷偷用遥控器打开电视，找到少儿节目看《喜羊羊与灰太狼》。

沈枝意抬头看着电视，懒羊羊被灰太狼抓走了，羊村里其他小羊紧急开展救援……剧情放到这儿，很神奇地跟梦里的接上了。

周梓豪洗了三人的碗筷，问周柏野："没记错的话，你们车队的人是在这小区买房了是吧？所以你跟枝意现在是住一个小区？"

沈枝意被他界限分明的语气弄得皱眉。她原本想直接走人，但碍于场上还有第三人，便坐着没动。

"嗯。"看着被端上来的面，周柏野随口回应了一声，又问，"牛肉拉面加辣加香菜会更好吃吗？"

周梓豪以为是在问他："你又吃不了——"

话没说完，却看见坐在自己旁边始终安静的沈枝意视线从电视上挪开，她目光迟缓地从小男孩身上慢吞吞挪到对面的周柏野身上。几秒的停顿显得她思考得格外认真，而后才回答了他的疑问。

"还不错，想试试吗？"

这时候，周梓豪才意识到，周柏野的话，不是问他。

而是问沈枝意。

"你们什么时候这么熟了？"周梓豪伸手从沈枝意身后去抽后面桌子上的纸巾，而后那只手就一直撑在沈枝意的椅子上没有动，从正面看去，像是将她揽在怀里。

他擅长在多人的场面把握主权，玩笑般问了这一句也不需要回答，随意就转了话题："你什么时候有空回去看看妈？她最近一直在念你。"

周柏野回答："再说。"

周梓豪没追问"再说"所指的具体时间是多久，又将视线转到沈枝意身上："要不要换个地方喝点东西？我来的时候看见附近有家甜品店。"

沈枝意拒绝得很干脆："不用，我已经吃饱了。"

周梓豪笑："担心什么，现在是白天，我只是想跟你谈谈。"

沈枝意语气淡淡："没什么好谈的。"

"我只是想——"

"是让我走的意思吗？"

两道声音同时响起，被打断的周梓豪皱着眉再次看向周柏野，不明白他这时候来打什么岔。周柏野却神色自得，带着股气死人的随意，坐在对面，一只手撑在桌上托着头，眼神潦草地落在他身上，又散漫地朝沈枝意那边转。

见两人同时朝他看来，周柏野"哦"了一声，笑道："我打扰到你们了？"

坐在角落的老板娘听见这边的动静，以为是要买单或加菜，从厨房出来问他们有什么需要。

"不用，谢谢。"周梓豪笑着跟老板娘说完后，川剧变脸似的收起脸上的表情，对周柏野说，"我以为你看不出来。"

"是吗？"周柏野笑，"我以为看不出来的那个人是你。"

周梓豪的表情顿时变得奇怪。

沈枝意满脑子的荒谬逐渐变成无语，最后认识到她和周梓豪之间如果没有最后一次对话，对方将一直纠缠不休。

她将筷子放在一边，从包里拿了纸巾，抽了一张后，剩下的都递给了身旁的人。

"如果你没吃饱的话，前面晨光文具旁边有家卖包子的也很好吃。"

说完，她才对周梓豪说："走吧。"

周梓豪和沈枝意一起出了店门。

坐在儿子旁边的老板娘才弄明白局势。她过来收拾碗筷的时候，问周柏野："你跟刚才那小伙子是兄弟啊？"

"看着不像吗？"周柏野笑着问。

"也不是……"

就是比起兄弟，更像情敌。

周梓豪就近找了一家粤式餐厅，两人坐了个包间。

服务员拿着菜单出去后，房间里就剩下他们两个人。周梓豪没有立刻提起想说的话题，而是先问了多比怎么样，沈枝意说还行。他又问她现在住的小区安全性怎么样，沈枝意也说还行。他提了无数个话题，换来的都是两个字结束。

他的能言善道像蜡烛一般逐渐燃尽，翻阅不到任何一个能缓和气氛的话题之后，才语气干涩地问沈枝意为什么。

"我们在一起这么多年，你怎么能做到这么狠心？"

他一直看着她，比起问她在不在乎，更想问的其实是她到底有没有爱过。

只是这话过于矫情，倘若一点感情都没有，谁又能耗费几年的时间。

可是为什么，他可以对天发誓在这段感情里，他从未爱过除她之外的人，所有的误会他都可以给出最诚实的解释，但让他无法接受的是，沈枝意不给他解释的机会。

"你希望得到什么样的答案？"

沈枝意本想平淡叙事，像点评他人的情感故事那样，只可惜做起来很难。她疲惫至极，发现分手是个比交往更难的课题。她看着周梓豪，沉默许久，才说："我也是爱过你的。"

"爱过"这两个字让周梓豪刹那间失去说话的能力，他想质问、想解释，甚至想把她直接带走到一个只有两个人的孤岛，但最后发现所有都行不通，暂时掌管身体的不是理智而是情绪。

这种感觉让他像是回到了父母离异的那天，他站在书房外，手里拿着奥特曼，想进去问妈妈自己能不能看动画片，却听见从门缝里传来的争吵。他们谈论着离婚，周建民说离婚可以，但周柏野她不能带走，张正梅在里面尖叫、扔东西，最后哭着骂周建民浑球王八蛋。

他听不懂争吵的意思，却觉得难过，正如现在他无法从沈枝意的话里得到自己想要的答案而感受到的难过。

"就因为你觉得我出轨了？"他像只丧家之犬，想要拉住她的手，却被她躲闪。

沈枝意不想让外面路过的人看笑话，压低声音问他："只是我觉得吗？"

"事实确实是没有不是吗？我爱的始终是你，你所有感到困惑的一切我都可以给你答案，你最起码应该给我一个解释的机会，而不是——"

门外，服务员几度停下脚步往里看。

沈枝意听不下去，打断他："你觉得有这个必要吗？"

交往的这些年，两人不是没有发生过争执。很多时候，他生气，沈枝意都不会主动跟他交流，等到两人都冷静下来，一个眼神碰撞，又和好如初。当初他觉得是两人间的默契，现在才后知后觉那段自己忽视的争吵冷淡期，不过是沈枝意不想听，或者说，是冷暴力。

他沉默，再开口时声音已经嘶哑："我现在才发现你这么心狠，所以无论我说什么，你都打定主意要分手了是吗？"

沈枝意看着他："你觉得问题都出在我这里吗？"

他表情颓唐："我爱你。"

"你真虚伪。"沈枝意看着他，语气淡淡。

"是，我恶心、虚伪又浑蛋，但我不能接受就这样分手。"

沈枝意看见他眼眶发红，哪怕竭力控制，眼泪还是掉了出来。他觉得丢脸，偏过头不让她看，这眼泪却浇灭了沈枝意的怒火，她在桌上抽了纸巾，递给周梓豪。

"小时候我妈不让我学美术，她扔掉我所有的画笔、撕烂我所有的画纸，外公外婆跟我说凡事要沟通、要争取，但我发现沟通和争取都没有用。在结果既定的情况下，交流只会让伤害加深，理解别人对我造成的伤害让我更为痛苦，这是我小时候就明白的道理。所以我不想去问，也不想去寻求一个答案，无论你有多少原因和苦衷，对我来说伤害都是真的。我无法接受第三个人出现在我们之间，哪怕你对她只是同情和愧疚，我都无法接受。

"所以你明白吗？我自私又独裁，我做不到站在你的角度替你着想，无论我们之间感情有多深，我都做不到抱着一个定时炸弹，在之后和你相处的时刻里，一边享受着甜蜜，一边想着会不会出现第二个、第三个让你心软的前女友。

"有出轨倾向、出轨行为，在我这里，都是死罪。"

沈枝意回家后在房间里待了一整个下午，周梓豪临走时说她好像从来没有爱过他。沈枝意沉默着没有说话，以为自己足够洒脱，但一个人独处才觉得心像是被人撕开了一道口子。

一个声音说沈枝意你有什么好难过的，做下的决定就不要有任何抱怨。

另一道声音质疑，说你明明可以用更温和的方式分手，而不是这么果断冷血，让他痛苦。

她感觉到冷，又感觉到疼，在床上蜷缩成一团，用被子死死抵住眼睛。一片黑暗里，多比温热柔软的舌头舔着她的后颈，它发出轻微的声响像在确认她此刻是否安好，而后躺在她身边，用脑袋贴着她的后背。

到这一刻，沈枝意才真的情绪崩溃。

她不知道是在为谁而哭，为周梓豪吗？不算是。为这段几年的感情吗？或许是。但更多的，是想起很多关于自己的事情、听见很多声音。

沈如清的声音、外公外婆的声音、亲戚朋友的声音，甚至还有她自己的声音。

这些声音剖析她这个人，说她看似温和实则果决，当初可以不顾沈如清的心情直接改报志愿，长达四年不跟沈如清联系，也不用她给的钱。

她是块捂不热的石头，有关于爱这个命题，她塞不下任何人，里面只有她自己，她最爱她自己、只爱她自己。

最后她发现，她最讨厌、最感到疲惫的，沈如清最常对她使用的冷暴力，不自觉也成为她解决问题、表达情绪的方式，她在用这种方式，让爱她的人感到痛苦。

不知道多少点，窗外一片漆黑，她终于感觉到饿。

起床打开冰箱，随便煮了包面，结果煮完后却毫无胃口。

门外传来动静，多比冲到门口，冲着门外一个劲儿地叫。沈枝意上前拉住多比，试图制止，结果一向听话的多比根本不听她的，她透过猫眼看见走廊声控灯亮着，却没有人。

有人拉开房门在问是谁家的狗一个劲儿地叫。

沈枝意拦着多比，打开房门："不好意思，是——"

话说到一半，因为看见站在隔壁房门前的人而止住。

是周柏野。

他穿着白天见面时的衣服，但线条小狗皱皱巴巴，眉毛处有一道伤口，血珠子往下滚，看起来吓人，却又意外地有一种诡异美感，像是病娇漫画里伤残版的反派大Boss，在经历了主角团的打击后一脸病弱地坐在自己王位上。

见她愣怔，他还颇有闲情逸致地靠在门上跟她打招呼。

"晚上好。"

其他人家大概觉得他有病，"啪"的一声关上房门。

走廊里只剩下沈枝意和周柏野站在外面。

多比探出来个脑袋冲周柏野叫个没完。

声控灯始终亮着，沈枝意一直看着他。

周柏野笑："怎么了？"

沈枝意问他："不疼吗？"

周柏野伸手碰了下自己的伤口："哦，你说这个，还行。"

"但它在流血，你不打算包扎吗？"

多比终于安静。声控灯暗了，昏暗的光线藏住沈枝意的表情，只有声音真切。

"没药啊，也懒得去医院。"

"我这儿有。"

沈枝意将房门拉得更开，屋里的灯光往外流淌，漫过她的脚踝。周柏野视线也落在那里，直到听见她平淡的邀请，才抬眸看向她的脸。

她问他："我可以帮你，你需要吗？"

晚上的时候，郁从轩叫周柏野出来吃饭，约的地方说是绥北老字号，当时说得神乎其神，他到了之后才发现是个烧烤摊。郁从轩穿了个老头背心随便找了条沙滩裤，和饼干坐在路边跟他挥手打招呼。饼干刚从绥北机场落地就被喊来这儿，行李箱还丢在车上，一个劲儿地挽袖子。

他们是通过周柏野认识的，准确来说，郁从轩微信列表里所有玩赛车的朋友，都是通过周柏野认识的。

饼干替周柏野拉开椅子："你们不是昨晚才喝完酒吗？怎么今天就约烧烤。搞这么腻歪，谈恋爱啊？"

郁从轩看了周柏野一眼："只怕恋爱的另有其人。"

饼干人昏昏沉沉，却在听见八卦后格外清醒："租猫牙房子的那妹妹？"

"哟，还住隔壁呢？难怪昨晚一起不见人影，敢情近水楼台先得月去了。"

压根不需要周柏野接话，他们已经自己把话题聊了下去，而且越来越离谱，甚至已经扩散到帮他支招怎么追人。周柏野坐在塑料椅上看他们扯淡，等两人说完一长串套路后，才轻飘飘地丢了一句："她前男友是我亲弟。"

郁从轩心说这是什么剧情。

饼干更是傻眼："你还有个亲弟？"

郁从轩跟周柏野是小学同学，之前都在南岛外国语读的。说来周柏野也算是绥北土著，只是小学没读完就跟他爸去了京北。他家的事儿郁从轩也知道个大概，拍拍饼干的肩膀："周柏野多的是你不知道的事，之前有个电视台在广告之后放的那些家庭剧的预告你听过吧？你把那些狗血的全整一块儿，就能拼凑出他的家。"

郁从轩老板当惯了，玩笑话说得跟真心话一样。

饼干扭头看向周柏野，眼神里就写了三个字：你好惨。

"神经。"周柏野原本挺矫情地在用纸巾擦面前桌面，面无表情地接了一句，"你不如说我没有家。"

郁从轩从善如流："他没有家，有的只是几栋冰冷的大别墅，还有若干跑车。"

他没压着声音，在外面大排档吃饭，周围坐了不少光着膀子一块儿吃饭的老大哥，这些人都长得类似，一眼扫去差不多都是一样的脸，唯一的区别只是身材，有的高胖，有的矮胖。最近的一桌地上放了不少空酒瓶，桌上五六个人已经喝高了，高声讨论着某个不在场的朋友装相，说着自己有本事其实压根屁都不是，话音刚落，郁从轩的这句就恰巧接上了。

几个人顿时朝他们看了过来。

说起来也是郁从轩场合没选对,哪怕他自己穿得足够亲民,但忘了周柏野无论在哪儿都有种惹人生气的本事。

他跟饼干坐得端正,脸上开玩笑时的笑意还没收,但那位大佬靠坐在塑料椅上,手里扯着找老板要的湿纸巾,手腕搭在桌上擦得很漫不经心,听见调侃的话,脸上笑容也淡,像是早已习以为常,带着股挺招人恨的劲儿。

有个喝红了脸的大哥咬着花生,笑着说:"嫌弃这儿环境不好,去五星级饭店吃啊,一个劲儿地擦桌子不累啊老弟?"

饼干少爷脾气顿时就来了,皱着眉刚想怼一句,郁从轩就打了圆场:"他有点儿洁癖。"

那大哥看着周柏野:"有洁癖来这儿吃啥啊?这不装嘛。"

郁从轩顿时也有点儿不开心。

饼干拍桌子站起来:"怎么说话的啊你们?"

烧烤店的老板平时看惯了这种事,喝酒上头吵架闹事很正常,前几年管控没那么严格,几乎每隔几天就有人打架,这几年绥北治安变好,晚上有警察来这边巡逻,才变成口头之争。他已经走到玻璃门后,拿起手机打算打110,就听八风不动坐那儿的帅哥语气平淡地说:"医生让我注意点儿卫生,让你们不舒服抱歉啊。"

郁从轩一脸麻木地坐了下来。

饼干沉默着放下握成拳的手,看那边的大哥从生气变成了不好意思,有种放了个大招结果对方来了句愿世界和平的诙谐感。

郁从轩看着周柏野,很是不解,说:"你们车队经理就没说让你嚣张点儿吗?"

"你说话小声点。"周柏野说,"吵到病人耳朵了。"

就……很割裂。

周柏野一个在赛车场上争分夺秒的人,结果性格异常平和。郁从轩记得有一年去国外看周柏野,结果两人晚上在回去的路上被打劫,他看见周柏野一点反抗的架势都没有,相当干脆利落甚至还没等对方说完台词就交出了自己的钱包。

"你怎么就……"

怎么评论呢？不够帅、不够跩、不够酷，再或者说不够中二，太颓。

周柏野不太在意这些，或者说，他对绝大多数事都抱着无所谓的态度。至于他在意的东西，郁从轩也没看见几件，原以为自己也看不着，结果就去买单上厕所的工夫，出来就听见外面闹成一团。老板刚报完警，拍着大腿跟他说："你朋友在马路边跟人打起来了！"

郁从轩蒙了："我哪个朋友？"

"你生病那个朋友啊！刚从医院出来的那个！"老板急得直跺脚，"哎哟，你快去看看吧，我看那几个人都拿酒瓶过去了！"

…………

"所以——"

沈枝意听他简单叙述受伤原因后，十分匪夷所思："别人骂你，你没生气，但他们朝你的车吐痰，你就跟他们打起来了？"

周柏野坐在她家落地窗前的懒人沙发上，对着她拿出来的化妆镜，自己给伤口消毒。消毒水碰到伤口，他皱眉，看向沈枝意，语气有些困惑地问："不值得生气吗？"

沈枝意坐在他对面，把镜子重新扶正："我只是以为，在他们说你的时候，你就会生气。"

周柏野："不至于，被骂又不会少块骨头，当没听见就行。"

沈枝意"哦"了一声："所以，对你造成实质伤害，你才会生气？"

"分情况。"周柏野给她打了个比方，"别人朝你的画板吐痰。"

沈枝意的脸色顿时变了："你换个比方。"

周柏野说："我的车就相当于你的画板。"

落地窗的窗帘开着，外面天色漆黑如墨，客厅中央挂着的时钟显示现在是晚上十一点。

他说完这句后，两人安静了下来。周柏野把用过的棉签一个个收起来，从桌上抽了纸巾包住，又丢进垃圾桶。沈枝意抱着膝盖拿起手机连接蓝牙，用客厅的音响放了自己收藏列表里的歌。

是一首韩文歌。沈枝意听歌很杂，什么类型的都会听一点，旋律和声音大于歌词含义。

她放歌的时候没问周柏野听不听，音乐直接跳出来。

周柏野想起她之前评价自己的那句"自我",这两个字现在也出现在他对她的印象之中。但这种自我不坏,最起码让他觉得挺酷,这种酷基于沈枝意的外貌和给人的第一印象,看起来温柔文静,说话轻声细语。

情绪也挺稳定,周梓豪求婚那次在外面拍门成那样,她在里面情绪都没什么变化。

他跟她在一起的时候,总喜欢看着她,有时候是看她的脸,有时候是看她的反应。

沈枝意这人挺有趣的,他从她身上看见和自己相似又不同的部分,这些部分让他产生探究欲。

这种有趣就好比此刻。

她随便放的一首歌,歌词第一句就是"Hey there how are you"。

第一句唱完,她看着他,随口哼出了下一句。

只不过歌词是:I'm fine thank you very much.

而她说:I'm not good.

郁从轩私下跟他说,觉得沈枝意跟她领导Ruby不一样。Ruby是那种开玩笑或者干什么都不会在意的类型,但沈枝意不会,她会在意、会认真,看着太乖了,在酒吧看着都觉得跟这场所格格不入,她应该出入的是美术馆之类文艺的地方。

还有一句忠告是——

"不管你们之间是什么情况,在我看来,你们不合适,不是一个世界的人。"

他看着沈枝意的时候,沈枝意也在看着他。之前林晓秋问她周柏野是几分帅哥,当时含糊过去没给答案。但要按照她的审美,是可以给到满分的。他五官全长在她的审美点上,所以很多时候,她愿意和他待在一起,他的脸,以及跟他聊天的感觉,都让她觉像是自己年少时期脑海中创造的那个理想型。

韩文歌唱到Rap部分,听不懂的语言,只能听出层层递进的情感,还有偶尔唱出的那句"How are you",都奇异得像是在问此刻共处一室的两人内心感受。

周柏野说:"歌词不错。"

沈枝意问:"你听得懂?"

周柏野跟着旋律缓慢点头，看着她的眼睛说："It's nice to see you，这句不错。"

这个气氛是该有酒，不然她想笑，跟晚上的情绪割裂得像是两个人。

她忍了会儿，还是起身去冰箱拿了一瓶红酒出来。她倒了两杯酒，将其中一杯放在周柏野面前："你要是不想喝，等我喝完，可以喝你那杯。"

话还没说完，周柏野就已经拿起来喝了。

沈枝意又在卧室拿出一个小夜灯放在桌上，她问周柏野能不能关灯。

周柏野说："你能我就能啊。"

沈枝意去把客厅的灯关上。

房间顿时暗了下来，只有桌上这盏玫瑰红的小灯亮着。

歌曲一首放完又进入下一首，沈枝意端着酒杯，看着桌上落着的光对周柏野说："我今天让你弟哭了。"

"那他还挺能哭。"周柏野说。

沈枝意已经习惯周柏野的说话风格，她托腮盯着周柏野看了会儿，又抿了口酒，才慢吞吞地问："跟前任的哥哥诉苦，会不会有点奇怪？"

她的手指在桌上追着光的影子触碰，低着头，睫毛很长，看起来身形单薄。同样是坐着灰色的懒人沙发，她像是被沙发给困住，表情看不出为此困惑，但声音很低。

周柏野终于起身，坐直，学着她的动作手撑在桌上。

"那你说——"

他声音很慢，因为模仿着她的语调而显得漫不经心。

光影推着他的手往前，碰上她的手指。

沈枝意怔然抬眸，对上一双带笑的眼。

他看着她，在暧昧的情歌中，笑着问她：

"觉得弟弟的女朋友很有趣，算奇怪吗？"

## 第 四 章

可乐

00 00 23

沈枝意本想纠正他不是女朋友,是前女友。

但周柏野已经轻飘飘地转移了话题,他看着窗外,问沈枝意看没看见外面飞过的鸟。

沈枝意转过身,双手撑在地上,膝盖跪在懒人沙发上,凑到落地窗前往外看。全是黑的,星星、月亮都看不见,窗户上只倒映着屋里的灯光。她完全没看见周柏野说的鸟,有些困惑地扭头,想问他鸟在哪儿,视线却忽然停住。

因为周柏野的手撑在桌子上,一双眼直勾勾地看着她。

沈枝意不再动,外国歌手暧昧地唱着没人想认真听的歌词,她跟他隔着朦胧灯光对视着。许久,她才问:"周柏野,暧昧是你信手拈来的技能吗?"

周柏野笑了起来。

"还好吗?你看起来像是喝醉了。"

他没有回答她的话,轻飘飘地换了个话题,然后站起身,朝她伸出手想要拉她起来。

沈枝意歪着头看他的手,又看他的脸,最后看着他的眼睛。

"你这样看我,会不会觉得我很矮?"她问。

周柏野想了想,回答说:"是有点。"

"啊……"

她皱眉,然后让出了一点位置:"那你可以坐在我旁边吗?我找不到你说的那只鸟。"

多比比周柏野先动,跑到她旁边紧挨着她,甚至学着她的姿势一起看向周柏野。

于是在周柏野眼里，面前的画面就很奇妙。

沈枝意穿着一身白色家居服，长发散乱，趴在那里像个煮熟了等待出锅的白面馒头，旁边则坐着一个黄色的红糖包子。

"白面馒头"说："多比，你走开。"

"红糖包子"舔她的手："汪！"

撒娇耍赖，总之就是不走。

桌上放着的红酒喝了大半，她杯子里只留了一点浅浅的红色。

周柏野在她面前蹲下，看着她有些泛红的脸，问她："怎么没看见，不就在你后面吗？"

门口传来动静，又有晚归的人到家。

多比跑到玄关的位置，沈枝意旁边空出来，周柏野这才坐下。沙发凹陷下去一块，沈枝意跟着倾斜，脸碰到他的胳膊，又像是被人摁住暂停键似的，没有动弹。

上次她以为周柏野喷了香水，现在靠近才发现不是，大概是洗衣粉或沐浴露的味道，跟体温杂糅在一起，不够冷冽，有股吸引人靠近的温暖，像她晚上睡过的枕头和被子。

周柏野也没说话，她能感受到他的视线停留在自己身上。能够思考的内容却并不多，直到几秒过后，她才慢吞吞地坐起来，和他并肩看着落地窗外那只根本不存在的鸟。

话题聊得很奇怪，有一搭没一搭，什么都说一点，又什么都不够深入。

聊音乐，只聊现在在放的哪几首好听，翻译着歌词的含义，说如果是中文歌或许也不错。

聊天气，说京北跟绥北天气差异很大，那边干燥这边潮湿，晨间出门湿漉漉地像是在下雨，结果没有。

聊心情，不聊过去，只聊现在。

沈枝意聊到打了个哈欠，已经忘了两人话说到哪里，桌上的红酒空了一瓶又一瓶。

她觉得自己有些醉，因为低头的时候，才看见两人的手不知道什么时候挨在了一起，肩膀也挨在一起，影子很亲密地被灯光拉长靠在一起，像一对共享秘密的情侣。

她盯着影子看，忽然听见周柏野说："烦。"

她扭头，看见他皱着眉，脸上满是不爽，问她："你说我是不是下手太轻了？"

沈枝意有些困惑："什么？"

周柏野回答她："冲我的车吐痰的那几个人。"

她沉默片刻，忍不住笑："这么记仇吗周柏野？我以为这个话题已经过去很久了。"

"但不爽会持续很久，那是我的新车。"周柏野格外较真，"新车你懂吗？我刚提车不满二十四小时，方向盘都还没跟我混熟。"

沈枝意表示理解，但困惑："你要在绥北待很久吗？"

周柏野看着窗外："或许。"

"哦。"沈枝意应了一声，下巴搁在自己膝盖上。

两人一时间没有再说话。

她歌单里有一首歌是周柏野喜欢的，她看见周柏野表情享受，他没说要走，也没问她为什么要他留下，就坐在她旁边，一直到天空泛起鱼肚白，手机都响起电量告罄的声响。

沈枝意不知道自己有没有睡着，意识飘忽，问周柏野："几点了？"

周柏野看了眼客厅的挂钟："四点半，你困了吗？"

沈枝意揉揉自己的脸："你想看日出吗？再过一会儿，太阳会出来。"

周柏野扭头看着她。

她抬头回视。

他轻笑："沈枝意，暧昧是你信手拈来的技能吗？"

沈枝意想了想，轻声对他说："你好像喝醉了。"

她的心跳在萌芽，克制地撞击着她的掌心。

她又看周柏野，他看着窗外，唇边挂着弧度很浅的笑意，看起来永远游刃有余的样子。他侧脸像周梓豪的部分只有鼻梁的弧度，衣服领口开得不低，锁骨上有一颗浅色小痣，因为过于清晰而让她反应过来，他皮肤很白。

这样的场景让她生出些荒唐的渴望。

不想遏制，只想让它肆无忌惮地滋生蔓延。

于是,她在安静中喊出他的名字,在他看过来时,问他:"你杯子里的酒,会不会比我的好喝?"

鸡蛋黄被云层推着升上天空,他口中的鸟在这一刻终于出现在窗外。

"不知道啊。"

他回答着她的话,又问她:"要试一下吗?"

他看着她的眼睛。

沈枝意低头,手指像蜗牛,慢吞吞地勾住了他的尾指。

"试——"

话还没说完,周柏野已经扣住她的后脑勺,低头亲了下来。

吉他忽然响起的一声。

"啪嗒"一下,天空彻底亮了起来。

沈枝意闭着眼,攥着他尾指的手被他包裹在手里,强迫性地往自己腰部的方向拉,带着她找支点。

他衣服的面料柔软,沈枝意有些分心地想,他挑的不是款式,而是舒适度吗?

周柏野接吻蛮横,跟他开车时的样子有所重叠,无所顾忌、一味往前,刚贴上来就撬开她的唇,伸进去追逐她的舌尖。

沈枝意没招架过这样的接吻方式,有些慌乱地往后躲,却被周柏野扣住后颈。

他声音慵懒又带着明显的情欲,问她:"躲什么?"

"没——你……你到底接没接过——"她后面的话说不出来,报复性地被他咬住了下唇。

沈枝意连睫毛都在颤,觉得自己像是减肥失败的人一气之下开始报复性饮食,周柏野就是她烦乱之下点的昂贵外卖,也不想清楚自己到底能不能消费得起,被动地张开唇任由他攻城掠地。

周柏野这时候才知道问,逐步请教,语气谦逊:"是这么亲吗?"

沈枝意无暇思考,只能给出一个字的单调回应:"嗯……"

周柏野就笑:"'嗯'是什么意思?是还是不是?"

他舌尖扫过她的上颚,沈枝意顿时就像是被人掐住后颈一样,整个人都失去力道,脑子里"啪嗒"一声,理智的弦断了好几根。她想躲,这次又真的被他扣住后颈,他的手指摩挲着,带起一阵战栗的痒意。

"跟他没亲过吗?"

沈枝意不喜欢在这时候提起周梓豪,清醒时才该想的事情不适合现在。

她不甘心落于下风,搭在他肩上的手碰着他的后脑勺,手指无规律地轻点,又慢慢来到他的耳朵。

周柏野发出一声喘息,而后紧咬着她的唇,手臂上的青筋暴起,紧紧扣着她的手。

"沈枝意——"

他的气息近在咫尺,空气被掠夺得只能两人共享。

他低眸,看着她紧闭的眼和颤抖的睫毛,而后伸手,扣着她后脑勺的手将她更近地送到自己面前。

他一边亲她,一边对她说:"我菜得很,你多教教我,关于接吻。"

他的手很规矩,没有触碰她其他部位。

但接触的部位却不停摩挲,拇指不停揉着她的后颈,手腕的脉搏处也被他紧贴。

她的心跳完全藏不住,喘息也藏不住。可是跟周柏野接吻的感觉实在是太好,他平时给人的感觉是松弛的,接吻时却异常强势,不许她躲、不许她退,舌头都搅在一起,在口腔中发出黏腻暧昧的声响。这声音让她面红耳赤,分不出闲心去回答他的话。

周柏野却像是发现新大陆,他不懂接吻要闭上眼,像研究赛车场上对手的驾驶技术那样,分析着她的动作。

然后,两只手同时松开。

沈枝意睁开眼,以为这个吻要跟着日出一起结束,却对上他明亮的眼。

"你——"

他捂住了她的耳朵,然后又一次亲了下来。

这次,所有声音变得更加清晰。

黏腻的水声、呼吸的声音、心跳声,还有彼此的喘息声,甚至能听见他不时发出满意的、略显色情的——

肯定声。

沈枝意这才发现自己招惹错了人。

她以为自己选择了一个不需要负责的浪子，却无意间招惹了一个进阶玩家。

天是亮了，但今天不可能仅限于一个吻。

"沈枝意，鸟都飞走了。"

他的声音清晰地传递到耳边。

连手心都跟着痒，她的心里七上八下，听见他喘着问她：

"还要尝一下吗？

"我杯子里的酒。"

有一点，沈枝意误会周柏野了。

这是他第一次接吻，没有技巧，全是情感。

甚至意犹未尽，上一次给他这种感觉的，还是刚结束的赛车比赛。

但沈枝意有些愣怔。她唇色殷红，上面蒙了一层暧昧的水光，他的手指插进她的头发之中，贴着她的后颈，像在安抚受惊的小动物。

沈枝意呼吸间全是周柏野的气息，她头昏脑涨，仰头看着他的脸。

他的下唇有一个清楚的咬痕，凹陷下去的一点齿印是她被舔弄时忍不住咬下去的，此刻清晰地印在上面。

"留印了。"她伸手去碰，手指刚贴上他的嘴唇，就被他张口咬住，食指被他叼在嘴里，刹那间让沈枝意幻视叼着磨牙棒到处跑的多比，"你干什么？"

"想接吻啊。"

他的手指点着她后颈，暗示意味明显，说话时偶尔碰到她的手指，酥麻的痒。

他回答得也直白，不给她任何躲闪的可能，直勾勾地看着她的眼睛。

沈枝意用手指压着他的唇："今天能消印吗？"

她想着办法，问他要不要戴个口罩，如果他要出门的话。

周柏野没说话，眼里似燃着火，始终看着她。

两人的距离那么近，刚才亲着亲着，沈枝意被搂抱着坐在他腿上，臀部压着他的膝盖，又在啄吻间不自觉往前，是感受到异常的，只不过当时没工夫在意，此刻亲吻间歇，她低眸看向他的休闲裤。

周柏野丝毫没有隐藏的意思，坦然地顺着她的眼神看了眼自己，又看向

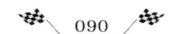

她,语气略带赞赏,夸她:"厉害。"

"你也不赖。"

她指腹摩挲他的唇,声线很柔,嘴唇几乎是贴在他的肩膀上:"周柏野,松开我的手。"

周柏野看出她的意图,松开唇,同时撤下自己的双手,撑在她臀部两侧。

他将距离拉得很近,让她能轻易达到自己的意图。

沈枝意的靠近却缓慢,眼神在他脸上扫视一圈,在亲吻他唇之前,先落在了他下颌上:"有一点扎。"

他的手指克制地停在她睡裤缝合线周围,轻声应她:"下次注意。"

沈枝意也跟着"嗯"了一声,她慢吞吞地往上,亲吻他的唇角,感觉到他怔了一下后,又慢慢贴近过去碰上他的唇。

他们断断续续地接吻。

停下来时,周柏野就捏着她的手指,揉捏、摩挲,尽管没有语言交流,但肢体的轻微接触更让人心痒难耐。

桌上放着的汽水开着,易拉罐拉环在周柏野手指上,沙发并不算大,上面铺着红白波点的盖布,两人之间只能空出一只多比的距离,他靠在扶手上,晃着拉环看着窗外的天色。

八点的天,太阳不知道躲哪儿去了,天空蓝白相间,看着干净透彻,适合晨跑,适合散步,但不适合在屋里暧昧不明。

沈枝意看着他的手指,又看着他的脸。偶尔他的视线落过来,两人对视的时候,沈枝意感觉到疏离,觉得他的目光冷淡,看着她也只是在打量,仿佛欣赏一件挂出来的艺术品。

"你介意我画画吗?"她问。

周柏野看着她的唇,问:"画我?"

沈枝意点头,坐在地上从茶几下面拿出自己的画纸和铅笔。

她动作很迟缓,手撑着脑袋,目光不够清明,却像是被风吹动的蒲公英,从他揉乱的领口一路来到他的眼睛。

周柏野在这种注视下忽然有些想抽烟,但他已经戒烟很久了。

之前在国外没人管,身边的同学抽烟、喝酒都会叫上他,一帮人开派对,他坐在最边缘,那些人问"你为什么这么不合群",然后他从烟盒里抽出一根烟,夹在手上,擦亮打火机后,吸了一口,呛得眼睛都红。

大概有一年的时间,抽烟、喝酒、跟别人飙车,但这也没意思,烟瘾犯的时候他会觉得烦,不喜欢这种欲望被控制的感觉,这让他觉得不够自由,于是戒烟。回国的时候,周建民丢给他一包烟和一把车钥匙,看他的眼神跟此刻沈枝意看向他的眼神雷同。

审视、观察,像是要剥了这层玩世不恭的皮囊,看清楚他究竟是个怎么样的人。

沈枝意眼里没有情欲、没有兴趣,只有好奇。

这就很有趣。

他在这时候想起周梓豪。

周梓豪的很多行为在他看来都幼稚。他们相差两岁,周建民和张正梅没离婚之前,周梓豪总喜欢跟在他屁股后面跑。

他玩的玩具,周梓豪要一样的。

他交往的朋友,周梓豪也跟他们当朋友。

他听的音乐、看的动画片,全被周梓豪复制一遍。

之后周梓豪因为恋爱惹事,他从国外回来帮周梓豪处理烂摊子,走进办公室的时候觉得他这个弟弟简直蠢透了,更无法理解恋爱这玩意儿除了让人脑袋空空,究竟还有什么别的作用。

但在比赛那天,从车上下来,外面都是欢呼,所有的目光都朝着他而来,唯独站在他弟旁边的沈枝意没有。

她看着周梓豪,只看着周梓豪。

现在这双曾装过周梓豪的眼睛看着他。

接吻的时候,他揉过她的长发、摸过她的后颈、揽过她柔软的腰肢,哦,在她贴过来时,手臂也碰到过她胸前的柔软。

他猜她在这时候想不起来周梓豪是他弟,就像他那时候忘了她是周梓豪的女朋友。

沈枝意问他在看什么。

他手肘撑在膝盖上,拉近了距离,伸手撩开沈枝意散乱遮住侧脸的长发:"你跟他接吻之后,也会给他画画吗?"

沈枝意没有停笔也没有抬眼,专注在自己的画纸上。铅笔摩挲,在纸上发出沙沙的声响。

"这时候谈论前任不会显得很没品吗？"

"你是要当道德标兵吗？"周柏野笑，"没道德有什么不好？"

沈枝意画纸上已经出现了一个大概的他，靠在沙发上，坐姿懒散，神情慵懒，手上夹着一根烟，烟雾往上，模糊了他的眼。

她站起身，揉了揉自己的肩颈，把画纸递给他："那我会觉得你很危险。"

她走到门口，打开房门，嘴唇还泛着不自然的红，眼睛却已经冷静下来。

"送你的礼物，祝你睡个好觉。"

周柏野起身走到门口，却没有立刻出去。他拉着她的手，摊开，然后捉住她的无名指，把易拉罐拉环套了上去。

沈枝意有些莫名地看向他。

周柏野弯下腰，敞开的领口露出一片白皙的肌肤和漂亮的锁骨，手撑着她敞开的门。外面有"咯吱"声，这一层尽头处一户人家打开了房门，有人走了出来，打着哈欠咒骂周末都要加班的魔鬼公司。

"怕被人发现？"他将沈枝意几乎罩在了怀里，眼里带着些笑意看着她。门外的咒骂声渐渐低了下来，那人的脚步也停住，像是在电梯门口，也像是在她家拐角。

沈枝意推他，不自在地别开脸。

她在意被人看见，周柏野却完全不在乎，伸出手指拨了一下她无名指上的拉环。

然后，他不再说什么，笑了一声，就走了。

周柏野走后，周梓豪开始给她发消息。屏幕都放不下的长文字，沈枝意坐在乱糟糟的沙发上看完了。他谈论了过去，说起第一次见到她就喜欢，一见钟情就是最好的释义。他没见过比她更特别的女生，也许他骨子里就是犯贱，喜欢哪怕交往，沈枝意也不怎么把他放在心上、当回事儿的样子。

文字里他比她更了解沈枝意，爱吃牛腩不爱吃苦瓜生姜，喜欢桑葚不喜欢荔枝，生气的时候不喜欢搭理人。他说她独立冷淡，又说她温柔善良。他将世间所有美好的词都用在了她身上，最后更赠予祝福。

他说，没人比我更希望你快乐。

堪比高考作文的文章里，只有最后一句触动了她。

她身上还残留着周柏野的味道，他身上的味道在她紧攥着他袖口的时候被留在了她指尖，同那枚忘记摘下来的拉环一起转啊转。她举着手机躺在沙发上，怔怔地看着天花板，许久没说话。

直到屏幕显示外婆的来电，她接通，听见的第一句就是外婆的疑问。

"枝意，你表姨说你在绥北谈恋爱了，是真的吗？"

她握着手机，张嘴又闭上，拉环尖锐的部分顶着掌心，在疼痛中恍惚明白了今天的勇气，原来都是在为之后的转折做铺垫。

在从绥北到随泽的高铁上，沈枝意向Ruby请了假。

Ruby发来一个问号：是你疯了还是我疯了？项目要开始了你跟我请假？什么原因？

沈枝意：家里有点事。

Ruby：谁家里还没点事了，小陈阑尾炎手术都只请了三天假，你请七天？

沈枝意：我妈说要跟我断绝关系，让我回去把户口转走，这件事算大吗？

Ruby不回复了。

列车进了隧道，周围乌漆墨黑，对面抱着小孩儿的女人低声哄着说"不要怕，马上就能看到太阳啦""妈妈在呢，你怕什么"，沈枝意别过脸，看见车窗玻璃上自己满脸冷漠。

她当初离开随泽的时候在高铁上哭了一场，隔壁坐着的老人家分给她不少吃的安慰她，让她不要难过，离开的时候都是悲伤的，但人生不就是分分合合、合合分分嘛。老人家让她坚强，想父母了可以随时回来，反正交通这么方便。

她嘴里说着谢谢奶奶，抽纸巾擦干眼泪，然后打开手机给沈如清设置不看她的朋友圈，以及不让沈如清看她的朋友圈。

她料定自己不会频繁回随泽，抛开过年和国庆这样假日多的节日，工作后也果然很少回去。

出高铁站，发现随泽变化不小。高铁站门口开起了博物馆，旁边就是市政府，她在路口找了一辆出租车，跟司机说："到池花小区。"

司机笑了一声，说："很久没回来了吧？池花小区都改名啦，现在叫富安小区。"

沈枝意"嗯"了一声,说自己是很久没有回来。她一路看着窗外,发现绿尾湖边都设置了防护栏,两侧的垂杨柳倒始终茂密,原本旁边一排排开的都是龙虾烧烤店,现如今只保留了几家,其他变成了清吧和甜品店。

司机说:"这几年不少年轻人回来创业,东西都搞得新鲜。晚上这儿可热闹了,再前一段路,晚上还会有学生过来唱歌,你晚上闲着无聊,可以过来看看。"

沈枝意这趟回来不会有无聊的时候,但仍然谢过司机的好意。

随泽地方小,从高铁站到小区只花了二十分钟的时间。她站在楼下,发现一切都没有变,除了小区变得更老、楼下娱乐设施玩耍的小孩儿换了一拨,其他都还是记忆中的样子。

她上楼,走到家门口,听见屋里面表姨和外婆说话的声音。

"孩子大了,有自己的想法是正常的,要不是遥遥跟我说——遥遥您不记得啦?就是二姑她孙女呀,也在绥北待着呢,在电视台工作,当记者,可有出息啦。这不是前段时间她妈生日嘛,她就回来了,饭桌上说起枝意,遥遥说在路上撞见过枝意跟她男朋友!"

外婆连忙"哦"了好几声:"遥遥啊——我记得记得,哎哟,孩子大了,谈恋爱正常。但李梅啊,你知道你姐的脾气,你也别直接跟她说这件事儿啊,现在好了,母女俩本来就有矛盾,如清那事儿你也知道,她跟别的家长不一样,不希望孩子恋爱结婚,她排斥这事儿,怕枝意步她的后尘。枝意大学志愿那事儿在她心里就是一根刺,现在好了,刺更深了!"

男人不以为然地"唉"了一声,咂着嘴,声音粗粝:"当初她在我们家,我就觉得这孩子太冷了。我们对她那么好,好吃好喝地伺候着,我每天接送她上下学,有时候连小辉放学时间都错过,结果现在电话都不打一通。上回李梅给她发微信,到现在都没回,可真够让人心寒的。"

是表姨夫。

沈枝意站在门口的脚步停住,心里像是被人揉了一把的呼吸紧促感又来了。

外婆不喜欢听别人说沈枝意坏话,没接话,说让他们先吃着,她出去看看怎么老沈还没回来,结果一拉开房门,就看见站在门口的沈枝意。

外婆头发白了不少,腰不自觉弯了下来。年近七十五岁的老人眼睛昏花,辨认了好一会儿,才"哟"了一声,拉着沈枝意的手:"意意回来啦!"

她高兴地拍着沈枝意的后背,看看她的脸又摸摸她的手。

"外婆——"沈枝意声音很轻,鼻音就显得没那么明显。

外婆笑着摩挲着她的手背:"怎么这时候回来啦?你不是上班吗?不忙吗?唉,看外婆都忘了,里面说话。来来来,跟外婆进屋!"

沈如清不在家里,表姨和表姨夫坐在餐桌前,桌上七八道菜都没剩下什么,沙发上穿中学校服的男孩儿玩着手机,游戏音效外放得挺大声。

表姨惊喜地看着她,完全忘了自己刚才在背后说了她什么,急忙对沙发上的儿子说:"小辉,别玩了!你姐回来了!你枝意姐!"

张辉不耐烦地"啧"了一声,本想说什么枝意姐,他哪那么多姐,结果抬头看见沈枝意后,愣了一下,乖乖地喊了一声"姐姐"。

表姨夫嚼着花生,看着她,不冷不热地说了句"枝意回来了啊",之后就没多说些什么。

外婆拉着沈枝意的手,让她喊表姨、表姨夫。

沈枝意如外婆的意,都喊了一遍。

"你妈估计快回来了。"外婆叹了口气,对她说,"你知道你妈的脾气,估计没那么容易消气。一会儿啊,你别跟她吵,她年纪大了身体不好,你能包容的就多包容——"

话音未落,表姨夫就打断道:"前段时间刚做完手术,陪床都是你表姨陪着的,你妈还不让跟你说,怕耽误你工作。"

沈枝意完全不知道这件事,沈如清在她印象中几乎没有生病的时候,她自己又是医生,全家谁生病她都是最冷静的。哪怕她小学出水痘,外婆吓得睡不着觉,沈如清都能冷静地去上夜班,只在回来的时候让她别到处乱挠。

比起惊讶,更多的是难以置信。

表姨白了表姨夫一眼:"你说这个干吗!姐都说了不让跟孩子说!"又跟沈枝意说,"你别担心,你妈那是小手术,现在恢复得不错。你妈同事给开的刀,就说之后静养,不能乱发脾气。"

沈枝意语气干涩地问外婆:"我妈什么时候动的手术?"

外婆原本不想说,叹了口气,拍着沈枝意手背跟她说:"半个多月前动的手术。"

半个多月前。

那时候她忙着分手、搬家，只顾着想自己的事情，累得每天回家只想躺着。

无暇思考跟沈如清之间的冷战，也不想主动去调和。

现在却被告知，那段时间沈如清在动手术，所有人都知道，只有她不知道。

她喉咙里像吞了块刀片，一路上想好的话到现在全部给剁得稀烂。

在这个时候，虚掩的大门被人从外拉开。

沈如清冷淡高傲的声音同时传了进来——"就算你找过来，我也不会认可你。"

一道熟悉的男声紧随其后，温顺地表示歉意："阿姨，我没有别的意思，只是想表达我的歉意。"

"咯吱"一声。

在门彻底打开后，交谈声全部终止。

沈如清看见许久未归家的女儿，表情里没有惊喜，只有审视。

她身旁，是两手提满了礼物的周梓豪。

外人面前，沈如清就算再生气，也会给沈枝意一点面子，拎着自己的包边进屋边问："多久到的？"

沈枝意说："刚到没多久。"

沈如清"嗯"了一声，把包放在沙发上，跟饭桌上的表妹和表妹夫打了个招呼。

没人招呼周梓豪，他自己进来，两手提的人参、燕窝，还有各类名贵补品，都放在了桌上。

张成从饭桌上伸着脖子凑过来看了一眼，然后"嚯"了一声："带这么多东西呢。"

李梅拍他胳膊："别作声！"

他们的儿子张辉从小就怕沈如清，一看她回家立马就收了手机，一双小眼睛看看沈枝意又看看周梓豪，最后笑着问沈枝意："姐，这是你男朋友吗？"

沈如清看他一眼："你作业写完了吗？才多大年纪就男朋友、女朋友的。"

张辉瘪瘪嘴:"……我又不是不上网,那些情侣博主秀恩爱谁还没看过?"后面的话逐渐变低,最后扛不住强压,找张成要了家里钥匙直接溜了。

张辉走后不久,李梅就借口要加班拉着张成离开了。

外婆就沈如清支开出去找市场买菜的外公回家。外婆临走前不放心,频繁回头看着沈枝意,跟小时候对沈枝意支招一样,一个劲儿地用口型对她说别吵架。

但在听见表姨说沈如清前段时间动过手术之后,沈枝意就知道架是吵不起来了。

她会服软,无论是谁的错,她都会提前认错。

亲子关系就是世界上最没有公平可言的关系。她早就明白了这一点。

人都走了,沈如清才问沈枝意:"大学时谈的?"

沈枝意没办法否认。

沈如清又问:"大几?"

沈枝意回答:"大三。"

沈如清笑:"怪不得那时候不跟家里联系,原来谈恋爱去了。什么时候分的?"

她像太后,高高在上,盛气凌人。

沈枝意跟她交流总感到疲惫,深吸一口气,才缓过神,打算继续回答她的种种提问时,身侧的周梓豪站在了她前面,把责任都揽在了自己身上,说是他不够成熟所以导致两人之间有了矛盾隔阂,恋爱也是他死缠烂打,之前沈枝意对感情都没什么想法,一心学习打工,实在是被他缠得没办法,才点头说试试。

他长了一张很讨人喜欢的脸,阳光英俊,说话显得真诚,求饶让人心软。

女性长辈都对他有所偏爱,唯独沈如清是特例。

她看都没看周梓豪,就仿佛刚才什么都没听见,又问了沈枝意一遍:"什么时候分的?"

沈枝意抬头,看着她的眼睛,交叠在身前的手心出了汗。

"半个多月前。"

同样的位置,高中那年,沈如清听说沈枝意在学校跟男同学交往过密,开完家长会回来后就坐在沙发上,也是以这样的表情看着她,她站在这里,像个罪无可恕的人等待最后的审判。

　　沈如清不会拔高音量骂她一顿或是打她一顿，只会冷冷地看着她，仿佛在看一件令她生厌的物品。这种眼神总会让沈枝意惴惴不安，觉得自己随时都可能被丢弃，像周围的闲言碎语所说的那样，听话一点，不让你妈就像你爸那样不要你了。

　　沈枝意没见过爸爸，也没听说过关于他的事情，这个词在家里是违禁词，无论是外公，还是外婆都再三对她强调绝对不能在沈如清面前提起。

　　沈如清看了她很久，最后语气平淡地对她说"我对你很失望"。

　　长大后，沈如清不再这么说。

　　她只是看着沈枝意，然后拿起包说自己困了，让沈枝意送客。

　　楼道的声控灯不知道什么时候坏了。

　　周梓豪走在前面，提过来的东西沈如清不肯收，他就放在了玄关的鞋柜旁边。两人边下楼梯，他边对沈枝意解释："我从朋友那儿听说你妈很生气，所以过来看看有没有我能解释的地方。"

　　声控灯并不灵敏，老楼盘采光很差，楼里住着不少沈如清工作上的同事，沈枝意没想在这儿跟周梓豪闹矛盾，跟他走到没人经过的空地处，才问他："你在附近订了酒店还是直接回绥北？"

　　"还没来得及订酒店，你有推荐的吗？"周梓豪问她。

　　沈枝意拿出手机直接给他订了个酒店，离小区有段距离，在高铁站附近，方便他随时离开。

　　周梓豪看见她屏幕上显示的酒店离这儿的距离，笑了一声："就这么防着我？"

　　沈枝意订完酒店后删掉了他在自己手机里存着的身份信息，没回答他的问题，只是语气冷淡地说："我送你到路边打车。"

　　"不用，我知道从哪儿出去。抱歉，我不知道你跟你妈妈的关系僵持到这个地步，以前我都以为你不愿意把我介绍给你的家人，是我误会你了。"

　　"不重要了，反正已经分手了。"

　　再听到这种话，周梓豪发现自己竟然已经习惯。无非就是冷漠，当初追沈枝意的时候，她比现在更冷淡，他找尽借口跟她搭讪：他问她同一节课的老师布置了什么作业，她说自己也没记；他问她学校周围哪家餐厅好吃，她说没怎么留意……无论什么招数，她一概不接。

直到他无意间发现她打工的餐厅，而后总是光顾，陪她上下班，才顺理成章地从朋友变成恋人。

现在好像是重新追一遍。

无非就是耐心，这东西周梓豪有的是。

只是有一点，他十分介意。

"我哥不是什么好人。"

这是第二次，沈枝意听周梓豪这么说。

只不过这次更为详细。

"卢彦和黄祺原本是他的朋友，跟他关系最好。爸妈离婚后，他去京北，直接删了所有人的联系方式。他什么都不在乎，除了他自己。之后你就会知道，他追求的只不过是新鲜感和刺激。"

车停在了周梓豪面前，他打开车门进去之前，又深深地看了沈枝意一眼，最后丢了一句："枝意，周柏野比谁都心狠。"

沈枝意没说话，看着车开远后才扭头回家。

她不是很在乎周柏野是个什么样的人，就算周柏野如周梓豪所说，是个烂人，那又怎么样？她跟他接吻，只是因为想跟他接吻。他让她产生冲动，但也仅仅是冲动而已，恋爱她谈过，无非这么回事。

她上了楼，走到家门口。声控灯亮起的楼道里，她的包被丢在了外面，拉链没关，里面的东西都散落在地上，钥匙、充电宝、充电线、粉底、口红，还有身份证。

房门紧闭，她没有敲门，蹲下身把所有东西全部放进包里。

然后，她转身，下楼，为自己打了一辆车。在出租车上，她买了高铁票回绥北，途中给外婆发了一条消息，说公司临时有事，先回去了。

外婆没回复，沈如清把她拉黑了。

外面天色变暗，司机打着哈欠说一会儿估计得下雨。

到高铁站时，果然狂风大作、电闪雷鸣。

她在候车厅里，手机只有百分之二十的电量，没开流量也没连接Wi-Fi，用手机壳里紧急备用的一百元纸钞在商店买了一瓶水，坐下后等了两个小时才检票进了车站。

回到绥北是凌晨一点，她躺在床上看了会儿天花板，才拿出手机给Ruby发消息说明天来公司上班。刚发送成功，Ruby就回了她一个问号。

Ruby：家里的事处理完了？

沈枝意：嗯。

Ruby：正好，小郁总给了我们几张门票，明天出差去京北看个比赛。

沈枝意：什么比赛？

Ruby：你说呢？

赛车比赛。

主办方出手阔绰，从机场出来就到处贴着这次比赛的广告，沈枝意在上面没看到周柏野的名字。Ruby拎着包走在她前面，特意停下来对她说："周柏野不参加这次比赛，国外有车队看上他了，目前正在洽谈。"

沈枝意有些困惑："他不是有车队吗？"

赫尔墨斯，国内知名车队。

Ruby笑："看来你们还是不太熟。他只是合伙人，不算成员，积分拿满了回来凑个数。功课没做完整。"

她跟蝉知那边刚签完合同，巨额奖金即将到位，连带着心情都好了起来。

"看见了吗？"她指着海报下方主办单位排在最前面的一个，对沈枝意说，"那是周柏野家开的。"

方正集团。

创始人在去年刚跻身福布斯富豪榜，前阵子抖音有人发过直升机落在京北高层写字楼顶，落的，就是方正集团总部楼上。

"所以说——"Ruby拍拍沈枝意的肩膀，"这种有钱人家的公子哥儿，最不需要的，就是普通人的努力。"

后面赶过来的林晓秋恰好听到这番话，等Ruby走远，才拉着沈枝意的胳膊说："她是不是不知道你前男友是周柏野亲弟弟，跟你这种差点儿进入豪门的人说这种话，是不是有点……奇怪？"

沈枝意沉默片刻，才笑："你也说是差点。"

"别想了。走吧，车估计快到了。"

第一次去看周柏野比赛的时候，沈枝意在路上因为眼睛不舒服摘了美瞳。

这次她特意戴了眼镜，是读大学时买的，款式已经过时。棕色边框恰好挡住她的眉毛，镜片后的眼睛没什么神采，整个人就显得木讷，再加上为了方便，穿着阔腿裤、白工衣，在人人穿着时尚的现场就格外不起眼。

林晓秋跟在沈枝意旁边，两人拎着包夹着电脑，看Ruby在人群中如风一样来去自如，到处穿梭着招呼加微信。

林晓秋不由得发出一声赞叹："还得是Ruby，我大老远跟来就是为了看下周柏野到底长什么样，他人——"

她找到了。

前面人群堆里有人远远回答了她的话，扬声喊了句"周柏野"。

距离比赛开始还有一个多小时，穿着各家车队队服的赛车手都往那边看。

"那不是宋蔷吗？"

林晓秋以为自己看错，但无论怎么看，穿红色长裙的女人都跟前阵子在颁奖典礼上拿到影后的是同一个人。

她踩着一双高跟鞋，身边没有工作人员，披散着一头长鬈发，红唇很艳。跟熟悉的赛车手打完招呼后，回身往后，裙摆被风吹动，她身上的香水味随之被送了过来。

沈枝意听见她带笑的嗓音，冲不远处说："阿野，你怎么还不过来？"

周围并不算吵闹，但也绝对称不上安静。

她的声音却格外清晰。

沈枝意扶稳往下滑动的眼镜。

看见那个熟悉的人影，从人群中慢悠悠地走到了宋蔷身边。

现场受邀前来的媒体记者很多，但没有一个人把镜头往那边撑。

林晓秋挺好奇："这么好的素材，干吗不拍？"

沈枝意在周围顿时变得拥挤的环境下，艰难抱着自己的电脑，回应她的话说："可能是没想好用什么标题吧。"

林晓秋力大无穷，直接帮沈枝意分担她的包。两人往旁边走了几步，到没什么人站的视线死角，林晓秋说："这有什么难想的。惊！当红小花恋上知名赛车手！这不挺好的标题？不过——"

她语气缓了几秒，面带迟疑地看向沈枝意："你跟Ruby真的跟周柏野一起喝过酒？"

这种疑问句冒犯却又真实。

毕竟站在林晓秋的视角，自己每天一起加班骂无良公司的社畜同事，忽然摇身一变，跟网络上的风云人物在一个酒桌上喝酒聊天。

这就跟看见鸣人和樱桃小丸子一起做家务一样，让人有种次元壁破了的炸裂感。

樱桃小丸子当然也很好，但问题是她不属于热血漫啊。

她扭头看着沈枝意，又看看不远处仰头跟着男人说话的宋蔷，十分主观地跟沈枝意说："我觉得你当初的职业规划里也可以有明星这条路。干啥不比当社畜好啊，你看别人舒舒服服地站那儿还有人给撑伞，我们手机、电脑、笔记本全副武装上阵，没人撑伞就算了，连个视角好的空地都找不着，而且谁知道我们领——"

话说一半，她已经看见Ruby了。

Ruby不愧是公司的中流砥柱，这么会儿工夫也不知道跟宋蔷搭上的线，正笑着跟宋蔷聊着什么。

林晓秋自己额头上出了汗，不照镜子也知道狼狈，但看Ruby精致到头发丝，不由得对沈枝意感慨："能成为高层果然是有原因的啊，Ruby的能力有时候我真的不得不服。"

沈枝意从包里拿出纸巾，撕了一半给林晓秋。

她们这个位置视角是真的烂，只能看见Ruby笑容满面跟宋蔷说话，宋蔷脸上挂着礼貌的笑容，视线却没有落在Ruby身上，而是飘忽着往周围看，分心都写在了脸上，完全没把Ruby当回事儿，全靠礼貌才没让她离开。

至于周柏野。

她只能看见周柏野的侧脸。他一身黑衣黑裤，脚踩一双黑色运动鞋，手插在口袋里，看着懒散，正在跟穿着红色赛车服的选手说话，另一只手里拿着两个手机，最上面那个套着红色手机壳，一看就知道是谁的。

她收回视线，把纸巾揉成一团放进了口袋里，问林晓秋："比赛什么时候开始？"

"还有一个多小时才开始，我只要十分钟，跟你说几句话就好。"

宋蔷打发走一直缠着她说话的人，脸上保持着商业微笑，低声对身边的周柏野说。

她找周柏野已经一个多月了。他微信不回,但电话偶尔会接,接了也没能说几句话,她甚至猜测他压根没在听她说些什么,回应得很敷衍,她说完一长串,他也只是冷淡地"哦"了一声,然后问,还有吗?

在圈子里,周柏野很有名。

他长得好看是其一,更重要的是,他跟其他富二代有明显的区别。

性格好、不滥交,最重要的是人品不差。

求别人办事要付出很多,求他办事只看他心情怎么样。

不过,宋蔷找的不是他,她比别人野心要更大点儿。

周柏野再年轻英俊,在赛车圈再出名,也比不过他爸周建民。

周建民自离婚后一直没有再婚,身边莺莺燕燕这些年没断过,审美始终固定,喜欢美艳生动型的,性格寡淡的不要,过于无趣的不要,要足够张扬才能吸引他的注意。

她当初只是个三线明星,无意间搭上周建民,从此一飞冲天。第一部戏的时候观众说她演技烂,周建民就砸钱让她进组,一部部戏磨出来。只要她喜欢的代言,就都是她的,一时间风头无两,是圈内圈外公认的一线。

但凭借他人助力飞上的枝头,总担心会坠落,周建民已经两个月没有见她了,她没有别的办法,硬着头皮来找周柏野。

"阿野,我们借一步说话,好吗?"她声音很低,一面不得不放手一搏,一面又觉得拉不下脸总觉得丢人。

周围人不少,穿着红色赛车服的都是周柏野投资车队的人。

赫尔墨斯,她听过这名字,也上过综艺节目,里面几个赛车手跟她关系不错,微信有好友位,会给她点赞,开玩笑找她要其他明星的签名照。

只是,这种关系并不牢靠。他们听见了她的话,但当作没听见,也没有劝周柏野一句,只是笑着继续说其他车队今天比赛的都有谁,拍着周柏野的肩膀说:"你家今年的投资是不是有点少?第一名奖金就一百万,改装个车都不止这价格了吧?怎么这么抠?"

周柏野笑着说:"穷啊,还能为什么。"声音懒散冷淡,哪怕是笑,也能看出点儿漫不经心。

他仿佛没听见她的话,手里拿着她的手机,刚看完周建民给她发的消息,也没有表态到底要不要帮她。

最看不穿的就是周柏野。

宋蕾难免有些急,她放低身价过来看这个比赛已经是做出的最大努力。

她咬着下唇纠结了会儿,才又笑了起来。

这次,她没直接跟周柏野说话,而是对赫尔墨斯的队员说:"我能借他几分钟吗?"

饼干笑:"我们当然没意见啊,但得看他啊——

"周柏野不愿意的事儿,谁敢强迫啊。"

宋蕾又看向周柏野。

周柏野低眸看着手里拿的手机。

他手指一动,屏保就亮了起来,是宋蕾的艺术照,穿着红色旗袍侧身站在书架前,齐腰的长鬈发,脸上的表情很冷。

"找我没用。"他把手机还给她,语气温柔,"跟他那么久还不清楚吗?我跟他说的话,哪有你们说的多。"

宋蕾走了。

她压着怒火,强行露出个笑容跟他说"那改天再说",踩着高跟鞋跟着助理离开的。

现场其他人对宋蕾的离开议论纷纷。

毕竟一线明星,到哪里都有讨论度,这就让现场的选手不是很开心。

沈枝意前方就有几个穿着蓝色赛车服的赛车手正在聊天,没控制音量,对话让她听得清清楚楚。

"赛车比赛,他周柏野带个明星过来干吗?"

"主办方都是他家的,这比赛冠军是谁还不清楚吗?"

"敢情我们都是陪练?上回他比赛你看见没?吹得水平那么牛,F2赛车手,没进F1只是因为没有车位,这话听得耳朵都长茧,结果真现场呢?也没看出多厉害。"

"钞能力嘛,不是谁都有个每年砸三千万的爹。"

林晓秋瞠目结舌:"每年三千万?赛车圈都这么'壕'吗?"

沈枝意为了专题做过资料:"有赞助商的话会分担。"

"那周柏野有赞助商吗?"林晓秋问完,就换来沈枝意一脸"你说呢"的表情,她一拍脑门,"差点忘了,他家是方正集团。"

自己家就是最大的赞助商,哪里还需要别人。

"难怪浑身透露着一种不差钱的松散感。"林晓秋这样评价。

她已经把周柏野归属于另一个圈层的人。

看着Ruby跟周柏野对话,她由衷地发出感慨,转头跟沈枝意说:"投胎真是门技术活儿。"

俨然已经忘了沈枝意前男友是他的亲弟弟。

沈枝意笑着没说话,把手里的电脑放在她们找工作人员借的椅子上,对林晓秋说:"我去上个厕所。"

林晓秋说:"好。"

厕所门口站着不少人。买票来看的网红不少,清一色的美女,长腿细腰、穿着时尚,各种香水味都掺杂在一起。她们谈论着不同的赛车手,很多名字从她们嘴里过,沈枝意一个都不认识,只认识出现频率最高的周柏野。

"上回你不是跟他说上话了,没加上微信吗?"穿白衣服的女生问穿蓝衣服的女生。

蓝衣服女生笑:"给我扫了呀,但是没通过,估计好友申请挤了太多人,没看过来吧。顾薇倒是有他微信,说聊得还行。"

"聊得还行……"白衣服女生重复了一遍这句话,也跟着笑,"能聊也算聊得还行咯,谁知道是哪种还行,能钓到再说吧。"

队伍一直没动。

沈枝意站在后面,被太阳晒得开始犯困,打了个哈欠后,手机响了起来。

是话题中心人物,那个不爱回别人消息,也不通过别人好友的顶级渣男,发来的微信。

没有文字,只有一个句号。

意味不明,像是发错了。

沈枝意没回复。

前面人的话题还围绕着他。

说顾薇之前跟周柏野那帮人一起滑过雪,全程是周柏野出的钱,机票酒店、吃喝玩乐全包。

"出手挺阔绰的,所以朋友很多。你要是认识他身边的人,认识他就简单了。"

她们这样说。

沈枝意上完厕所出来,手上的水没擦干。

回去找林晓秋的路上看见了Ruby。

都这么久过去了,Ruby还跟在周柏野身边。她以郁从轩为话题切入,跟周柏野说了不少话。

——她说,周柏野听。

沈枝意脚步停顿的这一秒,和周柏野的视线正巧撞上。

他表情懒散,唇边还挂着用来敷衍人的笑意,目光落在她的脸上,缓缓下移,看她的唇。

而后他歪着头,像是在问她怎么不过来打招呼,自己倒是一动不动,大少爷一样,等着别人主动靠近。

沈枝意收回视线,装作没看见,直接在他的注视下走了。

Ruby正说到今天的比赛,忽然看见周柏野朝前方看了过去。Ruby随之望去,看见了人群里的沈枝意。

"您跟我们公司的枝意很熟?"她笑着问。

周柏野站直身体,伸手揉了一下酸胀的肩颈。

没说话,在思考。

算不算呢?

接过吻但不怎么联系的关系算不算熟不太好界定。

他想了会儿,才对Ruby说:"差不多。"

Ruby笑:"那我叫她过来打个招呼?"

"不用。"

他从口袋里摸出手机,低头在好友列表里翻出沈枝意的微信。

聊天框干净又简单。

最后一句还是他刚给她发的一个句号。

然后,他直接给她发了个位置共享。

过了会儿,那边才加入进来。

两个头像在地图里挨得很近。

沈枝意估计觉得他这个举动有病,在里面待了几秒就直接退出了,发了个问号给他。

他收起手机，问Ruby："还有事儿吗？"

Ruby一愣："没，没啊。"

于是，周柏野不再说些什么，直接走了。

非常洒脱，连句再见都没有。

Ruby微微愣住，有些难堪地抿了抿唇。

提着东西的狐狸走过来，笑着跟她说："别在意，他就这样。"

礼貌有，但实在是不够多。

林晓秋正在跟一个穿着黑色赛车服的选手聊天，见沈枝意回来，立马兴奋地介绍："枝意！这是黑熊车队的魏泽川！"

沈枝意听过这个名字，在热门赛车手盘点里。

他粉丝不少，女粉居多，抖音上也有不少关于他的剪辑，因为反差感很强，长了一张奶油小生的脸。他是刚读大学的年纪，记者采访的时候还会笑着说"辛苦姐姐"，但是开车很狂，连队友都不会让。黑熊车队经理接受采访时，揉着太阳穴说希望魏泽川的叛逆期早点过去。

粉丝混剪的视频里他笑得很温暖，酒窝很深，头发天然卷。

据说，他妈妈是俄罗斯人，五官里的混血感也很重。

他赛车服不好好穿，拉链往下，把上衣脱到一半，露出里面穿着的白色背心，胸前挂着个十字架项链，戴着耳钉，头盔抱在手里，一双深邃的蓝灰色眼睛盯着沈枝意看了很久，才笑着打招呼："你好啊，我是魏泽川。"

沈枝意伸手和他礼貌地相握："你好，我是冰汇公司的沈枝意。"

魏泽川本来是路过，结果碰见林晓秋跟工作人员掰扯椅子的事情。

工作人员要回收借给她的椅子，林晓秋问能不能通融一下，等她朋友回来，她们自己把椅子还回去，现在她一个人实在是没办法拿那么多东西，工作人员不肯，说这儿放椅子不好过路。

林晓秋就来火了，这人睁眼说瞎话，这里压根就没人过，距离比赛开始也还有时间，要说只有她们借了椅子放会儿东西也就算了，现场其他公司的人也坐在椅子上，不见他去回收别人的，就跑来为难她。

争执不下的时候，魏泽川走过来问了一句怎么了。

林晓秋觉得魏泽川这人很善良，沈枝意也对魏泽川道了谢。

魏泽川问沈枝意："你们是打算做个赛车手专题的科普？"

沈枝意点头："是的。"

"这样啊——"魏泽川背对着太阳，弯腰冲沈枝意笑，问她，"那姐姐，我作为你的采访对象怎么样？"

魏泽川对女性喊姐姐已经成习惯，语气中自然的撒娇感更是信手拈来，但在别人看来，那就是孔雀又开屏了。

"我怎么觉得那骚包搭讪的对象看着这么眼熟？"饼干问狐狸。

狐狸看着也眼熟，但沈枝意今天的穿着打扮和微信头像相差甚大，虽然仍看得出是个美女，可清爽干净的美女和一身班味的美女存在着巨大的差别。

"年轻嘛，精力旺盛，不像我们车队的，唯一一个精力旺盛的，还全用在怼人上面。说到这儿，那头让人操心的鲨鱼又跑哪儿去了？"

"后台吧，打游戏去了，说今天没一个能打的，他要虐杀全场。年轻嘛，中二病。"

饼干跟狐狸围观拍摄现场似的，看着记者闻风而动，默默将镜头对准在那边开屏的魏泽川："他是不是有什么表演人格啊？上赶着找镜头啊？"

狐狸笑，重复了一遍饼干刚说完的话："年轻嘛，直播多露露脸也是正常。"

今年确实比往年关注度更高。

关于这一现象，赫尔墨斯车队经理可以说出长篇大论，从近些年来大家对赛车的认识得到提升一直说到赛车的各种优点等，但浅显些的原因，也就是话题度高，网红明星都在，抖音、微博不少粉丝多的人开启了直播，再加上，最重要的一个，这一届赛车手帅哥实在是多。

抖音一个赛车圈粉丝多的网红观看直播人数已经到了五万多。

起初来的人还都是圈内的，赛车手名字一个个都能喊出来，在弹幕里交流今天谁会夺冠。

但随着来的人越来越多，讨论的话题也就偏了。

他是个聪明人，镜头对着此刻弹幕呼声最高的魏泽川。

△这不是我老公吗？怎么出门不跟我说？

△服了还老公呢？魏泽川车圈知名小奶狗了，见到喜欢的就喊姐姐，没看见他边上那个，一看就新认的姐姐。

△好乖，更喜欢了！

△旁边的美女怎么看着有点眼熟……像我同事的前女友……

△我说看谁都眼熟的病能不能治治啊？人家美女知道自己有个前任吗？

任良没跟评论区的人杠，直接分享了直播链接给周梓豪，问他本人：我怎么看着这么眼熟，这是你前任吗？

那边过了五分钟才回复：是。

周梓豪正在家跟张正梅、曹疏香一起吃饭。

曹疏香知道哥哥分手，一直忍着不敢问原因。

她挺喜欢沈枝意，觉得这个嫂子性格温柔、人又很善良。之前她考差了，老师要喊家长，她哥没空就是沈枝意来帮她开的家长会，看见分数表也什么都没说，甚至还给她带了零食让她跟同学分。

沈枝意走后，班里同学都问她来的是谁。十七八岁的小姑娘最在意的就是面子，打那天后，她就一片丹心向着沈枝意，让换别的嫂子她绝不乐意。

这些天那个叫曾羽灵的人也有来拜访，张正梅让她进门。曹疏香恰巧放假在家，看见她来扭头就走。等人走后，曹疏香跟张正梅举着双手表态自己只认沈枝意这一个嫂子。

相较于曹疏香的坚决，张正梅倒是没太所谓。

这一点，曹疏香不能理解，为什么妈妈平时表现得很喜欢枝意嫂子，但哥哥跟嫂子分手了，她什么表示都没有，一句话也没劝，甚至提都没提。

曹疏香不满，偷偷跟周梓豪通风报信，说，哥，妈叛变了，妈妈让你初恋进屋了！

周梓豪回来也是为了这个，在饭桌上刚开了个头，张正梅就说不急。

这时候任良的消息发了过来，他点开链接打开直播，看见站在烈阳下笑着跟男人说话的沈枝意。手机开着扩音，曹疏香问"哥，你在看什么"，随即就把脑袋凑了过去："这不是嫂子吗？她怎么在赛车比赛现场啊？"

张正梅停下搅动红豆粥的动作，问周梓豪："是方正赞助的那场赛车比赛？放电视上一起看看吧，没记错的话，你哥也在现场。"

在电视和手机上看着的感觉不同。

明明刚见过的人，隔着屏幕就觉得陌生。那个赛车服穿得浪荡的男人一直笑着跟沈枝意说话，沈枝意也笑，长发随意扎起，一张脸很素，连口红都没涂，怀里抱着一个蓝色笔记本。

"还得是专业人士，你说的那些我们在网上都查不到这么详细！"林晓秋完全没注意到有镜头，她拿出手机问魏泽川能不能加个微信。

魏泽川没拒绝，加完林晓秋后，顺理成章地问沈枝意："可以让我扫一下吗？"

沈枝意这时候已经不好拒绝："当然。"

她拿出手机，打开微信，刚要调出二维码，语音通话就强势地弹了出来。

"嗯？"魏泽川跟女孩子相处惯了，仗着一副好皮囊压根不知道什么叫边界感，直接凑过去看沈枝意的手机屏幕，笑着问，"谁啊？这时候给你打语——"

话停住。

因为手机屏幕上显示的名字是熟人。

熟到不能更熟，接受采访时，记者问魏泽川最想打败的人是谁，他不需要反应就能说出的名字。

——周柏野。

魏泽川表情变得微妙："你们认识？"

"不太熟。"沈枝意直接挂了电话，面不改色。

魏泽川信她才有鬼。周柏野是车圈老和尚了，绯闻八卦是很多，但饭局上听见的都是别人的抱怨，说周柏野不理人、不回消息、不接电话。

敢挂周柏野的电话，还说不太熟？傻子才信。

他把怀里抱着的头盔放在椅子上，凑到沈枝意旁边，想说"巧了，我也是"，却感觉到周围气氛变了。

他抬头，看见周柏野拿着手机，站在不远处，正看着他们。

"姐姐，"魏泽川手插进口袋里，笑着用手肘撑在椅子上，用只有两人能听见的声音对她说，"你说你们不熟，但怎么办，他好像跟你有不同看法。"

直播的网红想收手机已经晚了，他心说自己只是想赚一笔，没想拍到大佬的感情八卦。开玩笑，娱记都不敢拍的东西，他哪儿来的胆子，镜头刚晃，弹幕就一堆人喊：别关！你要是敢关直播，我就举报你！

网红大惊："姐！你这是要我死！"

△大不了换号重来！小周哪有那么可怕，他出了名的赛车圈活菩萨，胆子

大才能赚到钱懂吗!

网红:"我能说我不懂吗?"

没人搭理他了,弹幕的重点全部转移到周柏野身上。

△新的老公已经出现,怎么能够停滞不前!老公,你是谁!

△这位姿色极佳,朕之前怎么从未见过?

△……不是,饼干跟狐狸呢?怎么没一个人在?一会儿打起来怎么办?

△野子不会吧,他这么冷——

△这是在干什么呢我请问?

周柏野走到三人面前。

林晓秋有种忽然被拉入偶像剧的虚幻感,只能够眨眨眼,不知道该说些什么。她怔怔地看看周柏野又看看魏泽川,想伸手去拉自己的同伴,却发现沈枝意倒是一副什么都不算事儿一样的镇定自若。

魏泽川抬起左手,招财猫似的跟周柏野打招呼:"好巧啊,你怎么也在这儿?"

一张口火药味就很重。

弹幕上有人怂恿网红往前一点,说自己看不见,拍得清晰点给他刷火箭。

网红嘴上哭号着"行行好吧",但身体格外诚实地往前,停在方正集团的广告牌后面。

声音和画面都变得清晰了不少。

周柏野没有抖音,很少露脸。上一次在绥北赛车比赛的采访视频现在还被人拿出来品味,大家得出的结论是这人持帅行凶,虽说披麻袋都好看,但你起码尊重一下场所,好歹穿个西装。

今天也是同样,他一身休闲装,帅是帅,但显得旁边穿着心机的魏泽川绝对的颜值下,显得有些失色。

周柏野全身上下不见一个装饰品,只拿了一个手机。

魏泽川和他搭话,他没给任何回应,视线倒是一如既往的直白,只看向自己想搭理的人。

——沈枝意。

林晓秋彻底呆住。

她觉得事情的发展怎么变得不对劲了起来。

沈枝意跟周柏野又是什么时候发生的故事？她不过就是没去那次酒局，到底错过了多少……

周围不少视线集中过来，林晓秋已经无暇思考。为了降低存在感，她慢吞吞地后退一步，拉开些距离，装作路过的吃瓜群众，露出个吃惊的表情跟着周柏野的视线一起看向沈枝意。

也是这时她才发现，原来公司里心理素质最好的不是Ruby，而是这位无论被领导怎么批评都很少情绪起伏的同事。

周柏野问："怎么不接我电话？"

沈枝意说："你都在这儿了，干吗还要接电话？"

周柏野意外地较真："你挂了电话，我才在这儿。"

沈枝意沉默两秒，然后抬头看他："你的话有道理，那你再问我一遍吧。"

周柏野扬眉，还真的又问了一遍："怎么不接我电话？"

沈枝意笑容礼貌："怕打扰你。"她偏着头，看起来有些无辜，语速缓慢道，"万一你旁边有别人。"

林晓秋沉默地看向魏泽川，用眼神问他：你好，请问他们是什么情况？

魏泽川更蒙，都没空凹造型耍帅，眯着眼，满脸写着困惑：啊？

弹幕区突然被塞了一口巨瓜。

有人缓缓飘出疑问：所以……这位美女其实是周柏野的暧昧对象……刚才那个说是你同事前任的还在吗？出来走两步？

他已经不在了，准确来说，在给周梓豪发完消息后他就后悔了。

周梓豪平时在公司平易近人，什么玩笑话都能开，大家知道他分手的消息还是从朋友圈，在某个夜晚看他忽然分享了一首够钟，配文是三个字：不死心。

大家都猜测他分手，后面看他不再发女朋友和狗的照片，揣测成真。

任良现在后悔就后悔在，干吗要戳别人伤处，干吗要因为一时好奇跑去问这么不合时宜的问题。

他想了半天，小心翼翼地发了个"不好意思啊"过去道歉。

周梓豪没回。

他看着电视，左下角弹幕区飘出许多问号。

镜头里，他前女友站在他亲哥面前，两人距离不算近，但就是诡异地有种他人无法融入的暧昧感。

旁边那个最初搭讪的男生已经露出笑容，恍然大悟般说："不给我微信的原因，是你已经微信给了周柏野？"

曹疏香大气都不敢出。

她左边是妈妈，右边是哥哥。

两个人的表情，她一个都不敢看，坐得比军训还笔直，盯着电视机，脑子里缓缓飘出一个疑问——这难道就是，嫂子虽然还是我嫂子，但哥不是我想的那个哥？

谁能救救她……

这么狗血的剧情，她承受不住！

魏泽川典型的看热闹不嫌事大，站在中间非常碍事但就是不走。他把周柏野当劲敌，除了比赛还研究他的品味。这种恶趣味，赫尔墨斯的人全知情，一度觉得魏泽川这小孩儿是被周柏野虐得心理变态。

饼干和狐狸已经过来圆场，将那网红的镜头挡得严严实实，跟沈枝意和林晓秋打招呼。

林晓秋点头如捣蒜，成了复读机，只会说"你们好"。

距离比赛开始还有时间，现场人来人往全是社交，观众还没有入席。

Ruby这时候又不知道跑哪儿去了，也没有微信给她们指示。狐狸问她们要不要去休息室坐坐，林晓秋下意识地摇头想拒绝，但她发现这个戴着金丝边眼镜的人问完，周柏野已经直接看向了沈枝意，她又合上了嘴，抬头看看天，内心庆幸自己不需要做这种选择题实在是太好了。

沈枝意问："会麻烦你们吗？"

狐狸笑眯眯地说："怎么会，开心都来不及。"

唯一被冷落的魏泽川留在原地，看着几人走远的身影。

这时队友才从远处赶过来，问他不回车队准备在这儿干吗。

魏泽川一脸严肃地看着远处，问队友："你觉得我帅吗？"

队友："我要是觉得你帅那是不是有点恶心？"

"……好，你也觉得我很帅，我今天就要帅出新高度。等着吧，今天冠军肯定是我的。"

队友完全摸不着头脑地看魏泽川忽然来到热血频道，抬着下巴对远方发出挑战宣言。

他沉默半晌，然后拍拍魏泽川的肩膀："你开心就好，宝贝。"

"今天？冠军肯定是我们车队的啊，想什么呢朋友，看看之前的比赛，但凡有我们车队出场的，哪有别人赢的机会。"坐在沙发上玩游戏的少年嘴里叼着一根棒棒糖，发言无比嚣张，头也没抬，只在门推开的时候往这边扫了一眼，抬了个下巴权当招呼，随后就一头扎进游戏里。

狐狸对沈枝意和林晓秋介绍："他叫鲨鱼。你们要是觉得喊不出口，就喊他方骏哲。孩子年纪小，不懂事，说话比较嚣张，别往心里去、别往心里去。"

林晓秋忙说"没关系"，然后偷偷扯扯沈枝意的袖子，低声问她："他们赛车手都这么狂的吗？"

沈枝意没接触过几个赛车手，唯一了解较深的那位坐在她对面，手里正开着一瓶可乐，一心二用，另一只手还在划拉手机。她不知道单手要怎么开可乐，注意力就全被好奇心吸引了过去，一直盯着他手上的动作。

圆圆的可乐罐，被他用右手拇指、中指和无名指握住，食指扣入拉环下的间隙处。

"在外面吧。"她说。

林晓秋：哈？

"什么东西？什么在外面？"

沈枝意看见可乐罐上的水蒸气变成水珠一颗颗往下滑，从他手指滚落到他裤子上，晕开点湿痕，看着暧昧，像那晚她咬住他下唇留下的那一点痕迹，过不了多久就会消失干净。

她没回林晓秋的话，听见"啪嗒"一声，随即气泡的"咕噜咕噜"声从他手里响了起来。

拉环从顶部来到他指间，他这时才将手机丢在沙发上，把手里的可乐放在桌上。

刚结束一局游戏的鲨鱼下意识去接，这时倒还挺有礼貌："谢谢哥。"

但可乐没停在他这儿，而是被人推着往前，直接来到了另一侧坐着的沈枝意面前。

沈枝意的视线从他手上来到他的脸。

周柏野看着她问:"你不是喜欢喝可乐?"

她家冰箱里饮料只有可乐,只不过不是用来喝的,是拿来做菜的。周柏野不知道,以为她喜欢。

沈枝意没拒绝他的好意,接过可乐打算递给林晓秋时,周柏野又开了一罐递过来。

成年后,林晓秋很少在异性那里享受开瓶盖服务,十分受宠若惊地连声道谢。

沈枝意抱着可乐看着周柏野。

他视线没收,也同样在看着她。

周围很吵,鲨鱼不满地"啧"了一声,问:"哥,我呢?"

饼干拍拍他的头,哄孩子的语气说:"唉,你就只有一个哥吗?这不还有我跟你狐狸哥。"

狐狸问林晓秋想了解赛车的什么。

林晓秋连忙打开手机备忘录,用记者采访的语气逐条询问狐狸,每得到一个回应,都露出"原来如此、受益匪浅"的表情。

周柏野在嘈杂声中站起身,拎着手机往外走。

在场没人问他去哪儿了,隔了两三分钟,沈枝意的手机响了一声,所有交谈声都像是被摁下暂停。

林晓秋看着她,狐狸看着她,饼干看着她,就连满脸写着"别来烦我"的鲨鱼也看着她。

所有人的脸上都写着一行字:去吧,我们会装作不知道的。

沈枝意沉默片刻,还是解释:"是我前任。"

林晓秋抬头看天花板:"啊——狐狸哥,你刚才说的过弯要遵循什么路线来着?"

"外内外,这里也要分情况,刚好我手机里有个视频,来我放给你看……"

沈枝意低头,手机里躺着曹疏香手机号发来的消息。

——在我们分手之前还是分手之后?

只有这一句,没有任何多余的话。

沈枝意手指摩挲屏幕,垂眸思考的时候,那边已经打来电话。

她拿着手机站起身,跟林晓秋低声说了句自己出去接电话。

林晓秋忙不迭点头:"去吧。"

但是真的走出去,沈枝意没接。她挂了周梓豪借曹疏香手机打来的电话,问路过的工作人员:"不好意思,请问一下,厕所在哪儿?"

工作人员看她是从赫尔墨斯休息室出来的,说:"那边是公厕但人挺多,你可以去楼上,楼上没什么人。"

沈枝意低声道谢,上了二楼,却没去厕所,而是打开拐角处虚掩的房门。

屋里没开灯,放着很多张桌椅,曾经似乎是个培训教室。窗户都开着,向阳的朝向,窗外没有树木遮挡,阳光全数落了进来,像斜切进来的辅助线,在地板上切下一个个窗格。

周柏野坐在窗格中间,长腿无处安放,往前抢走不少阳光,一只手里还套着易拉罐拉环,晃动间光影在墙壁上跟着动来动去,像被他驱使的奴隶。

沈枝意拉来张空椅子放在他旁边,手机还在手里振动,那边大有她不接就一直打下去的劲头。

持续不断的"嗡嗡"声像蜜蜂在两人之间穿梭,搅动着空气里漂浮的尘埃颗粒变成金箔,一片片落在两人之间。

周柏野扫了一眼她手机屏幕,勾唇笑得轻蔑,有些明知故问:"怎么不接?"

沈枝意不明白,明明周柏野比魏泽川和鲨鱼更加嚣张,但没人这么评价他。

她沉默片刻,最终选择不作答,而是抬头,一脸"你说呢"的表情看着他。

这种表情通常都会换来"你是不是生气了"这样的询问。

但周柏野不属于"通常"的范围内,他像刚被制造出来的人工智能,把她当作模仿对象,偏着头,露出和她一样的表情。

窗外传来欢呼和尖叫声。

沈枝意问周柏野:"门票是你给Ruby的?"

周柏野没回答,同样丢了个问题回去:"你加了魏泽川的微信?"

沈枝意:"你在这里的风评似乎不太好。"

"是吗?"周柏野语调淡淡,从她手里拿过手机,直接帮她挂了电话,结束了持续不断的嗡鸣,才又问,"怎么说?"

沈枝意看着自己手机在他手里晃,说:"你微信里开着嘉年华,很多人要买票排队等待叫号才能入场。"

"你学的到底是美术还是中文,很多人是多少人?"周柏野笑着问。

沈枝意困惑地眨眨眼:"我应该知道吗?"

他前不久手里才拿着红色的手机,现在就换成了她的。

说他不会、不懂,假浪荡真清纯,到底有谁会信?

但他就是一脸坦荡,任由她随意审视。

时间变得很慢,慢到沈枝意能看清他喉结的滚动和落在他眼睫上的淡色金光。

赛车引擎的轰鸣声在窗外响起,解说员的声音透过话筒在墙壁间碰撞着成了听不懂的外星文,只有赛车的激情传了进来,在观众的尖叫声里变成了燃料,让房间温度攀升,心里生出密密麻麻的痒。

他挂了所有周梓豪打来的电话,表情毫无波动,十分顺理成章,仿佛这是再自然不过的事情。

挂完电话,他也没把手机还给她,而是就这么撑在膝盖上,一瞬不瞬地盯着她看,像是要看透她此刻在想什么。

沈枝意险些招架不住。

周柏野这个人她不一定喜欢,但周柏野这张脸她是真的爱。

无论是眼睛、鼻子还是嘴,都长在了她的审美点上,所以无法拒绝,总会心软。

她表情没有变化,但手心已经出了汗,就在准备别开脸结束这个博弈般的对视时,终于听见了周柏野的声音。

"看你啊,你想知道,我就告诉你。"

轻佻又随意,像不假思索,无论对谁都能说出口。

可又实在迷人。

两张椅子的距离过近,说话的距离也越来越近。

她来这儿不是跟他接吻的,这里也不是喝醉酒的房间。

她站起身，走到窗边，恰好此时爆出雷鸣般的喝彩声，有人高呼"黑熊"的声音传了过来。

这里的位置挺好，窗外正好对着赛车场。形势着实紧张，车跑的速度跟平时在路上看见的完全不同，那些车是在跑，这些车则是在飞。疾驰带来的激烈引擎声如闷雷，带着心都跟着剧烈跳动，她不自觉被吸引过去，看了很久却还是不明白局势，只能听见"黑熊"的呼声一声高过一声。

她不自觉跟着紧张，扭头问周柏野："魏泽川——"

周柏野没让她把话说完，漫不经心地打断："想让他赢？"

"……嗯？"

沈枝意被问得突然，一时难以反应："什么？"

周柏野并未应声，只垂下眸，扫了眼窗外密密麻麻的人群，再次看向沈枝意时，眼里却多了一丝意味不明的笑。

"恐怕没可能了。"

沈枝意听完后只"哦"了一声，脸上没什么多余的表情，甚至能看出压根不感兴趣。她将手撑在窗台往外张望，问周柏野："你总是赢吗？"

周柏野说："分情况。"

沈枝意纳闷："这还能分情况？什么情况？"

"怎么不分？赛车又不是单人项目，团队和车也是重要的一个部分。赛道上又不是一股脑往前冲就完事儿，跑一半车轮胎出问题就算前面跑第一也都白搭，性能、经理指挥、维修速度都重要，不然车队的意义在哪儿？"

沈枝意听明白了，问他："那你的意思是，赢了是自己厉害，输了是多方因素？"

周柏野说："不是啊。我的意思是团队配合默契、车子性能顶级的情况下赢了，是正常现象，要是团队不给力、车不配合的时候我赢了，那是我牛。"

语气简直不要太自然，沈枝意听得叹为观止。截至目前为止，她是真的发现，周柏野的自信简直无人能敌，就差没把"我赢不是很正常"这句话写在了脸上。

她没有过这么自信的时刻，由衷地感到不解，问他："那，万一你就是输了呢？"

"那赢回来不就行了吗？"周柏野说。

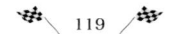

"等等……"沈枝意险些理解出问题，梳理了好一会儿，才发现自己险些掉进了周柏野的语言圈套，有些挑事儿地对他说，"那不就是说，你也有输的时候吗？"

"那不然？只有两种人不会输。"

"什么人？"

"死人，和赢了一次就不再出发的人。"

这口鸡汤差点儿把沈枝意呛住。

她看着周柏野，像是要看穿他此刻身上是不是有外星人附体。

"你有不同意见？"周柏野问她。

沈枝意摇头："那倒没有，只是觉得，不畏惧失败的人挺少见的。"

"别妄自菲薄了。"周柏野把她的手机塞进她兜里，顺势拍拍她的肩膀，局面顿时从成年男女之间互相试探的暧昧变成非常正能量的鼓励，"对感情当断则断，不比不畏惧失败少见？你才是厉害的那个。"

沈枝意确实愣住，没想过别人口中的冷血能被他包装成优良品质。

听起来像是在夸她，但问题是——

他真的没有在阴阳怪气吗？

她偏过头，继续看着外面的比赛。

"我赌魏泽川赢。"

"赌注呢？"周柏野靠在墙上问她。

沈枝意没直接回答，而是问他："你想要什么？"

周柏野笑着说："那要看你给得起什么。"

沈枝意眼也没眨："你想要什么，我就给你什么。"

他语气气人："怕你不认账。"然后拿起手机，打开录音，"再说一次？"

沈枝意硬着头皮，说："我跟你赌，魏泽川要是输了，你想要什么我给你什么。"

周柏野提醒她："你是谁，我又是谁。"

"周柏野想要什么，沈枝意给什么。"

这次足够完整，周柏野才点头："行吧。"

他一副"你要是真想输给我，我也没办法"的表情，直起身，看着外面。

"你现在就可以开始想想了。"

沈枝意皱眉，刚想说"你也别那么自信"，就又听他语调散漫地对她说："——我要是真想要，你敢不敢给。"

沈枝意没接话。

她如果没意会错的话，周柏野这句话里面是有暗示的。

之前接吻的时候，她就发现，周柏野对她有欲望，他没藏，当时那么坦荡地任由她看，还以此夸她厉害，大方地承认她的魅力对他的吸引力。

她的心"怦怦"地跳，一下下撞击着胸口，像是要跳出来，但声音强装镇定，对他说："没什么不敢的。"

至少，周柏野没看出她的异常。

因为她视线平稳地看着外面，语气平淡，玩他简直游刃有余，一句话就轻易让他欲望抬了头。

行，那就看吧。

他还是平生头一回，这么期待别人的比赛结果。

他看着窗外，手在窗台上轻敲，像是在看赛道上的比赛，其实心思已经飘远。

前几天周建民给他打电话，问他对周梓豪的女朋友怎么看，他淡淡纠正说是前女友。那边不愧是知子莫若父，立马听出不寻常意味，但周建民比张正梅直白，从来不掩藏自己的偏心，沉默几秒后只提醒他："别让你妈知道。"

哇，这就超虚伪。周柏野嗤笑着说："爸，让你女朋友小声点儿，我都听见她的声音了。"

当时狐狸就在他旁边，一脸习以为常，在他挂了电话后，揉着耳朵跟他说："下次这种事能不能背着我说？我这么单纯的人听不得这些，但你刚才说的女朋友、前女友又是什么？"

"哦，这个。"周柏野语气淡淡，还伸手去拿桌上的薯片，"觉得别人的前女友有点意思，想追一下。"

"哦哦哦，这——"狐狸回到一半，忽然瞪大双眼，"你、在、说、什、么？"

狐狸当时说什么来着？

——"你怎么能去当小三！"

——"朋友,你哪里看不开?那么多漂亮妹子,你怎么非要去撬别人的墙脚,是想不开还是心理变态啊?"

又问他,那个女生有什么过人之处。

他不知道啊,他又没谈过,哪知道沈枝意跟别人有哪里不同。

狐狸又问他:"那她是谁的前女友?"

他当时没回答,只是拍拍狐狸的肩膀,说不重要。

狐狸也就真的以为不重要,直到今天看见了真人。

奇怪吗?没有,沈枝意出现的那一刻,狐狸觉得周柏野喜欢这样的也不奇怪,这无非就是个审美的问题。就像有些人喜欢美艳型的,有些人喜欢清纯型的,周柏野他爸对美艳女人的喜爱太过于执着,交往过的人里跟周柏野年龄差不多的也有。

他记得有一年在德国,周建民来看周柏野比赛,结果到一半人就不见了,领奖的时候也没看到在台下。

回到酒店的时候才看见人,周建民西装革履,穿着紧身裙的女人笑着挽着他的胳膊,踮脚在他耳边落下一个口红印。

狐狸瞠目结舌,因为那女人是周柏野的同班同学,前几天才笑着跟他打招呼,用蹩脚的中文喊他帅哥。

周柏野习以为常,嘴里含着一根在中国超市买的阿尔卑斯棒棒糖,只看了他爸一眼,没打招呼,直接走了。进电梯的时候,狐狸憋气,从那一刻知道,他爸把周柏野喜欢的类型给弄窄了,他永远不会喜欢这类型的女人了。

没人想跟自己花心的爸,喜欢同一款。

变态除外。

但问题出在哪儿?

出在他嘴贱,跟林晓秋聊天的时候多嘴打探了一句,问她同事这么漂亮是不是单身。

林晓秋一脸惊讶:"你不知道吗?"

狐狸笑着:"什么?"

"她前男友是周柏野的弟弟啊。"林晓秋说。

外面喊周柏野弟弟的一大堆,但这个时刻,林晓秋所说的周柏野弟弟,只能是有血缘关系的那一个。他见过,人挺帅,跟着周柏野亲妈来看过比赛。当时下雪，对方穿了一件黑色大衣，猫牙这种眼光高的都去搭讪问过联系方式，但周柏野亲弟没给，拒绝得委婉，笑着指着他妈，说家教太严。

猫牙被钓了一个多月，之后直接谈了一个差不多类型的，分手后才下头。

狐狸愣怔许久，才怔怔地想：喜欢弟弟的前女友，到底算不算另一种变态？

这时候周柏野给他发来消息，问他：赢了吗？

狐狸纳闷：你又不上场，关心比赛干吗？

周柏野：关心队友。

狐狸：你不是赫尔墨斯的，算个屁的队友。

周柏野：哦，关心我投资车队的队员。

狐狸：……快了吧。这不单纯虐杀局嘛，鲨鱼赢魏泽川还是稳的。

周柏野：赢的时候拍一下，视频。

狐狸：干吗？你要去黑熊门口循环播放？

周柏野没回他了。

他焦灼得不行，觉得自己就是操心太过，平时对周柏野念叨惯了，周柏野亲爸都不一定有他这么操心。但他太了解周柏野了，知道周柏野没谈过恋爱的都说周柏野这人简直是新时代纯爱战神。

战神个屁！

周柏野不谈那是因为他纯爱吗？明明是眼光高，他觉得控制不住欲望的人跟野兽没什么区别。这里面有点儿狐狸无法理解的心态，解释起来复杂。他问过周柏野，周柏野当时跟他说很有意思，他问哪儿有意思，周柏野说反正比谈恋爱有意思。

总的来说还是太傲，觉得没人配得上他。

就像是觉得没人跑得过他。

他正焦急着，尖叫声和旁边林晓秋的倒吸冷气声同时传来。

后面观众喊："鲨鱼！鲨鱼！鲨鱼！"

他拿起手机，拍到鲨鱼第一个冲到终点线的画面，传给周柏野时，听见林晓秋问他："狐狸哥，这个场馆叫什么？"

狐狸说："大运国际赛车场。"

林晓秋回完消息才觉得自己办错事儿了，说："完了，我应该先告诉枝意的。"

狐狸问:"怎么说?"

"她前男友问我在哪儿,我说了这儿,他好像现在过来了。"

"呃……"

精彩。

狐狸低头看见视频已经发送成功。

他打字发在视频下面:无论你在干什么,注意了朋友。

狐狸:你弟来了。

重要吗?

周柏野收了手机,偏头看着沈枝意。

像在看自己的猎物,不急着吃,静静地看着该从哪个地方下手。

"你输了。"他说。

沈枝意点头:"我知道。"

周柏野笑:"问我啊,想要什么。"

沈枝意不理解为什么还要走这个流程。

但她输了,愿意配合赢家。

"你想要什么?"

周柏野长腿伸展,光线下,影子比真人先交织。

他问:"你住哪个酒店?"

沈枝意抬头看他。

周柏野歪头,表情坦荡地写着:没错,我就是个畜生。

语气却纯良。

"你不是说,我想要什么,你就给什么吗?

"我想知道你的酒店房间号。"

他笑。

"怕你有危险。你知道的,居心叵测的人还是多。"

沈枝意张唇,喉咙都像燃着火,隔了会儿,才找到声音,有些沙哑地问他:"谁居心叵测?"

还能有谁?

最居心叵测的人站直,笑着将她被风吹得散乱的长发别至耳后,声音温柔:"还能有谁呢宝贝,答案不都站你面前了吗?"

## 第 五 章

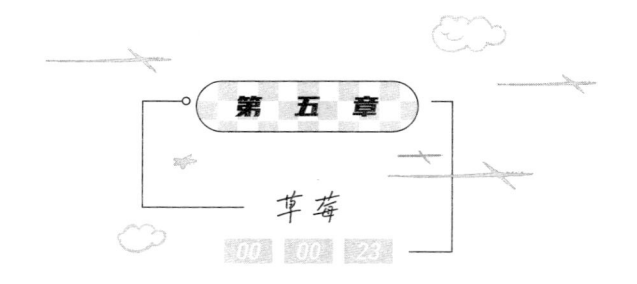

## 草莓

他们是在领奖台喷香槟的时候离开的。

周柏野开着一辆黑色跑车,颜色骚包,款式拉风,开在路上吸引不少目光,但他好歹没中二地打开敞篷。

沈枝意没问他去哪儿,在车上给林晓秋发了一条消息随便扯了个借口说要去找个朋友,让对方不用等她。

林晓秋左思右想还是觉得应该跟沈枝意说一声,于是把跟周梓豪的聊天截图发了过去,问她:我手太快了,不会给你造成麻烦吧?

沈枝意没想到周梓豪会去找话都没说过几句的林晓秋,换作之前的周梓豪不会在两人吵架后麻烦彼此的朋友,但分手后他似乎就变得没脸没皮。她很抱歉地跟林晓秋说对不起,又跟她说自己会告诉周梓豪以后别再来打扰她。

林晓秋:这有啥的,小事,我还怕我告诉他你在这儿影响到你了呢。能问一句吗?你是跟……周梓豪的哥哥出去了?

"周梓豪的哥哥"这个称呼用在这里显得有些不合时宜的暧昧。

沈枝意非常坦诚:嗯,有点事。

林晓秋那边正在输入了很久,才回复:他朋友好像不是很清楚他还有个亲弟弟,也好像不清楚你是他弟的前女友,我以为他们都知道的,结果一时嘴快说漏了。

沈枝意回复她:没事,不用在意。

一连两个没事,林晓秋过意不去,疑心沈枝意已经生气,发了很多话过来解释,最后愧疚地跟她说以后帮她加班弥补自己的罪过。

沈枝意看着"罪过"两个字,问林晓秋:到这么严重的地步了吗?

林晓秋:他们不会多想吗?你是他亲弟弟的前女友,然后你们单独出去了。

林晓秋发完立马撤回,欲盖弥彰地补了一句:没事没事,你玩得开心!

沈枝意扭头去看周柏野。

他开车的时候很专注,眼睛看着前方路况,等红绿灯的时候就捣鼓车载音乐,找自己喜欢的歌听。他歌单里的音乐很杂,什么风格的都有,甚至能听见印度的歌,但英文歌居多。他察觉到沈枝意的目光,以为她不满意现在的歌,问她:"你要连蓝牙?"

沈枝意拒绝,问他:"你不用跟他们一起吃饭吗?"

"看你啊。"周柏野切了一首情歌。前方红灯,车停在斑马线前,穿着黄色园服的一群小朋友像毛茸茸的小鸡崽被老师带着过马路。

他的话停了会儿,等"小鸡崽"们过完马路,才对沈枝意说:"你要是想,那就去咯。"

听起来,决定权都在沈枝意这里。

她别过脸,看见他虽然嘴里这么问着,但车不曾停,在下个路口拐过弯,朝一个高档小区的方向开了过去。

这是周柏野自己住的地方,保安认识他,车刚驶过来就给他开了闸门。小区很大,房屋之间的间距很大,一栋楼和另一栋楼之间隔着一个普通小区的距离。

从地下停车场上楼,周柏野用手机点外卖,问她能不能吃辣。

沈枝意说可以。

电梯缓慢上行,周柏野似想到什么就是什么的,跟她闲聊,问她喜欢吃咸的还是甜的。

沈枝意说甜的。

周柏野又问:"喜欢小猫还是小狗?"

沈枝意说:"小狗。"

"阴天还是晴天?"

"晴天吧。"

"哦,那草莓味还是薄荷味?"

"草莓——嗯？"

电梯"叮"的一声到达所按楼层。

沈枝意停顿的刹那抬头看见周柏野手机屏幕停留在外卖界面，正在选择口味的商品写着冈本。

她略带困惑地看着他。

他跟沈枝意解释："狐狸他们说，这个牌子的比较好用。还是你有喜欢的品牌？"

沈枝意不愿跟他就这个问题过多纠缠，拿出手机故作繁忙，不一会儿又忍不住抬头审视他的房间。

周柏野家里装饰简单，除了必需品，没有多余的装饰。

他在橱柜里拿出两瓶红酒，问她："要先喝点？"

沈枝意坐在他旁边，喝得缓慢，思维也散。手机里周梓豪发来的消息无数，陌生的号码、熟悉的号码，全是他的口吻，问她现在在哪里。

她能在哪里呢？跟他哥在一起啊。

就像第一次见面时，他放心把她丢给他哥，自己出去"加班"时那样。

酒精让人心情很好，轻易想起那天她从周梓豪公司一路走回家的经历。

酒精也让人心软，所以她回复周梓豪：不用担心，你哥不是陌生人。

"没看出来，你报复心很强。"周柏野在看到她手机屏幕后这样说。

"报复心是能看出来的吗？"沈枝意问，"这难道不是相处中慢慢发现的吗？"

"你的话有道理。那他怎么就没发现？"

"可能因为我之前没有？"

"那现在怎么就又有了？"

沈枝意眯着眼，想了会儿，才说："因为，我不够善良？"

"说什么呢？"周柏野靠在沙发上，一双眼睛在客厅暖黄色的灯光下格外勾人，语气散漫地纠正她，"这叫果决勇敢，下次能正视自己的优点吗？"

沈枝意若有所思地点头，问他："那诚实算优点吗？"

周柏野说："当然。"

沈枝意于是诚实道："我想跟你接吻。"

周柏野笑："好啊宝贝，但在这之前，我希望你先去洗澡。"

他浑蛋地摊开手一副"真的没办法"的样子对她说。

"我总不能跟你接两次吻，都是酒精味的。"

他给她找来干净睡衣，只有上衣。

她拿起来比画发现已经到自己的大腿肚，晕晕乎乎地拿着睡衣进了浴室，打开水龙头，花洒里的水直接淋湿了她的长发。

洗手台上放着的手机在振动，大学朋友的名字显示在上面，持续嗡鸣了许久。

她站在淋浴间里，手指擦干睫毛上不停滚落的水珠。

敲门声在这时传来。

周柏野在门外问她知不知道哪个是沐浴露。

沈枝意看了眼近处放着的白色瓶子上显眼的英文字母，对门外的人说："不是很清楚。"

"这样啊——"周柏野的声音淡淡的，非常正人君子地问她，"需要我帮忙？"

沈枝意在水雾间看见自己的手指蜷缩又伸直，从身上滚落的水珠像羽毛，挠得浑身都痒。

她对周柏野说："好。"

周柏野拧开房门，却没急着进来，站在门外隔着玻璃门上的雾气和水珠看着她。

沈枝意脑子里有无数火苗在燃烧，觉得自己像失去外壳的蜗牛，周柏野就是那个把她剥离出来的人。

他的目光让她觉得自己被看穿，所有阴暗的想法仿佛都无处遁形。

时间不知道过去了多久，她才看见周柏野笑了起来。

"我会觉得魏泽川很伟大。"

沈枝意已经听懂了他的话，却还是装作不明白。

"什么？"

周柏野走进来，打开隔间的门，走进了雨雾之中。

"谢谢他失败了，让我可以在这里跟你接吻。先亲哪里？"

他低头，用嘴唇碰她湿润的眼睛："这里？"

她颤抖，他又往下，亲吻她的鼻梁："还是这里？"

全不是正确答案，直到他又往下，临近她的唇，悬停了一根手指的距离，就是没往下，气息比水流更具有存在感，轻声问她："嗯？"

沈枝意觉得没有任何区别，直接拉住他的手，踮脚亲吻他的唇角，感觉到他怔了一下后，又慢慢贴近过去碰上他的唇。

周柏野身上的气息是干净的，肌肤也是。

没有油脂过分分泌的味道，而是一种淡淡的薄荷味，她猜应该是他须后水的味道。

沈枝意喜欢这种味道，捧着他的脸，让他的手环着自己的腰。

现在才刚入夜晚，他们没有别的事情要做，有大把的时间可以消磨。

周柏野却没有这个耐心。

周建民的教育很刻板并且虚伪，他对他说，对女生要绅士温柔，不可以违抗对方的意愿，哪怕是亲密接触，也要在对方愿意的前提下。这一套他自己没有遵循，莺莺燕燕无数，他的青春期伴随着父亲的无数绯闻八卦度过。他之前不能理解爱情的意义何在，赛车是一项很刺激的运动，速度拉到最满，肾上腺激素飙升，迸发出的快感不亚于世界上任何一种爱情。

但现在，他忽然懂了爱情跟赛车的不同之处。

产生的刺激不同。

之前他想要更快。

现在他想得到她。

"是这样吗？"他放慢了动作。

她伸手拨开两人之间的头发："你……不要提这么多问题。"

没人有空在这种时候思考。

周柏野说："怎么办，我喜欢和你交流。"

试探是双方缓慢进行的，跟电影里那些单刀直入的情节完全不同，他们认识，却没那么熟，成年男女的暧昧在两人之间来回游走。

沈枝意想起第一次见到周柏野的时候，他从浴室里出来。在赛车场上吸引所有人的注意，看起来遥不可及，但现在人就在她面前，那双在头盔背后的眼睛只看着她。

别人隔着屏幕议论他，而她现在正在拥有他。

于是，她问：

"你就是这么当哥哥的吗？"

周柏野拉着她的手触碰自己的胸膛。

周柏野问她："手感怎么样？"

沈枝意说："还不错。你经常锻炼吗？"

"基因问题，我们家，都是大的那个，比较顶。"

他困着沈枝意的双手，默不作声地看着她的眼睛。

"喜欢赛车吗？"

沈枝意紧紧抓着他的手臂："算不上喜欢。"

周柏野说："或许是因为你还不够了解。"

沈枝意笑："那你喜欢画画吗？"

周柏野干脆利落："喜欢。"

沈枝意词穷了片刻，又忍不住别开脸："别——"

浴室的门"啪嗒"关上时，玄关处的门被人从外面敲响。

沈枝意往那边看，又被周柏野捂住眼睛。

门外。

从绥北一刻不停赶过来的人喘着气在敲门。

他先是到了赛车场，结果得知沈枝意和周柏野都不在，没人知道他们去了哪儿。

他给周建民打电话，是周建民的助理接的电话，说周建民正在开会。

他心里发慌，烦躁地开车漫无目的地往前，路过红绿灯的时候忽然想起周柏野在京北的住处。

这扇房门实在是太重太厚，里面的声音他全听不见。

他拍门，不顾形象地用力拍响，没人开，也没有脚步声。

隔壁的房门打开，有人不满道："拍什么拍啊，没开门不就是家里没人吗？你再拍我喊保安来了啊！"

周梓豪没回答。

但他觉得里面一定有人。

出自说不清的预感。

这种预感让他恐慌。他用力拍门，最后从口袋里拿出手机，拨出了通讯录里的号码。

"嘟……嘟……"

正在拨通。

开着房门看着他的男人双手环臂:"还不走是吧,你——"

手机铃声响起来了。

就在房门正后方。

周梓豪刹那间瞪大了眼睛。

所有的声音都很吵,但所有的声音又都不如他们吵。

沈枝意被摁在拍得震天响的房门上,就隔着一扇门,后背都发麻,不敢叫出声,咬着下唇,只能看着周柏野。

外面的人也在喊着周柏野,让他开门。

周柏野垂眸,在周梓豪的声音里亲吻沈枝意的眼睛。

开门?

不好意思啊,真的没空。

沈枝意身上没擦干净的水都在两人的亲密接触下被烘干,只有头发和睫毛上的水一直往下滴,从鼻梁处滑落被他又喂过来。

带着洗发水的味道,淡淡的苦又被交缠的唇舌给晕开。

她偏头想躲开,周柏野的手却捏着她的下巴,那双黑白分明的眼睛看着很亮,似乎被水打湿洗过一遍,直勾勾地看着她。不知道是浴室里的水还是汗水,从他额头往下滑,挂在睫毛上。

沈枝意睁眼,看着他睫毛上的水珠。

两人之间所有的话都被外面的人说完了。

周梓豪只喊周柏野一个人的名字。

沈枝意伸手贴上他的睫毛,帮他擦干净水珠,喘息着说:"你们的关系一直这么差吗?"

周柏野裤子上湿润的一大片像是打翻的墨盒:"这不挺好的吗?你见过哪家成年的兄弟在上班时间跑过来叙旧的?这叫兄友弟恭。"

外面的弟弟似有同感。

拍门喊周柏野的声音没有停歇,隐约有劝阻声传来,他置之不理,只重复两个字:开门。

周柏野笑,问沈枝意:"他一直这么天真吗?"

沈枝意真的跟着他的话回忆了一下："只有你这么评价他，其他朋友都说他太聪明。"

"其他朋友？你们有很多共同朋友？"周柏野语气平淡，本想多说几句，但沈枝意伸手攀住他的肩膀，她站不稳，那只热度偏高的手掌贴着她的腿弯，也分不清到底是谁出的汗，只觉得黏腻潮湿。

周柏野停下动作，垂眸看着她，才问："你们是一个大学的？"

沈枝意"嗯"了一声："你之前不知道吗？"

"只知道他初恋是高中的同学，毕业后在京北。"

"……你是故意的吧。"

"什么？"周柏野一脸听不懂的样子，"什么故意？"

沈枝意没继续说下去。

放在鞋柜上的手机自始至终就没停止过铃声，慢慢变暗的屋内，亮着的屏幕成了最大的光源。

她圈着周柏野的脖子，他们身上有着一样的沐浴露的味道，冷冽的木质香。

沈枝意不知道是酒精让她变成了另一个人，还是酒精让她变回最真实的自己。

他垂着眼眸看她，眼神里暗含警告。沈枝意偏不信邪，手指没分寸地摸他的腹肌。

周柏野重新靠回沙发上，仰着头看着天花板，闭眼片刻，又笑着睁开，低声似乎说了句什么。沈枝意没听清，她的长发紧贴着后背，已经干了大半，发尾的水顺着尾椎骨滴到他身上。周柏野用拇指帮她揩干净，问她："怎么一直滴水？"

沈枝意不想回答他这个问题。

周梓豪不是花样很多的人，从大学走出来的感情青涩，从牵手到拥抱都用了接近一个月的时间。第一次接吻时，周梓豪手心出了很多汗，一边靠近一边问她可不可以、能不能。

那时候，接吻都像是含了颗青柠，稍微碰一下两人都脸红，看天看地许久才看向对方的眼睛。

但现在跟周柏野接吻，感觉截然不同，羞涩的情绪有，但更多的是燥热，是从内心生出的渴望和征服欲。

周柏野看向她的眼神,让她觉得满足。

她圈着他的脖子和他拥抱:"我以前,跟男生走得近一点,家里人就会说我,我妈觉得我——嗯,觉得我对感情态度随意,谁跟我走近,谁就有可能是我早恋对象。我那时候觉得她对我有偏见,周梓豪……他是我初恋。"

周柏野揉着她的尾椎骨:"是不是算错了?按照阿姨的说法,现在我才是你早恋对象。"

沈枝意报复性地咬着他的耳垂,骂他浑蛋。

周柏野眼睛看着安静下来的房门,用只有她能听见的声音纠正她。

"错了,叫老公。"

羞耻至极的词。

沈枝意拒绝,她不会骂人,只会让他闭嘴。

周柏野偏不,看她反应有趣,故意拿话勾她,什么话羞耻就用什么话往她耳边递。

沈枝意的脸红得彻底,酥麻感从被他揉着的尾椎骨一路往上。

她伸手去捂他的嘴:"闭嘴啊!"

周柏野笑得浑蛋:"闭不住啊。"

沈枝意索性堵住他的嘴。

与此同时的饭店里,鲨鱼的庆功宴来了不少人。

林晓秋跟饼干和狐狸混熟了,正在听他们讲周柏野的八卦,忽然见狐狸说一会儿还要来一个人。

她没当回事,以为是他们的朋友。结果二十分钟后,她看见了Ruby和一个身材火辣的美女走了进来。

Ruby也挺意外在这里看见她,但看见在场的人后,立马明白过来:"枝意呢?怎么没跟你一起?"

"呃……"林晓秋说,"她有点私事。"

Ruby点点头表示知道了。她旁边的那位美女跟在场的人似乎都认识,狐狸他们叫她顾薇,空着的位置是留给她的。她跟他们介绍了Ruby,用的词让林晓秋有些困惑。

顾薇说:"大家多帮我说点好话,这以后就是我领导。"

饼干问她:"你怎么想不开跑去上班了?"

顾薇:"闲着也是闲着,帮我表哥的忙咯。"

饼干"啧"了一声:"帮你表哥的忙,还是帮某人的忙啊?"

顾薇笑着不说话了。

Ruby笑得如沐春风:"不用说好话,你能来对我们来说已经是件好事。正好我们对赛车了解都不多,有你这个专业人士的助力,我们可轻松不少。"

鲨鱼一点都不给面子地笑出声:"她是赛车的专业人士?对赛车手专业吧?顾薇你在外面都怎么介绍你自己的啊,这种话你都说得出口?"

顾薇骂他:"闭嘴吧你!"

林晓秋听得云里雾里,不知道这是什么情况。

顾薇是关系户?跟这帮赛车手关系这么近,有点不太妙,该不会是Ruby请过来做蝉知这个项目的吧?

但蝉知这个项目负责的人不是沈枝意吗?

她吃不下饭了,趁Ruby去厕所赶紧跟了过去,在洗手台处拦住她,问:"她是要跟枝意做一个项目?"

Ruby洗完手才抬头笑着看她:"不是跟。这个项目以后交给她主导,沈枝意配合她。"

林晓秋瞪圆了眼:"但枝意都已经——"

"小声些。"Ruby补着口红,对着镜子白了她一眼,"你以为是我要让她来的?"

林晓秋不理解。

她抽纸巾擦干手,问呆住的林晓秋:"你以为里面的人为什么都跟她那么熟?"

林晓秋问:"为、为什么?"

Ruby笑:"因为关系近啊,妹妹。不是跟赫尔墨斯的人关系还行吗?去问问,她跟周柏野,是什么关系。"

沈枝意没空看手机,更不知道工作上的变故。

她有些犯困,三分酒意装成十分,躺在他的枕头上闭着眼,脸蹭着被子。

"我明天要回酒店。"

周柏野站在衣柜前换衣服,他裤子上全是水,衣服下摆也是,全是湿的。

衣服脱掉的时候,沈枝意看见他后背的抓痕和脖颈、锁骨处的吻痕。他衣柜里衣服颜色单一,黑色居多,一模一样的竟然有三四件。基础款不讲究什么搭配,随便捞了一件出来,又换上一条白色运动短裤,像是打篮球的时候穿的。

原本很清爽的穿搭,但他的唇还是红的,敞口的衣领遮掩不住痕迹,裤子抽绳也没系,瞧着便浪。

他问她:"什么时候回绥北?"

"明天下午。"

其实是后天。

周柏野点头表示知道了。他给她关上窗帘,往客厅的方向走。准备关上房门时,沈枝意还是忍不住问他:"你要出去?"

周柏野笑她明知故问:"给我弟开门啊。"

沈枝意以为他开玩笑,说那你去吧。

周柏野点了点头,准备关门时又问她:"还有力气吗?"

"干什么?"沈枝意异常警惕。

周柏野的上嘴唇被咬破了,说话时,他才觉得疼。

哪儿都是伤,眉毛上的还没好,嘴唇又有。

他靠在门上看着她:"没打算干什么。"又提要求,"回去给我上药吗?"

他强调:"你咬的。"

怎么这么娇气……

沈枝意沉默片刻,才点头。

"好,给你上。"

"嗯,给我上。"周柏野笑着重复了一遍她的话。

这次真的不跟她瞎扯了,他站直了让她好好睡会儿,外面无论什么动静都不用管。

沈枝意真的信了周柏野的鬼话,以为他要给周梓豪开门。

一个人独处才开始复盘,很多之后的事情一个个钻进来。

倒是不后悔跟周柏野做了这件事,在感情上,她觉得两人保持一样的态度：玩玩不负责，也不用确认任何关系。

工作不尽如人意，家庭让人困恼，感情遭受背叛，这种烂到仿佛是狗血剧的推荐语的生活，因为周柏野的介入而变得精彩了起来。

最起码，周梓豪和沈如清应该怎么都想不到，她跟周柏野之间的故事。

沈枝意扭头看见自己迟到了十多年的叛逆期吹开了周柏野家的窗帘。

完了。

她想她跟周柏野，是共犯。

也是在这时候，她听见周柏野在门外的声音。

很有礼貌，也很有逻辑，对电话那头的人说："物业吗？麻烦让保安过来一下，把在我家门口的那个自称我弟的人带走，多谢。"

……他就是这么给周梓豪开门的。

沈枝意面无表情地缩进被子里。

周柏野跟王八蛋到底有什么区别？没有的，周梓豪跟他关系不好是应该的。

天底下没有第二个这么做哥哥的了。

睡了弟弟的前女友，又让保安把弟弟轰走。

浑球。

沈枝意醒过来是凌晨，具体不知道几点。周柏野不在房间，她起身，穿着床边放着的他的拖鞋，打开卧室房门看见客厅的电视机开着，周柏野坐在沙发上，正在看电影。

她的衣服晾在阳台，工装裙被水浸过显得格外黑。

沈枝意走过去坐在他旁边，桌上放着他刚接的水，买咖啡附赠的玻璃杯，杯身上是小花浮雕，下方写着咖啡的品牌名字。周柏野示意她喝，沈枝意端过杯子，自然地跟着他一起看了会儿电影。

她不知道这部电影的名字，处处都是空镜，剧情很少。

她等了会儿才看见穿着洋装的少女提着篮子从家里走出来到山林里采果子，镜头跟着她的裙摆拂过地上雨后淤泥和湿润的青草，越过石块，一颗红艳艳的果子"啪嗒"砸了过来。镜头跟着少女的视线一起往上，看见坐在树上正在吃果子的金发少年。

她看得不够专注，在桌上找到自己的手机，电量即将告罄。

周柏野未卜先知般从沙发缝隙里拿出一个充电宝递给她。

沈枝意接过来给手机充上电。

很多消息弹出来，她跟周梓豪共同的朋友都问她现在在哪儿，说周梓豪找她找疯了就差没贴寻人启事。她沉默几秒后觉得这个烂摊子也不该她一个人接，于是把手机丢给周柏野。

周柏野跟后脑勺长了眼睛似的，伸手正好接住。

他低着头，单手帮她回消息。

朋友A问她：你现在在哪儿？

周柏野回：沙发上。

朋友B问她：你现在跟谁在一起？

周柏野回：人。

还有朋友C、D、E、F、G，他统统都只回了个表情包，然后把手机还给她，说："他人缘还挺好。"

到处都是帮周梓豪传话的，跟皇帝身边围的一群小太监似的。

他杯子里倒的不是水，沈枝意抿了一口觉得味道不对，又抿了一口。

是酒。

客厅里就他们两个人，电影里却人来人往，教室里满是嘈杂的人声。

沈枝意问他这电影有多长。

周柏野随便找的，打开的时候没看时长，这会儿听她问才用遥控器确认了下，两个半钟，现在刚过去半小时。

他问沈枝意："想吃点什么？"

沈枝意抱着水杯，看着屏幕，对他说："想喝水。"

"行。"周柏野起身，把她手里的杯子拿了起来。里面的酒还有三分之一，他直接喝完，然后去厨房给她洗了之后重新倒了白开水。

沈枝意猜他家里没有多余的杯子，跟在他后面往厨房里一看，确实什么都没有。

周柏野倒完水没急着出去，问她国外电影是不是都很喜欢在料理台上接吻。

沈枝意说自己也不知道。她走到料理台前，确认了一下高度，对他说，如果坐上去的话,应该不用低头。

周柏野一副不太信的模样,水杯放在一旁:"试下高度?"

沈枝意倒是有些困扰,低头看了眼自己的穿着。

他的衬衫到她大腿,里面什么都没有,她的衣服都在阳台上挂着。

"我明天会很忙。"她说。

周柏野点了点头,已经把人抱到料理台上,手垫在她和大理石中间,身体自然靠近,站在她双腿之间。

低头时,看见她的嘴唇很近。

比站着接吻的时候近。

确实是个方便接吻的地方。厨房不愧是人类的天堂,能够轻易满足两重意义上的食欲。

"知道了。"

知道什么了?沈枝意觉得他什么都不知道,推开他想躲,又被他将双手反剪到身后。

周柏野说:"我也会很忙,所以我们快一点。"

沈枝意:"你外面放的是纯爱片。"

周柏野"嗯"了一声:"所以来点不一样的。"

周柏野不是浅尝辄止的人,更不会压制欲望。

沈枝意发现他学习能力很强,唯一的缺点就是话很多,总要保持交流,问些不合时宜的话。

"上班的感觉怎么样?"

比如这种话,沈枝意艰难分心思考,但真实答案不想跟他说。没上过班的人不可能理解上班那种行尸走肉般的心情,所以她敷衍般地对周柏野说还行。

之前这种话也对周梓豪说过,周梓豪心疼地让她辞职别上班了,就做自己想做的,他可以养她。

跟别人出去玩钱全包的周柏野倒是没说这种话,从厨房到沙发的路上,他说:"有几个朋友,想请你画画。"

沈枝意呼吸艰难,问他:"画什么?"

"画人。"他声音沉闷,"上次你给我画的那张,他们都喜欢,想要类似的,问我你有没有空。"

沈枝意不喜欢在这种时候谈画画。

这让她觉得自己画的东西不正经。

她伸手推他，却被他捉住变成十指交缠。

屏幕里少女哭着用果子朝树上丢，控诉："你永远不懂我！"

少年气鼓鼓地伸手接过，顶嘴："你也好不到哪里去！"

"我再也不要和你说话了！"

"我也一样！"

两人分道扬镳。

电视机外，沈枝意咬周柏野的脖子。

周柏野倒吸一口冷气，低声征询她的意见："能换个地方吗？我明天还要见人。"

沈枝意不肯，她咬周柏野，周柏野就以牙还牙，在同样的位置给她留印。

周柏野用口型问她："不服气？"

沈枝意喉咙里的酒精好像还没流完，一直在喉管里烧。

这会儿烧得整个人都燥起来。

自小学毕业后，再也没有人这样打过她。调情般的惩戒，界限并不分明，可以生气，也可以诚实地表现出自己的受用。她选择前者，去掐周柏野的胳膊，他叫得格外刻意。

沈枝意听得耳热，又去捂他的嘴。

周柏野就舔她的掌心。

最后，沈枝意没了办法。她像是被顽劣孩童气得失去理智的家长，温柔和耐心都不见了，她只想让周柏野服气，也不知道是被什么驱使，她掐住了他的脖子。

周柏野完全没有制止的意思。

反应非常奇怪。

沈枝意茫然地松开手。

周柏野整个人像是酒吧里醉生梦死好几天才出来的酒鬼，也像是流连网吧数日才出来的网瘾少年，浑身都透露着懒倦。

沉默了几秒后。

周柏野舔了下自己的唇，扶着她的腰，就这么看着她，笑着问："还有下次吗?"

他看着她的眼睛,不等她回答,就语气非常认真对她说:"没人比我跟你更契合,考虑一下我?"

沈枝意把嘴边的那句"算了"给咽了回去,只敷衍地回了一句:"再说吧。"

"再说"的意思,翻译一下其实是,不是很想负责,但纯粹睡觉的话,不是不能考虑。

但是,要怎么跟周柏野说呢?

这让沈枝意困扰。

第二天,沈枝意自己回的酒店。她换衣服的时候周柏野一直看着她,手里拿着车钥匙,问她住哪个酒店。沈枝意把他的衬衫丢进洗衣机,扭头看他说自己已经叫了网约车。周柏野挑眉,好歹没说些什么。话也没说透,哪怕她的行为已经明说了她没打算对昨晚的行为做出个定义。

反正时间还长,回到绥北也就是出门的距离,周柏野没强求,换了身衣服送沈枝意出门时恰好碰到住隔壁的男人,那人的眼睛上上下下盯着他们看了好一会儿。

沈枝意故作不懂,周柏野也坦然地任由对方打量。

直到电梯快到一楼,那人才忍不住地问了一句昨晚敲门的是谁。

如果是在绥北,沈枝意会不知该如何作答,但这是在京北,她一年都来不了一回,等项目结束过来出差的机会更是少之又少。所以,她满脸茫然地反问:"昨晚有人敲门?"

户主周柏野接话得非常自然:"没注意。"

唯一的老实人困惑地"啊?"了一声,在面前这对男女异常坦然的表情下怀疑起自己的记忆。

"没有……吗?但我怎么记得有?"

"是吗?"

沈枝意重新看向周柏野:"昨晚是因为你那里有别人才让我早上来找你吗?"

邻居:"呃……"

他头一次觉得话多、爱八卦是种罪过，尴笑了两声，看都不好意思看周柏野的表情，等电梯门口一开，立马就走了。

周柏野问她："你还有别的名字？"

沈枝意想了想："应该是要有的。"

周柏野："是吗？叫什么？"

他手里提着垃圾袋，走在她旁边，不远不近的距离，身上随便套了件白色短袖，胸口处有个黑色的Logo。沈枝意的目光从Logo移到他脖子上的吻痕处，又慢吞吞地挪开："等我知道了再告诉你。"

周柏野点头，把垃圾丢进了垃圾桶，陪着沈枝意出了小区。

然后，他看着她进了网约车，等车开走后，才站在原地，接了张正梅打过来的电话。

沈枝意回到酒店时，看见周梓豪等在大厅。

他面色很差，昨晚给朋友轮番轰炸让他们帮忙找人，那些人从最开始的同情配合到现在的麻木不耐。大学关系比较好的朋友叹气劝他说要不算了吧，沈枝意不是个会心软的女生，已经分手一段时间了，身边朋友传话都好几轮，但她的态度一直如一。

——不心软、不后悔，以及，不想听。

两人共同的朋友对周梓豪说，沈枝意虽然长得温柔，但绝不是没有想法和主见的人。大学时候的周末大家都约着出去玩，她在做兼职，谁约都没用，会抱歉但又直接地表示自己就是没空。

朋友知道的内情不多，但从两人的状态也能猜出，分手并不愉快，大概率是周梓豪做错了什么事。

"要不还是算了吧，梓豪。就算她跟别人在一起，那跟你也没关系了，你们已经分手了，你认清这一点。"

周梓豪就是很难认清。

他觉得在两人的感情之中，总是自己更喜欢她多一点。吵架时总是他主动退让，冷场时也总是他主动找话题，就连亲热时都是他迁就沈枝意，她说不行不想他就停下来，她说喜欢白色的窗帘就用白色，她喜欢金毛那就养金毛。

听话和察言观色是他最擅长做的事情，张正梅和曹征因此对他百般愧疚，哪怕生了女儿也总把他放在最靠前的位置，从最开始总提起周柏野到后来最清楚他的生日。他比谁都清楚感情就是一场博弈，得努力才能让爱偏向他。

他之前觉得他跟沈枝意是同类，还没在一起的时候一个母亲节，社团聚餐，他在外面给张正梅打电话，挂断时看见沈枝意蹲在门口低着头不知道在看什么，耳边贴着手机，一直在倾听，隔了很久才说，"外婆你不要操心我和我妈之间的事情，我知道的，我有数"。

他手机振动，曹疏香给他发微信问他什么时候回来，发给他张正梅和曹征的合照，底下是捂脸偷笑的小表情。她对他说：我真服啦，爸说让我赶紧回学校，别影响他和妈妈过节日，我是外人吗？

曹征不会对他说这种话，曹征在他儿永远是个慈爱温柔的父亲，不会拒绝他的任何要求，似乎有着既定程序，只会对他说好。

他装作刚出现，跟她打招呼，说着"你怎么也在外面"这种蹩脚的谎话，然后手放在口袋问她要不要看魔法。

她蹲在那儿，仰着头看他拿出来一颗糖，在她面前晃，弯着腰对她说，也祝你快乐。

那时候他总有很多办法逗沈枝意开心。

现在他看着沈枝意，应该是要生气的，却没有立场，沉默许久，才笑着问她："吃过早餐了吗？"

沈枝意没料到他会说这种话。

她刚跟周柏野分开，周柏野有多意气风发，周梓豪就有多落魄憔悴。

他面色苍白，头发乱，比分手前瘦了很多，抑或黑色外套里的白衬衣过于宽大，看着异常消瘦。

他的笑容实在是刺眼，在一起时他喜欢示弱求饶，只是都不如现在真挚，这种憔悴和可怜让沈枝意不知该说些什么。

"他知道你爱吃什么吗？"周梓豪问。

沈枝意沉默片刻，才说："这样有意思吗？"

简单的六个字，却让周梓豪没来由地笑了起来。

哪样？他又应该怎么样？像个傻子一样看见直播之后直接从绥北赶来京北，在门口不顾形象地敲门结果别人一通电话让保安把他赶走。

像个乞丐这样吗？

还是像个傻子一样,明明有那么多次看见她跟周柏野站在一起的画面,却觉得两人没有任何可能,到底是哪里来的自信。在等敲门的时候、在被赶出小区的时候,他反复问自己,究竟是哪里来的自信,觉得沈枝意不会喜欢周柏野,又是哪里来的自信,竟然高估周柏野的人品,觉得他就算再烂,也不会跟他的前女友搞在一起。

他怎么都想不明白。

"为什么是周柏野?他好在哪儿了?你觉得我出轨、觉得我花心、觉得我跟异性不会保持距离,他又比我好到哪里去?你有多了解他?你就知道他是适合你的那个吗?你喜欢他的什么?长得好看、玩赛车很酷?还是他比我大方有钱?"

周梓豪已经完全不知道自己在说些什么了,眼睛却非常酸,像是被人挤了一整颗柠檬进去,鼻子也酸、喉咙也酸。他手上还戴着情侣戒指,还跟所有来劝说的朋友说,他迟早会追回她。

现在呢,现在都是些什么?

"他是我哥,沈枝意,周柏野那个王八蛋是我哥!我亲哥!"

他声音沙哑:"当初是我介绍你们认识的,是我带着你去看他的赛车比赛,也是我让他送你回家。是我让你们有了见面的机会,现在你们搞在一起,算起来全是我的功劳是吧?我是你们的僚机?"

他看着沈枝意,愤怒到极致竟然笑了起来。

"什么时候的事?搬走的时候?工作原因要了解赛车手的时候?还是第一次看见他的时候?"

不时有人朝他们看过来。

沈枝意猜到周梓豪会生气,也猜到他会质问自己。

但她没准备话术撇清自己,只是看着他,等他问够了,没话要继续问了,才说:"在我们分手之后。"

周梓豪笑了起来:"所以我要感谢你们没有出轨是吗?"

沈枝意困惑地看着他:"我不明白你为什么能这么坦然地问出这种话,我以为关于出轨这个话题我们之间已经聊得够透彻了。"

"但凡……但凡你对我有感情……你都不会跟周柏野……跟周柏野……"后面的话他说不出来,那两个字像把刀子反复在他喉咙里滚动,已经足够明显了,吻痕、衣服,还有她身上周柏野的味道。

他红着眼睛问沈枝意:"你真的喜欢他吗?"

"重要吗?"沈枝意问。

"你是要告诉我,你对他没感情,只是有欲望是吗?"周梓豪看着她,见她不说话,又仰着头,粗重地呼吸,再开口时,声音更哑了,很轻、轻得像在求饶。

"别这样……我求你别这样。你如果实在恨我、讨厌我,可以用别的方式,但不要是这种,不要用他来报复我。"

"不是因为你。"

沈枝意看着他,许久后,还是叹气:"为什么你就是不肯相信,我也可以只是因为有欲望,才跟他在一起的呢?感情如果真的有这么重要的话,你当初为什么不能提前预知现在的痛苦,学会保持绝对的忠诚呢?周柏野就算花心,比你更没有道德约束,那又怎么样呢?

"周梓豪,你怎么会觉得——"

她停顿片刻,认真地看着他,真诚地询问:"怎么会觉得,我沈枝意,只能够在你和你哥之间选择呢?世界上是只剩下你们两个人可以作为男朋友的挑选对象了吗?"

每句话都是一把刀,插在周梓豪身上。

他咳嗽一声,又忍不住咳嗽了一声,之后就完全收不住。

直到有人惊叫了一句"流血了",他才尝到唇齿间腥甜的血腥味。

对面的沈枝意淡淡地看着他,仍是一副温顺无害的样子,交往时是这样,分手时是这样,现在还是这样。

他现在终于明白,这是温柔刀,每一刀都致命。

如果这是报复,如果这真的是报复,没人比沈枝意更厉害。

不再有什么话可以说。

周梓豪踉跄着转身,却看见站在门口处的一道熟悉身影。

他两手空空,穿着黑色的风衣外套,双手插在口袋里,正歪着脑袋看着他们。

不知道听了多久,唇边含着淡淡的笑意。

这笑容实在是假,看不出真实情绪。

更像是在嘲讽。

周梓豪面无表情地朝他走去。

然后,一拳挥了过去。

## 第六章

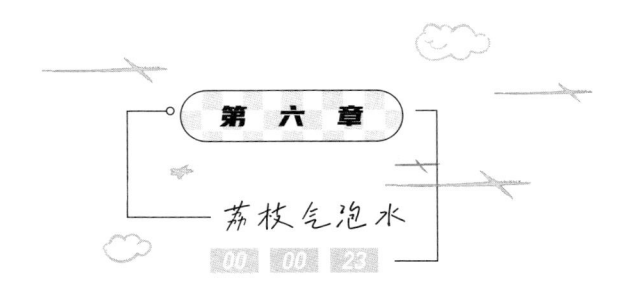

### 荔枝气泡水

别人或许不清楚,但周梓豪完全清楚,周柏野明明可以躲开,但他就是没躲,硬生生地受了这一拳。要说他是心虚愧疚根本不可能,真要这么有道德当初就不会做出这种事情。

可很快,周梓豪就知道了他为什么这样做。

沈枝意朝着周柏野的方向走了过去,从包里拿出一张湿纸巾递给他:"要去医院吗?"

周柏野垂着眼,眉尾的伤痕还没痊愈,脸上又添了新伤。听见沈枝意的声音,他才抬眸看她,没说话,只是静静地任由她打量自己的伤口。

看似简单的动作,其实全是心机。

周梓豪跟周柏野关系不好是事实,但他又实在是了解周柏野。小时候做错事情,周柏野就是这副表情,人畜无害的样子一声不吭,然后爸妈就理所当然认为全是他的责任。只是没想到都那么久过去了,周柏野竟然还用这么下三烂的招数。

他在装什么?

他到底在装些什么?

赛车手经历的负重训练和抗压训练是刚才强度的几倍不止。

周柏野之前的比赛也不是没有发生过侧翻事件,到目前为止搜索他的名字出现点击率最高的一个视频,就是他在比赛过程中发生事故。车辆侧翻撞到防护栏,赛车直接报废开始冒烟,现场救援队还没赶过来,他自己就从车里翻了出来,看起来像是没受伤,还有力气坐在冒烟的赛车上看着前方的终点线,拒绝了工作人员搀扶的帮助,进度条过了足有五六秒的时间,他才伸手摘头盔,也就是这个时候镜头才捕捉到他手上有血。

当时新闻都说他"美强惨",这一幕也被很多粉丝列为名场面。

这视频周梓豪也看过,因为张正梅看见新闻后非常担心,拉着他从绥北飞去国外,飞机上一直循环播放这个视频,问周梓豪觉得他哥会不会有事。

周梓豪一句话不想说,戴上耳机,把口罩拉上去当作眼罩,靠在椅子上就睡了。

他只觉得周柏野太刻意,受伤就受伤,装个屁的帅。

现在也是这样,在这种时候占据道德高地,扮演受害者的角色让沈枝意站在他那边。

但可气的是,沈枝意怎么会看不出来,她怎么能看不出来?

周柏野装得不明显吗?他在扮可怜装无辜,她难道就看不出来吗?

周梓豪分明是打人的那个,但此刻被气得胸口闷疼,腥甜又开始往上涌。

"沈枝意——"

周柏野几乎一半的重量都压在沈枝意身上。她大概从来没照顾过伤患,起初不知道该怎么搀扶他,只想拉住他的胳膊,他还是自己主动,将胳膊搭在她的肩膀上。想了下饼干之前是怎么在猫牙面前装的虚弱,他有点敷衍地弯下腰,倒吸一口冷气,别的话没多说,只是在她看过来的时候低着眼,跟着停下脚步,一副"你们要是说话我也可以忍痛配合一下"的温顺样子。

沈枝意没有回头。

周梓豪也没有追过来,只问她是否真的想清楚了。

沈枝意没有回答,搀着周柏野出了酒店的门。

去的是就近的医院,沈枝意陪他上完药,拿着缴费单到一楼缴费,付完钱接到了林晓秋的电话。林晓秋问她在哪儿,她又看了眼缴费单,回答说在人民医院,林晓秋在那头"哎"了一声,说自己也在。

林晓秋是在走到酒店大厅的时候看见的周梓豪,她不清楚刚才这里发生的事情,走过去跟他打招呼时,发现他咳嗽是带着血的,把她吓得不轻,二话不说带着人来到医院,路上周梓豪还问她知不知道沈枝意的事情。

她心说,哥,你都这样了还沈枝意呢?搞得好像自己多爱似的。但这话好歹没说出口,装傻充愣说自己什么都不知道。

周梓豪"哦"了一声，扭头看着窗外，那张脸倒还是赏心悦目。他健康正常的时候林晓秋get不到他的颜值，只觉得是普通帅哥，但病弱的时候颜值直接翻倍，说话也很可怜，跟她说沈枝意刚送人去医院，说不定他们能碰见。

"你在几楼啊？"林晓秋问。

"一楼缴费大厅。"沈枝意说。

林晓秋"哦"了一声："那我一会儿还是绕开这里，能问一句周柏野在几楼吗？"

"三楼，怎么了？"

林晓秋有些无语："还问我怎么呢？我不得再避开一下周柏野啊？我现在都在女厕给你打的电话。我们在五楼，医生让他拍个片看看，你们别上五楼啊。"

沈枝意仰头看天，好一会儿才对林晓秋说谢谢。

"这有什么好谢的。"林晓秋倒是很豪爽，但又实在好奇，问她，"你真觉得周柏野比周梓豪好啊？没记错的话，你跟周梓豪恋爱不都谈了好几年吗？从大学到工作。我不是说周柏野不好的意思，就是……唉，我直接跟你说吧，昨天你不是不在嘛，Ruby带了一个新同事过来，说之后跟你一起负责蝉知的工作。"

林晓秋有些不忍心："Ruby说，新同事是蝉知小郁总的表妹。"

"蝉知小郁总的表妹？"沈枝意还拎着缴费单站在大厅中间，身边人来人往全是排队缴费的，有人不耐烦地"啧"了一声，问她到底走不走，她回过神低声说抱歉，握着手机走到一边，才对林晓秋说，"这样啊，那之后跟蝉知那边，沟通会顺畅了。"

她听起来没多在意，林晓秋却沉默了好一阵，才试探着问她："但是……Ruby的意思，好像她来这儿不是小郁总的关系，好像……"

林晓秋一咬牙，才对沈枝意把话说完。

"好像是周柏野的关系，Ruby说新同事跟周柏野的关系不简单。"

此刻的医院三楼。

顾言从就诊室里出来，看见周柏野还坐在走廊的长凳上。

"刚才那妹妹跟你什么关系啊？装得好像你要死了一样，把人吓得帮你忙上忙下。"

顾言是狐狸的弟弟，是个医生，之前闲暇的时候跟他们一起聚过，关系都不错，但在医院见面还是头一回。刚才看周柏野被一个姑娘搀进来的时候，他有些惊讶，真以为周柏野受了什么严重到要死的伤，结果一看，就这？

他跟周梓豪心情类似但又不同，周梓豪是恨不得把周柏野生吞活剥的厌恶，他单纯只是好奇。

"听不懂你在说什么。"周柏野低头还在捣鼓着手机。

顾言以为他在忙什么大事，结果凑过去一看，这厮竟然在自拍。

"……哥……你能别这么骚吗？"顾言真情实感地劝，"你让我有点不舒服了。"

周柏野面无表情地抬头看他，把手机塞他手里。

"拍一下。"

周柏野冷着脸，没有看着镜头，而是别开脸看着地面。

倒是很会凹造型，显得很漫不经心，像是被人意外拍到受伤似的。

顾言一头雾水地给他拍完，看他发给了微信里备注为张秘书的人。

那边正在输入了半天，才一本正经地回：周总正在开会，等他会议结束我会转达的。

周柏野没回，又发给了卢彦。

卢彦：野，你怎么了野？谁把你打成这样？

周柏野：周梓豪。

卢彦：……当我没问，但怎么搞得这么严重？

周柏野没解释，只问了他一句：你有我妈的微信吧？

卢彦是个老实人，乖乖地回答：有啊，我还有你后爸的。

周柏野：哦，那麻烦你发个朋友圈，仅他俩可见。

卢彦：哈？

周柏野：配文随便，你要是不知道，就用一个字。

卢彦：哪个字？

周柏野：惨。

卢彦：……懂了。

顾言叹为观止，与此同时打定主意以后惹谁都不惹周柏野。

他的同事从其他诊室出来，问他要不要去吃饭。他拍拍白大褂，站起来对周柏野说："你这伤还行，没么严重，自己养几天。那个妹妹不是帮你开药去了嘛，按照处方擦。"

周柏野"哦"了一声，问他："自己能擦吗？"

顾言一脸"你在说什么屁话"的表情："自己怎么不——"

"嗯？"信息也发完了，事情全处理完了，周柏野丢了手机，靠在椅背上，抬头看向他，又问了一次，"自己能擦？"

"虽然这伤就在嘴上，对着镜子就能看到，但是不是也有过患者下手不知道轻重导致伤情越来越严重？"

顾言跟卢彦一样懂了。

他双手插兜，一脸恍然大悟刚想起来的表情"哦"了一声。

"最好是有人能帮忙。"

然后，就这么不凑巧、非常偶然地，被刚好上来的沈枝意听见了。

周柏野靠在椅子上，视线缓慢地落在沈枝意身上，然后慢吞吞地偏过头，一副自己也没办法的样子，很轻地叹了口气。

身边的人怎么评价周柏野的来着？

——除了赛车，对其他事情都无所谓，说他什么都行，脾气很好，开得起玩笑。

——散漫随性，帅气多金。

现在，顾言觉得这些评价得更新了。

加一句。

——很会示弱卖惨的心机男。

沈枝意在医院给周柏野上的药，动作潦草，没管他疼不疼。消毒和擦药的动作不过几十秒就全部搞定，然后将装了药的塑料袋塞给他。

周柏野愣是没喊一声，只在她站起身准备走的时候拉住了她的手腕，问她："你在生什么气？"

沈枝意表情有些莫名其妙："我哪里生气了？"

周柏野说："你不说我怎么知道？"

这人永远有能力把对话变成他想要的模式。

沈枝意沉默片刻，才又说："我没生气。我下午的飞机，得回酒店收拾一下行李。"

周柏野"哦"了一声，拎着东西站了起来："那我送你回酒店。"完全没给她拒绝的机会，见她不动，还催，"不是赶飞机？"

赶哪门子的飞机，她只是暂时不想说话。

蝉知那边的工作她跟进了很久，初稿都给对方确认过，前期自己累得要死要活，现在忽然安插进一个人，只有菩萨才会真的无所谓。她不是菩萨，只是计较不愿意在林晓秋面前袒露。

闷不作声半晌，还是不知道该怎么直白地把话问出口。她跟周柏野没那么熟，能接吻能做爱，但是袒露心扉很难。

只可惜没找到拒绝周柏野送她回去的理由，只能任由周柏野跟着她进了出租车。

这一路倒是沉默，到酒店前台的时候，周柏野自己去开了一间房。前台还记得他是谁，心说这都打成这样了还回来开房呢，接过他的身份证后就自然去问沈枝意："您的身份证也麻烦给我一下。"

"……我不跟他一起住，我已经开过房间了。"

前台"哦"了一声："那也是需要登记的。"

周柏野站在旁边一句话没说，手撑在接待台上，白炽灯下那张白皙的俊脸上的伤口显得更加触目惊心。

他一直看着她，一副"你想怎么样都行"的样子。

沈枝意憋屈地从包里拿出身份证给前台登记，然后拿着房卡跟周柏野上了楼。

周柏野觉得挺新鲜。周建民之前谈过的女朋友性格都很鲜明，收到礼物开心得不顾旁人直接嗲着嗓子喊"谢谢老公"，生气了就恨不得"哼"得全世界都能听见。

但沈枝意不是，她生气并不明显，手里也始终拎着他的药。

"我给你背上完药就走。"

进房间之前，沈枝意是这么说的。

周柏野点头，说行。

结果进了房间之后，就什么都变了。

因为周柏野并没有按照流程来，一进房间就脱了外套，丢在沙发上说身上有医院消毒水的味道。沈枝意觉得这话也没问题，指着沙发说："那你坐下我给你上药。"

她的语气像女王，一身工作装看着也格外严肃，长发用抓夹盘了起来，脖颈上还有他留下的吻痕。

周柏野不动声色地靠在墙上没有动，觉得有些事情不能这么直白，便问她："我能先去洗个澡吗？"

他脸上有伤，大幅度说话会疼，声音就很轻，听起来温柔，像是她说不，他就不洗了。

沈枝意问他："你洗澡干什么？"

周柏野说："因为脏。"

他脸上的伤看起来实在可怜，沈枝意只好说："那你去吧。"

周柏野点头，打开浴室的门就进去了。

沈枝意拿出手机，看见公司的群聊已经欢迎起了新同事，新同事大方发了红包，下面又是一串感谢说美女大方。

Ruby在下面说：欢迎顾薇加入大家庭。

沈枝意的手就停在了这儿，顾薇，这名字她听过，在厕所门口。别人说周柏野跟她一起滑过雪，全程还是周柏野出的钱，微信也有好友，聊得不错。

沈枝意点开顾薇的头像。她用的是自拍，在冰天雪地里穿着滑雪服冲镜头笑得灿烂。这照片还暗藏玄机，得放大一点，才能看见后面还有一个人，穿着黑色滑雪服，全身罩得严实，看不清脸，但莫名其妙，沈枝意就感觉这个人应该是周柏野，或许算是第六感。

顾薇给她发来了好友申请，可爱俏皮地在备注里写：以后就是同僚啦，多多指教～！

她通过后，那边说的第一句话就是：我跟周柏野他们都很熟，以后专业方面的东西就交给我啦！

热情洋溢，看起来很好相处的样子。

沈枝意还没回复，Ruby就给她发来消息，官方地通知她以后跟顾薇好好配合。

沈枝意问：是我配合她，还是她配合我？

Ruby回了个微笑的表情：别多想，只是看你一个人负责这个项目辛苦，才让她帮你分担。

很假。刚上班的时候沈枝意遵从公司的任何决定，为自己谋福利会觉得自己功利心太重让领导讨厌，被分配累活儿也隐忍不言，但工作越久，越明白这种在意毫无意义，上班跟上学不一样，领导不是老师，可以遵从但不能尊敬。

她摊开了问：绩效和奖金怎么分呢？

Ruby：亲爱的，如果是你自己发展来的客户，绩效和奖金全算你的，我不会有任何问题。但有一件事你要清楚，蝉知小郁总是顾薇的表哥，你说这个客户算谁的呢？

沈枝意明白了。

这时候，浴室的门被人从内叩响。

里面的人嗓音拖沓地问她："你要不要看看浴室里面？"

明摆着就是邀请，但又懒得想理由。

别人会用自己受伤了不方便想寻求帮助做借口，他偏不，邀请得非常直白。

手机上，Ruby还在跟她传授职场道理，告诉她关系才是硬通货，人要学会变通。

她觉得这话有点道理，于是没拒绝他，打开浴室的门走进去。

周柏野没用沐浴露，只用水冲了一遍，没穿衣服，上衣和裤子都在洗手台上。

之前做的时候情形混乱，她没空认真打量他，现在站在门口认真地盯着他上上下下看了一圈，最后才踏进来，肯定的语气对他说："里面是跟外面不太一样。"

不知道是浴室充满了热气，还是其他原因，她的脸是红的。周柏野本想笑，但唇角确实是疼，只能止住。他不愿意用酒店的毛巾和浴巾，把自己的衣服翻过面来准备擦拭的时候，沈枝意伸出手："需要我帮你吗？"

周柏野低眼看她，两人之间本来有段距离。

地上全是水，她脚上穿着袜子。

周柏野笑着问她："真要帮？"

沈枝意仿佛听不懂他的言外之意，语气格外正经："你受伤了，我帮你不是很自然吗？"

周柏野点头，说："有点道理。"然后朝她走过去，站在她面前，把自己的衣服递给她。

沈枝意问他："你经常去滑雪吗？"

她的动作比擦药时轻得多，慢吞吞地擦过他的锁骨，让他轻而易举地起了反应。

气氛暧昧，对话却正经。

周柏野说："偶尔，看心情。"

沈枝意就问："比如呢？"

周柏野："无聊的时候、心情不好的时候、输比赛的时候。"

沈枝意"哦"了一声："听起来都是需要发泄的时候才去滑雪。"

"也会做些别的。飙车、蹦极、潜泳、跳伞，极限运动会让人心情变好。"

沈枝意点点头："都是我不喜欢的。"

"是吗？"

周柏野正想笑着说下次可以带你试试，结果就被她的动作弄得怔住。

她仰着头，抓夹变得松散，一缕长发垂落在脸侧，显得那张脸更小，眼眸清澈，脸蛋清纯漂亮。

她问他："会有女人吗？"

周柏野喉咙里闷出一声笑："你希望有吗？"

他进来的时候没开排气扇，热气在此刻变得更加浓郁，两个人站在里面，空气逐渐变得稀薄。

你来我往间的战火无声地让温度越发攀升。

沈枝意脸上出了汗，汗珠打湿了她的头发，从纤细的脖颈滑进了衣服里。

周柏野看着她，而后将她逼得后退一步，压在门板上。

窗外的天色逐渐变暗，沈枝意说今天要回绥北的谎言不攻自破，她不知道周柏野给她下了什么药，为什么每次跟他在一起时，就觉得自己像是变成了另一个人，但明明连交流都很少。

周柏野像是看懂了她内心的困惑，问她，飞机怎么办。

是啊，飞机怎么办。沈枝意也不知道，她看着窗外，又看向周柏野的脸，最后有些烦恼地对他说，那就只好让飞机飞走了。

周柏野点头，没拆穿她，而是说："那你还挺酷。"

"酷"这个字只有周柏野会用来形容她。沈枝意不明白自己酷在哪里，把问题抛回去。周柏野回答得却像是在开玩笑，他说逃掉飞机也是需要勇气的啊，这不跟学生时代翘课一样酷。

沈枝意纠正他说自己没逃过课。

周柏野倒是一点都不惊讶，只是让她想象一下如果学生时代逃课会不会快乐。

沈枝意真的跟着他的话想象了一下。

随泽并不算很大的城市，但是学习氛围很浓。绥北高中才有早晚自习，但随泽初中就有了，早上七点开始早读、晚上八点半下晚自习，她一直在重点班，成绩始终名列前茅；放学跟朋友回家的路上，聊天的内容都是今天上课没弄懂的地方，考试分数少一分都仿佛天塌了。

"逃课"这两个叛逆的字在当时来说根本无法想象，是坏学生才会做的事情。她学习最累、最受挫的时候，也只是想天道要是还不酬勤，她下次就也不花那么多时间来做题了。

要是逃课的话……她发现自己根本没办法想象在当时逃课带来的后果。

这种空缺让她奇异地觉得自己过去像是被框在一个既定程序里做着所谓正确的事情，或许成功，但回想起来只剩下试卷和课堂，当时考试排名靠前的快乐现在也只剩下单薄的"当时考得不错"，这么一句话。

她有些困惑地看向周柏野，问他："叛逆会比较快乐吗？"

周柏野笑得恶劣，贴在她颈窝，声音暧昧，说："宝宝，这种时候你问我这个，是不是不太合适？"

沈枝意没吭声，只是默默收紧了手指。

周柏野报复性地咬了一下她的肩，问她："你现在觉得快乐吗？"

沈枝意不知道这个问题该有什么样的答案。快乐吗？好像有点，但这种快乐又跟之前人生所感受到的快乐不同。无论是被沈如清夸奖，还是在喜欢的事情上被认可，当时所感觉到的巨大快乐是让她想蹦起来转圈，可现在不是。

她现在只能感觉到燥热，内心像始终在盛夏，呼吸热、靠近热，就连看着他都觉得热。

她舔唇，闷声说不知道。

周柏野笑着说没事，他知道答案了。

他知道什么呢？

沈枝意觉得周柏野什么都不知道。

他们接吻拥抱，做尽一切亲密的事情。

但是他们并不了解对方。

周柏野不知道她的过去，也不知道她的性格，所有的了解只基于她对他展示的，或许也有从周梓豪那里了解来的，但这都构不成一个完整的她。

可越是这样，沈枝意越觉得轻松。她自己也不够了解自己，不知道自己该是一个什么样的人，理智和情感总是在她身体里对抗，该情感用事时候她选择理性，该理性的时候她又选择情感。

所以别人无法理解她跟周梓豪的分手。

周梓豪和林晓秋也无法理解她和周柏野的暧昧。

她自己也不知道该如何解释，只能看着周柏野的这张脸，又去看他的身体，最后踮起脚凑过去拥抱他。她的手黏糊糊的，贴在他后颈，去摸他的肩胛骨，然后在他的喘息声中认可了他的话。

不正确的事情是真的能带来快乐的，他们就是最好的例子。

她晚上回了自己的房间。林晓秋已经洗完澡正躺在床上玩手机，看见她后十分意外："我还以为你不回来。"

另一张床上放着林晓秋的电脑和一些杂物，她急忙起来处理，收拾好放进行李箱，然后跟在沈枝意后头看她洗脸，问她："顾薇的事你打算怎么办？就这么认了？周柏野怎么说？"

沈枝意在"哗啦啦"的水声中回答林晓秋："我没问。"

林晓秋咋舌："你怎么不问呢？是真是假总要个答案吧，总不能跟个冤大头一样任人摆布吧？这件事上你不反抗，之后就会有更多的顾薇。"

沈枝意也知道这个道理，从周柏野那儿离开前他正在接电话，不知道跟谁说话，声音很敷衍。那边不知道说了些什么，他只用"嗯"字作回应，还有闲心捡床上的衣服穿，单手往头上套。她也正在穿衣服，扣着扣子的手忽然停下来，问他："周柏野，你是渣男吗？"

周柏野"嗯"了一声才听清楚她说的话，手机直接开了扩音，那头的人惊叫了一声，问他："你那边怎么有妹子？你难道在约会吗？"

他的衣服松松垮垮地套在身上，他没回那边的话，手指压了一下自己被打伤的唇角，问她："真是渣男的话，有几条命这么玩？"

沈枝意回想起这个画面还是觉得周柏野这人狡猾，她对林晓秋说："不太好问，我跟他没到这种关系。"

林晓秋不太能理解："那你们是什么关系？"

沈枝意想了想，才说："炮友关系？"

林晓秋大为震撼，她没想到这四个字能从沈枝意嘴里出来。她觉得这个世界都疯了，蒙了好一会儿才拍拍沈枝意的肩膀："继续保持，你这种玩弄男人的语气莫名其妙让我还挺爽的。"

第二天从京北回绥北，顾薇跟着她们一起，但沈枝意和林晓秋是经济舱，Ruby和顾薇是头等舱。

候机的时候，顾薇一直戴着耳机。不同于微信上的热情，她一句话都懒得说，脸上是明显的困意。

沈枝意和林晓秋看着Ruby在机场的星巴克买了两杯咖啡，递过去给顾薇一杯，顾薇耳机没摘，只对她点点头。

林晓秋在沈枝意耳边说："古代丫鬟就是这么照顾公主的。"

沈枝意觉得林晓秋有时候说话真的很形象。

上飞机，让开飞行模式或者关机时，林晓秋争分夺秒地回复消息，问她："你不看下手机吗？"

沈枝意拿出来看了眼，没有消息。沈如清把她拉黑了还没有放出来，外婆只会打视频或者语音，还没学会怎么发消息。其他消息要么是群聊要么是公众号的更新提醒，那个头像是跑车的对话框消息停留在几天前。

林晓秋在旁边"啧"了一声："他是不是在钓你？"

沈枝意给手机关机："还好？我们平时也不怎么发消息。"

林晓秋只谈过两次恋爱，挺好奇，但又碍于三人座最靠里的位置还有个穿着商务的老大哥，于是压低声音问沈枝意："那你们平时怎么约啊？全靠心灵感应？"

"准确来说……"沈枝意算了下次数，严谨地跟林晓秋说，"见面的时候看心情。"

林晓秋懂了，恍然大悟："眼神呗那就是。"

这场合说这个话题真的很不方便,她打开手机备忘录问沈枝意:赛车手是不是体力比较好?

沈枝意接过她的手机,在下面打了一长串省略号,然后调大字体,写了两个字:别问。

这两个字戳中林晓秋的笑点,她笑得不行。

她们的位置离头等舱很近,来回穿梭的空姐掀开布帘,摘下耳机往包里放的顾薇看见林晓秋的笑容,目光又从林晓秋身上慢悠悠地转向沈枝意。她眯着眼,想了会儿才问身边的Ruby:"沈枝意是哪里人?"

Ruby摘下眼罩:"只记得不是绥北人,怎么了?"

顾薇:"她长得有点像一个我认识的人。"

Ruby笑着说:"你应该是认错了。"

顾薇"嗯"了一声,又往沈枝意的方向看了一眼。

这次视线被沈枝意捕捉,她抬眸,偏过头,询问的表情回视。

沈枝意长相很柔和,眼睛、鼻子、嘴巴的线条都柔和,脸小,一双眼睛弯弯的,但这张脸让顾薇莫名想起自己远在国外的姑父。

顾薇直白的注视,让林晓秋都注意到。

林晓秋有些不满地皱眉,顾薇才收回视线,分发完毯子的空姐关上布帘,两边被隔绝。

林晓秋"啧"了一声:"她真的很没礼貌。"又预言般对沈枝意说,"你们之后合作不会愉快的。"

事实证明,林晓秋的话是对的。

回公司上班的第一天,顾薇就坦诚地对她说自己压根不会画画,但是不会并不影响她点评。给蝉知那边的初稿,顾薇看了一遍后提了很多意见,觉得科普得过于正经严肃不够有趣,盯着画上穿着红色赛车服的人看了很久,问沈枝意:"这个人是周柏野吗?"

不等沈枝意回答,她又笑,说如果画的是周柏野的话,那特征明显错了,一点都不像他。

具体是什么特征,她又不细说。周围原本在群里抢过她红包早上表示热烈欢迎的同事一个个表情都很复杂,小群里讨论热烈,出现最多的一句话就是:

她不会画画过来干啥的？

沈枝意把顾薇当驻点的甲方来看，回复不自觉变成"好的"和"收到"。

频率一高，顾薇也开始觉得奇怪。

她家境好，毕业之后没怎么上过班，到处旅游，美其名曰寻找自我，结果自我没找到，找到了理想型。她之所以来这儿上班只是为了周柏野，是她表哥郁从轩给她的灵感。

上次家庭聚餐，郁从轩来得晚，脖子上还有女人的吻痕，长辈看不惯，顾薇顺势跟着郁从轩一起滚出了饭桌。

她熟练地拿出粉底给郁从轩，问他："新女朋友？"

郁从轩指着自己的脸问她："你觉得我像是会谈恋爱的类型？"

顾薇摇头。

郁从轩跟她说是工作上的合作方。

郁从轩也就是在这时候跟她说了这个项目上和周柏野的交集。

没上过几天班的人平时微信里也很少有人跟她说好的、收到。

她截图发给了郁从轩，问他："她是在敷衍我吗？"

郁从轩看见截图上沈枝意的名字才想起来自己忽视了什么。

……他忘了沈枝意跟周柏野的暧昧关系。

他顿时头大。顾薇的性格他知道，放在古代那得是个不破楼兰终不还的国家栋梁，但放在感情上吧，就有点过于执着。他不止一次跟顾薇说过，周柏野对她没意思，但顾薇就是不信，她不信的理由也很清奇。

——他不喜欢我，是因为还不够了解我，世界上真的存在了解后不喜欢我的人？不存在的。

郁从轩能说什么？他爸妈都说顾薇自信放光芒的样子很可爱，他只能表示你开心就好。

作为表哥真袖手旁观也不可能，他跟周柏野认识这么多年，头一回看周柏野跟妹子关系暧昧，生怕自己这个塞关系户的举动搅黄了自己好兄弟的终身大事。

他不敢直接给周柏野说，先给狐狸打了个电话过去问周柏野在干吗。

狐狸跟周柏野不在一块儿，他没活动的时候就回去做本职工作去了，这会儿一节课刚上完，但凡再早一分钟，他也接不到郁从轩的电话，颇有兴致地问郁从轩:"你又做了什么大逆不道的事儿了?"

郁从轩"哎"了一声:"你这话就忒不中听,什么叫大逆不道?就纯粹关心,关心懂不懂?"

"行,少爷回家去了,脸上破相了,他爹心疼,紧急召回。"

郁从轩又震惊:"破相?怎么个事儿?"

狐狸沉默片刻,问他:"你跟他真的是朋友?"

郁从轩一噎。

他又给周柏野发消息,问他怎么样了。

周柏野没回,他刚到家,跟周建民在一张桌子上吃饭。他看着周建民放在桌上的两个手机,一个是工作用的,另一个私人手机一直有消息发过来。

"见过你弟了?"

"见过。"

"他打的?"

周柏野这次没回,只一脸"您这不是明知故问吗"的表情看着周建民。

周建民其实早就接到张正梅的电话了,情况张正梅都说了,只是委婉,问他知不知道周梓豪之前有个女朋友。这问题一出来,周建民就知道是什么情况了。张正梅别的没多说,只是让他负起当父亲的责任,别一天到晚只顾着自己的事情。

自离婚以后,周建民没再听张正梅这么跟他说过话。

当初在一起的时候,两人身份天差地别,他最初不过是修车店的一名店员,只是店铺毗邻张正梅所上的高中。她那时候是阳光明媚的大小姐,上学放学有司机接送。他见过她,透过车窗或者透过学校的门,只是没想到她对他有印象。她估计是考差,哭着从学校里出来,觉得丢脸,司机安慰的话不想听,自己背过身用手擦眼泪,余光瞥见他盯着她看,她就瞪他,问他有什么好看的。

她语气骄横,周建民没说话,直接就准备走。

哪知道张正梅又喊住他。

"喂!那个修车的!"她说,"你来给我当司机好啦!"

然后他就成了张正梅的司机,接送她高三那一整年,又接送了她大学四年。整整五年的时间,他很多话闷在心里不敢说,直到张正梅又问他要不要跟她谈恋爱。

周建民对张正梅爱得有些扭曲，哪怕后来接手张正梅父亲的公司，逐步展现了自己的工作能力，带着公司越做越好，外界对他的称呼都从"张家女婿"变成了"周总"，但他在张正梅面前始终自卑，他害怕张正梅会离开他。

但张正梅需要的不是能干的周总，她需要温柔体贴的丈夫，当初周建民身上吸引她的沉稳变成了令她厌恶的冷漠。她跟接送她的司机曹征关系越来越近，周建民不是没发现，他脸上冷淡，内心实则已经波涛汹涌。他想，自己能是第一个，曹征就也可以是第二个。

所以他将曹征调离，结果两人关系更差，张正梅冷笑着跟他说，她看见了他放在抽屉里的亲子鉴定。

周建民怀疑周梓豪不是他亲生的，他们爆发了激烈的争吵。后来张正梅累了跟他提离婚，周建民不肯，他直接锁了房门，公司不去，在家陪了她三天。卑微的时候连"你可以继续让曹征当司机，但不能离婚"这种话都说出口，张正梅觉得他偏执，羞辱了自己的人格，他觉得张正梅心在别处不爱他。

周柏野厌恶地替他们关上房门，忙碌于自己感情问题的夫妻似乎忘了家里还有两个孩子，周建民让做饭和打扫的人都走了，他们吵架时不吃饭，周柏野只能搬了凳子在柜子里翻零食。

周梓豪坐在地上哭，他年纪还小，刚学会说话不久，只知道喊哥哥。

周柏野嫌他吵，给了他一个苹果让他闭嘴。

那段时光周柏野没忘，周建民却像是忘了一半。

他问周柏野："你跟你弟的关系是什么时候变差的？"

周柏野觉得周建民虚伪，他跟张正梅在一起时学不会浓情蜜意，离婚后倒是给自己立了个苦情人设，当初痴缠过张正梅一段时间，她跟曹征办婚礼，他带着周柏野坐飞机过去，在酒店门口却不敢进。

周柏野那时候已经上小学，红领巾系得歪歪扭扭，周建民不敢进去，他自己溜了进去。不知道是不是他跑得太快，现场竟然没什么人注意到他。他看见穿着婚纱的张正梅弯腰给弟弟整理衣服，笑着亲吻弟弟的额头，对弟弟承诺，说妈妈当然会爱你一辈子，哪怕妈妈跟叔叔结婚，你也是妈妈最爱的小孩儿。

婚礼现场人是真的很多，有跟他年纪相仿的小孩儿正围在工作人员那边要气球，五六个小孩儿乌泱泱地跑过来，眼看着要撞到他，恰好曹征的朋友路过，一把扯过他，不知道他是谁，以为是来宾的小孩儿，语气不太好地问他站在那儿碍什么事。

周柏野书没读多少，语文课上还没教过碍事是什么意思，却是在妈妈婚礼上第一次学会。

周梓豪一直喜欢拿着小时候的事情卖惨，说周建民不爱他。

周柏野觉得那句"不会哭的孩子没糖吃"还真是有道理，他过去不会卖惨，就都觉得他是哥哥，应该礼让，上次卖惨一次效果立竿见影，就连公事私事一样繁忙的周建民都抽空回来关心他。

他有些好笑地扯了下唇，问周建民："我们什么时候关系好过？"

周建民不说话了，看他脸上的伤实在碍眼。

眉尾、唇角，到处都是伤口。

他拨电话给家庭医生，让对方过来帮忙看看。

然后，他松了领带，对周柏野说："我年纪大了，公司上的事情你也该接触了。"

周柏野没接腔。

这话题上一次聊是他十八岁，他执着赛车，周建民乐于花钱给他做喜欢的事情，但不乐于看他把这个当成事业。

周建民只是通知，并不是询问，说完便接通了始终响着的手机，那边传来甜腻的声音问他在哪儿。

他四指在桌上轻敲，淡淡瞥了周柏野一眼。

是让他出去的意思。

周柏野临出门，又扭头跟周建民说："还有件事要麻烦你。"

周建民看他："说。"

"你前女友前段时间跟我上了热搜，词条没撤干净，还有些八卦号说了些子虚乌有的东西，帮忙处理一下，不然怕引起误会。"

他语气随意，哪怕是跟着亲爹说话，也没什么正形。

周建民电话那头的女人已经娇嗔地问他，前女友是谁。

周建民的手指停了下来，仿佛没听见电话那头的话，问周柏野："说完了？"

周柏野确实是说完了，他关上房门的时候觉得自己好像缺了点儿什么。

直到收到郁从轩发来的问候短信。

才发现缺的那东西是沈枝意的问候。

到底有没有良心？

就连郁从轩那狗东西都知道来关心，她怎么就一个短信都没有。

周柏野靠在门上，听着里面他爸跟人聊天的声音，迟来地觉得有点儿心烦。

周柏野没回郁从轩。

郁从轩没周柏野定力这么强，顾薇什么性格他再了解不过，天生的大小姐，能力不强、想法忒多，从小被人照顾大，坏心思是没什么，但不太会体谅别人。他跟沈枝意接触的次数不多，饭桌上那几次也能感觉出这是个性格比较软的女孩子，一软一硬碰到一起，显然是软的那个要吃亏。

他左右琢磨，还是给Ruby发了条信息，说这几天有空的话，让她安排一下聚餐，地点他这边来定。

他还不太清楚周柏野跟沈枝意具体到什么程度，为了不显得刻意，又跟Ruby说可以把她部门的人都叫上，算是一次团建。

等Ruby回复他后，他给周柏野发了一条消息，问他什么时候回绥北。结果消息刚发出去就看见群聊里，饼干发了去瑞典的机票，然后艾特了周柏野，说谢谢老板。

郁从轩：[？.jpg]

郁从轩：你们去瑞典？

饼干：嗯。

猫牙发了个没眼看的表情包，说：你跟周柏野是不是有点儿过于腻歪了？你们两个大老爷们去瑞典干吗？

饼干"喷"了一声，回了一条语音，点开后听见杂音很重，显然是在机场：嫉妒啊？说一句黄宇泽最帅，哥哥就去你学校看你啊。

猫牙：……黄宇泽去死。

郁从轩没空看他们打情骂俏，心说周柏野到底在干吗，皇帝不急太监急啊？

他打断调情，又艾特了周柏野：哥，你跑瑞典去干吗？你能不能回下我的消息？我有正事要跟你说，你的终身大事！

饼干:他手机没电了。他的什么终身大事啊,我替你转达?

郁从轩不好在群里说自己做的傻事,私聊了饼干,给他发了一长串话。饼干划拉半天才看完,总结核心思想只有一个:别去瑞典了,你暧昧对象快被我整没了!

聚餐定在了周五晚上。

这时间不太合理,部门的人都叫苦连天,在小群里吐槽半天工作日聚餐等同于另类加班,结果就看见Ruby通知了聚餐地点,绥北人均四位数的自助餐厅。吐槽的人全部闭麦,三秒钟后,"谢谢老板"四个字在群里刷屏。

顾薇给郁从轩发消息,问他聚餐周柏野来不来。

郁从轩回了个问号:你是去上班的,还是去上周柏野的,你老惦记他干吗?

顾薇:我倒是想上他,机会呢?机会在哪里?

郁从轩:……别聊了,跟你说话我头疼,一会儿吃饭的地儿见吧。

办公室没人等顾薇,大家收拾完东西默默就直接走了。沈枝意稍慢一步,她电脑死机了,等了几分钟关好后拿起东西准备跟等在一边的林晓秋走时,被顾薇叫住。

"一起啊。"不等沈枝意回答,她已经亲昵地挽住沈枝意的胳膊。

林晓秋没见过这么没眼力见的,仰头翻了个白眼。

顾薇问:"听说你们之前聚餐,是不是周柏野也在啊?"

林晓秋:"是啊,还一起喝酒了呢。"

顾薇没听出来林晓秋对她有意见,只当作朋友间正常交流,还挺诚恳地问:"那他今天来吗?我表哥跟我卖关子,不肯告诉我。"

林晓秋故意问她:"你表哥不是对你挺好的吗?怎么这都不说?"

"就是说啊,烦死了!"顾薇满脸不爽。

隔着个沈枝意,她跟林晓秋交流不方便,就走过去到林晓秋那边,跟她诉苦:"我表哥这人真的很烦,你见过在家吃饭结果嫌饭菜不好吃点外卖的吗?他简直是世界上最龟毛的人,不过我还有个表哥——"

她扭头跟沈枝意说:"说起来你们长得有点像,我之前还问Ruby姐,你是哪里人。"

顾薇最大的缺点就是不会看人眼色，最大的优点又是缺心眼、过度热情。

后者在极大程度上弥补了前者，让人一边觉得她烦，又一边说服自己她也不是故意的。

沈枝意就是在两者间反反复复，深感疲惫，回答的声音都有气无力："随泽人。"

随泽。

顾薇不记得自己姑父年轻时有去过随泽，顿时安心了不少。

她姑父过去是个很荒唐的人。他是个画家，当初跟姑姑结婚后总喜欢拿着画板到处跑。姑姑性格温柔内敛，不喜欢四处奔波，总待在家，隔一段时间就有陌生女人过来敲门，问傅老师在不在家。

全家人因此对姑父都有偏见，直到有一天，姑父带着姑姑和表哥一起出国，之后就很少再回来。

顾薇听爸妈说过，好像是姑父在外面出了什么事。她当时以为是得罪了什么人，长大后才懂得可能是情债。

顾薇一脸若有所思。

沈枝意无暇去思考顾薇在想什么，她疲惫到话都不想多说，到吃饭的地点后，看见蝉知的人已经都在了。

顾薇懒得跟郁从轩说话，郁从轩倒是主动跟沈枝意打招呼，这次记住了她的名字，热情地问她是怎么过来的。

这问话让Ruby看向沈枝意。

沈枝意识趣地没说话，Ruby满意地替她回答郁从轩："能怎么来，打车啊，大家不都这样吗？"

郁从轩没看出女人间的小九九。看着沈枝意，他挺犯愁，见周围全是人，只好等到大家端着盘子去夹吃的时候，默默走到沈枝意旁边，跟着她到冷饮区。

沈枝意问他："小郁总有什么事吗？"

郁从轩直白地道："顾薇的事儿跟周柏野没什么关系，主要是我糊涂了，你别跟他生气啊，不然到时候我特难哄他。"

他这话说得周柏野跟公主似的，沈枝意一时间不知道该怎么回复。

离开京北前，周柏野倒是发过微信问她几点的飞机，她没回，后面就一直忙着忘记搭理他了。

郁从轩说完就功成身退。

林晓秋走过来问她:"你跟小郁总说什么呢?Ruby都快把你们看出花来了。"

"没什么。"沈枝意端着盘子跟林晓秋往回走,果然看见Ruby一脸审视地看向她。

她问林晓秋:"Ruby该不会以为我跟小郁总有什么吧?"

林晓秋乐了:"那不然你以为Ruby干吗一直看你?她跟小郁总的事儿谁不知道,顾薇在部门这几天,你没发现Ruby都是把人当婆婆一样供着吗?"

沈枝意这次是真窒息:"……我跟小郁总能有什么?"

林晓秋耸肩:"她去年过年朋友圈发的文案都是今年想结婚,估计觉得你耽误她进度了吧。没事,等她知道你跟周柏野的事情就好了。"

说起周柏野,林晓秋又问沈枝意:"他这段时间有跟你联系吗?"

沈枝意摇头。

林晓秋叹气:"渣男啊渣男。"

沈枝意被她的语气逗笑,回到座位认真翻了一下自己跟渣男的聊天记录。

他们聊的内容是真的少,往上翻一下就是自己误发给他的画。

他朋友圈最后一条也是这个,一直没有更新。

点进去界面出现了郁从轩跟顾薇的留言。

顾薇问他这是谁画得这么好看,他没回。

郁从轩发了几个鄙视的表情,说让周柏野付一下稿费。

周柏野回了郁从轩:TD(退订)。

郁从轩:……周柏野你是真的贱。

她想了会儿该怎么跟他聊天,左思右想许久,才发了一句:下午六点的飞机。

那边隔了三分钟回:[?.jpg]

沈枝意引用了他之前问她几点飞机的那句话,挺敷衍地回了个"1"。

周柏野:厉害。

沈枝意学他:[?.jpg]

周柏野:京北飞瑞典十个半小时,你京北飞绥北要一周。

沈枝意咬着筷子，问他：你在瑞典？

周柏野：在停车找餐厅，你吃的什么？

沈枝意拍了张自己盘子的照片发过去。

周柏野：这一家三文鱼不错。

沈枝意：那等我吃完，再去拿一点。

周柏野：多拿一点。

沈枝意：TD。

周柏野：[?.jpg]

沈枝意：转人工说点能看得懂的人话。

周柏野立马察觉：看我朋友圈了？

沈枝意：我的稿费呢？

那边没回了，估计是正在停车，没空回复。

沈枝意端着盘子又去夹了点三文鱼，回来路上手机忽然响起，是周柏野打来的。

她将盘子放在旁边倒饮料的等候区，接起听见那边低声问她："之前没经验，想问一下像你这种大画家，一般是什么价位？"

沈枝意故意思考了会儿，才说："挺贵的，但没你的车贵。"

周柏野在那头笑："那算什么贵。"

他语气活脱脱就是个挥金如土的大少爷，对她说："开个价，我给你双倍？"

沈枝意很有骨气："不行，我怕收了钱就成了你的长工。"

周柏野问她："长工是老公的一种吗？"

沈枝意很是无语，问他："你确定自己去的是瑞典不是工地？怎么这么土？"

周柏野被骂了还在笑，声音好听得不行。

他问题一个接着一个，又问她："今天心情怎么样？"

沈枝意握着手机，周围吵吵闹闹，有同事端着盘子过来夹东西，看见她后冲她笑，她也跟着笑，声音因此变得愉快，对周柏野说："勉强还行。"

周柏野重复了一遍她说的勉强还行，然后问她："收到礼物会开心一点吗？"

沈枝意似有所觉，问："什么礼物？"

"不好说。"周柏野笑，"谁知道帅哥在你这儿算不算礼物？"

这话自恋又臭屁。

沈枝意握着手机抬起头，下意识地往餐厅入口的方向看。

电话在视线捕捉到那人时被挂断。

方才还说起瑞典的人变戏法似的出现在那里，郁从轩跟在他旁边，勾着他的脖子正说些什么，见他往这边看声音陡然止住，脸上的表情瞬时变成了恍然大悟。

周柏野一身黑衣黑裤，头上一顶黑色棒球帽，挡住了眉毛上的伤，唇角的伤只剩下一点淤青。

他们对视。

沈枝意听见顾薇的声音喊了一声周柏野。

她站在那里没有动，手里还护着自己放着三文鱼的盘子。

她看着他拿出手机。

紧接着，自己的手机就响了一声。

是周柏野的消息，近距离地、明知故问地、略带试探地、不依不饶地问她。

——算吗？

郁从轩有心帮周柏野，吃完饭就提议说项目组的同事可以去赛车场亲身感受一下赛车的魅力。

此时已经晚上九点，就连Ruby都有点惊讶，问郁从轩："现在？"

附和郁从轩的人是顾薇："现在也还早啊，再说飙车就是要晚上才有意思！"说着还对郁从轩露出个她都明白的欣慰表情。

郁从轩只当作自己看不懂，点头说："啊……对，薇薇说得很有道理。"然而内心全是问号。

他很是困惑，不明白怎么自己这么精明，他表妹就迟钝成这样，怎么就还看不出周柏野跟沈枝意不对劲，到底心眼都用哪儿去了。

顾薇压根就没有心眼。

她正在群聊里和自己小姐妹感慨说她表哥这次是真的当个人了，竟然在帮忙撮合她和周柏野。

她的小姐妹们也都挺惊讶，群聊里刷屏了一长串"啊啊啊啊"，然后出主意跟顾薇说：一会儿坐他副驾驶啊！给他加油打气、为他欢呼喝彩就是感情升温的最快方式！周柏野应该会吃这一套吧？

顾薇也不清楚周柏野吃不吃这套。

一群人走到停车场，她打算坐进周柏野副驾驶时被郁从轩喊住。郁从轩说："顾薇，你妈找你，你过来接下电话。"

顾薇一脸问号："我妈电话打你那儿去干吗？"但还是乖乖地走去了郁从轩那边，等拿起他手机接完电话后，发现周柏野已经走了。

她茫然地问郁从轩："他就这么走了？"

郁从轩挠挠后脑勺："嗯。"

旁边看完全过程的Ruby若有所思。

顾薇没看清，但她是看见了的。

周柏野开车走的时候，副驾驶里坐的人，明显是沈枝意。

沈枝意也没想坐周柏野的车，奈何微信上的较量她落了下风。

周柏野问她算不算，她装不懂，回他：不清楚，算的话应该也是人人有份，怎么就能说只是我的礼物？

原以为对方点到为止，哪知道他相当直白：你这不挺清楚的吗？我又不是圣诞老人，怎么就人人有份了？

那时两人之间就隔了一张桌子，她旁边是林晓秋，周柏野旁边是郁从轩，对面是顾薇，两人抬头就能看到彼此，但偏偏就是一句话交流都没有，手机却响个没完没了。

沈枝意跟周梓豪谈恋爱的时候消息都没发这么勤快，内容也没这么暧昧，难免有些招架不住，给他回了一个哆啦A梦抱臂的无语表情包，命令他说：收声。

周柏野看见这句就开始笑，偏着头，丝毫没掩饰自己的愉快。对面的顾薇好奇地问他笑什么呢，郁从轩翻了个白眼说他发骚，周柏野也没反驳，朝沈枝意的方向看了一眼，然后低头回复她：TD。

沈枝意：[省略号.jpg]

周柏野：转人工。

沈枝意：你好无聊。

周柏野：那带你玩点不无聊的。

周柏野说完这句，郁从轩就提议一起去感受赛车的魅力。沈枝意以为这是周柏野的授意，她坐在他的副驾驶座，还没来得及说话，就被塞了个丝绒袋子。

周柏野说："稿费，没我的车贵，所以应该好意思收？"

沈枝意便真的以为没多贵，结果拆开发现是卡地亚的手镯，里面还有一条玫瑰金的项链。

她问周柏野："这才是你说的礼物？"

周柏野笑："说什么呢，不都说了我才是礼物？"

沈枝意推辞："太贵重了，我不好收。"

周柏野似早就预料到她会是这种答案："先放在你这儿，一会儿要是我赢了，有人会买单。"

沈枝意很快知道周柏野说的是什么意思。郁从轩有心展现周柏野的实力，多方打听刻意挑着魏泽川他们在的赛车场，黑熊车队是来绥北拍宣传片的，结束工作刚过来没多久就听人说周柏野要来。

魏泽川原本恹恹地跨坐在行李箱上跟微信里的姐姐调情，听到周柏野的名字顿时来了精神。

队友觉得周柏野不一定会陪他玩，魏泽川就一小屁孩，车品一般，输了会发脾气。平时比赛的时候，大家眼看他要输了，都是比赛一结束就围过去拦住他，没让镜头录着。

但周柏野这人挺讲究公平竞技，之前魏泽川跟他宣战，他就来了一句"算了，我骂不过你"。

直接把魏泽川气到心梗。

但这次他觉得能行，他跟队友说："放心吧，我有周密的计划。"

队友将信将疑："你还能有计划？"

另一边。

沈枝意也十分困惑："谁这么冤大头？"

话音刚落，冤大头就站在赛车场门口冲他们挥手。魏泽川本人觉得自己很有脑子，一看到沈枝意的脸，就立马"姐姐、姐姐"喊个没完，完全忽视周柏野的存在，非常殷勤地帮沈枝意开车门，问姐姐吃了没、姐姐饿了没、姐姐困了没，边说还边挑衅地看向周柏野。

脸上就写了一行字：来、打、我、啊。

周柏野笑了一声，看向沈枝意，用眼神问她：未卜先知牛不牛？

魏泽川掉进陷阱而不自知，看见跟在郁从轩车上下来的顾薇，挑事儿般对沈枝意说："姐姐，哥哥什么意思啊？怎么还带着暧昧对象跟你一起玩？都不在意你怎么想的吗？"

他"茶言茶语"十级毕业选手，徜徉于言情小说，各种话术信手拈来，自认为打遍天下无敌手，随便发条抖音都能获十多万点赞。

沈枝意仍然没说话，看向魏泽川的表情有点同情。

顾薇一看见魏泽川，眉毛就恨不得拧到天上去，问郁从轩："他怎么在这儿啊？"

郁从轩心说魏泽川不在这儿，他们还不来了呢，但口头上糊弄顾薇："我哪知道，这里又不是我开的。"

顾薇跟魏泽川有一段见不得人的"事故"，那时候在国外都喝多了，第二天醒来两人看清彼此的脸都有点无语，魏泽川喜欢姐姐型的，而顾薇走的是辣妹风，他不吃这一款。

顾薇也喜欢更带劲的，喜欢帅得直白张扬，最好让别人一眼就羡慕她顾薇竟然能吃这么好的绝世大帅哥款，但魏泽川就是个弟弟，别人看着只会觉得她真有钱。

两人两看生厌，彼此都默认那一段不存在。

但之后遇见总少不了针锋相对。

魏泽川说："反正也无聊，最适合搞个比赛了，我赢给姐姐看啊。"

顾薇就说："你还赢？输得到处找妈妈还差不多吧？"

魏泽川冷脸看向她："你怎么就知道我赢不了？"

顾薇指指周柏野，发言相当中二："我只知道周柏野输不了。"

沈枝意这时候懂了为什么郁从轩跟她解释顾薇的事情，但周柏野只字不提。

顾薇就是性转版的魏泽川，魏泽川对周柏野造不成威胁，顾薇同理。

那边还在吵。

魏泽川说："你放什么屁？"

顾薇说："我实事求是。"

魏泽川气得笑出声："赌吧，我要是输了——"

顾薇正想说"我跟你打什么赌，你赢了输了关我屁事啊"，结果就听周柏野慢悠悠地接了一句："好啊。"

顾薇和魏泽川同时愣住。

只有沈枝意沉默着低头看地。

魏泽川怔怔地说："赌、赌什么？"

周柏野记不太清手镯项链花多少钱买的了，随口道："五十万吧。"

魏泽川一下子松了口气："就赌这么点儿……行！"

他很难不怀疑周柏野其实也很想跟他比。

在旁边看着的郁从轩及时道："你们这比赛跟平常一样就没意思了，这样，一人带一个，不然我们干看着也没意思。"

魏泽川正要拉过沈枝意，郁从轩就已经把他表妹推过去了："小川，你带薇薇。"他还冠冕堂皇，"阿野跟薇薇太熟了，薇薇又懂赛车，这不等于给阿野作弊吗？"

周柏野觉得郁从轩借口拙劣，低下头还是没忍住笑。别人站得远，棒球帽遮住了他半张脸，他又低着头，站得松垮，手放在上衣口袋里，别提多轻慢。但沈枝意站得近，清清楚楚看见了周柏野唇角的笑。

她伸手扯了一下周柏野的袖口，提醒他收敛点，别得了便宜还卖乖。

哪知道周柏野也扯了一下她的衣角。

魏泽川和顾薇没看见两人的小动作。

魏泽川不满道："你喊谁小川？"

顾薇无语到抿唇，还是忍不住怼他："你小不小自己不清楚吗？"

两人差点打起来。

沈枝意坐在周柏野的副驾，旁边的郁从轩载着Ruby，另一边魏泽川跟顾薇临发车还在吵架。

魏泽川说："顾薇，你别说话了，我感觉一千只鸭子在叫。"

顾薇说："闭嘴，你才是鸭子。"

Ruby笑着对沈枝意说："终点线见咯？"

此前一周，Ruby对她态度一直不冷不热，哪里会像现在这样和颜悦色。

礼貌回应也不过就是说个"好的"，但此刻，沈枝意忽然懒得遵从办公室礼仪。

她觉得疲惫，尤其是在顾薇的吵吵闹闹之下，她觉得自己哪怕下班了还是像在上班。

"沈枝意——"

周柏野忽然喊了一声她的名字。

充当裁判的黑熊队员已经吹了口哨，他握着方向盘却没急着出发。

旁边的大灯刺眼，看不清他的表情。

别人已经往前冲了，他却还有兴致把自己头上的棒球帽扣到了她头上。

"在你头发乱之前，我会拿到第一。"

话音落下的那一刻。

车冲了出去。

绥北这个赛车场有比赛时是作为比赛场地使用的，全长四千米。

沈枝意来的时候只觉得大，但对具体长度没有概念，上车前黑熊车队一个虎背熊腰的汉子意味深长地对她说了"珍重"两个字，当时不明白，现在才懂是什么意思。

她感觉自己跟着车一起飞了出去，心都被甩在后面，根本无暇思考任何东西，连自己是谁都忘了。

没有开窗，风却都被甩在了车的后面。

极限运动是什么，场外看的时候是觉得每一辆车都在飞，觉得他们疯狂。在网上看见赛车事故合集时觉得恐怖，每一辆车飞驰而过带过的尘土和过坡道时贴着地面飞行的那一段路，都像是压上心脏在绝境中破开条生路。

但现在坐在里面的感觉不同，完全不同。

她觉得自己的心像是破了道口子，里面平静的火山突然开始爆发，流出的岩浆让每一条死寂沉沉的枯枝都变成燃料，理智也跟着烧，看不见车窗外的灯，它们在她的眼中不过是接连成线的光带。

她不由得屏住呼吸，隐忍到极致时下唇传来的不是痛感，而是身体被彻底贯穿时在大脑中迸发的极致快感。

前方就是一个弯道。

周柏野没把油门踩死,速度在飞,哪怕前方就是防护栏。

别人说的珍重原来是这个意思。

显然每一次比赛,周柏野都是拿命在玩。

他问她:"怕吗?"

沈枝意在看向他之前,已经给了答案。

不怕,她说,我不怕。

他或许回答了什么,但发动机声音模糊了一切。

她耳边全是轰隆隆,比暴雨天的闷雷更加响亮。

平时觉得吵闹的机械声在这种情形下都成了舞池里助兴的音乐。

每一声都在说着同一句话:往前,超过他们,超过所有人,当第一。

弯道有多宽,沈枝意不知道,她也不知道这个弯道后面还有多少个、这段路还有多长。

现在距离内弯有多远?米?厘米?或者是更夸张的计数单位?

她都不清楚,甚至不知道周柏野是在什么时候松开油门踩下的刹车。

发动机变成了很薄的一片,挡风玻璃都几乎成了自己的视网膜。

不是车在往前开,而是她自己被推着往前。

在一抬手就能碰到防护栏的夸张距离。

周柏野转弯了。

刹车声贴着耳膜响起。

如果这时候有解说,会喊出一声,极限压弯!

郁从轩被甩在了后面。

魏泽川的车屁股都透露着焦灼,他开赛前放话说这是赌上尊严的一战,尊严在哪儿?在方向盘和副驾驶。

哪怕顾薇并看不上他,但不妨碍她在上了他车的那一刻就成了他的队友,副驾驶座跟驾驶座就是休戚与共的存在。

顾薇一直在看后视镜,周柏野的黑色跑车就在后头,鬼影般怎么都甩不走。

前面就是U型弯道。这个弯道定生死,要是周柏野在这里超了魏泽川,那魏泽川就再也没有赢的可能。

除非周柏野意外撞车。

魏泽川看着前方，几乎能想到周柏野在开车前想的什么。

他觉得他能赢，但魏泽川想让他输。

没人能一直赢，至少周柏野不该一直赢。

他没降为一挡，顾薇感觉车没有降速的时候，她觉得魏泽川疯了，冲他大喊："不过就是个友谊赛，你至于吗？"

至于，至少比正式比赛有意义，赢过周柏野就是他目前最大的心愿。

他自认为没给周柏野任何超车的机会。

但他忘了开车的周柏野比他更狂野，他名字里的那个"野"似乎只为赛车比赛量身定做。

魏泽川不让，周柏野就几乎是贴着他的车身，两辆车后视镜都几乎是擦过，像是幻觉里出现的火星子。

下一瞬间，周柏野的车头就出现在了挡风玻璃前。

魏泽川破口大骂。

顾薇一声没吭。

周柏野的法拉利已经在前面。

她想起开赛时，周柏野放慢的那两秒，魏泽川骂他的那句轻敌。

现在想来，他那两秒，比起说是轻敌，更不如说是没把他当对手。

顾薇的心脏"怦怦"跳，不知道是急速带来的连锁反应，还是由于周柏野产生的下意识反应。

她想在周柏野赢的时候给他道贺。

却看见周柏野的车在临近终点线的时候停了下来。

他没有再往前开。

魏泽川皱着眉冲过终点线，气冲冲地拿了第一。

他猛拍方向盘，大骂周柏野浑蛋。

这算什么？

周柏野什么意思？

他打开车门要过去跟周柏野理论的时候被早就等在终点线的队友给拦住。

"算了算了，小川，这又不是正经比赛，算了算了！"

这能算吗？他觉得自己的尊严都被周柏野踩在脚下碾压，完全没忍的道理,冲队友吼:"松开!你们都给我松开!我要去——"

他没能说完,因为透过两侧的灯和周柏野的前挡风玻璃,以及他自己优良的视力。

他看见——

周柏野在终点线前跟沈枝意接吻。

魏泽川沉默一秒后,冷着脸,对队友宣布:"我要杀了周柏野。"

沈枝意也觉得很疯。

但她无暇思考,因为她眼看着周柏野即将冲过终点线,却忽然听他喊了自己的名字。

他问她:"你知道我上次过这条线看见你的时候在想什么吗?"

只有一次,但那一次沈枝意是跟着周梓豪一起来的。

比赛前半程他坐在她旁边,两个人都游离在比赛之外,聊着多比是不是该洗澡,又该不该给它买小零食。

比赛快结束的时候她离开座位,在入口处等周梓豪回来,她几乎是在他怀里被他指着辨认哪个是周柏野。

他能看见什么?她不确定,只好虚心求教。

她问他:"在想什么?"

然后,车就停了下来。

在终点线之前。

他安全带没有解开,绝对没有,因为她在看见他眼睛的那一刻,周柏野就已经亲了过来。

她被禁锢在安全带里,被锁在副驾驶座上,被象征着胜利的终点线两侧刺眼的路灯照着不得不闭上眼睛。

这个动作却像是默认和许可。

她下唇被自己咬出齿痕,周柏野循着这道印记给她答案。

"我在想,你挺没眼光。"

沈枝意呼吸急促:"什么没眼光?"

他呼吸还很急促,声音却很散漫,淡淡地带着点调笑的意味,贴在她唇边对她说:

"与其跟周梓豪拥抱,不如跟我接吻。"

"你当时不懂这个道理,不是没眼光是什么?"

沈枝意在想,他这种语气。

谁能听出他蔑视的对象是自己的亲弟弟。

她抬手勾住他脖子的时候,觉得自己也被他同化,听见引擎的声音从旁边擦过,便对周柏野说:"你输了。"

"让他赢的也能算我输?"

两人接吻都接得不专心,嘴唇偶尔贴上,眼睛看着彼此。

他们在自助餐厅喝了一样的荔枝气泡水,此刻亲吻时只觉得清甜,以为能解燥热的渴,此时却估计错误,越亲越热,由内而外的燥热,车厢内方才被抛至后方的空气还没回转过来,只能以彼此的呼吸为自己的氧气。

周柏野笑着捏她的脸,低眸时,长睫几乎和她的碰上。

他手指在抚弄她的头发,动作太慢,导致很痒。

"这不没乱?"

沈枝意故作不懂,问他:"那你是不是要给魏泽川转钱?"

周柏野笑:"我敢转,你问他想收吗?"

魏泽川不杀了他,已经算是善良。

收钱?怎么可能!

沈枝意不说话了。

她听见顾薇的声音,吵吵闹闹地问魏泽川在骂什么。

魏泽川指着他们的车说:"你看看周柏野在做什么呢!"

周柏野在做什么?

她低眸,看见他的手伸进她衣服里,暗示性极强地贴着她的腰,然后抬着眼,直勾勾地用眼睛告诉她。

这是周柏野该得到的奖励。

## 第七章

红扣

00 00 23

周柏野的车就是在魏泽川怒气冲冲问周围人看见没有的时候开走的,黑色的法拉利魅影一般蹿出去。

沈枝意问周柏野:"我们去哪儿?"

周柏野问她:"你饿吗?"

刚吃完自助餐,沈枝意也不知道自己是有多大胃王才会立马就饿。她问周柏野:"你饿了?"

哪知道周柏野点头,认得挺干脆:"有点。"

他脸上的笑容很奇怪,无论怎么看都不太正经。

沈枝意想起第一次看见他的时候,只觉得他随意,不觉得他轻佻,但男人仿佛上过床之后,只要眼神对上,无论何时都好像在想那一码子事。关于这个话题,她大学时跟舍友讨论过,那时她跟周梓豪还在谈素的,舍友说该享受早享受,恋爱无非看的就是三重:颜值、人品、床品。

床品好的男人会以你的体验度为优先考虑,先满足你再满足自己。

尽管周梓豪后来没有分寸跟别人暧昧不清,但在这一点上,周梓豪确实是满分,但也正是因为过度考虑她的感受,导致缺了点干柴烈火,更多时候两人待在一起,看电影、看书、逗狗,心情是平和的,而不同于现在,她跟周柏野在一起,哪怕在人群之中,也会因为他的一个眼神,想到一些不合时宜的东西。

欲望在感情中的占比是多少,沈枝意不知道。

她只知道自己跟周柏野之间,没有纯情,只有让人捉摸不透的吸引力。

车一直往前开，越往前越偏僻，她揣着明白装糊涂，看着窗外漆黑一片被光扫过才显露出来的墨绿植被，然后车在再往前一点的位置停了下来，远光灯没关，前面一片惨白的光，莫名有点瘆人。

路上他们聊天，内容天马行空，什么都聊了点，但又什么都不够深入。

沈枝意问周柏野："你什么时候喜欢上赛车的？"

周柏野说："幼儿园吧，被我舅拎去儿童乐园玩碰碰车的时候觉得有意思。你什么时候喜欢上画画的？"

"小学，做手抄报的时候被老师夸奖画得好有天赋，之后承包班上的黑板报，觉得画画是一件难得不费力就能做好的事情，后来发现完全不是这样。有时候喜欢的东西反而比不喜欢的东西更加费力，而且，喜欢的东西变成工作，就更加累了，感觉喜欢都变得不够纯粹。"

"不开心就辞职。"他的语气实在是太过于随意，不像是正经给建议，更像是随口接话。

"哪有那么简单。"沈枝意算给他听，"我要付房租，多比每个月要买狗粮、零食、营养膏，它如果生病也要花钱，除此之外，我还要保证有足够的资金去承担自己和家人生病的风险，以及生活中突然发生意外的风险。"

"足够的资金。"周柏野重复了一遍她的话，才好奇地问，"多少才算足够？"

沈枝意笑了起来："这是秘密，我们之间还没到能共享秘密的阶段。"

"是吗？"

周柏野停下车。

远光灯开着，前方被拉扯出很长的一条圆形通道，通道是白色的，周围又是黑的。

这场景让沈枝意想起之前看过的《千与千寻》。她跟周柏野停在这儿，就像是停在了隧道前面，停在所有奇妙幻想的前面，在黑暗中只看着彼此身上的安全带，它像是另一种暗示和危险关系里的安全词。

周柏野问她："来之前想过要问我跟顾薇的关系吗？"

沈枝意视线就从他身上的安全带转移到他脸上。

没有开灯的车里，光线全是从外面偷来的。

她看着他的眼睛，尽量让自己显得不在意："我从别人那里听到了很多。"

"比如?"

哪知道棋逢对手,周柏野比她更加漫不经心,他甚至调了首音乐出来。这时候沈枝意发现中控台也有灯,只是光线不强。比起远光灯,它们显得温柔,全部落在周柏野的手指上,她的视线也跟着他的手,看他放了一首跟两人沟通话题挺符合的 *Love Issues*。

前奏过于暧昧,沈枝意到嘴边的话又重塑了一下,才对他说:"知道你们一起去滑过雪,也知道在我公司领导眼里,你跟她关系匪浅,所以她是不能得罪、要供着的存在。"

"看不出来。"

他笑,有点儿故意地用眼睛去看她的唇,声音很慢,也很轻,压着音乐,调情的含义更重,就是故意拿话来试探她的反应,问她:"我这么厉害?"

沈枝意也看着他:"不厉害,周梓豪和魏泽川怎么会被你气成那样?"

周柏野挑眉:"你确定要在这时候提周梓豪?"

沈枝意故作不懂:"这时候是哪时——"

"啪嗒"一声。

周柏野没等她说完,已经解开了她的安全带,沈枝意的话全在他倾身过来的动作中顿住。刚刚才接过吻,他下唇还有她的齿痕,被咬出来凹陷的一点印记,当时尝到了血腥味,现在看也确实是破了点口子。

周柏野没有回答她,而是直接将她拉过来,困在自己腿上。

方向盘硌在沈枝意的后背。

还要有音乐,掩盖住她失序的心跳。

周柏野看着她,用拇指去蹭她的唇角,问她:"你说是什么时候?"

他看沈枝意倒是坐得挺正,一副宁折不屈的样子。他恶劣地颠了下陷入她臀缝的腿,膝盖顶着的位置过于暧昧,沈枝意失去了刚才的镇定,几乎是绵软无力的一声"啊",让两人之间的气氛顿时从正常交谈变得危险起来。

"啊?"周柏野这人蔫坏,低着眼眸看着她的眼睛不许她躲闪,唇边勾着笑,低声暧昧地学她。

"你烦不烦?"

她红着脸骂他。她的后背靠在他的方向盘上,脖颈纤细,皮肤很白,衣领在刚才接吻的时候就被解开了几颗扣子。

"烦。"

周柏野认得干脆。

他看着她衣服上的纽扣,问她:"衣服反正都是要换的,为什么要设计这么多扣子?"

这一刻,沈枝意确定。

她绝对不会再认识一个比周柏野更骚包的人。

她有点挑事儿般反问他:"那人都是要死的,这么费劲活着干吗?"

"有道理。"

他垂着眼,一身懒散,突然坐直,手贴在她后背,让她和方向盘拉开距离,又强势地拉到自己怀里。

车里空调仿佛出现故障,空气全是热的。

沈枝意甚至觉得就连自己的呼吸都被他一并拉了过去。

他笑着对她说:"反正活着也是活着,与其无聊等死,不如早点享受。

"这位在我车上提我弟的女士,你的意见呢?"

周柏野语气里的阴阳怪气是个人都听得出,放在这种场景下,沈枝意觉得他有趣,坐在他腿上低头去亲他。周柏野冷淡地撇开头,气息是灼热的,那处也诚实,唯独表情不诚实,姿态冷淡,神色也冷淡,一双深色的眸看着她领口敞开的肌肤,手掌贴着她的后腰隔开她和方向盘之间的距离。

这时候周柏野其实在想,自己对沈枝意到底是什么感情。

这个问题冒出来就很诡异,他一直是个懒得思考的人,比起三思而后行,更倾向于想要的东西就去得到,至于为什么想要,那就是得到之后的事情了。

他有些分神,靠在椅背上抬着头让沈枝意亲,没有闭眼,看着她双手捧着自己的脸,睫毛轻颤,身体也压了过来,手肘几乎是撑着他的锁骨,他略微抬手,碰到她纤细的腰肢。

沈枝意问他:"接吻怎么都不专心?"

周柏野喉结滚动,有些懒懒地开口:"忽然觉得自己有点浑蛋。"

倒是难得有这种觉悟,沈枝意好奇地问他:"怎么突然这么想?"

周柏野看着她的眼睛,声音很轻,沈枝意隐隐约约听到周梓豪的名字,以为自己听错，靠近过去他又怎么都不肯说。

她准备掐他的脸，手被他困住，覆盖着手背，拉着她去摸自己的脸。

他喊她的名字，不再拖腔带调，而是异常干脆简洁的一句，沈枝意。

沈枝意觉得自己成了鱼缸里的鱼，而周柏野则是一次次拍打过来的浪。

"周柏野——"

"不在。"

"你不在什么……你是狗吗？"她骂他。

周柏野却难得没接腔，他像是带着点怨气，却不躲闪眼神，让她看着自己的眼睛，突然对她说："其实我之前见过你，算起来应该是在你跟周梓豪在一起之前。"

沈枝意有些意外："什么时候？"

"几年前，周梓豪读大一，绥北那时候有个车展，你是不是在里面当车模？"

沈枝意真的想了一下，确实有这件事。她大学报考志愿是背着沈如清改的绥北大学美术系，沈如清知道后跟她大吵一架，说不会给她生活费，沈枝意也没要，大学开学后就开始到处做兼职，在学校门口的奶茶店做过，在书店也做过，认识的学姐介绍的车展和展会模特之类她也都去做过。

周柏野最开始也没确定车展上看见的那个人就是沈枝意。

差距过大，不是形象，而是性格。

那次车展是他朋友办的，他过去看车，纯属捧场，到得很晚，去了之后四周逛了圈，觉得无聊准备走，听到那边有争吵声，他百无聊赖地跟着人群过去凑热闹，看见一个穿着黑衬衣的社会老大哥指着个小姑娘不依不饶地问自己哪里性骚扰她了。周围全是人，有人帮腔让那个女孩子说来听听，要是真的，大家肯定帮她。

听起来都挺正义，但是手机没挪开，也没过去帮她解围。

全在看热闹而已，没人想真的帮忙。

周柏野当时觉得这情形挺荒唐，正准备上前，听到那女孩子说："我已经报警了。"

她脚下的高跟鞋大概有十厘米高，穿着统一的服装，白色衬衫、黑色包臀裙，披散着长发，脸上妆容很淡，看起来清纯没脾气，但声音很冷。工作人员这时立马过去调解，那位大哥是个土大款，逛了一圈后就已经订下一辆车，他们不可能在这时候让警察把他带走。

有人过来跟沈枝意说算了，他们会给她补偿。

她拒不接受，无论说什么，就只是重复一句话。

——"无论有什么想说的，别对着我说，我不想听，对警察说。"

周柏野的朋友一个头两个大，对他说："现在的大学生怎么一个个脾气都这么大？"

他说："这不挺好？"

朋友一脸不可思议，问他到底在帮谁说话。

周柏野笑着没吭声。

朋友又说："这妹子脾气可以，看着挺好说话的，怎么就这么倔，她以后的男朋友有难了。"

周柏野却意味深长地来了一句："是吗？"

他不觉得。

之后再见到沈枝意，第一眼只觉得眼熟，好像在哪里见过。

但是没想起来在哪里见过。

直到两人厮混在一起，沈枝意偶尔展示出的强势和冷淡，让他想起了差点快忘掉的那句：我不想听。

沈枝意没说话了。

她靠在周柏野肩上，喘息着去咬他的耳朵。最开始的怨气已经烟消云散，这会儿只觉得好笑，问他："你是想说明，你比周梓豪，更早注意到我？"

这种男人间莫名其妙的攀比，让她觉得挺有意思的。

她本想说周柏野你竟然也有跟周梓豪比较的时候，但话没说出口，被他笑着望过来的那一眼给止住。

他相当直白地同意了她的话，说："没错啊。"

沈枝意咬着唇忍着喘息，无法理解地问他为什么总喜欢在这时候提别人的名字。

周柏野忽然开始笑，说："宝贝，你是真的不了解男人，男人都挺贱的。"

沈枝意被他自己骂自己的话弄得愣住，问他："你也贱吗？"

周柏野点头:"贱啊。"

沈枝意沉默着不知道该说些什么。

周柏野脸皮像是彻底丢在了外面,问她:"姐姐亲亲我?"

"……这就是你说的贱吗,周柏野?"

"舔我。"

沈枝意第一次听这种浑话,她错愕地瞪圆了眼睛,想去捂他的嘴,手却无法动弹。她觉得周柏野就是个最大的变数,他的行为完全没有逻辑,就是纯粹的随心所欲,想干什么就干什么了。她都不知道自己为什么会叹气,像是拿他没办法那样,低声对他说:"周柏野,你别这样。"

温声软语,跟撒娇无异。

周柏野笑着亲她,声音贴在她耳边,问她:"不这样,跟你那个不太行的前男友一样?"

沈枝意别开脸:"他不只是我前男友,也是你亲弟弟。"

周柏野说:"听起来前男友更亲密。"

沈枝意觉得他烦,问他:"你究竟想借周梓豪的话题说什么?"

"我就想说,沈枝意,你是不是在玩我?"

周柏野看着她的眼睛,脸上依旧是漫不经心,说话语气听上去也没个正形。

他跟开玩笑和随口闲聊一样地对她说:"可以跟他谈恋爱,但只想跟我做。我没理解错的话,是在玩我吧,嗯?"

沈枝意觉得他这话有问题,想问他"你难道不爽吗",结果周柏野压根不按照套路出牌。

他在说完那样的话后,完全没有一点伤心难过的样子,反而抬手开了车内的灯,扯开她手上的皮带,放到她手里,送上自己的双手,低声邀请她:

"来吧,玩死我。"


沈枝意没周柏野玩得这么野,周柏野对此有些遗憾,挺礼貌地对她说:"如果你想的话,随时告诉我。"

沈枝意面无表情:"好的,我会的。"

周柏野跟着点头,还从中控台拿起手机:"微信告诉我还是短信?"

他一动,沈枝意忍不住叫了一声,周柏野却像完全不明白,含笑的眼睛看着她,晃着手机问她:"问你话呢。"

沈枝意掐他:"你别说话了。"

周柏野学不会体贴,只会耍无赖,荤素不忌地拿各种话逗她。

她说不要了周柏野。

他就说,别啊,你可怜可怜我,嗯?

她不知道要可怜他什么,却被他贴在耳边的声音弄得心都跟着痒。

离开时,沈枝意把周柏野的衣服还给他,发现自己衣服有一颗扣子不翼而飞。周柏野弯腰在座椅底下找到那颗纽扣,起来却对沈枝意说没找到,是她衬衫的第一颗纽扣。

她接受得很快,说"好吧,找不到就算了",然后靠在椅背上,没多久就睡着了。

周柏野开车没专心,看她的双腿,在开回市区后,自己去了趟药店。车停在路边,沈枝意没醒,他买药都不专心,在二十四小时自助售药机下单时总往外确认沈枝意的安全,恰好这时候也有一对情侣进来。

两台机器挨得挺紧,再加上周柏野一脖子吻痕根本没去遮,领口开得也低,活脱脱一个Playboy。

女方总忍不住去看他,她男朋友有些不满地"啧啧"了几声,看周柏野机器上显示的红霉素软膏,想了会儿,也买了一盒红霉素软膏。

有点儿莫名其妙的攀比。

周柏野压根没注意其他人。

他买完拿着东西准备走的时候,听见那个男生对自己女朋友说:"你别觉得人家长得帅就一个劲儿地看,你玩得过人家帅哥吗?"

他回头看了一眼,那男生立马收声,看起来不过就是个大学生,还穿着酒店拖鞋,说人坏话被听到后有些局促地东张西望,倒是女孩子不好意思地说抱歉。

周柏野倒没想计较什么,就是有些好奇地问:"我看起来不像个好人?"

那男生憋了很久才问:"哥,你想听真话?"

周柏野觉得他不用往下讲了。

他回到车里,沈枝意还没醒。

她睡觉很乖，姿势都不带换，手里还攥着两人用过的纸团，听见车启动的声音，迷迷糊糊地半睁着眼睛问他到家了没有。

周柏野难得愣了一下，才说："还没，睡吧，到了叫你。"

沈枝意"哦"了一声，脸在椅背上蹭了一下，又抿抿唇睡了过去。

周柏野关了车载音响，伸手过去扶住她歪倒的脑袋。

沈枝意没睁开眼，亲昵地去蹭他的掌心，脸埋在他手里，闷闷地发出一声"嗯"。

周柏野盯着她看了很久，才问她："沈枝意，我是谁？"

睡着的人自然不可能给他答案。

他问完又觉得自己确实有病，玩笑话开着开着，自己竟然真的开始在意。

在意她脑子里装的究竟是他还是周梓豪。

他送沈枝意到家，从她包里拿了钥匙出来。开门的时候，那只金毛扑过来一直冲他叫，沈枝意趴在他背上，困得意志昏沉，维持秩序的声音并不清醒，低声说："多比，你别叫。"

多比委屈兮兮地"嗷呜"一嗓子，一直跟在周柏野脚边，看他把沈枝意送到床上，就咬着他的裤腿要赶他走。

这狗还成精了。

玻璃柜里正好放着它的零食，周柏野拿了一条磨牙棒给它，弯腰跟它打商量。

"别叫了，帮你前爹有什么好处？他这么久来看过你一次？"

多比咬着磨牙棒，跟听懂了人话似的，趴在地上，抬着一双水汪汪的眼睛可怜巴巴地看着他。

周柏野摸摸它的狗脑袋，走的时候让它考虑考虑换个爹。

沈枝意在没关门的房间里睁开眼，看着客厅，听见多比跑过来的声音，伸出一只手摸摸它的头。

"别听他的。"

她声音很轻，哄小孩儿一样哄着多比："他最爱说瞎话。"

周柏野回去洗了个澡，出来的时候看见有五通未接来电，都来自张正梅女士。

他打了回去，张正梅在那边温温柔柔地问他现在在不在绥北。

他说在。

张正梅就语气可怜地问他:"在绥北怎么不回家呢?"

这个问题,周柏野在叛逆期的时候正经回答过一次,他说"那不是我家",结果张正梅被他这句话伤得不轻,哭着给周建民打电话问他怎么教的她儿子,是不是在背后挑唆了什么。周建民沉默着听完前妻的训斥,挂了电话就让周柏野进书房。

他那时才十六岁,第二天有场比赛,一句话没来得及说,就被周建民一鞭子打在后背。

周建民说:"我有些话想问你。"

周建民拿的是去马场时用的马鞭,黑色的,上面印着一朵梅花,抽在他身上的声音让他当时的空姐女朋友在外面敲门,柔声说:"老公你们在里面干什么呢?再生气也不能打孩子呀。"

周柏野闷笑了一声。

周建民让他跪下,他偏不,站得笔直,嘴也硬,说:"你要打就快点儿,我一会儿还要回去看比赛。"

周建民问他知不知错,他说随便,无论打多少下都不带改口。

随便、无所谓、您说了算,就这三句话来回换。

女人的声音一直在门外,说"老公你开开门呀""老公你消消气",周建民只当作没听见,说他的错就是不该让他妈生气。

周柏野被周建民那句话给逗笑,越疼越好笑。他觉得周建民脑子里进了水,又觉得外面那个女人蠢到可怜,最后觉得他爸妈都有病,同时得出一个结论:别惹被"情种"爱着的女人。

他拿着毛巾擦头发上的水,侧着脸对镜子看自己脖子上的吻痕,语调淡淡地对电话那头说:"有时间就回来。"

张正梅说:"明天吧,明天你有时间吗?明天周六,你应该没有事情要做吧,我听你爸说你最近没有什么比赛了。"

周柏野笑:"您这不都确认完了,那就明天吧。"

张正梅心满意足地挂了电话。

他靠在洗手台,拍了一张自己上半身的照片给沈枝意发了过去。

周柏野:下次能轻点儿?

他以为沈枝意没醒,哪知道没多久,那边就同样回了他一张照片。

拍的是她自己的腿,睡裙撩了上去,两条细长的腿在黑色床单上,大腿上红色的掐痕还没消。

1/1用户挑事儿般同样问他:下次能轻点儿?

周柏野回得挺下流:妹妹腿挺长。

沈枝意已经掌握了跟他交流的秘诀,脸不红心不跳地回他:哥哥喉结真好看。

周柏野靠在岛台上笑,红酒就放在一边,暂时没空搭理,问沈枝意:就喉结好看?

沈枝意:别的也还行。

"还行"这两个字,直接让沈枝意收到了好几张照片。

她趴在床上,点开之前还做了些心理准备,以为周柏野发的是见不得人的图。

哪知道点开后,是她的照片。

在自助餐厅吃饭的照片、在他车上睡着的照片,还有她躺在自己床上睡觉的照片。

沈枝意完全没想到周柏野突然来这招,看着照片,许久不知道回些什么。

安静到能听见多比睡觉呼噜声的房间里,有鼓点的声音从胸口慢慢跳出来。

她手摁着屏幕,许久不知道该回些什么的时候,看到对话框上面的"周柏野"三个字,忽然变成了"1"。

1引用了1/1的别的还行,问她:现在哥哥也只是还行吗,妹妹?

她突然将整张脸埋在枕头上,莫名其妙在床上翻滚一圈,过大的动作幅度,让口袋里有什么东西掉了出来。

她伸手去摸,拿到眼前看见是那个他之前给她,她没要的丝绒袋子。

卧室灯光很暗,镶嵌着钻石的手镯没有车上看起来那么璀璨夺目,两个小环相扣的项链也格外乖巧。

唯独送它们的人不懂得低调和见好就收。

周柏野第二天在开车去张正梅那儿的时候才收到沈枝意的回复。

她问他：周柏野，你什么时候放我口袋里的？

周柏野准备回复的时候绿灯亮了，往前开的时候，饼干打了通电话过来，接通那边就吵吵闹闹的，饼干用喊的声音恶心他："柏野哥哥！你猜我在哪儿？"

对于饼干的热情，周柏野只给了一个冷漠无情的回答："滚。"

随即他就准备挂电话，饼干在那头"哎哎哎"了半天："等会儿等会儿，哥，我在猫牙这儿呢！她有话要问你！"

然后那边就换个人，猫牙在那用塑料英语问他："You and my house people, what develop（你和我的房客，目前是什么进度）？"

饼干的画外音飘进来，嫌弃猫牙没文化，说完就一声痛呼，估计是被揍了。

两人的暧昧都从电话那头飘过来了，周柏野确认饼干这通电话纯粹是为了秀恩爱，他沉默了会儿，然后真情实意地建议："实在闲着没事儿干，就去给李华写信吧。"

猫牙和饼干两脸蒙："李华是谁？"

周柏野："李华不知道？是不是中国考生？英语课之前怎么上的？Dear Li Hua没写过？"

猫牙："滚！"

饼干："滚！"

把来炫耀的"小学生"气得挂断电话后，周柏野百无聊赖地给沈枝意打了一通电话过去。

沈枝意正在吃早餐。她是早上九点醒的，带着多比出去遛了一圈顺便买了一份热干面。

周柏野问她在做什么。

她咬着面条觉得有点儿奇怪，这对话怎么那么像情侣。

"我在吃早餐。"

周柏野"哦"了一声，突然问她："视频吗？"

沈枝意差点儿呛住，喝了一口水，才问他："你不是在开车吗？"

周柏野挺自然地"嗯"了一声："你看我，我看路。"

沈枝意无语。

周柏野在那边笑着问她:"看吗?"

他还放着音乐,是首沈枝意没听过的英文歌,调子挺好听,就跟叠加的buff似的,让他的声音从电话那头传来变得更难以抗拒。

"那就,"沈枝意语气勉强,"看一会儿吧。"

隔了五分钟,周柏野才拨了视频过来。

沈枝意已经找好手机支架,放在餐桌上,接通就看见周柏野目视前方,真的一眼都不往这边看。

没人比他更遵守交通规则。

沈枝意抱着膝盖,故意拿话撩他:"开车好认真啊哥哥。"

她又双手托腮,认真看着镜头那边的周柏野。

他脸上的伤已经好透了,一张脸格外好看,很多时候沈枝意觉得之所以周柏野说骚话,她不觉得恶心,全靠他这张脸,但凡丑一点点,她都不会继续跟他聊下去。

"不认真不行,好不容易拿到的驾照。"

这话让沈枝意来了兴趣,她问周柏野:"你不是赛车手吗?驾照对你来说很难?"

周柏野笑:"赛车跟平时开车不是一回事啊宝贝。之前见过的狐狸还记得吗?他科目三考了五次才过。"

这倒让沈枝意很意外:"那你呢?考了几次?"

周柏野没回答。

沈枝意大胆猜测:"你也是五次?"

周柏野不满:"我跟他一样菜?"

"三次?"

这次周柏野不说话了。

沈枝意真的惊讶,她之前以为驾照对周柏野他们来说完全不是问题,没想到竟然考了好几次?

她调侃的话就在嘴边,忽然看见周柏野脖子上戴了一条项链,是银色的细链。

她第一时间想起他送给她的那条卡地亚项链,以为他自己戴着的是情侣款。

但是凑近镜头也看不见他究竟戴了个什么东西。

周柏野斜了她一眼:"看什么呢你?"

沈枝意坐直:"没什么,你这是去哪儿?"

周柏野:"你前任的妈妈那儿。"

"……你不要这么幼稚。"

沈枝意有些无语地对他说:"他妈不是你妈?"

"听起来像骂人。"周柏野说。

沈枝意从善如流,迅速改口:"他的妈妈不是你的妈妈?"

"行吧。"周柏野云淡风轻地道,"去你暧昧对象的妈妈家。"

沈枝意没想到他忽然来这一下,语塞了半天,最后说:"你真的很无聊,我不跟你说了,我要去画画了。"

"等等。"

周柏野已经到了楼下,车停在路边,这才看屏幕。

沈枝意穿了件鹅黄色的防晒衣,一看就是刚从外面回来还没来得及换,脸也红扑扑的,扎着马尾辫,看着青春活力,跟平时的样子不太一样。

周柏野看了会儿,才说:"之前跟你说的你考虑一下。"

"之前说什么?"

"我朋友找你画画,他们愿意出钱,这话是认真的,没逗你。"

沈枝意抿唇看着自己的手,声音忽然变轻,问他:"他们是因为你,还是单纯因为喜欢,才找我画?"

"你在怀疑什么?他们想给我送钱有很多方式,这么弯弯绕绕的,还没那个脑子。"周柏野屈指弹了一下镜头,笑得灿烂,"当然是你画得好啊妹妹。"

突如其来的肯定。

沈枝意一时没转过神来,视线笔直地盯着他的脸看。

周柏野被看得发出声疑问:"嗯?"

沈枝意这才松了口气:"我以为你被人附身了。"

"好,我知道了,我会考虑的,你去忙吧。"

视频挂了。

足足半小时的时长。

周柏野收了手机,刚走到门口,栅门就打开了。曹疏香上学去了,曹征也不在家,他进去的时候只看到在沙发上坐着的张正梅。

张正梅先是看他的脸,问他:"还疼吗?"

鸿门宴,至少叫他来不可能只是为了确认之前受的伤。

但周柏野故作不懂,也跟着演,说不疼。

张正梅让阿姨把饭菜端上桌,只有两个人,却摆满了餐桌。

张正梅给他夹菜,问他最近都在忙些什么。

周柏野惜字如金,说,瞎忙。

张正梅笑:"妈知道,你一直有主见,你那么小点儿的时候自己说要出国,说以后要成为赛车手,我就知道我们阿野是个对未来很有规划的人。"

这么大的夸赞,周柏野不敢接,他笑得很淡:"还行。"

张正梅仍旧在笑,她看着大儿子的脸,轻声说:"其实你长得更像你爸。"

周柏野停了筷子,看着她。

"我跟你爸在一起的时候,觉得他长得好看又有意思,木讷有意思、话少被我逗得脸红也有意思——"

周柏野没兴趣听父母的爱情,打断她:"这话您该去跟我爸说。"

"你听我说完。"张正梅是温柔的强势,笑容未改,看着他继续道,"但是时间一久,我就发现当初的这种喜欢只是新鲜感。我没遇见过你爸这种人,所以觉得他跟此前遇见的人都不一样。生了你和你弟之后,我觉得他在婚姻里不解风情、不懂浪漫,话少成了冷漠,长得再合心意有什么用?他不常在家,脸都是给外面的人看的。所以阿野,这种新鲜感持续不了多久的,心动发展不成喜欢,没办法长久。"

张正梅叹了口气:"你弟之前那个女朋友,我知道,人温柔、漂亮又懂事,你跟你弟都喜欢,这很正常。但是,阿野,妈妈知道你在男女关系方面一直很慎重,你确定你对她的喜欢,不是因为你弟弟吗?"

这才是张正梅叫周柏野回来的目的。

她对两个儿子找女朋友并没有门当户对的要求,她自己就不是遵守门当户对那一套的人,但是两个儿子抢同一个女人这种事,她不能接受。

"稀奇。"

周柏野耐心听完了她的话，唇边笑意淡淡，看起来像是嘲讽。

"什么时候我喜欢谁，还要考虑周梓豪了？"

他坐姿未改，声音平缓。

周柏野跟周梓豪是完全不同的人。

作为他们的母亲，张正梅再清楚不过。

尽管都说作为父母应该一碗水端平，但是周建民做不到，她也做不到，谁在身边更久，就更偏向谁，这是最正常不过的事情。

她刷朋友圈的时候看见周柏野脸上的伤，立马就知道周柏野是什么意思。就是在告诉她，他已经被她心爱的小儿子打了，所以别来问责了。

周梓豪回来后怒气冲冲，把自己锁在房间里饭也不吃。

曹疏香怔怔地扯着她的袖子，问："妈妈，哥哥和大哥哥不会因此闹掰吧？"

张正梅当时说不会，其实心里也没谱。她不知道是什么时候开始，两个儿子渐行渐远。

张正梅抿唇，端起水杯喝了一口，才说："先吃饭吧阿野。"

周柏野没胃口了，但没下桌，就坐在椅子上，低眸看着饭桌。

虎虎从院子里溜进来，跳到他腿上，打破了饭桌上的僵局。

周柏野伸手顺了一下它的毛，弯腰的时候，脖子上挂着的项链晃出来一截。

虎虎伸出爪子还真给它勾出来了。

"这不是你能玩的。"周柏野对猫倒温柔，轻声制止它，把项链从它爪子里解救出来。

张正梅原本只是随便瞥了一眼，但看清楚他戴的是什么东西后才愣住。

不是正儿八经的项链。

上面挂着的，是一颗纽扣。

特意把纽扣当作项链，那这颗纽扣的主人是谁再明显不过。

张正梅皱眉，终于意识到，周柏野不是玩玩而已。

他是认真的。

张正梅沉默的原因不在周柏野的考虑范围内。

他看着趴在自己腿上的猫，想起了沈枝意养的那只金毛。

周梓豪对很多事情都三分钟热度,虎虎是他高中时候捡回来的流浪猫,当时发了朋友圈说"欢迎成为我的家人",点赞评论不少,周柏野的好几个朋友都夸他说弟弟真有爱心。

然而虎虎只在周梓豪的朋友圈出现过两次,就再也没有出现。

反而渐渐转移到曹疏香的朋友圈。

曹疏香带它去做绝育,给它买零食,陪它玩逗猫棒。

周柏野回来给周梓豪开家长会的时候,听那个女生哭着对周梓豪说:"我们分开的话,虎虎怎么办。"

他那时候站在一旁,饶有兴致地看他们就一只猫的未来,讨论得像是一对即将离婚的夫妻。

不用想就知道,沈枝意那只狗也是跟周梓豪一起养的。

周梓豪似乎很喜欢跟女朋友一起养宠物当作两人之间的羁绊。

周柏野从张正梅那儿出来,开车准备走时,赫尔墨斯的经理给他发消息,说黑熊车队要挖鲨鱼,让他过去一趟。

沈枝意洗完澡又看了眼手机,发现没有新消息,就换了身衣服出去看画展。

林晓秋已经等在艺术馆门口,冲她挥手,对她说:"听说傅晚峒从国外回来了,大概率会出现在这里。"

沈枝意大学时候就看过傅晚峒的画,并以他的画作为赏析作业交了上去。

那时候傅晚峒在国内远没有国外知名度高,直到短视频盛行,不少人用午夜emo文案和歌曲配上他的画,才逐渐让他从小众变成大热画家。

还有博主兴冲冲地分享国外偶遇傅晚峒的视频。

视频里,傅晚峒拄着黑色拐杖,个子很高,走路一瘸一拐,后背却笔挺。

当时正流行一部电视剧,评论区不少人说这个背影像极了电视剧里的男主角。

里面人很多,沈枝意跟林晓秋原以为自己碰不见傅晚峒。

哪知道走到二楼,就碰到了本尊。

他不是一个人来的,身边的妻子穿着浅色旗袍,挽着他的胳膊,两人步调很慢地在看他的作品。

远远看去唯一的感受就是恩爱。

沈枝意和林晓秋没有打扰他们。

两人站在拐角静静地看了会儿，然后默默下了楼。

这时候沈枝意的手机忽然响，来电的是把她拉进黑名单的沈如清。

沈枝意停下脚步，站在台阶边缘，让开中间的路，轻声喊了句"妈"。

那边沉默片刻，似是原本没话要跟她讲，但又不得不讲，好半晌才问她："你现在是怎么回事？"

这个问题问得沈枝意莫名其妙："我怎么了？"

沈如清一字一句地问她："你怎么了，你前男友的妈妈电话都打我这儿来了，你还不知道自己怎么了吗？"

她是在早上接到张正梅打来的电话，那边倒是礼貌客气，问她是不是沈枝意的妈妈。

沈如清在外人面前不会表现出自己和女儿之间的矛盾，问张正梅有什么事。

张正梅笑着说也没什么大事，说她有两个儿子，一个叫周梓豪，一个叫周柏野。小儿子沈如清大概率见过，前段时间刚不懂事地拎着礼物擅自去了她家，但大儿子她应该是没见过，是个玩赛车的，经常在国外跑。

沈如清皱着眉头打断她，问她，到底想表达什么。

张正梅似是没料到沈如清如此强势，愣了一下，才说，她的大儿子和小儿子不懂事，都跟沈枝意有一段。张正梅说自己不好意思，觉得没教好儿子，影响了沈枝意的生活，才特意给她打来电话表示歉意。

沈枝意没想到周梓豪的妈妈会给沈如清打电话，更不知她是怎么得到沈如清的电话的。

她跟周梓豪还在一起时，去见张正梅，张正梅都表现得温柔、善解人意，从来没有主动问过她的家庭情况，也没问她什么时候安排双方家长一起见面，周梓豪更不可能知道她妈妈的联系方式。

她有些滞涩，竟然将问题抛给了沈如清，问："阿姨都跟你说了些什么？"

这回答对沈如清而言，就相当于是默认。

沈如清最无法容忍的，就是沈枝意表现出跟她生父相像的品质。她认识傅晚峒是在她刚实习的时候，傅晚峒是她照顾的第一个病人，他发生车祸，左腿截肢，躺在病床上一直看着窗外。起初他们很少交流，直到她将收到的花放在了他的床头，傅晚峒才看她，问她："你叫什么名字？"

傅晚峒肢体残缺，却比任何人都懂得浪漫。

每次她来查房的时候，傅晚峒都会送她一幅画，上面画的都是前一天的她。

傅晚峒不像别人那样说"我爱你"，他只问她："我能够画明天的你吗？"

沈如清用他的病例报告挡住自己红了的脸，别扭地说"随便你"。

然后第二天，就收到了一张他们拥抱的画。

画的下方，傅晚峒写道：如果是健全的我，会用拥抱的方式来表达对你的爱意；可惜你遇见的是残缺的我，便只能用这种笨拙的方式，让你知道我爱你。

沈如清几乎是疯狂地陷入了爱河。

她和傅晚峒同居，直到领证前夕被一个陌生女人找上门。

那女人看着她隆起的腹部，只说了一句话。她说："我是傅晚峒的妻子，很抱歉现在才知道你跟他的事情。"

傅晚峒没有否认自己已婚的事实，说他跟妻子没有爱情只有责任。

沈如清无法接受，她跟傅晚峒大吵了一架，把他的东西全部丢了出去，然后删除了他所有联系方式。

傅晚峒拄着拐棍在她家楼下等过她。

最可笑的是，过来劝说的人竟然是傅晚峒的妻子，她对沈如清的父母说希望他们能够原谅傅晚峒。

傅晚峒妻子说话的方式跟张正梅几乎一样，带着自己都没察觉的高高在上。

沈如清坐在客厅，沈枝意的外公外婆出去散步了，家里只有她，她的声音在整个家里来回碰撞，从墙壁撞到窗户，又从窗户撞到地板，再从地板碰到天花板。这些声音不像是从她嘴巴里说出来，更像是从她心里被另一个人一句句往外丢，像是在垃圾站前清理体内的沉疴旧疾。

林晓秋原以为沈枝意这通电话很快就能结束。

哪知道沈枝意停在那里，一直没有动，她看起来也没什么异常，甚至挪远了手机，捂着麦克风，对她说："抱歉晓秋，我有点事，不能跟你一起逛了。"

林晓秋只愣了一下，才点头如捣蒜，说："好的，没事，你先忙。"

她下了楼梯，走到一楼又抬头往上看，看见沈枝意站在那里，像一个漂亮的雕塑，握着手机，沉默听那边所有的发言，表情近乎麻木。

而她稍高几个台阶的二楼，穿着西装的傅晚峒揽着妻子的腰，站在自己的画作前，正笑着交谈。

不知道为什么。

林晓秋忽然觉得，沈枝意很可怜。

沈如清的话，沈枝意已经听过很多遍。

你对不起我、我后悔当初把你生下来之类，她听见沈如清的愤怒，也听出沈如清的痛苦。

她看着下面来来往往的人，对沈如清说抱歉。

沈如清皱眉，正要问她转移什么话题时，就又听见沈枝意对她说对不起。

这通电话结束得没头没尾。

是沈如清挂断的电话。

她坐在客厅，看着窗外沉默很久，直到沈枝意的外公和外婆买菜回来，问她怎么不吃饭的时候，她才怔怔地问，作为母亲，她是不是不称职。

沈枝意等了半小时公交车才上了车。

公交车站有同样来看画展的人，他们轻声讨论着傅晚峒。

沈枝意低着头，直到听见"随泽"两个字才抬起头。

一个女孩子略带炫耀地跟同伴说："网上流传的能信啊？你知道傅晚峒之前在随泽车祸，在那边跟一个护士谈过恋爱吗？那时候他还没离婚呢……"

周柏野从张爽那儿回来已经是晚上十点多的事情。

张爽忧心忡忡地问他，鲨鱼会不会真被别人挖走。

他开导得漫不经心，说江山代有才人出。

张爽指着门："滚吧，就现在，我一句话都不想听你说了。"

周柏野走的时候顺走了张爽的红酒。

这个点，小区娱乐设施的小孩儿都回家睡觉了，他提着东西去快递柜拿了个快递，出来时看见沈枝意坐在儿童设施的秋千上，一个人在那儿荡。

他走过去，站在她面前，挡住了路灯的光。

沈枝意怔怔地抬起头，看见是他后，又慢吞吞地看着他的眼睛。

周柏野拉住她的秋千绳，低眸看着她。

两人静静地对视了会儿。

"周柏野。"

"嗯？"

他的声音比月光温柔。

沈枝意看着他的脸，伸手拉住了他的衣服。

周柏野笑："耍流氓啊你？"

沈枝意慢吞吞勾起唇，却没有回答，拉着他的衣服，把他拉近到自己面前。

他的影子把她完全罩住。

她将脸埋在他的小腹，问他："可以抱一下吗？"

她觉得自己的声音大概是有些不对劲的。

难过好像跟影子一样没有藏好，还是从他的遮挡里漏出来了一点。

但周柏野像是什么都没发现一样，将坐在秋千上的她拉进自己怀里，然后声音懒散地，对她说好。

沈枝意跟在周柏野后面。周柏野停在她家门口，发现她没有要开门的意思，随即反应过来，打开了自己家的房门。

玄关的灯还没打开，沈枝意就从后面绕到他面前，周柏野察觉到她的意图，手伸到背后关上房门，他刚一弯腰，她就拽着他的衣领踮脚亲了过去。

周柏野故意偏着头躲开，她的唇擦过他的脸，口红全蹭在了上面。他低眸笑着看她："怎么这么急？"

"看见你忍不住。"怀里的人呼吸急促地回答他。

她的急切让周柏野发现另一个真相。

他拖长嗓子"哦"了一声，问沈枝意："喜欢我啊？"

"……嗯？"沈枝意迷茫地看着他，以为自己听错，又问了他一遍，"你说什么？"

周柏野："我知道你喜欢我。"

沈枝意觉得这句话耳熟："你在上演《疯狂动物城》？"

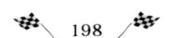

周柏野弯腰从红酒袋子里抽了缠在上面的丝带出来，递到她手里："是的，我自首了警官。"

那丝带是红色的，沈枝意拿在手里，对着周柏野的手腕刚比画了一下，他就很顺从地双手交叠伸到她面前。

他好像是真的喜欢玩这种莫名其妙的东西，沈枝意沉默片刻后，真的捆住了他的手，问他："你犯了什么错？"

"那要看你希望我犯什么错。"周柏野低眸看着她不甚熟练地给他手腕打蝴蝶结。

"紧点儿。"他提醒她，"现在太松了。"

沈枝意于是将丝带缠紧了一些，连灯都没打开，只有落地窗外正对着的广告牌有光，昏蒙的光线落进来，显得两个人都很荒唐。

她看着那光，又看周柏野手腕上被她打着的蝴蝶结，最后看着他那张脸："男人没一个是好东西。"

周柏野弯腰过来亲她，笑着"嗯"了一声。

这一刻沈枝意觉得他们是鱼缸里的两只鱼。

只能靠亲吻彼此获得空气。

步伐几乎是牵绊着一点点往后，直到她的小腿碰到沙发，她拉住周柏野手腕上的丝带，头发散乱地抬眸看他，呼吸剧烈，轻声对他说，她要在上面。

周柏野没有任何意见，坐在沙发上示意她随意。

他脖子上的银色链子从上衣里晃出来一截，沈枝意此刻对里面到底是什么并不感兴趣，坐在他腿上亲他的唇。

她不专心，脑子里在想沈如清和傅晚峒的事情。

"爸爸"这两个字在家里一直是不可说的，外公外婆在她很小的时候就教过她，不要当着沈如清的面问关于爸爸的事情。小学时让写作文，题目是"我的爸爸"，她咬着铅笔茫然地不知道该怎么落笔，交上去的全是幻想的句子。

家长会的时候作业发到沈如清手里，她看着沈枝意在上面写：我的爸爸很爱我和妈妈，所以他在我很小的时候就出去打工，养活我和妈妈。

作业回到沈枝意手里时，那一页已经被撕了。

她抱着作业本在晚上溜进外公外婆的房间，坐在外婆腿上问她，妈妈是不是难过。

外婆说，妈妈只是觉得对不起她。

沈枝意一直都觉得自己跟沈如清是相依为命的关系。哪怕两人经常争吵，话不投机半句多。

她从自己身上找过原因，以为是性格不好、不够体贴、不会说话，但直到今天才知道原来是因为她跟傅晚峒像，哪怕这种像只是对美术感兴趣。

沈如清像个矫枉过正的暴君，誓要剔除她身上所有能联想到傅晚峒的基因。

沈枝意坐在周柏野身上。

她不再去想那些事情，认真看着他的脸，又拉起他的手，亲吻他修长的手指。

她这么漫不经心地撩拨他，还问他："周柏野，你怎么不出声？"

周柏野说："不够爽怎么出声。"

沈枝意就问他："那怎么样你才爽？"

周柏野笑："这是你该思考的问题，宝贝。"

沈枝意坐在他身上，明明欲望全靠自己主导，此刻却觉得主动权不在自己手上。

她看着他，迟疑地解开他手上的红色丝带，去缠住他滚动的喉结，唇又贴上去亲他。

她问周柏野："这样？"

周柏野被解放出来的双手抚摸着她的后背，敷衍地叫给她听。

沈枝意面无表情地看着他："你别叫了。"

"怎么了？"周柏野问她，"不好听？"

沈枝意："感觉你跟谁都能这样。"

周柏野："但我只跟你做了。"

沈枝意："听上去我得跟你说谢谢？"

周柏野："啊。"

沈枝意说几句就词穷，弯腰去抽纸巾。

周柏野视线跟着她擦拭的动作转，在安静中突然开口："还有浑蛋没说。"

沈枝意："周柏野是个浑蛋。"

周柏野这才满意地"嗯"了一声。

沈枝意站起来，又低头看着他给自己腿上绑的蝴蝶结，拿手机拍了张照，发了朋友圈。

——礼物。

她没设置分组，发完后就对在厨房的周柏野说："地球快毁灭了。"

周柏野倒了一杯温开水出来给她："人类还能幸存多久？"

沈枝意想了一下："只剩半小时。"

周柏野抬手就开始解衬衫纽扣："那时间有点紧，你做快点。"

"周柏野！"

"不做我穿回去了。"

"……我……"沈枝意沉默半晌，有些无力地摆摆手，"你穿回去吧。"

周柏野靠在餐桌上，将自己的项链重新塞回去。

沈枝意说自己要回去了，周柏野却开了红酒问她要不要喝。

沈枝意只好坐了回去："那就一杯吧。"

两人一人一杯红酒，沙发上太乱，都坐在地上。

周柏野随便找了个电影充当背景音乐放来看，是没字幕的外国电影。

沈枝意对周柏野说自己今天去看了画展。

周柏野问是谁的画展。

沈枝意不想提那个人的名字，在手机里找了拍下的画给他看。

周柏野见过傅晚峒，之前在美国比赛，郁从轩跑来看他，两个人随便在附近找了个西餐厅吃，结果郁从轩这位少爷吃了几口就嫌弃没滋没味，对他说带着他去找找家乡的味道，然后一脚油门就把他带到了他的亲戚家。

开门的就是傅晚峒。

周柏野对傅晚峒印象挺深，因为傅晚峒送了他一幅画。画的内容，他没看懂，颇为意识流。

郁从轩说这就叫艺术。

周柏野当时输了比赛，心烦，说去他的艺术。

他还给沈枝意手机："拍得不错。"

沈枝意接过来："你喜欢他的画？"

这要怎么说？实话实说？周柏野不知道他们搞艺术的是不是都有点儿惺惺

相惜，如果自己表达出不同意见，她又会不会生气，虽然没见过沈枝意生气的样子，但除了在床上，其他时候好像也没什么必要尝试。

于是，他给了个模棱两可的回答："还行。"

沈枝意"哦"了一声。

"他应该，就是我爸。"她换了个措辞，同时也换了个坐姿，"我今天去逛画展的时候，听见别人说，他年轻的时候是在我的家乡发生车祸，说他住院的时候跟护士有暧昧。

"但我妈不是护士，我妈是医生。"

她吐词挺奇怪的，"爸"这个字中间停顿挺久，像是在想它的发音。

周柏野听完后没表现出对她的同情，认真想了会儿傅晚峒究竟长什么样，实在面容模糊，只好凑近去看沈枝意的脸。

沈枝意没动，任由他打量。

十几秒后，周柏野说："看不出来，傅晚峒还有这基因。"

他完全不认为是傅晚峒的功劳，思来想去，觉得奖状还是得发到沈枝意的亲妈那儿。

他揉了揉沈枝意的长发，对她说："阿姨挺伟大。"

这次沈枝意愣住，还没想出该说些什么，又见周柏野说："如果不是她，我都不知道我喜欢什么样的。"

沈枝意不知道该做何反应，一时间愣在了那里。

不是没听过情话，更直白的"我喜欢你"和"我爱你"，她也听过。

但这句话不一样，或许是越是需要揣测的东西，就越让人心痒。

沈枝意没回答周柏野的话，跟他说了句"晚安"，就回了自己家。

多比可怜兮兮地过来蹭她的腿，咬着她的拖鞋到零食柜前冲她摇尾巴。

沈枝意打开零食柜，刚拆了一包鸡肉冻干，手机就在口袋里响，是许久没联系过，在绥北电视台工作的远房表妹林遥给她发来的消息：表姐，小表姨说打不通你电话，你知道大表姨今天的高铁来绥北吗？

她口中的小表姨就是沈枝意的表姨。

沈枝意并不意外沈如清会来，但没想到她会连夜赶过来。

她回复林遥：好的，我知道了，谢谢。

林遥说：客气什么？但是表姐，小表姨好像还挺介意的，你以前不是在她家住过吗？怎么现在闹僵成这样？

　　沈枝意不知道这件事该从何解释起。她小学六年级的时候确实在表姨家住过，那时候外公和外婆腿脚不好需要住院，沈如清工作繁忙，还要照顾父母，根本无暇顾及她。于是表姨自告奋勇对沈如清说让沈枝意住去她家，说得天花乱坠，说一定会照顾好沈枝意，还说她和表姨夫、表弟都非常喜欢沈枝意。

　　沈枝意当时跟沈如清一样信了，但去了之后发现跟表姨说的完全不一样，表姨夫并没有表现出友好，他不冷不热，连个眼神都没给她。

　　沈枝意睡在表弟房间堆着玩具的上铺，半夜睡觉，表弟从下铺爬上来踹她说她偷他玩具，坐在床边哇哇大哭。表姨和表姨夫从主卧过来，表姨还没说话，表姨夫就皱着眉问她怎么把辉辉弄哭了。

　　那是沈枝意第一次哑口无言，不知道该说些什么，她坐在床上表情呆地看着表姨。

　　但表姨没有帮她说话，只是抱过表弟，拍着他的后背又很轻地叹气，用抱怨的语气说她明天还要上班呢。

　　她在表姨家住了整整两个月。

　　她听过沈如清给表姨打电话问她怎么样，表姨笑着说一切都很好，不要担心。

　　她坐在椅子上，紧紧攥着铅笔，低下头眼泪就掉在作业本上。

　　她以为沈如清是真的关心她，第二天在学校鼓足勇气问班主任能不能够借给她手机，她想打给妈妈。

　　然而电话刚接通，沈如清第一句话就是"老师怎么了，我们枝意是不是在学校犯什么错了"，沈枝意低声反驳说没有，她说"妈妈，我想回家"。

　　后来很多次，沈如清说她无论什么事情都憋在心里，她都会想起那一天，沈如清在电话里说的："沈枝意，你怎么这么不懂事？你知道我有多累吗？外公外婆生病还在住院，表姨和表姨夫哪里对你不好了？"

　　哪里都不好。

　　表姨夫不给她留饭，她自己坐公交车回去，他们已经吃完了。他们是一家人，而她只是个连看电视都不知道该坐在哪里的外人。

　　她写作业的"桌子"是一张高脚凳，放在阳台上，再搬个表姨洗衣服用的矮脚凳。阳台的玻璃门旁边就是电视机，表姨夫陪着表弟看动画片，声音开得很大,沈枝意自控力不够强,总会被声音吸引着抬头,表姨夫就会用"你就是这样写作业的吗",这种带着厌恶的表情看着她。

就连上厕所,她也不敢太久,洗澡超过三分钟,表弟会在外面"砰砰砰"地拍门,表姨说"辉辉你让姐姐上厕所",表姨夫冷声嘲讽说"不知道的还以为她才是你亲生的"。

他们的争吵从来不会避开沈枝意,她手足无措地站在那里,低下头只能看着地面,觉得自己是个累赘,是个包袱,是个让人感到麻烦的存在。

后来"童年阴影"这个词开始流行。

沈枝意想,在表姨和表姨夫家的几个月,就是她的阴影。

她从本来就不相信有人会无条件地爱她,变成了,确信不会有人无条件地爱着她。

哪怕是她的妈妈,哪怕是她的亲人。

但这些话很难对外人解释,也很难让他们理解,其实这些伤害哪怕长大后也仍旧存在。

沈枝意只能回复林遥:因为我不想和他们产生交集。

林遥沉默了足有三分钟,才回了一个"好的"。

沈枝意一颗燥热的心,瞬间被冷却。她疲惫地坐在沙发上,缓了会儿,才给沈如清打去一通电话。

沈如清没有挂断,但接通后并不主动说话。

沈枝意想起她没有告知自己的手术,想起外婆说的"你妈妈也是爱你的",于是主动低头,尽量笑着问:"妈,你还有多久到,我来车站接你。"

电话那头的人安静了十秒钟,才对她说:"还有两个小时。"

沈枝意说"好的",又问了她车次,便换衣服出了门。

她不想跟沈如清发生争执,打车去高铁站的路上一直在想见到她之后,两人该怎么对话。这些发生在自己身上的事情,无论是周梓豪还是周柏野,这所有的情感问题,该怎么让沈如清理解和相信,她跟傅晚峒不是一样的人,哪怕在血缘上,他们是父女关系。

她设想过沈如清暴跳如雷,自己该解释的话,也设想过沈如清对她冷暴力,她该如何一次次放下身段去主动示好。

但见到沈如清后,她发现自己全想错了。

沈如清见到她的第一面,说的话是:"怎么瘦了?"

沈枝意从她手里接过行李箱的动作都停住,怔怔地抬头看向沈如清。

沈如清也有些不自在,拿纸巾擦汗,说绥北比随泽热很多,说不知道这里有什么好,怎么沈枝意非得待在这儿。

沈枝意却不知道该怎么接话,只能寡淡地回一句,确实很热,回家开空调就好了。

她们在出租车后排,两人都靠着窗户,一路上没有任何交流。

打开房门,多比扑上来,洁癖的沈如清女士惊叫一声"哪儿来的狗",沈枝意才想起忘记告诉她自己养狗了。

她们是不太熟的母女,她没有告知自己所有重大决定,她也从未注意她的生活动态,哪怕她的头像就是跟小狗的合照。

两人坐在沙发上,只有多比是最自在的那个,它反复用脑袋蹭沈如清,冲她吐舌头摇尾巴,哪怕沈如清并不理睬它,并且感到厌烦。

沈女士神色严肃地端详着她出租屋的每一处,还算满意,面积不小、打扫干净,她又将眼神转移到沈枝意脸上,看着这间屋子里她最不满意的存在,两人眼神交汇,彼此都心知肚明,和平的表象下压着怎样的汹涌。

"说说吧。"沈如清说,"你跟那兄弟俩的事情。"

"我跟周梓豪……"沈枝意不知道该怎么对沈如清解释周梓豪的出轨,只能说,"我们大学在一起,后来的恋爱中发现彼此并不适合,我没有爱到能包容他所有发生或即将发生的错误的地步,所以我一直没告诉你和外公外婆,我谈恋爱了,分手也确实证明,我们并不合适。"

沈如清面无波澜:"那他哥哥呢?"

沈枝意语塞,半晌,才说:"他是个意外。"

沈如清重复了一遍她说的"意外"二字:"他是做什么的?"

沈枝意如实回答:"赛车手。"

沈如清皱眉:"这也能算个职业?"

沈枝意不想跟她争执,于是沉默。

沈如清:"你站在人家妈妈的角度想想,前脚跟她小儿子分手,后脚就跟她大儿子暧昧,她会觉得你是个什么样的女孩儿,没有家教、不学好、对待感情不够认真。你这么大了,我不反对你恋爱,但最起码,你要认真地谈恋爱,不要玩弄别人的感情。"

沈枝意抿唇，轻声反驳："我没有。"

沈如清并不在乎沈枝意的回答，她来是为了解决问题，而不是听她辩驳，长时间乘坐高铁让她疲惫，她挥挥手："不用说了，跟那兄弟俩都断了，明天跟我出去见个人。"

沈枝意一愣："见谁？"

"我同事的儿子，也是随泽人，跟你年纪差不多大。他爸妈跟我关系都不错，知根知底，上个月来绥北我见过一次，是个靠谱的小伙子，你既然要谈恋爱，就正正经经地谈。"

没有争吵，也没有冷战。

但沈枝意仍旧被沈如清三言两语，弄得心口堵塞。

这时候一直在玩着行李箱的多比终于推倒了箱子。

"砰"的一声打断了两人之间的交流。沈如清皱眉，嘴里念着"自己都养不活，还养什么狗"，沈枝意弯腰把行李箱扶起来，沉甸甸的箱子，沈如清过来打开，拿出了一堆腊肠腊肉，甚至还有家乡特有的青菜。

她看着沈如清忙忙碌碌地把东西放进冰箱，又什么话都说不出来了。

是一种很疲惫的无力感。

她感觉自己被爱挟持了。

沈枝意捡起地上的塑料袋，对厨房的沈如清说："我出去扔个垃圾。"

门打开的那一刻，才重新能够顺畅呼吸。

她关上门，走几步发现不对劲，周柏野家的门开着。

他家玄关和客厅的灯也都开着。

沈枝意以为他是忘了关，刚走上前，手碰到他家门把手，就看见周柏野从厨房出来。

他端着一杯红酒，身上还穿着她走前的衣服，像是还没来得及去换。

沈枝意本想问他怎么不关门，但视线停在他脸上，就忘了说话。

今晚特别漫长，长得好像一整个月的事情都发生在了今天晚上。

但时间又好像过去得特别快。

刚拥抱过、接吻过的人，拉开门就又见一次。

周柏野问她："出门了？"

沈枝意怕沈如清听见，所以声音放得很轻，说"对"。

周柏野点头，没问她出门干什么。

沈枝意低头看着自己手里的垃圾袋，又抬头看着他。

"周柏野，我——"

"嘎吱"的声音打断了她的话。

沈如清拉开房门，扫帚的声音响起，她骂着多比，又骂着沈枝意的不懂事。

距离很近，近到沈如清每句话都像是贴着两人耳边说的。

沈枝意却无暇去细听她说些什么，她住在这里这么久，第一次知道，这里隔音不好。

她脑子里"嗡"的一声，能想的只是刚才她在房间里跟沈如清说的所有话，周柏野是否都听到了。

她攥紧手里的垃圾袋，怔怔地看着他。

灯光冷冰冰地落在他身上，他站在那里，听完了一门之隔的所有抱怨和指责。

他低头，扫了一眼她手里的垃圾袋，又抬头看她，用同样轻的、只有两人能听见的声音问她：

"沈枝意，你是要扔垃圾，还是要跟我走？"

沈枝意知道自己不应该就这么抛下沈如清，跟周柏野出去，但她不想拒绝他，更不想拒绝自己。

于是大晚上的，两人坐上了去往海边的公交车。

车上除了司机，就只有他们两个。

坐在靠近车窗的位置，当车缓缓发动的时候，沈枝意觉得这一幕很像是读书时幻想过的场景。她问周柏野："你之前坐过公交车吗？"

周柏野说："没坐过，我以前都是坐直升机。"

沈枝意惊讶："你读书的时候就有直升机？"

周柏野："是啊，学校有机场那么大的停机坪，我那时候坐直升机上学还有人看不起我。"

这段对话也太离谱了。

沈枝意困惑地问他为什么。

周柏野一副他也不是很懂的样子回答她："可能因为他们每天都是坐UFO来

学校?"

沈枝意:"你有病吗,周柏野?"

周柏野笑得不行:"到底谁有病?公交车都没坐过,我是外星人吗?我爸妈离婚那阵我爸连自己都顾不上,更别提我了,我那时候处于叛逆期,每天自己走路上下学,觉得那样特酷,结果高年级的学长说我走路的样子太装相,要找人打我。"

这种事情套在周柏野身上,沈枝意也不觉得奇怪。周柏野现在都是一副践得不行的样子,有人想打他也不足为奇,她只是有些好奇:"那你被打了吗?"

"打了啊。我住院三天,让我爸重整旗鼓,回学校帮我理论,然后下定决心一定要让别人不敢再欺负我,从此走上了人生巅峰的道路。"

周柏野说话那股劲儿实在是气人。

瞎话编得过于敷衍,沈枝意前面听得认真,还以为他真的被打,听到后面就知道他又在满嘴跑火车,气得起身就要跟他拉开距离,坐在后面的空位上。

周柏野却似乎很享受把她惹急的样子。

哄人都不紧不慢,拉着她的手腕,腿挡在前面不让她出去。

他调戏小姑娘似的,嘴里"哎"了一声,说:"怎么那么着急呢,你不得让我酝酿一下?不然怎么把那些悲痛的过往云淡风轻地告诉你?"

坐在前头的司机在等红灯的间隙,透过车内后视镜就看见唯一的女乘客气鼓鼓地站起来又气鼓鼓地坐下,压低声音不情不愿地问旁边的男人:"那你要酝酿多久?"

"这么枯燥地说,会有点无聊。"周柏野从兜里拿出了一个硬币,对沈枝意说,"正面朝上,我说一个秘密,背面朝上你随意。"

"可以。"沈枝意回答得轻巧,"开始吧。"

"行。"

那枚硬币被丢到半空,又飞速往下,坠落到周柏野的手心。

掀开后,正面朝上。

周柏野说:"我十六岁的时候离家出走过。"

"为什么?"

"我爸那时候的女朋友以为我上学去了,在家给朋友打电话,说她怀孕了,终于可以不用看我这个讨人厌的小鬼的眼色,可以当周太太了。"

沈枝意不知道他爸那些混乱的情史,听得皱眉:"你其实在家?"

"在啊。"周柏野笑,"都说了我那时候处于叛逆期,直接过去敲门,说:'打个赌吧,阿姨,你转不了正。'"

沈枝意"啊"了一声,已经能猜到事情的发展:"你父亲把你骂了一顿,所以你离家出走了?"

周柏野没说是也没说不是,靠在椅背上,随口夸了她一句真是聪明。

但事情的发展没有那么简单。

周建民不是骂了他一顿,而是打了他一顿。周建民说"我养你这么大不是让你跟女人斗心眼"。

周柏野无法理解,一分钱没带、浑身上下只有一部手机就出了门,从别墅走到江边,狐朋狗友给他打电话,问他要不要去网吧,他听了几句就挂了,然后电话打给了张正梅,结果刚打过去,就被挂断。

他一个人在外面游荡了一整天,第二天就回家了。

周建民问他:"离家出走结束了吗?"

他说:"结束了。"

那个女人的孩子当然没生下来。

此后的时间里,她经常去周柏野的学校堵他。她以为根结在周柏野,但完全没弄清楚,真正的原因只是因为,周建民没有把任何人当回事,他不过就是一直在找一个情感的寄托,假装自己很深情。

那枚硬币还在掌心。

周柏野问沈枝意:"还来?"

沈枝意点头:"来。"

再扔。

仿佛上帝给了一人一次坦白机会。

这次是沈枝意。

她看着硬币上的国徽,对周柏野说:"我小学的时候,我妈被医院派到外地支援,有半个学期的时间吧,家里只有我和外公外婆。我同学说我妈不要我了,我说不可能,然后我跟他打了一架。我班主任电话打到我妈那里,让我妈不要只忙着工作,也要兼顾孩子的教育。我妈连夜回了绥北,回家却没骂我,第二天领着我去了学校,让我同学跟我道歉。"

公交车行驶着,前方漆黑一片,路上仿佛只有这一辆车。

四周都很安静,除了车轮滚过地面,就是沈枝意平淡的叙述声。

她说话语速很慢,几乎是边说边回想,眼睛看着自己的膝盖,手里攥着屏幕黑着的手机。

说是跟周柏野走,看起来像是一场逃亡,但她还是在上公交车前给沈如清发了条短信,说公司临时让她加班,她要晚点才能回来。这种感觉就像是回到学生年代放学后为了跟同学出去玩,而绞尽脑汁地撒谎。

"我妈她,本来可以升职,跟她一起出差的同事回来后晋升成了她的领导,但她在回来给我开了家长会后,就主动跟医院要求从外地回来。她当着我的面打的电话,她说,她不能让我一个人留在这里,把责任全丢给我的外公外婆。"

沈枝意不想去看周柏野是什么眼神,扭头看着窗外。

"我觉得我妈矛盾就矛盾在,她好像很爱我,但又总是让我去想她究竟爱不爱我。"

周柏野听完后,沉默片刻,说他知道了。

沈枝意整理了会儿心情,才问他:"你知道什么了?"

周柏野:"有个最直接的办法,让你减少自己的痛苦。"

沈枝意没想接这个话。她隐约能猜到,大概会是类似于转变关系这样的话,之前周梓豪从别人那儿得知她跟家里人很长时间没联系后,也是这么跟她说的。周梓豪说没关系,你不用去想父母是否爱你,我会给你最直接、最不需要猜测的爱。

这种烂俗的表白她听过,后来也证明,爱情比亲情更不靠谱。

"那就不需——"

"赚钱吧。"

两个声音同时响起。

沈枝意诧异地看向周柏野,险些以为自己听错:"什么?"

然后她怎么都没想到,周柏野竟然在给她算账,说她给郁从轩当乙方有什么意思,不如给自己当甲方,让她工作干得不开心就炒了老板,自己出来单干,路他都给她找好了,就从帮他朋友画画开始。

他朋友出手阔绰，一幅画能给她两三万。沈枝意听到这儿在心里默默说，很好，这是她接近两个月的工资。

周柏野看她默默抿唇，又笑着说："这种人傻钱多的羊毛不薅还等什么呢，班就那么好上吗？"

沈枝意迷迷糊糊地竟然觉得他的话也有点道理。

车就在两个人变化极快的话题中到了站。

这是沈枝意第一次在夜里看海，跟在周柏野身后，还在跟他说着话："很难想象，劝我好好赚钱这种话，是你说出来的。"

周柏野开着手机手电筒，照着前方的路："你对我有什么偏见？"

沈枝意踩着他的影子，说："只是觉得很神奇。"

他们竟然会在晚上来这种地方，说这么正经的话题。

临走进海边的停车场，停着一辆亮着灯的玛莎拉蒂。

两人同时停下脚步，往那辆起伏不定的车上看了一眼。

沈枝意表情更加复杂，她想起在周柏野车上发生的事情，走到他身边问他："你车一般开到哪里洗？"

周柏野觉得驾驶座那人有点眼熟，正在辨认，听见沈枝意的话，就收回了视线，低眸看着她说："我一般不洗。"

"周柏野……你真的——"

那辆停在前方的车突然响了一声喇叭。

沈枝意困惑地看过去。

周柏野直着身子，看见驾驶座上是赫尔墨斯年纪最小的鲨鱼。

鲨鱼旁边那个女生，周柏野看着眼熟，总觉得哪里见过。

他拿出手机，给张爽发了个定位。

张爽回得很快：嗯？

1：你家即将出走的车手在这里跟异性看海。

张爽十分莫名其妙：你的行程为什么要跟我报备？

周柏野懒得回这么弱智的问题。

张爽反应过来：鲨鱼？

1：过来的时候帮我带点烟花过来，你家不挺多吗？

张爽：滚。我过年的时候是挺多，现在我哪里去哪儿给你找烟花啊？

1：谢谢，不要响的，要亮的。

发完，他就收了手机，任由张爽发来十几条质问消息，也没有理睬。

沈枝意问他："你认识吗？"

周柏野说："也可以不认识。"

"我现在问你什么，无论你想不想回答，都不会让我的话落空吗？"

"嗯哼。"周柏野声音懒散，被那束强光照得垂下眼，表情也有些懒倦地回她说，"你问。"

"你跟周梓豪关系一直这么差吗？"

"差不多。"

"你以前有过喜欢的人吗？"

"舒马赫算吗？"

"好问题。他是谁？"

"世界知名赛车手。"

"……不算。"

"那就没。"

"你听见我跟我妈说的话了吗？"

"听见一些。"

果然，他听见了。

沈枝意看着他的眼睛问他："这一些里面，包括我妈让我去相亲吗？"

周柏野表情没变，心不在焉地"嗯"了一声。

"那你——"

沈枝意不知道该如何点破两人之间的暧昧，原本到嘴边的话又咽了回去。

她下意识地低头，看着沙子，又看着自己的鞋面，最后语气艰涩地对他说："我应该是会去的。她刚动完手术，我还没……还没学会怎么心安理得地拒绝她。"

"我知道。"

海风将周柏野的话吹到她耳边。

她视线范围内是他伸过来的手，抬起她的下颌，让她看着他的眼睛。

周柏野一直以来给她的感觉都是轻松的，永远不费力地做任何事情。

同样，也就是不够正经，不够认真。

无论说什么、做什么，都像是玩玩而已。

"但那又怎么样？"

周柏野笑，他手指湿热，像是沾上海水。在潮汐的起伏声中，问她："你想过跟我睡了之后要怎么办吗？"

沈枝意没想过，之前没有，现在也没有。

她只是觉得两人不过是玩玩的关系。

这种关系最轻松，也最自在，不需要任何定义，也不用时刻提醒自己倾注感情。

因此，哪怕要结束时，也不会过于难过。

但周柏野的问题，让她莫名感到抱歉，于是沉默几秒后，艰难地道歉："对不起，那几次我都喝多了，我不知道。"

这种话一听就敷衍，也算是一报还一报。

然而，对面的男人笑得冷淡："犯错的人都说自己不是故意的。

"对我负责，沈枝意。"

沈枝意不知该怎么答，这远远超过她能回应的范畴，只能低声对他说："我会去我妈介绍的相亲。"

周柏野回得轻佻："那你去。"

沈枝意皱眉，有些不明白地抬头看他。不明白他的道德底线怎么就低成这样。

那辆开着远光的车，让他们能清晰看见彼此。

周柏野的手指温柔地摩挲着她的唇，看着她的眼睛对她说：

"你要谈恋爱，就跟我出轨；你要结婚，就跟我搞外遇。想当作什么都没发生？那不可能。"

## 第 八 章
### 早晨、午晨、晚晨
00 00 23

张爽自己都不知道，干吗要那么听周柏野的话。周柏野一句想要烟花，他跑遍整个绥北，大晚上到处打电话问哪里有卖烟花的，最后在隔壁莞市找人订到了烟花。他属于什么都做了，但就是喜欢抱怨的类型，往海边跑的路上先是给鲨鱼打电话，被挂了就给周柏野打，周柏野倒是没挂，但就是不接。

他一腔怒火打给狐狸抱怨，狐狸睡得迷迷糊糊听见张爽在那边吼着问他："你知道我大晚上的在干什么吗！"

狐狸翻个身，有些不耐烦："你在干什么关我屁事。"

张爽只当作没听见："我在去海边给周柏野送烟花！他还不接我电话，他是不是有点儿太不把我这个经理当回事儿了。"他喋喋不休，车轱辘话来回说。

狐狸觉得他大概是年纪大了，提前进入更年期，听得不是很耐烦："行了，我陪着你，我陪着你行了吧？你开着手机，路上我跟你说话。"

张爽哽了一下，摸摸脑门，有点儿不自在地解释："我倒也不是害怕，就是有点儿心理不平衡。"

狐狸敷衍地"哦"了一声。

张爽车停在海边，没看见鲨鱼的车，一只手提着烟花，另一只手握着手机，嘴里不停地嘀咕着："人呢人呢人呢？"

狐狸说："你往犄角旮旯的地方找一下。"

张爽就绕了一圈，这会儿才回过味儿来："周柏野不会是谈恋爱了吧？"

"……哥，不是我说，你这反射弧未免太长了点儿，全世界都知道他开始跟人搞暧昧了，你还什么都不知道呢？"

"我这不是忙嘛！他跟谁搞暧昧啊？顾薇？"张爽一边问一边到处转。

电话那头的狐狸正准备说"不是，继续猜"，就听见张爽惊讶了一声，他这会儿才有些好奇，问张爽看见什么了。

张爽看见周柏野了，更准确点来说，他看见周柏野弯着腰，被一个姑娘圈着脖子，看样子像是在接吻。

他低头看着自己手里提的烟花，从口袋里摸了个打火机出来，绕到另一侧，蹲在地上，开始点烟花。

他觉得自己真是比周柏野的亲爹还尽职尽责，亲爹都不可能在他晚上约会妹子的时候充当道具组来放烟花，这得是助理干的活儿。

算了，他有点儿游客心态地想，来都来了，那就成全周柏野吧。

然后，就在张爽自认为极具奉献精神，把自己感动得几乎落泪的时候，事情往离谱的方向发展了。

他的烟花，不知道是质量问题还是人的问题，并不是往天上放，而是跟迫击炮似的，直直地朝着周柏野和沈枝意的方向去。

周柏野装得一副清心寡欲的样子，在说完那番话被沈枝意拉着袖口询问要不要接吻的时候，故作烦恼地思考了一阵，才勉为其难地说："也行。"

沈枝意亲吻他的动作总是很轻，声音仿佛金鱼吐出的气泡，贴着他的下唇，碰了一下，问他："你不长胡子的吗？"

周柏野垂眸看她一眼，学她的语气："你要亲就直接亲，能别说这种话气人吗？"

沈枝意温暾地"哦"了一声，又拽他的衣服，让他再往下低一点。

周柏野顺从往下。

沈枝意却不动了，有点迟疑地问他："我会不会太主动了？"

她就是故意逗他，暧昧已经玩得炉火纯青。

忍不住想笑的时候，一道火光就直直地冲他们来。

"咻——"

"砰！"

第一次烟花砸在了他们脚边，熄火地在沙滩上冒出烟。

沈枝意一头问号，被吓得不轻，拽着周柏野的衣服刚要问这哪儿来的火，就听见接二连三的"咻"声朝这边打了过来，场景顿时变成了战地求生。

周柏野也愣了一下，但不同于沈枝意的莫名其妙，他很清楚地知道，这烟花从何而来。他当下的心情就是无语，非常无语，比跑半路车熄火了更为无语，甚至没空去找张爽那祸害在哪儿，他拉着沈枝意的胳膊，只有空说了一声"跑啊"，两人就在沙滩上躲避简直恨不得把他们砸死的烟花。

已经结束的鲨鱼去了趟厕所，回来听见烟花的声音。这么大晚上的谁跑这儿来放烟花？他好奇地朝声源处走，结果就看见车队经理跟只小土豆似的蹲那儿，到处刨沙试图灭火，而沙滩上，他们车队的大魔王拉着个姑娘正上演"韩剧跑"。

他一头问号，靠在树上问张爽："爽哥，你是非得杀了他们不可吗？"

张爽被突然的声音吓得一激灵，抬头看见倒霉孩子衣服都没扣好，吊儿郎当地站那儿跟看戏似的，顿时来火。

"你给我滚过来帮忙！"

这天晚上的跌宕起伏在沈枝意的记忆中前所未有。

她之前的人生都是在既定轨道上安全行驶，此刻的偏离仿佛开启了新世界的大门。别人夜晚在海边看见的烟花是浪漫的，而他们的烟花是充满事故的。她一边觉得离谱一边又觉得好笑，周柏野回头问她是不是被烟花砸到了，她喘着气问周柏野觉不觉得那些烟花很像是流星。

周柏野没说她思路清奇，只是有些质疑地问她："难道不该是陨石吗？哪有流星追着人砸的？"

沈枝意说有点道理。她想跟周柏野说这些烟花好像是有组织有目的地谋杀他们，然而心声仿佛被窃听，那些并不懂事、调皮的烟花终于找到自己应该去往的方向，改变轨迹，直直地朝着天空，"砰"的一声，炸开金灿灿的星点。

沈枝意仰头看着烟花，胸腔还在剧烈起伏，额头上也有汗。

那些光芒全盛开在她眼里，她下意识发出"哇"的一声。她拽着周柏野的手，对他说你看，然后就撞进他望向她的眼睛。

周柏野问她："现在开心吗？"

沈枝意有些茫然地看着他，问他什么。

"陨石啊，"周柏野说，"它们在遇见你之后，都变成流星了，挺给你面子的,你不开心吗?"

这种话术真的非常牵强。

牵强到放在小学作文里都不合格。

沈枝意心里却出现了"但是"两个字。

——但是她很开心。

她从来没有在晚上跟人来过海边,更没有在海边被烟花追着跑。

她听见"咻咻咻"的声响,看见烟花点燃整个天空,几乎就在头顶盛放。

硫磺的味道被风和海浪推着过来,但她听见了气泡的声音,像是有很多气泡水在夏天被同时打开,然后"噼里啪啦"地一同在心中响起。

她感到不妙,第一次躲闪周柏野的注视,仰头看着烟花,只说烟花很漂亮。

回去的时候是张爽开车送他们的。

张爽见到周柏野有些心虚,摸着鼻子看天看地最后看沈枝意,自我介绍说他是周柏野的司机。

周柏野在旁边淡淡地说,他没这种谋财害命的司机。

沈枝意这时候才知道烟花是他放的。她去看周柏野,周柏野垂眸,倒是挺坦荡地问她有什么问题。

现场最尴尬的只有鲨鱼。他人生中第一次在车上约会,原本想偷偷摸摸地进行,哪知道跑这么远了都能碰到人。跟他一起来的女生大大方方地跟他们打招呼,鲨鱼没有要介绍她的意思,摸摸鼻梁对周柏野和张爽说他先回去了。

张爽"啧"了一声。

周柏野没说话。

鲨鱼都往停车场的方向走,又突然转过身,跟沈枝意打了个招呼:"嫂子,我走了。"

张爽这次是真情实感地"啧"了一声。

沈枝意一愣,下意识地说了一声"好",说完就发现不对劲。

旁边人的轻笑声几乎是立刻落进了她的耳朵里,她还没来得及脸热,就听见周柏野问张爽:"你呢?"

"……我真服了——"张爽下意识抱怨,又下意识服从,对沈枝意说,"弟妹好。"

"……不,我们不是。"沈枝意解释得无力。

周柏野在旁边淡淡接话:"嗯,还不是。"

迟早是。

回去的路上,沈枝意才有空去看手机。沈如清没回复她,沉默仿佛已经看穿了她的谎言,只不过懒得揭穿。

车越接近家里,她就越感到疲惫。

驾驶座张爽还在跟周柏野侃大山,说着关于鲨鱼的去留问题。

周柏野回得散漫,偶尔应一句,是肉眼可见的敷衍。

沈枝意听不懂他们的话题,扭头看向窗外。

她想着沈如清,又想着周柏野所说的,让她做自己想做的事情。

沉默不说话的时候,就显得格外冷淡,跟车里张爽的喋喋不休成了天然对比。

张爽线条粗,没在意沈枝意的沉默。她对他而言,也不过只是周柏野的暧昧对象,还没到女朋友的地步,还在说着赫尔墨斯未来的发展,以及鲨鱼如果走了该找谁替补进来。他问周柏野怎么看,周柏野没回答。

他以为是车里放的音乐太大声,还伸手去调小,又问了一遍:"你觉得呢?"

仍旧没有回答。

这次他是真纳闷,不知道周柏野在干吗。

从车载后视镜往后看,见他的两位乘客坐得端正,盯着各自旁边的窗户,视线没有交集。

像是两个并不熟悉的蹭车的人。

他正想调侃一句周柏野玩什么纯情的时候,视线往下,就看见周柏野越界伸过去牵着女生的手。

张爽面无表情地重新把音乐调大,在安静中自己回答自己。

"我觉得,周柏野你真的很狗。"


沈枝意到家时,客厅的灯是亮着的,但沈如清已经去睡了,她的行李就放在客厅,仿佛随时拎包就能走。

多比摸黑跑过来,轻声叫唤着舔她的腿。

沈枝意很轻地"嘘"了一声，摸摸多比的头，见它围着自己嗅来嗅去，疑心身上残留着海水的咸腥气，轻手轻脚地在阳台取了衣服打算去洗澡，这时候发现外面晾着的都是放在脏衣篓里的衣服，而自己洗过的大概率被沈如清收起来了。

她拿着晾衣杆看着这些衣服，竟然产生了一种愧疚。

而这份愧疚的来源她也十分清楚，无非自己欺骗了沈如清，而沈如清似乎毫不知情，甚至在家帮她打扫了卫生、洗了衣服。

她从来不觉得母亲对女儿应该是天生的奉献精神，也不认为当下很流行的那句"你为什么要生我"是正确的。尽管生活总有糟透了的时候，也尽管童年总有些挥之不去的阴霾，但在没办法脱离家庭的未成年阶段，她总会用换位思考的方式来安慰自己。

她会在夜晚想，虽然沈如清不像书本里写的那些妈妈一样温柔和蔼，但她没有抛下她、没有结婚和别人再生孩子，已经是很好的妈妈了。

要包容，要理解，要忍耐，要乖。

这些习惯让她跟沈如清的关系总处于劣势，仿佛从她肚子里爬出来的那一刻就注定了对她总有亏欠。

这种亏欠的来源她过去认为是潜在的讨好型人格，但后来发现不是。

在她画画的时候、跟朋友吃美食的时候、因为异性陷入心动的时候，甚至更小一点，因为一部好看的影视剧而情绪波动的时候，她都会觉得，活着真好，沈如清决定把她带来这个世界的决定，也真好。

今晚她格外感性，脑子里有烟花始终在燃放，一颗心也"扑通扑通"跳个没完。

她洗澡的时候在设想自己辞职的场景，她想象自己如周柏野所说，开心一点做自己想做的事情，也并不是没有试错成本，先帮周柏野的朋友画画，赚一笔稳定的收入以供未来几个月的房租和生活开支，就算没有，手上的存款也足够她躺平一两年，这段时间里她完全可以尝试自己从前设想过的生活。

自由职业，画自己想画的东西，可以是生活片段，也可以是一缕风、一朵云、一只停歇在树梢的鸟。

紧接着，她又开始想象把辞职信甩到Ruby面前的样子。

Ruby大概率会吃惊，没想到她这位头号窝囊选手会下这样的决心，大概率还会劝她，对她说生活不止有诗和远方，还有眼前的苟且，公司的福利待遇在同行业中相当不错，每年一大批应届毕业生涌入市场，你的优势在哪里？天分？这玩意儿就算存在，概率大基数之下拥有的人也不在少数。那么有的，是努力还是运气？

　　沈枝意从前有的、让她能坚持在公司做下去的，是欲望。

　　她想拥有属于自己的房子，不会因为分手而仓促又狼狈地到处找能容纳多比和自己的空间。

　　她想拥有独立生活和应对风险的能力。

　　但现在又想想，每天要承载这么多压力真的很累，像是背负一座巨山奔赴一个又一个充满意外中的明天。

　　她想起坐在周柏野的副驾，在赛车场上仿佛随时都要撞车的刺激感。

　　如果，没有明天呢。

　　假设明天就是生命的最后一天，她会遗憾因为种种顾虑，而始终没能下定决心，在犹豫中一直存在的不快乐。

　　她洗完澡回到卧室，沈如清躺在床上，给她留了半边位置。她身体僵硬地躺在床上，兴奋得睡不着，脑内已经进行到自由绘画后粉丝百万的场景。幻想使她快乐，想在床上打滚又碍于旁边的沈如清不敢动弹，只能摸摸缩进被子里，把手机亮度调到最低，骚扰另一个人。

　　1/1：你只有两个朋友要找我画画吗？

　　1：[？.jpg]

　　他果然没睡，秒回一个问号后，又发来一串文字。

　　1：我以为太多，你会觉得全是因为我。

　　1/1：[吃惊.jpg]我怎么会这么想？

　　1：哪知道你，万一你在意。

　　1/1：虽然口头上这么说，但内心觉得能站在巨人的肩膀上看世界，也是一种快乐。

　　她随即发去一个黄油小熊手捧爱心的表情包。

　　1：挺会说话啊妹妹。

　　1：那确实还挺多，我微信列表从A到#，没有不想找你画画的。

　　1/1：……你有点夸张。

1：是你画得好。

1：栩栩如生。

1：妙笔生花。

1：活灵活现。

1：妙手丹青。

1：行云流水。

1：神笔马良。

他发来一句，沈枝意手机就振动一声。

她急忙打开设置栏关闭振动，但是已经迟了。沈如清翻身的声音格外清晰，她在黑暗的房间里不耐烦地叹气，问沈枝意："这么晚不睡觉，还在跟谁聊天？"

沈枝意仿佛是早恋被教导主任抓住的高中生，立马藏起手机，从被子里冒出个脑袋，闭上眼转过身。

"工作上有点事，我现在就睡了。"

她攥着发烫的手机，想等到沈如清睡了再回周柏野的消息。

但沈如清的呼吸声始终就在耳边，她在黑暗中后背僵直，总觉得沈如清在打量她，所有激动的心情在这种惴惴不安中渐渐冷却，最终不知道在几点，抱着手机睡了过去。

第二天醒来，沈如清已经不在房间了。

她嘴上说多比很烦，但沈枝意从卧室出来时，她已经带着多比在外面遛完回来，正在给多比解遛狗绳，手里还提了从外面买来的烧饼和豆浆，递给她，不咸不淡地说："早餐。"

沈枝意接过，愣了一下才说了一声"谢谢"。

吃完后准备出门时，沈如清又喊住她："今天几点下班？"

沈枝意已经忘了沈如清让她相亲的事，下意识地诚实道："不加班的话六点半。"

沈如清点点头，没再继续说什么，放她走了。

到公司后，顾薇竟然来得比她早，一直用审视的目光盯着她看。

视线上上下下，仿佛第一天认识她，从她的头发到鞋，又回到她的眼睛。

最后，顾薇双手环臂，拖着椅子来到她旁边，手撑在她的办公桌上，问她:"你跟周柏野什么时候的事?"

沈枝意还没回答,又问出了第二个问题:"你跟我姑父是什么关系?"

"我能也问你一个问题吗?"沈枝意在她的肢体动作中,只是默默放下自己的包,然后平静地看向她。

顾薇皱眉道:"你说。"

"我跟你什么关系?你是给我发工资了,还是把我养大了,我哪儿来的义务必须回答你的所有疑问?"沈枝意第一次展现攻击性。

办公室其他早到的同事也是头一次见到她发火,原本准备过来帮她的林晓秋脚步停在半道,错愕地张开唇,仿佛沈枝意的皮囊里突然装进了另一个灵魂。

顾薇被问得不知道该怎么回复,嘴里冒出一个"我",就卡在那儿没有了后续。周围人的目光又让她恼火,原本没有生气,也因为丢面子,而生气地拍了下桌子,大小姐脾气地甩了一个"哼",就往厕所里跑了。

林晓秋叹为观止:"偶像剧里的情节竟然真的存在于现实。"

Ruby办公室的门在这时候打开,她从里面出来,手指轻叩门板,看着沈枝意说:"你进来一下。"

林晓秋拍拍沈枝意的肩膀,露出个"你自求多福"的表情。

沈枝意心中离职的占比经过一晚上的消化,从百分之八十降到了百分之六十,她拿起笔记本和笔踏进办公室。

Ruby顾左右而言他,问了她一些项目上的事情,又问她最近工作有没有什么麻烦和困难,最后对她说如果觉得和顾薇合作起来感到费劲,她可以让顾薇去负责别的。

Ruby的这一串话,换作几周之前,沈枝意会觉得感动,然后被她描绘的奖金和升职机会吊着继续给公司拉磨,但今天她听得很烦。

她可以借由周柏野的关系,给他朋友画画赚钱,和因为周柏野的关系获得职场上应有的公平,是两码事。

前者是因为她本身就拥有的能力,而后者单纯只是因为周柏野。

这样的关联让沈枝意觉得不公平,原来领导并不是睁眼瞎,他们不是看不到你在工作中遇见的麻烦和困难,也不是感知不到你所遭遇的不公平,更不是不能和颜悦色地同你交谈,一切的忽视和理所当然都只是因为,关系不够。

初入职场时想用能力证明自己的决心在这一刻成了巨大的笑话。

百分之六十的比重就是在领导对她最温柔的这一刻，变成了百分之百。

沈枝意看着Ruby的办公室，又看向那扇紧闭的房门，最后看着Ruby。

Ruby坐在转椅上，双手交叠撑在办公桌上，笑容温柔，妆容精致，胜券在握只等着她说谢谢的时刻，听见了这位逆来顺受、哪怕被当众批评也只会说抱歉的员工，在这一刻，对她说："不用做任何调动，我辞职。"

沈枝意走出Ruby办公室的那一刻，感到身心舒畅。

她回到自己座位上，第一时间拿出手机，点开周柏野的头像。

聊天记录还停留在他昨晚发的最后一句。

1：神笔马良。

沈枝意想了想，将原本编辑好的"我辞职了"四个字删掉，重新编辑，发送。

1/1：感激不尽。

然后，发去了一排微笑的表情。

隔了三分钟，周柏野回复。

1：你不觉得为时已晚？

沈枝意装作看不懂，转移话题，问他：你在干什么？

发过去之后，她就打开电脑准备写离职申请，发邮件抄送上级领导和Ruby。

手机响也没立刻去看，等写完钉钉和公司邮件都发了一份之后，才去看手机。

那个赛车头像的人，在二十分钟前，给她发来三条信息。

——在等你问我在做什么。

——等了一晚上，人都熬干了。

——补偿我吗，枝意姐姐？

"补偿"两个字意味着什么他们都心知肚明。

但沈如清在家，很多事情都不方便，沈枝意只能跟他约定下班后一起吃饭。

周柏野问她几点下班，沈枝意看了会儿时间对周柏野说，不加班的话六点半。

到下午五点的时候，Ruby在钉钉上批了她的离职申请，给她发了一条微信：蝉知那边的收尾工作你不用跟进，我会让苏琴负责，你的工作先交接给林晓秋。按照公司规定，办理离职手续，一个月后才能正式离职。这一点，你没问题吧？

沈枝意回复：没有问题。

Ruby：好。

她打开社交软件开始找晚上吃饭的场所，周柏野的饮食习惯她不清楚，于是把川菜、粤菜、湘菜、西餐都选了几家给他发了过去。

1：可以。

1：以上是我们的一周菜单？

沈枝意删掉已经打好的那一行"你想吃哪家"，重新编辑发过去：那你今天想吃哪家？

1：粤菜吧，清淡点。

1/1：好。

1：下班我来接你，认识我的车？

1/1：如果是上次你开的那辆，我就认识。

1：嗯，上次我们开的那辆。

他的微信名让沈枝意越看越不自在。

她问他：你能换个名字吗？

周柏野也问她：你对数字1有意见？

沈枝意对数字1没有意见，只是觉得两人的微信名过于像情侣名。

她发去一串省略号，不再跟周柏野瞎聊天，把今天的工作忙完后，开始写工作交接报告。到下午六点时，同事都开始在外卖群商量加班餐吃什么，沈枝意私聊了林晓秋，跟她说不用点自己的，她今天大概率不加班。

六点到六点半的时间变得难熬。

沈枝意这会儿才意识到约晚饭的行为等同于约会。

头脑还没反应过来，手指已经操控着鼠标打开网页，搜索了周柏野的名字。

出现的他的相关内容和她第一次搜索时大致相同，没什么新鲜内容。

她又在后面加了，喜欢吃什么这样的问句。

显示没有相关内容。

周柏野的口味并不属于公开信息。

林晓秋注意到她的出神,问她在干什么。

沈枝意匆忙关掉浏览页面,说没什么。

六点半,Ruby先从办公室出来。

其他人都埋头继续工作,沈枝意给电脑关机,回头对林晓秋说自己先走了。

"你可以等一会儿,Ruby不是——"话没说完,林晓秋想起沈枝意已经提离职了,又匆忙改口,"拜拜,路上注意安全。"

沈枝意拿起自己的包,跟Ruby一起在电梯间等还停在十三楼的电梯。

两人没有任何交流,沉默着等到电梯到达,又沉默着一起下了一楼。出公司大门的时候,Ruby才对她说,如果后悔的话可以随时回来。沈枝意不认为Ruby这话象征着任何含义,不过就是一句客套话,所以她只回了个"好的,谢谢Ruby姐"。

空调冷气被关在大门内。

她踏出公司就拿出手机,打算给周柏野发消息问他在哪儿。结果看见沈如清发来的消息,问她有没有看到来接她的席代清,下面是一张照片及手机号。

照片上的人穿着白大褂,戴着副黑框眼镜,样貌斯文端正。

显然,这就是她给沈枝意安排的相亲对象。

沈枝意刚因为离职而吐出的郁结之气在这时被全部推了回来。

她突然之间不明白沈如清这是什么意思。

她问沈如清:你早上问我几点下班就是为了安排见面?

沈如清:我昨晚跟你说过。

沈枝意:你昨晚说的是让我尝试见面,并不是今天下班后见面。

沈如清回得云淡风轻:你下班之后又没事,见面能耽误你什么时间?别人正好休年假,明天就上班了,之后很难有时间,医生跟你的工作性质又不一样,哪有你下班时间这么稳定。

下班时间稳定这句话让沈枝意气笑。

沈如清察觉到她的抗拒和不满,又发来一句:他已经到你公司楼下了,别任性好吗,小意?

似是印证了沈如清所说的这句话，一个穿着西装的男人走到她面前，看着她确认了好一会儿，才礼貌地问她："请问你是沈老师的女儿，沈枝意吗？"

沈枝意在这时彻底放弃抵抗，她握着手机的手有些发抖，怕被看穿，放进了口袋里："嗯，我是。"话说完的刹那，她透过席代清的肩膀，看见了站在花坛边看着她的周柏野。

距离遥远。

沈枝意看不清周柏野是什么表情。

她手里紧扣着手机，有一个瞬间很想像推开Ruby的门说辞职那样果断地对席代清说抱歉，然后去赴周柏野的约。

但席代清已经礼貌地问她，吃不吃西餐。

那个瞬间就在这时转瞬即逝，她从周柏野身上移开视线，对席代清说可以。

席代清是个斯文有礼的相亲对象，在西餐厅问她爱吃些什么，有什么忌口。

沈枝意说："你挑吧，我都可以。"

席代清声音温润，从菜单中抬头，镜片后的眼睛带着笑，玩笑话都开得很有礼貌："有点可惜，我从事的不是心理学，要是我同事在就好了，他最擅长分析'都可以'里具体是哪些可以、哪些不可以。"

沈枝意只好接过菜单，点了一份牛排。

她给周柏野发消息解释了情况，但是周柏野没回。

席代清注意到她的分神，却没有点破。

他是个很好的交谈者，也是个很好的观察者，在最开始聊了在随泽给沈如清打下手的经历，发现沈枝意反应平淡后，就换了话题，跟她聊起在随泽就读的小学、初中和高中，发现沈枝意跟他同一所高中后，自然将话题转到了随泽高中的老师上面。

这顿饭算得上愉快，不自觉两个小时过去。

席代清送沈枝意回家。在车上，他又讲起沈如清，说沈如清是一名很优秀的医生。

对此，沈枝意并不否认。

车里放着桂花味的香薰，他开车很稳，被超车也不生气，慢悠悠地相当遵守交通规则。这让沈枝意又想起周柏野，她拿出手机又看了眼跟周柏野的聊天框，他还是没有回，最后一句停在她略显苍白的解释上面。

席代清在等红灯的时候问她，是不是在等喜欢的人的消息。

沈枝意手机都险些拿不稳，有些错愕地看向他。

席代清笑："认识你到现在，你情绪波动最大的时候，就是现在。"

他给沈枝意的感觉就像是温柔版的沈如清，礼貌背后带着浓浓的操控欲。这种感觉很难具体描述，甚至难以拆解他的某一句话作为佐证，只是让人"感觉"不舒服，总想因为他的话进行反思。

但沈枝意的反思愧疚仅限于沈如清，旁人她并不具备这项技能，于是冷淡地回了句似是而非的话："是吗？"

席代清转动腕间的手表："刚才在门口，你等的人是周柏野吗？"

这个名字在这时候冒出来让沈枝意感到意外。

席代清从她的表情中得到答案："原来真的是他。

"他曾经是我的患者，车祸住院，伤情严重，听说本来收到了国外车队的邀请函，但因为那次车祸而错失机会。如果你认识他的话，可以帮我问问他现在情况怎么样了，需要复诊的话，随时欢迎挂我的号。"

沈如清坐在客厅等她回来，多比被关在阳台，见她回来一个劲儿地挠门叫唤。

"全是毛。"沈如清说，"我拖了好几遍地，都还是毛。你以后别让它进客厅了，就关在阳台挺好的。"

沈枝意没说话，直接走到阳台打开玻璃门。

"沈枝意，你听不见我说话是吗？"沈如清站在她身后冷声指责。

多比缩在沈枝意腿后面，撒娇般叫唤了一声。

沈枝意对沈如清的话置之不理，弯腰摸了摸多比的头。

"你对一只狗那么好有什么用？你现在有什么能力去养狗？你住的是别墅还是大平层？一房一厅，平时来个客人连住的地方都没有，不知道你留在这里干什么，还不如回随泽多陪陪外公外婆。"

沈如清的所有指责，沈枝意都充耳不闻，她绕过沈如清，拉开柜子拿出多比的鸡肉冻干，给它撕碎拌在狗粮里，又给它换了新鲜的饮用水。

沈如清看着她忙前忙后，坐在沙发上表情冷漠，内心的愤怒找不到出口。她发现自己没有可以让沈枝意屈服的东西，家长控制孩子的钱财在成年后就失去作用，温情牌从来不在她的手里，到这个时候，她发现自己唯一能用的只剩下威胁。

——"我大老远跑过来，你要实在不欢迎我，一句话都不想跟我说，我现在就订回随泽的车票，以后你别回来见我，我也不会过来找你。"

也是她惯用的一张牌。

童年时期的沈枝意，听见这句话会哭着过来，拽着她的袖子说"妈妈，你不要丢下我，我错了，我以后不会这样"。

她等着沈枝意如从前一样对她妥协。

但沈枝意仍旧蹲在那里，看着疯狂进食的多比。

没有说一句话。

她没有妥协。

沈如清走到门口又回头，最后还是什么话都没说，提着行李箱走出了这扇门。

沈枝意在地上坐了许久，脑子里是空的，仿佛台风过境将五脏六腑都吹了个颠三倒四。直到她终于有力气站起身，从桌上拿起手机打算给外婆打个电话时发现多比不见了。

门开着，多比的遛狗绳也还在门口。

它不是会随便乱跑的狗，沈枝意起初以为它只是跑下楼去追沈如清了，于是她匆忙到小区楼下去找，到处转了一圈喊着多比的名字都没有回音。小区里有遛狗的阿姨对她说家养的狗一般跑不远，让她在楼梯间再喊喊看。

沈枝意就重新回了楼道，从一楼喊到自己家门口，多比都没有回应。

她不知道多比能去哪儿，翻着手机通讯录给物业打电话说自己的狗丢了，问能不能查监控。

物业说不用着急女士，或许您的狗还在小区里，您先自己找找，我们也会让值班的保安帮忙找找。

然而整整两个小时，沈枝意都没有在小区里找到多比。

无论哪里都没有，草丛、隔壁栋的大楼，甚至小区外的便利店，都没有多比的影子。

她急得心焦时，外婆又给她打电话，问她是不是跟沈如清吵架了。沈枝意想说话时感觉眼睛酸热，伸手一摸，才发现自己出了一额头的汗。娱乐设施旁边有陪小孩儿玩的家长递给她一张纸巾让她擦擦，她接过纸巾，张口的时候才发现声音沙哑。

"外婆。"她攥着那张湿润的纸巾，无助到不知道该向谁寻求帮忙，"我晚点再跟你说好吗？我的狗丢了，我要去找它。"

那边沉默了一阵，才叹着气问她："枝意，你养的小狗比你妈妈还重要吗？"

不一样，意义完全不同。

多比对于她而言，是自己亲手养大的一个小生命。

但沈枝意没办法对外婆解释多比的意义。

她平生第一次挂断外婆的电话，又给物业拨了通电话，问能否查询监控。

物业有些为难："女士，我们主管休假了，查监控需要通过他的同意，"又察觉到她的态度坚决，改口说，"要不然我先电话过去问问？"

沈枝意只能说好。

那边挂断电话后，她的手机又开始响，是个陌生来电，她接通后听见那边是周梓豪的声音，对她说："枝意，多比在我这儿。"

周梓豪家并不是只有他一个人，还有他初恋，以及周柏野。

周柏野是半小时前收到的短信，说周梓豪前女友要去找他。

有点儿像是接头暗号，不过最后说明了她是曾羽灵。

曾羽灵跟周梓豪是在他从京北回来之后在一起的，她听说他受伤后提着行李找上门。

周梓豪一开始对她冷脸相对，没有一句好话，她全当作没听见，每天给他洗衣做饭。周梓豪问她要不要脸，曾羽灵问他要不要谈恋爱，周梓豪险些以为自己听错，看了她好久才笑起来，他用手里的报表拍打她的脸，笑得冷淡："恋爱？你不是更喜欢当小三吗？"

曾羽灵逆来顺受，说怎么样都没关系。

唯一无法忍受的，就是周梓豪和沈枝意再来往。

所以她在看见那只狗找上门时，第一时间给周柏野发去短信。

周柏野也就比沈枝意早来五分钟，周梓豪看着他，又看向曾羽灵，顿时什么都明白了。

他问周柏野："怎么，喜欢的不是我前女友，而是我身边每一任女友？"

曾羽灵低着头没说话。

周柏野没生气，只是被他问得笑了起来："哪儿来的自信。"

气氛僵持的时候，沈枝意从电梯间出来。

这时曾羽灵第一次见到沈枝意，相较于周梓豪朋友圈和手机里的那些照片，要更为漂亮。自她出现之后，周梓豪的视线就都集中在她身上，但她弯着腰，蹲在地上摸着金毛的脑袋，带着颤抖的声音问它怎么跑这儿来了。

那只狗在她膝盖上蹭蹭，装可怜扮无辜地在她脚边打滚，她蹲在那儿，怔怔地看着狗。

站在门口的周柏野也看着她。

周梓豪问："喝水吗？"

曾羽灵就如同接收指令，去厨房冰箱里拿了一瓶饮料出来，她轻声对沈枝意说："给你。"

她原本以为沈枝意对自己态度并不会好，毕竟在很多人嘴里，她是他们感情的插足者。

哪知道沈枝意抬头，看向她的眼神并没有任何恶意，也没有拒绝她的好意，接过后礼貌地说了一声"谢谢"。

"多比刚才跑过来，一直挠门，我开门看见它还有点惊讶，没想到它还记得怎么回来呢。"周梓豪说着冲多比伸出手，多比立马跑过去舔他的手心。

沈枝意看着多比跟周梓豪的互动，只说："狗的记忆力都不错。"

周梓豪意味深长地道："看来它是想我了。"

多比像个维系两人关系的纽带，将两人牢牢地扣在一起。

站在一旁的曾羽灵和周柏野都显得多余。

曾羽灵抚摸着腕间的伤痕，垂眸看着多比，弯腰去摸它的脑袋，极为生硬地插入话题，说多比是真的很可爱，然而这话周梓豪并没有接，只是沈枝意笑着说多比一直很听话。

周柏野站在一边，看着沈枝意。

他神色冷淡，至少作为旁人，看不出他跟沈枝意有任何关系。

晚上他在沈枝意公司门口，看着她跟他曾经的医生走了之后，郁从轩跑过来找他吃饭，见他饭桌上情绪不高，问他怎么了。这问题有点无聊，周柏野没回复，郁从轩就自顾自地"哦"了一声："感情受挫啊？"

郁从轩对感情有一套自己的理论，他觉得专心就是一段时间只爱一个人，或许过一段时间就不爱了，但那一段时间的专注和认真就够了，简单来说就是及时行乐。他将自己及时行乐这套理论传授给周柏野，让他不要喜欢就追，谈个恋爱能行就行不行就分。

"我认真的啊，这种事不能犹豫我告诉你，犹豫就错失良机，就跟你赛车不是一个道理，一秒的犹豫冠军都能被别人拿走，你一个玩赛车的不懂这些？"

周柏野若有所思。

郁从轩笑得不行，说他是个菜鸡："你不平时挺会的吗？示弱、撒娇、扮可怜，女生都吃这套。"

示弱、撒娇、扮可怜。

周柏野想着这三个词，还没做出行动，就听沈枝意问他："你开车了吗？回去的话，方便带我和多比一起吗？"

没回答周梓豪的那句让人误会的话，而是看着他，问他要不要一起回去。

周梓豪所有的笑容都僵持在脸上。

曾羽灵一怔，顿时什么都明白了过来。

沈枝意想过要跟周柏野解释。

但是，是在沈如清没有跟她发生争吵离开之前。

跟沈如清的矛盾，让她的情绪彻底跌入谷底，仿佛一艘始终在惊涛骇浪中行驶的船终于触礁沉入海底，虽然迟早知道会有这么一天，但这一天真的来临又让她感到茫然，心里空落落的，一句话不想说。

车从周梓豪家开回去的路上两人都没说话。

沈枝意从口袋里摸出手机，给外婆编辑了一大段话，但准备发出去的时候又全部删掉。

表妹给她发来消息说沈如清在她家，让沈枝意别担心。

沈枝意看着这条消息，回了个"OK"的表情，对表妹说了句"谢谢"。

她微微松了一口气。

脚下的多比贴在她的腿边,打着呼噜在睡觉。

周柏野在红灯亮起时,问沈枝意:"你没打算给它报名当个警犬吗?"

沈枝意所有的烦恼苦闷及不愉快在周柏野这句话问出来后,顿时卡壳。

就跟机器故障一样停顿好久,才升起种莫名其妙的困惑。

"谢谢你对它的信任……但是很会找路的叫导盲犬。"

"哦——"

周柏野点点头,坦然接受她的指正:"那报名吗,给它?"

"不了,谢谢,周梓豪家装不下那么多人。"沈枝意很有礼貌。

周柏野有些遗憾地叹了口气,没说话了。

车上难得没放歌,而是电台,男女主播走的是搞笑风,用双簧的形式说着今天的路况。

女主播说:"今天的路就跟我的人生一样坎坷,没有一段路是平稳的,堵!全在堵!"

男主播说:"哎,你话别这么说,相比之下,还是你的人生更坎坷,毕竟路只是堵一会儿,你的人生堵了好些年。"

女主播气得喊男主播的名字,两人逗乐了几句,配乐是在大多数电台都能听见的观众欢笑声。

中间插播了一首音乐,再回来时,两人已经换了话题。男主播问女主播,知不知道最近事故高发,很多路段频繁发生车祸。

女主播夸张地"啊"了一声:"开车不规范,医生两行泪。司机朋友们,不为自己着想,也为白衣天使们着想,好好开车吧!"

沈枝意原本听得兴致阑珊,直到听到"车祸"和"医生"这两个词,脑子里才"叮"的一声。

她想起今晚跟席代清吃饭时,他所说的周柏野车祸的事情。

席代清说,周柏野当时发生的事故很严重,他本可以去国外车队,成为一名F1赛车手,但也因为那场事故,而错失机会。

她偷偷看向周柏野,发现他并没有对这两个词产生什么反应。

她又低下头,看着脚边的多比微微出神。

周柏野想的没沈枝意那么多,他只是在想。

绿茶和心机到底是个什么样的使用方法。

怎么样才能不动声色、不显刻意，但又达成目的呢？

直到家门口，周柏野还没能想出一个好的办法。

眼看着沈枝意打开房门，那只傻狗从她脚边蹿进屋里。她抬腿要进去，他才终于喊了一声："沈枝意。"

沈枝意停下脚步，回头看他。

他想了会儿，才问："你要不要——"

再吃点什么东西、喝酒、聊天，或是玩玩我，管它什么。

你要不要跟我独处？

沈枝意却看着他的双腿，又从他的双腿看向他的手腕。

不知道是不是大脑自动添加，但她此刻想起两人之前亲密行为时，周柏野似乎是有表现出难受的。

只是，是手还是腿？

她记不清楚。

于是，她只能问他："你开这么久的车，会不舒服吗？"

掐头去尾的一句话。

哪怕沈枝意表情并没有任何暗示，但在夜晚的房门口前，落在周柏野耳朵里，就没有那么清白。

他的眼神从困惑逐渐变成了然，而后靠在自己的房门上，略带笑意地看向她。

果然如此。

郁从轩算什么情场老手，他完全说漏了一种可能性。

那就是灵魂虽然不一定，但沈枝意绝对、完全、肯定喜欢他的肉体。

绿茶、心机全用不上。

周柏野完全凭借本能，笑着对她说："手可能是有点儿不舒服。"

脑回路差了十万八千里，但竟然诡异地回答上了沈枝意的疑问。

声音低下去的刹那，声控灯也很懂事地暗了下去。

视线被一片漆黑覆盖。

沈枝意站在原地，听见他的脚步声慢慢靠近了过来，停在她面前，然后用很轻的、只有两人能听到的声音对她说：

"给你科普个知识,舌头的肌肉比其他更有耐用力,所以,手会累、腿会累,但它不会。

"——心疼我的话,我用它试试?"

周柏野一直以来很少主动去想要给一段关系下个定义,但是今晚,当沈枝意看着他然后说"好啊"的时候,他想跟她谈个恋爱。

她走进他的家门,坐在他的床上,抬头看着他的眼睛,然后伸手拉着他的手腕。

他觉得沈枝意大概真的会点魔法。

他在这时候有些走神地想自己最初对她究竟是一种什么感情,这种想法就很微妙,至少他此前很少主动想过自己对别人的情感来源究竟是什么,这是一种很虚无缥缈的东西,无非就是种感觉,感觉要怎么去描述?

于是他低头,在亲吻她的眼睛时打开了卧室的灯,然后将她所有的抗议都一起压在了床上。

沈枝意的声音断断续续,一会儿对他说关灯,一会儿又对他说别。

他撑起身笑着问她:"什么别?"

那张过于好看的薄唇上沾着晶莹,又当着她的面舔了进去,她的呼吸变得急促,别过脸不再看他的眼睛。

周柏野不依不饶地伸手同她十指相扣。

"宝宝,"他说,"你好漂亮。"

他发现一个有趣的现象,沈枝意对称赞反应剧烈,她的小腹会收紧,额头上都渗出汗,一双眼睛局促地不知道该看哪里。

他的衬衫没脱,纽扣都没解开,就凑过去亲吻她,拉着她的手让她替自己脱掉。

沈枝意的手心全是汗,手指都像蒙上了一层水汽。

解纽扣的动作很慢,几颗之后就没办法继续,因为她看见他衬衫里面偶尔露出来又很快被他塞回去的项链。

是一个圆圆的、半透明的东西,串在一个银色的链子上。

她好奇心起,想直起身去看,又被他摁回了床上。

偏就是不让她看。

沈枝意也不知道是哪儿来的脾气,跟他较上劲,伸手去勾他的脖子要把他拉到自己眼前。周柏野"哎"了一声，别过脸，笑得不行："你要什么赖啊沈枝意。"

小学生的较量，却又是成人的方式。

沈枝意下意识地喘，却皱眉紧盯着他的脖子："我就是想看一下……"

声音也很软，像是在撒娇。

周柏野看着她，想起的却是今天晚上，周梓豪跟她说话时，她看向自己的眼睛。

挺爽的，至少在那一刻，他觉得自己在沈枝意这儿，比周梓豪要重要。

不知道多少点，窗帘关得很紧，床头的墙壁倒映着他们坐起来拥抱的身影。

沈枝意意识恍惚，被他缠着亲吻，最后昏昏欲睡的时候，手被他拉着再度伸进了他的衣服里。

被扣着手摸到了他项链上的东西，然后银色的链条被他勾到她手指上。

沈枝意有些茫然地看着他。

那颗圆圆的东西紧紧抵着她的掌心，她正要脱下他的衣服看看那究竟是什么。

就听见周柏野说："你要谋杀亲夫吗，老婆？"

他说过太多次这样的话。

沈枝意不知道他是真的控诉，还是故意。

想说什么时，却看见他脖子上有一道浅浅的勒痕，银色的项链从衬衫里挣脱出来，跳跃到她眼前。

她终于看清那是什么。

只不过……

纽扣？

她已经忘了自己在他车上消失的那颗纽扣，完全不认为它属于自己，以为是别人的、对他有特殊含义的，于是好奇心被满足，不再仔细去看，视线从他胸口再度来到他脸上，对上他略带审视的眼睛。

他嘴唇很红，下唇还有她的咬痕，眼睛很亮，额发被汗水打湿。

很好看的一张脸。

沈枝意想，如果周柏野能永远长这样。

她能和他厮混到四十岁。

第二天周柏野送沈枝意上班。

她早上起晚了,狗没遛,只能把家里的钥匙给他,拜托他帮忙遛一下多比。

周柏野不明白是什么人想出离职交接这玩意儿的,他带着狗在小区转了一圈,看着这傻狗前后腿靠得格外近,在草丛里一脸脆弱地看着他,明显用力到后腿都在抖。

郁从轩给他打来电话,问他在干吗。

"陪狗解决人生大事。"周柏野说。

"什么玩意儿?"郁从轩以为自己听错了,"哪只狗?谁又得罪你了?不是,周柏野,你现在玩这么花了吗?我也要看!"

郁从轩就是路边有人吵架都要凑过去看一眼的人,周柏野只能说你来,然后给他发了自己的定位。

郁从轩不是一个人来,他还带着顾薇。

郁从轩看着周柏野牵着的狗,十分失望:"还真是狗啊?"

他来倒也不是单纯只为了看狗,他确实是有点事要跟周柏野说。这事儿是顾薇跟他说的,在凌晨三点,一通电话打过来跟他说,表哥我知道了一个秘密。为了这个秘密,他大半夜开车去酒吧接了喝得烂醉的顾薇。

顾薇是在去姑姑家时,听见姑姑和姑父争吵。

姑姑问姑父,什么时候联系上的。

姑父沉默很久,才解释说他也是刚知道。

顾薇紧贴在墙上,一边好奇一边听,然后就听见了沈枝意的名字。

姑姑问姑父,是不是想让沈枝意认祖归宗。

姑父没说话。

郁从轩来就是说这件事。他表现得挺焦心,跟周柏野说完,又问他,沈枝意会不会认祖归宗。

"不会。"

周柏野回答得斩钉截铁,根本不需要思考。

沈枝意不是一个需要无限多爱的人,也不需要逾期的补偿。她也就看起来好说话,实际上是个独立有主见的人。

他表现得并不担心,但晚上仍旧开车去沈枝意公司接她下班。

他站在花坛边,还是上次的位置,等着等着忽然往周围看了一圈。

没看见那个碍眼的医生,又看向她公司大门。

沈枝意是在第一波人群出来之后出现的。她穿着白衬衫、黑色包臀裙,走路并不快,还在分心地玩着手机。

然后几秒过后,他的手机响了起来。

分心的那人发消息问他:帮我遛狗了吗?

完全没抬头,压根没意识到他就在这里。

周柏野回:没,让它憋着了。

沈枝意:周柏野!!!

好几个感叹号,看起来像是生气了。

周柏野抬眸,看见往这边走的人表情却没什么变化,甚至还跟旁边的同事笑着说再见。

他笑了一声,回:我也憋着呢,你怎么光说我不说它。

这人下班都分心成这样,几步的距离消息回得飞快。

1/1:它是谁?

1:工作、人群、距离,然后你始终不朝我看过来的眼神?

沈枝意看着这条消息"哎"了一声,意识到什么似的,抬头,便见周柏野站在路边,手里拿着手机冲她晃。

手机响了一声,她的脚步又停在原地,看见周柏野给她发来的消息。

——下班不积极,是不是思想有问题啊妹妹?

沈枝意收起手机就朝他跑过来。

周柏野站在原地没动,看她站定在自己面前,问他:"没上过班的人,怎么能随意定义上班的人?"

他双手投降:"错了。"却并不诚心,更像是调情,"哪儿都错了,你惩罚我吧。"

沈枝意坐在他的副驾驶,明知故问:"你怎么会来?"

"因为我解决了你的狗的问题,所以觉得你应该也解决一下我的问题。"周柏野说。

沈枝意于是问他:"你有什么问题?"

"想跟你吃饭。"

他说:"你欠我的那几餐饭,得慢慢还给我了沈枝意。"

他很少喊她名字。

突然一次,让她有些没反应过来。

片刻后,才想起要回应。

她绞尽脑汁地想了半天。

怎么回呢?怎么回比较合适呢?是说好啊,还是矜持一点反问他,哪有欠那么多?

她意识到这就是暧昧期的互相试探,一句毫无意义的话都能在这个时候变得意义非凡。

让肾上腺激素飙升的暧昧,最大的好处就是暂时将沉积已久的烦恼搁置脑后。

她握着发烫的手机,抬头瞄一眼周柏野的脸。

兴奋剂。她想,周柏野如果要有个定义,那应该就是兴奋剂。

"几餐饭是多少?"

她的聪明在男女之间的你来我往中简直是顶级。

她温声问他:"早餐、午餐、晚餐?"

钓他。

周柏野确信无疑沈枝意是在钓他。

他不需要去向百度求助就能立马知道这种行为是什么意思。

哦,沈枝意喜欢他。

他开着车,情绪稳定,依旧遵守交通规则,目视前方,绝不因为任何事而转移注意力,是个很让人安心的好司机。

如果没有突然按响喇叭的话。

"怎么了?"

罪魁祸首毫不知情,语气都没变地还在问他。

唯一懂事的只有红灯,恰到好处地在这时候亮了起来。

周柏野停在车流中,看着120秒的倒计时。

沉默了足有接近一百秒的时间。

在第二十三秒的时候。

他尽量用无所谓的语气问她:"要谈吃很多早餐、午餐、晚餐的恋爱吗?"

"跟我。"

沈枝意还没能回应他,张爽就打来电话,让他赶紧过来一趟,这次鲨鱼真要跟别的队跑了。

好好的气氛全被破坏完了。沈枝意倒是没什么所谓,还很善解人意地说可以陪他去,于是车又在前方路口掉头去了在绥北的临时办公室。

张爽跟鲨鱼坐在沙发两头,两人都没说话。张爽手里夹了一根烟,没抽,手撑在膝盖上,偶尔往烟灰缸里抖一下烟灰。坐在对面的鲨鱼低着头看着地面,两人没有交流,气氛十分尴尬。

沈枝意看了一眼就停下了脚步,指着旁边休息室的门对周柏野说在那儿等他。

猫牙推开休息室门的时候,沈枝意刚找好一部电影来看。猫牙一屁股坐在她旁边,冲她吹了个口哨,打招呼说:"晚上好啊美女。"

沈枝意被她逗笑,又有些困惑:"你不是在国外——"

"回来看看热闹。"猫牙是跟饼干一起回来的,路上两人讨论过鲨鱼的离开。站在张爽的角度,鲨鱼这叫出走,但站在鲨鱼的角度,这又是一件必然发生的事情。

闲着也是闲着,猫牙对沈枝意说:"之前赫尔墨斯也走过几个人,魏泽川最早也是张爽带进来的,打了第一场比赛就跑了。"

沈枝意对他们车圈的事情不熟,但也好奇:"为什么?"

"你觉得张爽这人怎么样?"

沈枝意接触得少,只有上次蹭顺风车的那一路,还没说过几句话,只能说还行。

"那你是真的跟他不熟。他这人怎么说,热心是热心,但总喜欢拿周柏野去压别人。你懂我意思吧?周柏野说白了只是投了点钱进来,并不直接参与管理,但……"这话要怎么说,猫牙斟酌了一下,才继续道,"张爽就有点儿喜欢让所有人以周柏野为目标,都达到他所获得的成就,让赫尔墨斯成为国内最强的车队。"

沈枝意懂她的意思了。

"周柏野压力也挺大。"猫牙说,"别看出去比赛谁都跟他打招呼,但私底下说什么的都有,玩赛车的就这点不好,谁都不服谁,只觉得自己最牛。"

沈枝意问她:"那你呢?"

猫牙笑得咧开嘴:"我当然最牛。"

沈枝意说:"我之前听人说,周柏野本来收到国外车队的邀请函,但因为发生了事故,没能去。我在网上没搜到具体的,很严重吗?"

"啊……这个。"猫牙不知道这个惨会不会卖得太狠了,斟酌片刻,才说,"具体细节你还是问他本人。但那事儿发生后,他确实有一段时间没碰过车。"

沈枝意点点头。

猫牙暗道不好,发现周柏野跟沈枝意之间也没有她想象中那么无话不谈,至少没有到完全交心的地步。

她这人粗线条,平时不会在意这些细枝末节,同样,嘴也不严,别人问个什么都跟倒豆子似的全说出来了,总是事后反省,后悔自己刚才跟沈枝意说得太多,又后悔自己不该在张爽背后说他为人。

但这么安静着也尴尬,猫牙完全看不透沈枝意在想些什么。她不显山不露水,从表情和眼神中看不出任何端倪,甚至没玩手机,好像就在等她还有什么想说的。

救命,她哪还有什么要说的,只能指着她放桌面的手机,问她:"唉,有消息,谁找你?"

沈枝意拿起来,打开后才想起这手机是周柏野塞给她的。

但是已经打开了,微信自动跳了出来。

还没来得及收回视线的猫牙就看见备注为宋蕾的人发来的消息:你难道要我去死吗,周柏野?

猫牙一口气哽在喉咙里不上不下。

她看见沈枝意直接关了手机,反扣在桌面上,然后看向她,解释说:"不好意思,忘了这是周柏野的手机。"

猫牙觉得自己压根不适合当媒婆。

她笑容尴尬,内心直喊周柏野的名字:周柏野,你赶紧给我出来周柏野,你老婆要给我弄没了!

但表情强装镇定："没事儿，多大事儿啊，他不会介意的。"

房间里，周柏野已经听完张爽所说的所有话。

感情牌、回忆往昔，甚至带上了未来的规划，画了好大一张饼，甚至提到未来要送鲨鱼上国际舞台。

鲨鱼一声没吭，等他说完才喊了声"哥"，只不过是朝着周柏野的方向。

周柏野靠坐在沙发上，一声没吭，抬眸淡淡地看了过去。

鲨鱼梗着脖子问他："我差哪儿了？我只是想扬名立万我有错吗？"

张爽在旁边接话："哎，你这个'扬名立万'用得好，我不就是希望你扬名立万吗？"

场面顿时变得像是在说双簧。

鲨鱼皱眉说"爽哥你别打岔"。他心里是有火气的，之前在京北比赛赢了魏泽川，但报道怎么写的？说是借了周柏野的光才能取得现在的成绩。通篇报道关于他的内容并不多，冠上的前缀也都是周柏野。黑熊给他抛橄榄枝的时候，只问了一句话：你要一直在周柏野的光环之下没有自己的名字吗？

从某些方面来说，他确实挺佩服周柏野，但要说完全服气认为他远超过自己，那不可能。

这场谈判注定谈崩。

周柏野坐在旁边听了接近两个小时的废话。

他抬头看着墙上挂着的钟表，有点儿心慵意懒地敛着眸，直到听见鲨鱼反驳张爽，指着他说，难道周柏野就混出个什么名堂了吗？

他才发现，自己坐在这儿的真实作用，是替张爽挡枪的。

饼干匆匆推开休息室的门。

"谈崩了。"

猫牙毫不惊讶："这不是很正常吗？鲨鱼跟张爽能谈出个什么名堂来？"

"不是！火烧到周柏野那儿去了！"

沈枝意从饼干并不流畅的表述中知道了事情的大概。

猫牙忧心忡忡地对她说，一会儿别跟周柏野说，对她提了他的事情。

沈枝意点头，答应得很干脆。

房间里两个人都对周柏野的状态有所担忧。

他当初住院那会儿，他们都在，轮流拿着花去看他。

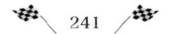

结果都被赶了出来，医生说他需要静养，他们也就等到周柏野出院，隔了三个多月才见到他。

是在训练场上，他穿着赛车服坐在自己的赛车上，却迟迟没开，不知道在想什么。

直到饼干率先走过去，喊了一声"周柏野"。

他才回头。那会儿狐狸怎么描述的？哦，狐狸说，那时候的周柏野，脆弱全写在了脸上。

这句话后来被很多人拿来嘲笑狐狸，见到他就说他是脆弱哥，但没人拿这话去跟周柏野开玩笑，因为在他车祸后的三次大型赛事中，他都没能拿到名次，连前十都没进。新闻消息铺天盖地都是说他再也难回巅峰时期，车祸或许就是他人生中的转折点，自此都是下坡路。

那段时间过于压抑，所有人看周柏野都像是在看一片灰蒙蒙的天。尽管周柏野并没有表现出对那段时间的介意，但绝大多数人都默认，不该在他面前提起那段过往。

周柏野到休息室之前，猫牙跟饼干也都是再三强调，让沈枝意千万当作什么都不知道。

沈枝意确实没有主动提，她坐在周柏野副驾驶座位的时候，还在听周柏野问她晚餐想去哪个餐厅。她吃了猫牙给的小零食，早就不饿了，但也认真想了会儿，问他要不要回去吃。

周柏野显然惊讶："你会做饭？"

沈枝意有些困惑："为什么不是你会？"

两人顿时沉默了一阵，从彼此的眼神中明白谁都不会。

周柏野失笑："你那语气，我以为你会做满汉全席。"

沈枝意问他："我什么语气？"

"想做我女朋友的语气。"

什么话题最后都能被他绕回他想要的。

沈枝意从他脸上根本看不出一丁点儿伤心难过，丝毫都没有。

他根本没有一点情绪变化，猫牙跟饼干的紧张仿佛是对着另一个周柏野。

沈枝意说："我还不够了解你。"

这话听起来像是拒绝。

但周柏野说："人都是在亲密关系中建立联系的，每种关系的了解方式都不一样，没人了解当男朋友的我是什么样。"

他这话骄傲自满又透着让人难以忽视的自信，仿佛一名满分推销员。沈枝意问他："你当男朋友是什么样？"

周柏野把车停在路边，打着双闪，才跟她说："没有历史数据，得你建立了才知道。"

沈枝意沉默片刻，才又说："但我这人三分钟热度又更爱自己，在一段关系里，我会先设想感情破裂之后的场景让自己随时能抽离，我不会完全信任你，但也不会一直追问你，我会藏着掖着让你猜、让你去想，比起争吵，我更擅长冷暴力，哪怕我自己意识不到，但这种让别人痛苦让自己舒服的方式是我一直以来惯用的，哪怕是这样，你也还是想跟我谈恋爱吗？"

周柏野看着她说："你喜欢我吗？"

沈枝意有种一拳打在棉花上的感觉："我们说的不是一件事。"

周柏野笑："这不就是一件事？你说了你所有的缺点，但在我看来，除了你不喜欢我，这些都只能算是你的使用说明，我都知道了，你脆弱没安全感，我手机密码一会儿发你，我身边朋友很多、社交圈很杂，你要是愿意，我可以给他们都发一张照片说你是我女朋友，你说自己擅长冷暴力，正好我最擅长没话找话。所以，除了你不喜欢我，我想不到任何你不跟我在一起的理由。

"你难道不喜欢我吗？"

沈枝意一顿，才又问："宋蔷是谁？"

周柏野说："我爸的前女友。"

这倒真是没想到，沈枝意觉得不会有人这么快想到这么荒谬的理由，于是又问："你跟顾薇暧昧过吗？"

周柏野问："我是丘比特转世吗？跟谁都爱来爱去？"

那最后一个问题，沈枝意问他："你为什么喜欢我呢？"

"不知道啊。"周柏野凑近过来看她眼睛，"我也因此烦恼，不知道爱产生在什么时候，或许要在一起之后才能慢慢找到答案。"

只有最后一件，沈枝意说："我优柔寡断，或许之后也很难完全抗拒我妈，会跟医生见面，"她说完觉得自己简直是在对周柏野不负责，又解释，"但是，我会跟他说清楚的。"

周柏野"嗯"了一声："那能带我去吗？"

沈枝意不解："带你去干什么？"

"看病啊。"他笑，"你不是知道我出过车祸，万一你们见面的时候我旧伤复发呢？"

又在装可怜，沈枝意心知肚明，却忍不住软了语气，看着他的眼睛问："你一直这么会说吗？"

周柏野也问："你一直这么爱贬低自己吗？"

这次沈枝意不说话了。

周柏野笑，又一次追问："喜不喜欢我？"

喜欢。

沈枝意在心里说，然后回答他："好，周柏野，我们谈恋爱。"

## 第九章 抹茶慕斯

在沈枝意看来，两人恋爱前和恋爱后并没有什么差别，只是多比变成了两个人的多比。她之前会提前一小时起床遛多比再去上班，现在坦然将这个责任交给了周柏野。此外，她在周柏野家留宿的频率大大提高，短短一周过去，周柏野家就出现了不少她的东西。

周柏野对此接受良好，无聊的时候还拿起她的护肤品研究背后的成分。

沈枝意对他的学习精神感到好奇，穿着他的衬衫，从床头来到床尾，问他："你在研究什么？"

周柏野放下瓶子，语气挺正常地说没什么。

然后，对话因为亲吻而终止。窗户开了一半，空调降到最低温，床上铺着白色的床单和被套，拱起大大的一团，两人在被子里看不清彼此，只能用双手摩挲，触及敏感部位，沈枝意笑着说别了，话音刚落，被子就被掀开，突然一个冰凉凉的东西贴在她身上。

这段时间周柏野玩得很野。

一些她只听过没见过的东西家里到处都是。

晚上的时间通常都用来研究，他仿佛是最配合的研究对象，让沈枝意千万别客气。

但沈枝意哪里会这些，她哪怕学习能力再强，也很难接受这些花里胡哨的东西。

这种时候周柏野都会去哄她，甜言蜜语张口就来，说试一下，要是不喜欢下次就不用了。

最终的结果通常都印证周柏野是对的,沈枝意喜欢。

她以为又是新鲜玩意儿,下意识地躲闪,去踹周柏野:"你干吗——"

然后就闻到自己身体乳的栀子味,脚踝被那人给捉住,周柏野脖子上的项链在她小腿上晃来晃去,她在被子里弓身,嘴里叫了一声,周柏野笑着将身体乳抹匀,嘴里调侃她:"你以为是什么?想要哪种?"

像是在提供特殊服务一样的问话,沈枝意没吭声,感受着他的手贴着她的小腿一路往上,经过专业培训似的手指动作张弛有度,舒服得想续钟。

她夸赞他:"你是不是学过?"

周柏野声音低哑,说:"想过。"

她扭头想问他是不是没听清她的问题,整个人就被他控着腰翻过来。沈枝意一愣,听见周柏野哑着嗓音笑着问她:"用这个试试好不好,宝宝?"

周末的时间都是在床上消磨过去。

但也并不是所有时间都在床上,他们也会看电影,用在线文档列了一个待看清单,两人想到什么就往里填充,用随机的方式看鼠标停在哪儿就看哪一部,观看过程中总会分心。

沈枝意忍不住看向周柏野的脸,然后在他困惑地望过来问她怎么了的时候,凑过去和他接吻。

在日渐频繁的接吻里,周柏野养成了一个习惯:他喜欢揉她的耳朵。

他的这个习惯也让沈枝意染上了一个习惯:只要周柏野摸她的耳朵,她就想和他接吻。

到周一,沈枝意照常去上班,在日历上又划下一个倒数日。

距离她正式离职只剩下二十天,日期越近,越让人放松。

马上要离职的人是不用看任何人脸色的,之前觉得压抑的周会、组会现在都不用参加,她手头上也没什么工作需要处理,Ruby倒是让她在走之前培训一下顾薇。但自那天争吵过后,顾薇就没来过公司,她的工位空着,上面放满了昂贵的手办。

林晓秋每天早上到公司都要站在顾薇的工位前感慨一句:这就是有钱人的上班生活。

沈枝意被她逗笑,挺想说另外一些有钱人,根本就不上班。

比如周柏野。在她认识他之后,发现他多数时候处于空闲状态,像是无业游民一样每天只做等她回家这一件事。林晓秋也感到好奇，问过沈枝意，说周柏野怎么这么有空，赛车手是这么清闲的职业吗？

沈枝意一时间被问住，迟疑了好一会儿才说应该吧。

每当这种时候，林晓秋都会露出一种复杂的表情，仿佛在问：你们是真的在谈恋爱吗？

但在沈枝意看来，这种感情状态也没什么不好。之所以有爱情、亲情、友情这些分类，不就说明感情不过只是人生的一个分支，并非全部，也不是什么都需要跟彼此共享。

提到亲情，她又难免想起沈如清。沈如清在林遥家住了两天就回随泽了，她走后第二天，沈枝意就去林遥家，给她送了些东西。林遥推不掉，只能接过来，将沈如清说过的那些抱怨如数转达给沈枝意，中心思想只有一个：她实在是太失望了。

沈枝意后来也跟外婆打过电话，外婆没有再对她和沈如清的母女感情表达任何意见，只是在说完一堆家常之后，问了她一句："枝意啊，你真的在跟上次来家里那个男孩子的亲哥哥牵扯不清吗？"

这个问题的答案通常会被沈枝意模糊，随便找个话题敷衍过去，不给直接明确的答案。

那边也因此知道她的态度，虽不再问，但会总提起沈如清在绥北给她介绍的席代清。

席代清在微信上也联系过她，问她知不知道绥北有哪些餐厅好吃。

沈枝意隔了很久才给他发去几家。

那边礼貌地回了句谢谢，以为话题到此为止，他是另有人约，但几天后，席代清就会问她有没有时间陪他尝试一下她推荐的餐厅。

这些消息沈枝意都不会避开周柏野，坐在他怀里看。周柏野表现得并无所谓，手里还拿着遥控在调想看的电视节目，沈枝意举起手机故意问他："我去吗？"

等不到回答，因为在她问完之后，周柏野就直接丢了遥控，什么话也不说，直接把沙发变成了战场，还一边做一边问她："去吗？"

沈枝意支支吾吾："看、看你啊。"

周柏野就笑说："我不想让你去啊，宝宝。"

席代清的邀约消息沈枝意到现在都没有回。她微信置顶是周柏野，这是在两人恋爱第三天的时候，她自己改的。

倒也不是无缘无故，是她无意间看见周柏野将她置顶，朋友圈封面还换成了她画的一幅画。

画的是他家的窗户，窗外便是他的车。

怕别人不知道这幅画出自谁之手，刻意发了条朋友圈说：女朋友画的。

点赞评论的人若干。

沈枝意全部看完，发现这些人都在表达同一个意思：别秀了。

沈枝意是一个在爱里奖惩分明的人。

她当着周柏野的面给他设置成置顶聊天，还改了备注，从"周柏野"变成"男朋友"。

男朋友知道她上班要做的事情不多，给她发来消息问她想要哪款身体乳。

经过上次的事情，沈枝意对身体乳有些敏感，压根没点开，回了他一个拒绝沟通的表情包。

周柏野笑着给她发语音，她从包里翻出耳机戴上，音量调大，才点了语音条来听。

她喜欢听周柏野的声音，也对他表达过自己对他声音没什么抵抗力，是在床上说的，周柏野听完后拖长嗓音"哦"了一声，然后在她耳边问她的感受。

此时，他笑着问她："几点下班啊老婆？"

她不知出于什么心态，竟然拿到耳边反复听了好几遍。

此时Ruby推开办公室的门喊她的名字，让她进去一趟。

沈枝意也没想到自己一个临走之人，还能被分配接到客户的任务，Ruby说得事关重大，给那人加上了一堆了不得的身份，仿佛他能定下公司的生死。

沈枝意难免好奇，问她："他是谁呢？"

Ruby看着她，说："傅晚峒。"

沈枝意没拒绝。

到达美术馆是下午三点，Ruby对她说拜访完可以提前下班，她因此给周柏野发了消息，让他不要等。

工作日这里并不对外开放，沈枝意按照工作人员的指引，到达三楼傅晚峒的工作室。

傅晚峒坐在椅子上正在画画，戴着眼镜，拐杖放在一边，听见开门声没抬头，全神贯注的艺术家姿态。

沈枝意坐在沙发上，视线在办公室巡游一圈，最后落在墙上挂着的一幅画上。

画中人穿着白大褂，戴着口罩，听诊器挂在脖子上，身形纤细，露出的一双眼睛格外漂亮，正在看手里的病历本。显而易见，这是沈如清。

沈枝意不知道傅晚峒是什么意思，把画挂在这里是故意让她看，还是从不避讳自己那段见不得光的情史，公之于众，增添他艺术家的多情。

傅晚峒在画好一个初生婴儿后停笔，从椅子上站起身，眼镜没摘，看着沈枝意，第一句话却是："你想要什么补偿？"

沈枝意没回答他的话，而是问他："你能给我什么？"

傅晚峒笑道："钱、人脉，任何你想要的，只要我能给。"

沈枝意看着他："情感也能给吗？"

傅晚峒笑容未变："当然。在我儿子十八岁之前，我一直是最好的父亲。"

沈枝意也跟着笑："在我还不懂事的时候，想过我父亲该是个怎样的人，也设想过很多剧本，舍己为人、因病去世，或是有不得已的苦衷。但在我十岁之后，就不再对父亲抱有幻想。我妈说人类具有多样性，不要对异性抱有幻想，在我青春期那几年，她严防死守，好像别人一个眼神都会勾得我去早恋。长大后，我以为她是担心我成为她最厌恶的那类人，但现在我发现，她是担心我成为第二个她。"

傅晚峒说："你母亲是我最难忘的人，在情感上我对她虽有隐瞒，并无欺骗。"

"我来也不是确认你当初对她有多少情谊。"沈枝意站起身，"我不需要你的补偿，只是想知道我妈当初爱上你的理由，现在见到你，我都理解了。"

推开门走出去时，傅晚峒又叫住她："我方便见她一面吗？"

沈枝意回过身，笑容礼貌道："可以，但得等到你举行葬礼的时候。"

她去见过傅晚峒的事情并没有跟周柏野说，两人只谈风月不谈其他。

月底正式离职那天，Ruby又跟她谈了一次。这次谈话比之前任何一次花费的时间都要长，在Ruby看来，沈枝意不再是当初那个单纯的沈枝意，她现在是周柏野的女朋友、傅晚峒的私生女,于是就过去在工作中对她的严苛和指责都做出了合理的解释,以自己对她的鞭策为由,诚恳地对她表达了抱歉。

换作之前的沈枝意,会说没关系,过去的事情就过去了,但许是跟周柏野在一起久了,学会了他的行事风格,听Ruby说完后,只沉思片刻,说了句含糊不清、意味不明的"我知道了"。

从公司出来的时候,她学着电视剧里的人,乘着阳光张开双手,刚想说新生活,就被人笑着拉进了怀里。

"好,抱抱。"那人会错意,但拥抱很温暖。

算了,沈枝意圈着他的腰,又闻了闻他身上的味道,再次说,算了,谁让他是周柏野。

辞职后第二天,周柏野就带着她去见了那几个出钱买画的朋友。

——狐狸、饼干和猫牙。

猫牙看着她的画板,要求提得很详细:"能给我画得酷炫点吗?又美又飒的那种。"

饼干"啧"了一声:"先天不足,就别为难别人了好吧?"

猫牙一脚踹了过去。

狐狸走近:"比周柏野好看就行。"

正在试车的周柏野朝这边看了一眼,狐狸立马笑着冲他摆摆手。

周柏野的视线又落在沈枝意身上,她偏着头,冲他弯唇。

张爽咬着烟,问他:"国外车队邀请你的事儿,你考虑得怎么样?"

周柏野收回视线,淡淡地道:"那不是我家老头该考虑的事吗?"

"也不能这么说。虽然你爸愿意投资,但人家也不缺有钱的人啊,主要还是你实力过关。我可等着你被公示那天我们官博借你的名义发个招新简章,收揽一大拨人才呢。鲨鱼去了了黑熊,现在我们车队能跑的也就饼干,狐狸太保守,猫牙太年轻,唉!"

周柏野:"别吹,给我把牛吹上天了,到时候算谁的?"

"你也别太谦虚,国内能有几个人跟你一样,你算是摸到天花板了好吧?"张爽说着,看周柏野注意力明显不在这儿,跟着往那边,就看见抱着画板正在画画的女孩子,"前阵子我小姨子还来问我,你谈恋爱没,我都没忍心说你有女朋友了,原来你喜欢这样的。"

周柏野笑了一声:"嗯,是挺喜欢。"

张爽叹气:"那你跟人家姑娘说啊,到时候你去国外她怎么办,会陪你去吗?我可告诉你,异国恋没几个人能坚持。"

周柏野沉默,没接话。

沈枝意花了一下午的时间,给他们起了个线稿。

只是顾客盲目信任她,表示怎么样都行,只要比周柏野好看。

周柏野倒是没表达不满,说可以,那得加钱。

猫牙率先抗议,一群人吵着吵着就走出了休息室,去往外面的训练场。

沈枝意搬着椅子坐到窗前,这次一眼认出了属于周柏野的红色赛车。她拿出手机,拍了张照片,存在了相册里。

晚上大家一起吃饭。

猫牙让周柏野敬她酒:"没我,你也没这近水楼台。"

周柏野往她杯里倒了可乐,猫牙正要表示不满,就听他说:"我要开车,酒驾你替我进去?"

猫牙顿时偃旗息鼓,蔫巴地托腮看了沈枝意好一阵,才又老妈子心态地说了句"挺好"。

饼干给她夹了一片茄子:"你别这么伤春悲秋,整得好像你是周柏野他妈。"

"你不懂。哎,枝意我跟你说,你知道我第一次认识周柏野的时候多逗吗?我那会儿刚出国,举目望去无同胞,好不容易瞅见个东方面孔,结果你知道我问他'Can you speak Chinese',他什么表现吗?"

沈枝意饶有兴致:"什么?"

"他没搭理我!他理都不理我,戴上耳机就走了,超跩。后来发现他就是一自闭儿童,跟谁都没几句话说,但又很惹眼,我说不是外貌上,就是手表、衣服、鞋、车那些,一看就有钱。我记得当时棒球队那边的学长还看不过眼要揍他,还是我聪明机智,报了警,他才没挂彩!"

沈枝意一愣,看向周柏野。

周柏野正在喝可乐,低眸跟沈枝意对视一眼,勾唇笑了一声:"你听她扯。"

猫牙急了:"谁扯了,我现在的室友是那棒球队学长的女朋友好吧,不信我现在打电话对峙！"

饼干拉住她："算了算了，给他留点面子。"

沈枝意若有所思，接下来都没怎么说话，只是手从桌子底下伸过去，轻轻握住他的手。

晚上猫牙兴致来了，要去临江路看海，周柏野的车原本跟在他们后面，开着开着就绕去了分岔路。

夜晚的风很清凉，路上没人，车的顶篷打开着，沈枝意伸出手，风就从她的五指间往后跑。

她喊周柏野的名字，说："我有点想跟你接吻。"

前面一片空旷，周柏野才看她一眼："很急吗？"

沈枝意煞有介事地点头："挺急的，现在就想。"

"行吧。"他将车停在路边，不情不愿地解开了安全带，已经冲她伸出手，还要征询她的意见，"你想坐我身上亲还是就这样亲？但你知道的，我受过伤，肩颈不怎么样，你得——"

话没说完，沈枝意已经解开了安全带，坐在了他的腿上。她捧着他的脸，看着他的眼睛："我发现你总是爱真话和假话混着说。"

"是吗？"周柏野笑，"我怎么觉得我面对你说的全是真话。"

沈枝意亲了一下他的脸："即问即答。"

周柏野随便放了首歌，才说："行，来。"

"你在国外，是一个人吗？"

"嗯，我从小就独立。"

"那时候有人追你吗？"

"你觉得呢？"

"那怎么不谈？"沈枝意好奇地看着他，"为什么之前不谈恋爱呢周柏野？"

"你说呢沈枝意，"周柏野圈着她的腰，"你说我怎么不谈恋爱？"

"没遇见喜欢的？"

"遇不见喜欢的。"

沈枝意笑："你眼光好高，所以直到现在才遇见？"

"是啊，感谢你。"

话到这里,沈枝意就吻住了他。

在跟周柏野接吻的过程中,沈枝意在想,当初傅晚峒追沈如清是不是也是这样,随便几句花言巧语就骗得对方芳心暗许,或许也不是骗,当时可能是喜欢的,只是他的喜欢是消耗品,并不持久。

那她呢?她看着周柏野的眼睛,亲吻他的睫毛,触碰他的身体。

叩问自己,她的喜欢是消耗品还是耐用品?

周柏野伸手捂住她的眼睛,有些无奈地教她:"接吻的时候要专心。"

端午节的时候,外婆给沈枝意打了一通电话,问她放假回不回来。

那时候她正在跟周柏野一起捣鼓怎么包粽子,周柏野没耐心,只想做运输荷叶的活儿,戴着一边耳机还在看视频,沈枝意将手里的糯米蹭到他脸上,被他抓着手指放在嘴边咬了一口。

外婆听见她吸气的声音,问她:"怎么了枝意?"

"没——"她瞪了周柏野一眼,周柏野笑着舔了下她的指尖,牙齿仍旧没松,这一下舔得沈枝意后颈都痒,蜷着手指对电话那头的外婆说,"今年应该不回来,工作比较忙。"

扯谎都不脸红,一副驾轻就熟的模样。周柏野扯了耳机,给视频点了暂停,捏着她的手腕就顺着钻进了她的袖子里。他手指在作怪,沈枝意很难专心听外婆说些什么。

外婆有些失望地"哦"了一声,隐隐传来沈如清的声音,问在跟谁通话,外婆说没谁,又轻轻地叮嘱沈枝意注意身体,健康比工作重要。

沈枝意挂了电话就去咬周柏野,还命令躺在地上的狗:"多比,咬他!"

他摊开手,脸上沾着糯米又粘着面粉,衣服都被掀上去,睡裤的抽绳被沈枝意系成蝴蝶结,她的手就勾着这个蝴蝶结,气势汹汹地看着他。

刚认识的时候,沈枝意不是现在这样,当初温柔礼貌又冷淡,现在会气鼓鼓地喊他的名字,威胁他说,"周柏野你小心我收拾你"!

只是气势并不足,声音也大不起来,只有眼睛瞪得很大。

他只好举起双手,配合自己女朋友,一副"怕了你"的样子,靠在沙发上,并不诚心地求饶:"别搞啊姐姐。"

沈枝意真的停住手。

他又紧急调转话头："——好歹温柔点，别太快，我玩不来这些花的。"

那双眼睛很漂亮。

沈枝意鬼迷心窍地解开自己亲手系上的蝴蝶结，又一次在白天和他鬼混在一起的时候，想，他的眼睛是真的很漂亮，下次不能看他的眼睛，不然总会一次又一次地掉进他的陷阱。

不用上班的日子，沈枝意感到了绝对的自由，同时也开始规划自己未来的职业道路。

要做什么已经清晰，重要的是该怎么去做，她将平板里自己之前画过的东西全部整理出来，然后开创了一个小红书账号。在取名上，她问了周柏野的意见："你觉得叫什么比较好？"

周柏野非常直白："沈枝意的画。"

沈枝意沉默片刻，意识到询问他的意见并不是一个正确的决定，她思来想去最后用了"1/1的画中世界"这样的名字，每一个字都打得非常郑重。创建完成后，她问周柏野："你有小红书的账号吗？"

周柏野直接把手机递过去："沈枝意的男朋友，我的ID要叫这个，帮我注册吧，我要成为你的第一个粉丝。"

沈枝意双手接过："好的，这位号码牌为一的粉丝朋友。"

她并不懂平台的运营规则，流量该如何获取，又有哪些技巧。她只懂怎么画画，把曾经没发表出去的画一股脑全放了上去，每隔一小时就刷新看一下有没有人点赞评论。发现消息栏始终静悄悄，互动界面只有"沈枝意的男朋友"这一个名字之后，她又安慰自己：没事的，万事开头难，慢慢来。

她制定了一套非常严谨的时间安排，早上八点到十二点进行猫牙他们的画，下午两点到四点画一些自己想画的东西，下午四点到六点都用来学习，算起来跟上班差不多的时间安排。她想得很好，要将剩下的时间都用来生活，带着多比去公园撒欢儿、去逛商场、拿着画笔去公园画春天。

但是计划赶不上变化，主要就是她忘了还有个周柏野。

周柏野跟她的生活习惯截然不同，"计划"两个字完全不可能出现在他的世界中。

他是她生活中最大的变量，在她准备画画的早上，他晃着手机问她："要不要去跳伞？"

沈枝意一愣："跳伞？"

她没有跳过伞，准确来说，一切极限运动她都没有进行过。因为沈如清觉得危险，她小学四年级的时候才学会骑单车。外公给她买了一辆粉色的自行车，她很喜欢那辆自行车，骑着去找朋友玩，从家门口出发，到小区门口上坡的拐角处差点被一辆面包车撞了，还好对方及时刹车。

不凑巧的是，旁边恰好有买菜回来的邻居阿姨看见，当晚就跟沈如清说了白天的惊心动魄。沈如清二话没说直接把她的自行车给卖了，与此同时下了禁令，让她再也不许骑自行车。

她后来再也没骑过，哪怕大学出去做兼职，舍友建议她骑共享单车比较方便，她也下意识认为那是危险的。

但现在，她竟然对周柏野所说的跳伞蠢蠢欲动。

直到坐上周柏野的车，她还感到忐忑，用手机一直在搜索跳伞需要注意的东西。

驾驶座的周柏野对她说："需要注意的东西就一件。"

他语气听起来挺专业，沈枝意以为他真的懂，就问："哪一件？"

哪知道周柏野笑着说："带上你的勇气往下跳就行了。"

沈枝意面无表情地低下头，继续输入没打完的字：新手第一次跳伞需要注意的事项有哪些。

专业人士解答，有二十件，条条框框，从饮食到心理准备，再到到达之后会进行哪些步骤，甚至详细到了近视眼能否跳伞。沈枝意挨个看完，又去看了几个跳伞视频。看别人从高空跃下仿佛自己的心也跟着往下掉，她攥紧手机，这时觉得一时冲动并不是个好主意。

尝试新事物需要勇气，她答应的时候认为自己有，而这种信心多半来源于她想要改变生活的迫切，刚从按部就班的打工人变成自由职业者总会觉得自己的人生自此开启新的篇章，而"新"通常伴随着"变化"，从前没尝试过的东西、没有勇气的事情，都列入其中。

她陷入了沉默，在想着该如何有效拒绝且不让他察觉自己怯场的方案时，听见周柏野闲散地问她："想反悔啊？"

面对周柏野，沈枝意总有对别人没有的胜负欲。

她就是想赢过他，不想让他发觉自己的胆怯。

当下她也只能硬着头皮说："没有，没什么好怕的。"

她事先并不知道这家跳伞基地的老板跟周柏野认识，但走进去之后看见前台跟他打招呼，就意识到他经常来这里。她扯了一下他的衣角，轻声说："可以不要说我是你的女朋友吗？"

周柏野有些困惑地看着她："为什么？"

沈枝意正想跟他说原因，老板就从楼上下来了。他跟周柏野是在国外玩跳伞时认识的，起初以为周柏野跟自己一样都是极限运动发烧友，后来发现他只不过是无聊，并不上瘾，平时请他过来都以没空敷衍，这次带着异性过来，什么意图一看就明白。

老板跟周柏野寒暄一通之后，笑眯眯地问她，要不要试一下双人跳伞。

他实在是过于热情，还没等沈枝意回答，就说了一通双人跳伞跟单人跳伞的不同之处。罗列了一堆优点后，他才笑着问："怎么样，单人还是双人？"

这时候沈枝意发现自己已经被架到这儿了，根本没有不上的选项，自尊心也跟着作祟，硬着头皮在周柏野征询般看向她的目光中，回答老板说："双人吧。"

周柏野听出她的不情不愿，闷笑了一声。

老板狐疑："你笑什么？怎么了？"

沈枝意捏他胳膊，用眼神警告他不要说话。

周柏野拖着嗓子"哦"了一声，对一脸问号的朋友说："发现没？"

老板："发现什么？"

沈枝意已经意识到不对，这些天的相处，她已经足够了解周柏野疑问句之后，绝对不会是什么正经话。

果然，不等她制止，就听周柏野用一种完全没办法他也挺无奈的语气说："我女朋友，是不是还挺黏我的？"

老板完全没想到周柏野谈恋爱会是这种不要脸的路子，很不给面子地干笑两声，很想说你女朋友看起来像是黏人的样子吗？人家进来目光到处转，硬是没往你身上落过一秒，倒是你，一直盯着人家看。

黏人的到底是谁，他都不想说，只能尬笑两声："你说的对。"

老板找了基地里有耐心的教练去给沈枝意做基本培训。

他跟周柏野站在训练室外面聊天,话题从国外的那帮朋友聊到彼此近况,聊着聊着又停了下来。他叹了口气,有点儿感慨时光匆匆、岁月不饶人,当初认识周柏野的时候他才二十五,周柏野还是个未成年,现在他都三十好几了。他拍着周柏野的肩膀说:"趁年轻是得多谈恋爱,下个月哥就要订婚了,到时候记得带你女朋友来。"

他订婚对象周柏野也知道,是绥北某家居城老板的女儿,家族联姻,感情算有但实在不多。

周柏野看着训练室里练习空中飞行动作的沈枝意,说:"等我问问她的时间。"

这话让老板有点儿诧异,他"哟"了一声:"看不出来,你谈恋爱是这种路子。"

周柏野听出他的言外之意,没否认,玩笑般说:"我谈恋爱的时候,是比较唯女朋友是从。"

"纯情啊野子。"老板拍他肩膀,"见过家长没?"

不需要周柏野回答,他已经从周柏野的表情上知道答案了。

沈枝意从来没有这么累过,哪怕教练一直在旁边鼓励她说"棒啊""牛啊""厉害啊",她也全程感觉头重脚轻,晕乎乎地结束后又签了免责协议,换完衣服人都还是蒙的。

周柏野在台阶上拉住她的胳膊,她的脚步才停住,抬头看他:"嗯?"

她很少穿颜色明亮的衣服,这身黄红相间的高空跳伞服穿在她身上让周柏野新奇地盯着看了好几眼,甚至拿出手机对着她拍了张照片。照片里的人在教练的建议下扎着丸子头,巴掌大小的脸白白净净,嘴唇红润,看着青春阳光又充满活力。

倒是跟她平时给人温柔的感觉截然不同,挺新鲜的。

他收起手机,冲她伸出手:"牵着我啊。"

他朋友跟飞行教练还有一些工作人员都在前面,他丝毫不嫌弃丢脸,旁若无人地冲她撒娇说:"这么高,我害怕。"

上直升机,沈枝意都一直紧紧拉着周柏野的手。

他害怕是假的,她害怕是真的。

除了坐飞机,她从没有距离地面这么高,她手心出了汗,分不清是自己在抖还是飞机在抖。

陪同的摄影师坐在他们对面,直升机的声音让他们听不清彼此说话,只能比手势,他双手都竖起大拇指,一个劲儿冲沈枝意晃来晃去。

沈枝意眼里却只有外面的蓝天白云。

站在安全门旁边的时候,周柏野似乎说了句什么,但她没听清。她感觉自己变成了一只鸟,又感觉自己骑上了那辆被发卖的粉色自行车,踩上脚踏板的那一刻,她从高空跃下。

她感受不到背后周柏野的温度,也意识不到他的存在。风在她耳边疾驰,那双从小就被折断的翅膀,在这一刻颤颤巍巍地伸开。

她听见了风的声音,在她耳边齐声呐喊,对她说,恭喜你,时隔这么多年,重新学会了飞行。

这天之后,沈枝意就经常跟着周柏野去做一些以前从未做过的事情。最疯狂的一次,她开着周柏野的车飙出了自己人生以来最快的速度。她当时觉得自己酷毙了,眼睛亮晶晶地看着周柏野,哪知道对方一副快睡着的样子,耷拉着眼睛对她说"宝宝真棒"。

这样次数多了,她开始觉得不对劲。她发现周柏野是有预谋地引诱她从自己的王国迈出来,踏向未知的世界,因为她竟然因此对他产生了期待,当她某天醒来想的第一件事是"周柏野今天会带我去哪里呢"的时候,她就意识到了这个问题。

周柏野也不总是有空,她自己上班时觉得周柏野很清闲,但等她辞职之后就发现原来他也是有事情要做的,只是不出差,哪怕处理事情也是白天出去晚上就回来了。

沈枝意白天的时间都在家里画画。她的作息跟周柏野完全对不上,他属于晚睡晚起的类型,早上十点之前绝对别想在客厅看见他的人影,但沈枝意不是,她作息规律,晚上十点前就会完成洗漱躺在床上做入睡准备,周柏野在这时候总会故意闹她,从客厅特意绕过来,站在卧室门口问她今晚是否有侍寝安排,沈枝意十次有九次会说没有,可周柏野随机应变能力一绝,立马换成英语说自己听不懂中文,等断断续续结束又是接近凌晨。

她困得睁不开眼,被他抱在怀里。他在背后吻她的脖子,声音带着明显的餍足，对她说，干吗非得那么有计划，总是按部就班无不无聊。

她"嗯嗯啊啊"地随口应，并不反驳，第二天又是雷打不动七点醒。

周柏野中午睡醒从卧室出来，看着摘下眼镜正在敷面膜的她，突然就笑了。她一脸困惑地问他笑什么，周柏野说没什么。

他从前总是一个人生活，并不觉得这样有什么不好。周建民草根出生，过过苦日子，对金钱的欲望让他停不下脚步，连过年这样的日子他都在忙碌，根本抽不出时间给周柏野什么陪伴和仪式感。

他刚出国时，张正梅要求周建民给他安排到当地寄宿家庭，意图大概是希望他孤身在外但也能获得家的温暖。那户人家起初嘘寒问暖也挺热情，但发现周柏野完全就是一位孤狼选手，对所有问候都用一两个单词冷漠回应后也就不再用热脸贴冷屁股，只有那家和他年龄相仿的小女儿用英文问他："你为什么总是拒绝他人的爱意？"

他说："因为我不需要。"

沈枝意并不追问他虎头蛇尾的话是什么意思，她跃跃欲试地开拓自己的新疆土。

周柏野中午出门前对她说："我晚上回来，要给你带什么吗？"

沈枝意摇头："不用。"

他又从门口绕回来，摸摸躺在地上的多比说"你妈真的一点都不浪漫"，然后在沈枝意沉默的注视下笑着走了。

沈枝意自己去了趟附近的花卉市场，跟卖花的阿姨闲聊了好一阵，买了栀子花、山茶花，还有波士顿蕨。阿姨见她是一个人，便问了她地址说一会儿给她送货上门，沈枝意连声道谢。走到门口，她看见阳光落在向日葵上，弯下腰盯着花瓣看了好一会儿后，就拿出手机拍了张照片，又倒回去问阿姨买了一束向日葵。

她抱着向日葵走在回家的路上，途经书店进去买了几本书，结账的时候看见收银台摆着一些文创用品，其中一个阅读笔记本吸引了她的注意。店员是个扎着马尾辫的可爱妹妹，笑容灿烂地对她说："美女，你买这么多书，这个本子正好可以记录你看书时的心情，很不错的！"

沈枝意花钱买了。

她回家之后把书挨个摆在书架上，又把向日葵插进花瓶里，忙完正好阿姨送花上门。

多比摇着尾巴跟她忙前忙后,跳上凳子脑袋凑近向日葵作势要咬,沈枝意及时制止。

夜间周柏野回来看都没看自家房门一眼,轻车熟路地就用钥匙打开了沈枝意家。

在踏进房门的那一刻,他就愣住了。墙壁上亮着落日余晖般的暖黄色光,落地窗前摆着一个原木色的画架,上面夹着的画纸上画着满满的向日葵,他偏头,看见桌上也放着向日葵,阳台摆满了花花草草。

坐在沙发上的人头发随意扎了起来,戴着黑框眼镜,盘着腿,手里拿着一根长长的绿色东西正在做什么。

他将车钥匙放在鞋柜上,换了拖鞋走过去,坐在她旁边,问她:"这是什么?"

"扭扭棒啊。"沈枝意脸上红红的,笑起来的样子很可爱。周柏野靠在沙发上伸手想捏她的脸,她及时弯腰躲过,顺便打开茶几的抽屉,变戏法似的从里面拿出来一束小小的手工郁金香,嘴里说着"当当当当",双手将它捧到他面前,周柏野有些愣,她凑近过去问他:"不喜欢吗?我特意做来送给你的!"

"……给我?"他低头看着这束郁金香,有些茫然道,"为什么?"

沈枝意觉得周柏野很奇怪,她顺手做了想送就送了,哪有那么多为什么。这就很不像他,平时什么话都能张口就来,对什么都一副尽在掌控的闲散样子,现在问得这么认真,仿佛她送的不是手工花而是戒指。

所以弄得她也不得不认真思考了会儿,才郑重地回答他:"因为今天去花店的时候,看见——"

周柏野在她回答完之前,亲了上来。

那束花被他拿在手里,抵在她后腰,暖色的日落灯让他们的影子重叠在墙壁上,多比在地上打了个滚又呼呼大睡。

周柏野跟她接吻,亲着亲着又笑,靠在她颈窝,声音闷闷地对她说:"老婆,我完了。"

沈枝意耳朵很痒,被他贴着的颈窝也很痒,她推他的肩膀:"你起来呀。"

周柏野一动不动,抱着她,似乎在笑,因为气息很热,全落在她身上,痒得她缩起脖子,她又被他抱到了腿上坐着。他脸上笑意浅浅,嘴唇很软,唇形很漂亮,刚才接过吻,此刻莹润得仿佛果冻,看着她的眼睛对她说:"谢谢老婆,这是我第一次收到花,我要怎么报答你?"

他温柔说话的时候让人想给他摘星星取月亮,沈枝意脸红红的,伸手去捂他的眼睛,说自己不需要报答。

要的。周柏野抱着她,反复地对她说要的,然后像抱小孩儿那样扶着她的双腿,让她圈着自己的腰,就这么抱着她走进了卧室。

第二天醒来,沈枝意第一眼看见的还是那束郁金香,放在周柏野枕头旁边,他的脸对着花,闭着眼还没醒。

这天,她完成了猫牙的稿,给回学校读书的猫牙发过去后,收到了热烈的反馈。猫牙连发十几条语音表达自己的喜欢,此外还发送了一条朋友圈炫耀得非常直白:我之前没见过比我更好看的人,现在终于见到了,原来是画里的我啊。

虽然沈枝意的自媒体账号仍然没什么水花,每条帖子保持几十个阅读量就不再动弹。但是拜猫牙所赐,她的客户就很像是鸡生蛋,蛋又生鸡那样源源不断,短期内竟然跟她上班时的收入持平,她算完后觉得不可思议,与此同时又升起一种名为早知现在何必当初的困惑。

她发现为自己所预设的所有困境都不过是当时对未知的恐惧,而现在,勇敢似乎代替生活给了她奖励。

这天下午沈枝意突发奇想,随口问了周柏野一句,觉得架子鼓怎么样。

周柏野正在阳台给她的花浇水,"啊"了一声,也没表态。

沈枝意问完就忙自己的事情去了,哪知道吃完饭,周柏野拿着车钥匙就跟她说走吧。

她有些困惑:"去哪儿?"

周柏野卖关子说去就知道了。

是一家音乐机构,里面上课的有小朋友,也有成年人,踏进这扇门沈枝意就明白周柏野的意图了。她扯着他的袖子:"我就是随口一说。"

周柏野拉着她的手:"我就是带你随便看看,你慌什么。"

前台非常热情,二话不说先拿来一张表让沈枝意填,她握着铅笔写下自己名字就看了周柏野一眼，他坐在对面，拿着手机不知道在看什么，她从桌子底下伸腿过去踹了他一脚。

周柏野勾唇笑了笑，没看她，只纵容地收了腿，一副"你要怎样就怎样"的样子。

填完表，沈枝意就被拉去上体验课了。给她上课的是个摇滚青年，扎着小辫儿，穿着身飘逸的丝绸上衣，浅棕色的裤腿迎着空调冷风飘扬，手臂上有文身。见到她，他上下端详了会儿，就看向坐那儿的周柏野："你上课吗哥们儿？"

"我女朋友上课。"周柏野说，"我只是负责接送。"

摇滚青年让沈枝意叫他兔乃，他领着她进了教室，里边还有个男的，这男的让沈枝意觉得面熟，她之前上班的时候满公司都是这样的人，穿着格子衬衫西装裤、戴着眼镜，仿佛随时都能赶回去加班的样子，但这人说他叫板栗。

满世界都用花名，沈枝意头一次觉得自己没有花名是一件很吃亏的事情，想了好一会儿才说，叫她小舟就行。

周柏野坐在休息区打了三局游戏，其间拒绝了三四个人要微信的请求。

饼干在耳机那头听完全程，"啧啧啧"地对周柏野说："我一会儿要告诉沈妹妹，你不安于室。"

周柏野说："可以，去说吧。"

猫牙在那边跟着起哄："周柏野你这态度不对劲啊，才谈恋爱多久，最基本对女朋友的畏惧都没有了？"

饼干跟着笑："我们野就是渣男预备役。"

周柏野揉揉酸胀的肩颈，透过教室的玻璃门看见自己女朋友拿着鼓槌，一脸无措的样子。

前台给他送来矿泉水，跟着他看过去，然后夸赞说："你女朋友好可爱啊。"

他笑着点头，这次倒是难得接了话："嗯，是很可爱。"

体验课结束后，沈枝意到前台缴费报了班。

上课时间除了周末便是工作日的晚上八点，她上了几节之后发现学员只有她和板栗。负责授课的老师兔乃倒是看得很开，嘴上说着学生不在多而在于精，沈枝意将这句话转述给周柏野，结果周柏野就拍了一张她上课时的照片。

他说:"我每回看你上课都觉得你们那教室外边应该挂个包容万象、海纳百川的横幅。"

照片里的她穿着白色连衣裙、扎着麻花辫,面前的架子鼓几乎把她整个人都给挡住,边上就是穿着格子衫、戴着厚重眼镜的板栗,唯一与画面适配的只有扎着小辫儿的兔乃。

"这叫反差。"沈枝意纠正他。

"行,反差。"

她最开始跟板栗和兔乃也没什么话好讲,三个人都不是外向的性格,直到一次下课时间,教室外边走过去一长串背着吉他的少男少女,三人齐齐露出追忆往昔的表情,兔乃说他高中尽顾着读书可没时间发展兴趣爱好,板栗难得接了句话,结果聊着聊着发现三人是同一个省份的人,家乡相隔都挺近。

兔乃感慨:"你们怎么没口音的?"

板栗说:"我没有吗?我同事都说我口音还挺重。"

只有沈枝意摇头:"我小时候家里就只讲普通话,不讲家乡话。"沈如清说小孩儿讲家乡话不好听,要求外公外婆在家也用普通话交流,那时她跟着外公外婆出门,聊天的时候路过的大爷大妈都盯着他们看。

兔乃"啊"了一声,指着外边问沈枝意:"你男朋友也是咱们那边的人?"

"他不是。"后边应该接一句周柏野是哪里人,但沈枝意不太清楚。

这话让兔乃和板栗同时愣了一下,似是没料到看起来感情那么好的人结果压根就没那么熟。

沈枝意倒是没觉得有什么,她笑了笑,想转移话题时看见周柏野不知何时从休息区站在玻璃门外,双手插兜靠在那里静静地看着她,仿佛什么都听到了,但她确信这扇门并没有这么不隔音。

周柏野的出现,让兔乃和板栗都默认刚才的问题是彼此间共同的秘密,也因为这个自认为秘密而交换了更多的秘密。板栗说这有什么,他跟他爸妈也不太熟,这么多年过去他压根不知道他爸妈生日是哪天,他爸妈估计也不清楚他是哪年生的。

兔乃摸摸自己的文身给沈枝意看说,上边每个图案都象征着他的一段感情。

沈枝意看这上面花花绿绿、密密麻麻的图案,沉默片刻才对兔乃说:"那很丰富。"

混熟是非常快的事情,兔乃自称三人是绥北最强架子鼓小分队,拉了个群聊,名字就叫"锤烂坏运气"。

周柏野每天就见她在那儿抱着手机笑个没完,他有时候会问她:"笑什么呢?"

沈枝意把手机递过去给他看兔乃开板栗的玩笑,说他是当代灰姑娘,上班下班完全是两个人,结果板栗不嫌恶心,一直冲兔乃喊王子殿下。两个大男人在群里腻腻歪歪,把沈枝意笑得不行。

周柏野get不到他们熟人间的笑话,挺新奇地靠在沙发上问她:"就这么开心?"

沈枝意眼睛亮晶晶的,炫耀般地冲他晃晃手机,问他:"我是不是人缘很好?"

她很久没交新朋友,大学的朋友分道扬镳,大家都忙,哪怕都在绥北,能聚在一起的时间也少,上班认识的同事下班基本不会见面,只有林晓秋算是一个例外。这么算来,从大学毕业到现在她的社交圈基本处于停摆状态。

现在每天去上课学习架子鼓,除了跟板栗和兔乃混熟,跟前台和隔壁学吉他的几个小姐姐也互相添加了微信。

"当然,没有人不想跟你交朋友。"周柏野夸赞她的话张口就来。

尽管没有想拿他跟前任比较的本意,但毕竟两人是亲兄弟,在交往的过程中总难免对比。她跟周梓豪交往期间,周梓豪也会夸赞她,说她温柔漂亮又善解人意,还说他同事都羡慕他有个这么漂亮的女朋友。但是当她对其他事情表现出兴趣时,周梓豪就会理智地问她能坚持多久、时间要怎么分配。

周柏野跟周梓豪是两个极端,他从来不做规划,也从不去想什么以后将来,对沈枝意的任何决定都持鼓励的态度,每当她冒出新鲜的想法时,他都会立马站起来说走吧,现在就去做。

林晓秋对沈枝意说,你也不能这么盲目,分析利弊的话,其实各有优缺点,周梓豪显然是更有规划的人,周柏野属于恋爱时会很开心,但婚后就不一定了,总不能两个结了个婚的人还每天想着玩这个玩那个吧?再说世界上能有多少新鲜事,所有事情都玩厌倦之后生活不就索然无味了?

沈枝意不好说将来，但现在，她跟周柏野在一起，快乐大于一切。

绥北的雨天很多，往常这种时候她都会窝在家里看书画画，但周柏野喜欢在雨天出门，让她坐在副驾驶座，车开上不设限速点的高速公路，雨点砸在黑色的车身上，音乐声跟引擎声一样大，沈枝意只能通过心跳声感受到自己的存在，总有那么几个瞬间，她觉得车像是飞了起来，停在没什么人的地方他们会接吻。

周柏野问她，爽吗？

她用手蹭蹭他的脸，奖励般一次次碰他的唇，没回答他的问题，只重复喊他的名字。

沈枝意以为他一切举动都只想让她开心，只有周梓豪看出他的意图。

周梓豪是从朋友圈得知沈枝意最近辞职了，自从上次多比丢了之后，她就把他从黑名单放了出来。她以前发朋友圈并不频繁，只在加班的时候调侃一句"绥北的夜晚灯可真亮"，但现在她的朋友圈大变样，早上会拍阳光落在画板上，拍她的架子鼓，拍一堆他不认识的人玩乐器开玩笑的视频，甚至还有一段视频是她在玩滑板。

视频显然是周柏野拍的，镜头不稳，一直在笑，笑得站在滑板上摇摇晃晃不停用脚刹车的人生气，气鼓鼓地说"你别笑了"，他就"嗯"了一声，嗓音也没多正经，嘴上说着好不笑，但在看她又不停喊着"哎哎哎"然后鞋子落地把控平衡还是笑，笑声十分愉快，愉快到女生恼羞成怒，直接从滑板上下来要暴力惩戒。

然后视频内容到此为止，她的配文是十分烦恼的一句：这人怎么就这么烦！

他坐在沙发上，没开灯，反复观看视频。

曾羽灵走过来，将一杯水放在他面前，问他："要不要把手机收起来？"

周梓豪笑："你管我？"

曾羽灵温柔地摇摇头，对他的包容几乎病态："你不是前些天说眼睛不舒服吗？我给你按按？"说着就坐在了他的腿上。

周梓豪没拒绝，他看着面前女人开得很低的领口及温柔的眉眼，手搭在沙发上，手机还捏在手里，不经意上下摇晃的时候又想起最常做这动作的人是周柏野，顿时停住了手。

曾羽灵捧着他的脸,小心翼翼地窥着他的表情,讨好地吻着他的唇。

在她伸出舌头的时候,周梓豪才终于伸手掐住她后颈,止住她的动作,有些不耐烦地丢了一句:"没心情。"

周梓豪在心里轻嗤,周柏野何必如此奸诈,带她尝试一切新鲜事物,然后在里面都安置上自己的身影。无论从前还是现在,周柏野都惯用这招,让人没办法忘了他。

他没心情,不妨碍别人有。

周柏野在看沈枝意打架子鼓,兔乃和板栗出去买烟了,她邀请他进教室,说给他展示一下自己的才艺,还妥当地给他搬来椅子让他随便坐。

周柏野拿出手机问她:"拍吗?"

沈枝意有些犹豫:"你会发出去吗?"

"怎么会?"周柏野已经打开摄像界面,镜头里的沈枝意穿着他的黑色短袖,穿在他身上刚刚好的衣服,穿她身上就大了一截,衣摆几乎遮到膝盖,下面一双笔直的腿,穿着黑色的马丁靴。她出门前问他这样酷不酷,其实一点也不,她的长相就注定无论怎么样都跟"酷"字不沾边,但周柏野这人说话从来不会管良心痛不痛,点头说"你穿得很搭架子鼓,宝贝",现在也是,哄人的话张口就来,对她说:"你不同意的事情,我会做?"

沈枝意对架子鼓真的毫无天分,唯有热情,她还没学会花里胡哨的换棒动作,一下一下敲得很认真,但架势看起来不像是在打架子鼓,更像是在维修设备。

站在门外看静音版表演的兔乃和板栗双双停下脚步。

板栗看着兔乃越发僵硬的表情,主动为自己的小伙伴找借口说:"呃……或许每个人都有自己的方式,音乐是多元的,我们要尊重差异。"

兔乃沉默许久才问出了沈枝意刚问过的问题:"她男朋友应该不会被爱冲昏头脑到发出去炫耀吧?"

会的,只是周柏野晒女朋友的方式很新颖。

他不会大张旗鼓发朋友圈,也不会突如其来跟朋友提我女朋友怎样怎样。

他通常都是等一个合适的话题,就譬如现在。群里,饼干吐槽猫牙朝三暮四,他大老远飞过去看她,结果她跟一个金发碧眼的帅哥调情。猫牙辩解说只是朋友,一起做小组作业而已。饼干发了个鬼才信,说"你眼睛都黏他身上了"，不就是会打个架子鼓，能有赛车帅？

周柏野就是在这时候突然发言：架子鼓？

饼干以为他出来主持公道：是啊，拿这个棒槌在那儿装相，跟玩杂技似的，左边换右边，右边换左边，拜托，这种花招帅在哪里？

这个花招他女朋友苦练不会，所以他选择沉默。

猫牙不满地说：你别这么有偏见，架子鼓招你惹你了？

饼干：周柏野你说，那男的是不是花里胡哨故意勾引她？

这时，周柏野才轻飘飘地丢了一句：不懂啊，我女朋友又没拿架子鼓勾引过我。

饼干：谁问了？

饼干：我请问谁提你女朋友了？啊？谁问了？

周柏野笑着关了手机，没在群里接话，走到厨房门口，看见里面戴着围裙正在研究怎么用烤箱做小饼干的沈枝意。

"老婆——"

声音倒是委屈，刚洗完的头发温顺地遮住眉毛，灯光下似乎是栗色的。

他一双黑眸直勾勾地看着她，靠在门边，在她看过来时，才对她控诉："我朋友排挤我。"

"嗯？"沈枝意困惑道，"为什么呢？"

他慢吞吞地走上前，没骨头似的拥着她。

然后姿势就变得有点儿气人，像是借着身高差，下巴搁在了她头上，自己都被这动作逗笑，又怕她生气，懒着嗓子装委屈扮可怜："说我张口闭口只有女朋友，是个秀恩爱的烦人精。"

"那——"沈枝意觉得他朋友也没说错，换位思考，如果是她朋友经常说自己对象的事情，她也会不耐烦。

所以她劝周柏野："那你以后少说点。"

周柏野"哦"了一声："你也不站在我这边？"

沈枝意冤枉："我只是理性地给出建议。"

周柏野："你对我理性？"

沈枝意："……别演了周柏野，你太明显了。"

周柏野蹭蹭她的头发，"嗯"了一声，问她："那晚上做吗？"

"……你前后之间有衔接吗？"

"饼干好香，你真好看，说的话也都很有道理，所以跟我做吗，姐姐？"

沈枝意闭上眼，有点儿放弃地妥协："那就做一下下吧。"

沈枝意在音乐上的努力没换来多大回报，但在画画上意外开了花，并不是她专门拿来发作品的号被人看见，而是随便创建的一个记录生活的小号，名字都没多上心，直接用的她自己微信名1/1，里面发了些她记录生活的随笔画。

那天她照旧登录上去打算发多比躺在地上打滚的画，结果看见后台999+的点赞评论。

她愣住，以为自己看错，点进去看见她发的帖子评论数直逼一千，粉丝不知何时从1变成了789，甚至仍在上涨，只不过评论区认真评论画的并不多，更多的是在嗑糖。

她发的那条帖子是她跟周柏野小日常的四格漫画。

隐去了彼此的关键信息，在公开平台，她给周柏野取名Z君。

画的是某天她被周柏野拉着陪他去赛车场飙车，她打着哈欠站在更衣室门口等他换衣服，结果听见他在里面喊她名字，她懒得应，里面的人喊出口的称呼就一变再变，那时正是周末，有路过的人一直往沈枝意身上看，她脸涨得通红，忍无可忍地拉开门走进去，就被周柏野摁在门板上亲了一通。

他跟她说，这叫赛前保持好心情。

她回家后本来在画多比，结果手自己有想法，画着画着就变成了周柏野。

发出去之前，她想就当作这个账号是自己的日记本，等老了之后翻起来也能觉得年轻的自己经历过浪漫。没想到这条就这么火了，她其他的画也被考古，那些日常到不能更日常的细碎生活。

评论里全是好甜啊。

简单粗暴，又格外真实。

对互联网精通的兔乃跟她说，现在互联网上最火的就是恋爱生活日记，看见那些情侣博主没？那些视频你今天在A这里能看见、明天就能在B那儿看见，换汤不换药的整蛊对象，或是用一样的问题去试探，就连反应都大同小异，结尾要么是一个甜到腻死人的BGM，要么是不要钱的情话。这叫低成本的恋爱体验，即自己无须恋爱，直接从别人那儿体验。

兔乃当时嚼着从板栗包里搜刮来的牛肉干，让沈枝意尝试一下往这个方向发展，帅哥美女天然就是吃互联网这口饭。

但沈枝意拒绝了。

原因倒不是她清高认为艺术不可玷污，只是周柏野在互联网上太有名，稍微一搜后面跟着的名字都是女明星。她想赚钱，但没想在网上以被人议论的方式出名。

她在之后的画里更刻意地隐藏起了周柏野的关键特征，只让他露出一双手或者一个背影，在她家沙发、阳台或者客厅。以为这样就会减少跟他有关的讨论，哪知道评论区关于他的呼声仍然居高不下。

她坐在沙发上一条条地回复私信，然后就翻到有这么一条私信，对她说：你是周梓豪前任吧？我是曾羽灵，我们能见一面吗？

她其实不知道曾羽灵要找她干什么，上次接多比时见的那一面虽然算得上和谐，但这不代表两人是能见面聊天的关系，尽管如此，她还是去了。

周柏野开车送她到咖啡厅门口，问她："多久能结束？"

沈枝意估摸着说："应该不会太久。"

周柏野伸手摸摸她的头发，温声对她说："要尽快。"

沈枝意心里生起一股自己都说不出是什么感觉的感觉，就很像是突然被什么东西戳了一下，整个人愣了一会儿后，才知道要下车。

曾羽灵坐在靠窗的位置，见到她礼貌地笑了一下，似乎很怕沈枝意不记得她的名字，又自我介绍了一遍，说："你好，我是曾羽灵。"

沈枝意点了一杯热拿铁，听曾羽灵跟她说了一声"抱歉"："我当初联系他的时候知道他有女朋友，也知道你们感情很好，但我不甘心，我跟他——"后面一长串话沈枝意从各种人那里都听过，高中关系就很好，大学也断断续续有联系，始终没能断得干净。她听得麻木，虽然不清楚自己为何要坐在这里再听一遍，但曾羽灵表情很难过。

是一种，她能理解她正在遭遇怎样痛苦的难过。因为那种表情她也曾流露过，只不过不是因为男人，而是因为家人。那时高中毕业，沈如清和她爆发激烈争吵，指着门让她滚出去。她穿着拖鞋走到随泽的湖边，站在那里看了很久的垂杨柳，直到一个小孩儿扯着她的衣角问她"姐姐，你能不能给我买根冰激凌"，她才回过神，在小卖部的玻璃倒影中看见了自己脸上的落魄。

目光是没有温度的，对外界并非在看，而是在打量，在思考究竟还有什么是值得活下去的理由。

但她不理解的是，曾羽灵为什么要在她这里来找这个理由。

曾羽灵手指上戴着枚素戒，跟沈枝意说："我想跟他结婚。"

"那祝你们幸福。"沈枝意语气平淡，丝毫没有身为前任的一点波澜。

曾羽灵这时笑了起来："你好像从来没有爱过他。如果我是你，我做不到这么镇定。"

沈枝意："如果我是你，我也不会来见这一面。"

这句话让曾羽灵脸上的笑容僵住。

沈枝意抽了张纸巾，擦拭桌上的咖啡，语气平淡："刚得知的时候确实恨过你，不理解他为什么不知分寸，也不懂你为什么不知廉耻。但在我发现思考这个问题毫无任何作用的时候，我就放弃了。他到底有没有摇摆、你们之间又究竟是怎么回事，有太多人来跟我讲，究竟当时发生了什么对我来说已经不重要，或许真的如你所说，我没那么喜欢他，所以决定可以做得很干脆。洒脱点吧，我跟他都断干净了，你何必一直花时间在我身上。"

曾羽灵在此之前一直觉得沈枝意跟她是同一类型，无论是外貌还是性格，但现在她发现她们截然不同。她沉默片刻，才指着窗外停着的那辆黑色跑车问她："那如果，是你跟他分手呢，你也能做到如你所说的洒脱吗？"

沈枝意没能给她答案。

她走出咖啡厅之前，给周柏野买了一杯冰美式。

周柏野说她无事献殷勤，沈枝意却突然伸手捏着他的脸，上上下下看了很多次。

看得周柏野脸上带了笑："好看？"

沈枝意点头："好看。"

周柏野问她："哪儿好看？"

沈枝意想了想，才说："你看向我的时候，最好看。"

回去的路上，她听见周柏野在哼歌，唱得很含糊。她回去后自己打开听歌识曲，哼了好几遍才找到那首歌，名叫《靠近》，歌词写着：我猜你也想靠近吧，直到你睫毛轻刷着我脸颊。

周柏野在洗澡，她戴着耳机把歌听了三遍后，设为了对周柏野专属的微信来电铃声。

月底的时候,席代清又约她吃了一次饭,她直接拒绝了,挂电话后看见周柏野坐在沙发上看着她,她有些莫名地走过去,弯腰问他:"你看什么?"

周柏野没回答,就着这样的姿势,仰着头,手勾着她的脖子,跟她接吻。

如果这就是生活。

周柏野觉得,那生活还真不赖。

晚上,他接到周梓豪的电话。

周梓豪说"妈让你回家"。

周柏野问什么家。

周梓豪沉默片刻,才又说:"周柏野,敢做要敢当。"

周柏野不知道他在这儿上什么价值,正想挂电话,沈枝意在阳台费劲儿抬起一盆花,对他求助,喊他名字,说:"周柏野,你过来帮帮我啊。"

周梓豪在电话那头,极轻地笑了一声:"你知道我跟她交往的时候,她喊我什么吗?"

周柏野挂了电话。

沈枝意想给栀子花换个花盆,她让周柏野控制住搞破坏的多比,忙完后手上全是土,起身想去厕所洗手,却被周柏野抓住手腕。

"怎么了?"她问。

"亲我。"他蹲在月季前面,阳台被沈枝意装了星星灯,往后撤退的多比碰到开关,灯"啪嗒"亮起。

楼下住的小情侣在阳台说笑,音乐声被风送了上来,是林宥嘉的《我梦见你梦见我》,沈枝意在歌声里举着双手,像鱼缸里突然看见同类的金鱼,慢慢凑近过去,亲吻他的唇。

"周柏野是个撒娇鬼。"她笑着这么说他。

周柏野没想到张正梅会找上门。

她一个人来的,敲门的时候,他正在看沈枝意画画,用多比的玩具在旁边搞破坏,挠着她的胳膊,一会儿说喂,一会儿又问她明天想吃什么。

沈枝意竖起一根手指:"不要吵。"

他凑过去,像只巨型犬,手指蹭着她手腕:"陪陪我。

"沈枝意,陪陪我。"

门铃响起。

沈枝意立马从沙发上站起来:"我去开门。"

平板丢在了沙发上,周柏野看见画上是穿着黑色睡衣的他抱着多比晒太阳,只是多半笔触都留给了多比,到他的部分寥寥,面容都模糊。

"怎么——"

"阿姨。"

沈枝意的声音让他的话被迫终止。

周柏野脸上的笑容还没收,抬头看见站在门口正打量沈枝意的张正梅。

张正梅没有单独约沈枝意出去,而是当着周柏野的面,笑着对沈枝意说:"阿姨好久没见你,你最近过得怎么样?工作还顺心吗?"

沈枝意站着,回答得客套,说还可以,谢谢阿姨,她辞职了。

周柏野坐在沙发另一侧,伸手拉沈枝意坐在自己旁边,除了这个举动,并未插话。

张正梅笑:"阿野现在也会照顾人了。"她看着沈枝意,提起周柏野的往事,说她刚生下曹疏香的时候,周柏野去医院看她,当时身边没人,曹疏香在摇篮里号啕大哭,她让周柏野去跟妹妹说说话,周柏野拒绝得干脆,说自己没有妹妹。

说到这里,张正梅又不可避免地提起自己的愧疚,说很抱歉当初没有给周柏野足够的关爱,让他年纪轻轻自己一个人在国外生活,她对周柏野始终有所亏欠。

沈枝意听着,知道这些话不是对自己说的。

身边那个人神情自始至终都冷淡,仿佛这番话他已经听了千万次,早已做不出任何反应。

一双墨色的眸静静地看着陷入回忆中的张正梅,打断她问:"您到底想说什么,能直奔主题吗?不需要铺垫这么长。"

张正梅眼角湿润,看着周柏野,问他:"你以为妈妈要说什么,让你们分手?说我不同意你跟你亲弟弟的前女友交往?你为什么总是要把妈妈往坏处想?你也是我的孩子,我当然希望你幸福,如果你们是真心相爱我自然不会劝阻,我来只是想问——"

她看向沈枝意,一双温柔的眼眸望向她:"枝意,你是真的喜欢阿野吗?"

沈枝意知道。

张正梅并不是单纯只想问她对周柏野的感情。

这句喜欢里面包含的东西太多,能否走进婚姻、能否抵御外界的非议、能否在将来不后悔现在的决定。

但她给不出这个答案,喜欢吗?喜欢的。现在这样的交往也很好,不用过多考虑现实因素,可生活并不是童话故事,人也不可能谈一辈子的恋爱。

跟周柏野步入婚姻?沈如清不可能答应,外公外婆也丢不起这个脸。

这些因素在当初周柏野问她要不要谈恋爱的时候,她就全清楚,但明知道不合适,还是一脚踏了进来,如今逃无可逃,在张正梅的逼问下,抿了一下唇,并未回答。

沉默已经相当于回应。

张正梅如同战胜将军一样看着周柏野,而后拎着自己的包,温柔地让他有空多回来吃饭,便施施然离开了。

房间里只剩下周柏野和沈枝意两个人。

周柏野像什么都没发生过一样,问沈枝意怎么还不去洗澡。沈枝意起身去拿了浴巾和睡衣,进浴室,对着镜子看了会儿后,才脱衣服走进淋浴间,刚打开水,就看见门被人从外打开,周柏野跻身进来,衣服都没脱,径直走过来,将她扯到怀里,低头吻了下来。

这次格外疯,沈枝意觉得周柏野心里似是闷着一股气,她不清楚是来自她还是张正梅。

她跟他谈恋爱,却不是抱着想有个结果而谈恋爱,问心有愧,咬着唇手撑在玻璃门上默默承受。

他的手从她背后来到她的小腹,一下一下帮她揉着,明明听到她在哭,却偏要问:"不舒服吗?"

她看见玻璃上起了雾,没被关上的水冲刷着两人的身体,她手蜷缩又伸直,忍着喉咙里的颤音,回答他:"我不想继续了。"

"不想吗?"他仍是反问,声音听不出喜怒,"真的?"

从浴室到床上,地上全是两人身上未干的水。

床单彻底湿掉,沈枝意困到失去意识时,感觉自己被人从后面拥住。

那人脸贴在她颈窝，声音闷地像是窗外并不清晰的雨声，问她："……那你喜欢谁？"

晨间醒来，一切却又像是被人拨回张正梅没来的时候。

照旧跟之前一样画画、吃饭、去上架子鼓的课。

最近一段时间板栗都没来，兔乃说板栗最近公司裁员，他压力大，每天不是忙着车展就是应酬。

沈枝意难以想象板栗这种社恐应酬起来是什么样。

兔乃又贼兮兮地问她："你跟你男朋友吵架了？"

沈枝意一愣："怎么这么说？"

兔乃指指门外："他送你来就走了，之前可没这样，哪次不是在门口等到你下课？"

"没有。"沈枝意不愿多讲，随便扯了个理由，"他今天有点事而已。"

周柏野确实是有事。

他去找了趟张爽，谈完事情又被狐狸他拉着跑了几圈车，最后结束时额头上都有了汗，他洗完澡出来就看见一群人坐在沙发上目光灼灼地望着他。

狐狸嘴里喊着请客，起了个前调，后面的人都跟着一块儿喊让他请客。

周柏野无言，沉默许久才真情实感地问："你们真的成年了？"

沈枝意下课时收到周柏野的消息，说他会晚点回来，让她自己回家注意安全。

她站在教室门口，低头打字回了个"好"。发过去后，隔了两分钟，又补充了一句：你也注意安全。

周柏野收到回复时，狐狸正在他旁边一个劲儿问他谈恋爱的滋味怎么样。

周柏野瞥了他一眼，懒得回，但敞开的衣领能看见几枚暧昧的吻痕。

狐狸的表情顿时也跟着变得暧昧了起来，拍拍他的肩膀："幸福无须多言是吧？我懂，我都懂。"

话题东扯西扯，最后扯到国外的猫牙身上，猫牙跟饼干之间的事儿不是秘密，这段时间在圈子里都传开了。

这两人高中就是同学，最开始看彼此不太顺眼，猫牙觉得饼干嚣张跋扈，饼干觉得猫牙不学无术，偏偏还是前后桌，每天见面除了互呛就是互坑。这模式谁都以为他们是爱你在心口难开，结果不久两人就各自恋爱，猫牙的对象是饼干最好的哥们儿，饼干的女朋友是猫牙的好朋友。

只可惜没能长久，大学两个学渣去了同一个国家读野鸡大学，异国他乡，当初再深的仇怨也变成了同胞间的惺惺相惜。没多久在一次饭局结束后，两人就滚到了床上，之后一发不可收。这种关系维持了足有四年，回国后两人在赛车场上谁也不让着谁，但下车就不一样。

狐狸都撞见过好几次，两人吵着吵着亲在了一起。

这关系到现在才理清，猫牙出国读书，每天朋友圈帅哥美女晒不停，饼干感觉地位受到威胁，追过去逼着人给了名分，朋友圈要么在秀恩爱，要么在彼此辱骂。

最近又吵，但原因变得复杂了起来，因为饼干撞见猫牙跟一个男的从酒店出来。

狐狸叹气："你说是不是咱们车队的名字没取好，赫尔墨斯，最后那个'斯'听起来藕断丝连又悲惨壮烈。"

张爽点燃一根烟，昨天饼干打电话过来气冲冲地跟他说，要么猫牙走，要么他走。他烦得头疼，还得劝饼干别意气用事。

"爱情就是个祸害。"他恼怒地发言。

狐狸"哎"了一声，指着周柏野对张爽说："可不兴当着野子的面这么说，我们阿野铁树开花，正热恋期呢。"

张爽不知道周柏野恋爱的细节，但记得上次在海边发生的事儿，让他给买烟花，还让他开车送他们回家。他一口气叹得更重了："野啊，你稳着点儿，感情可千万别出问题。"

周柏野没说话，低眸看着手里的茶杯。

不多时，议论中心的猫牙给他发来消息。

没多废话，只跟他说了一句：你上次问我房子的事儿，我同意了，市场价卖给你。

周柏野回了个"1"过去。

那边正在输入很久，约有五分钟，才又问他：是不是你们都觉得，是我对不起饼干？

周柏野：你们的事，别人怎么想不重要。

猫牙没再回。

他从餐厅出来的时候,狐狸还一直勾着他的脖子,跟他传授恋爱秘籍:"对女朋友要温柔点,知道没?别总是让别人哄着你,你也要多学会低低头,恋爱呢不是跑赛车,这玩意儿没终点,也不分输赢,知道没?"

狐狸已经喝多了。他容易上脸,以为自己在给学生上课,"噼里啪啦"输出一堆,还非让人给个回应。

周柏野把他丢进张爽的车后座:"安静点。"

狐狸迷蒙着眼,嘴里"啧"了好几声,去拍副驾驶张爽的肩膀:"爽哥,你觉不觉着我们野自从谈恋爱之后,越来越不是人了?"

张爽"哈哈"大笑:"他什么时候是人了?一直都是畜生来的。"

代驾在驾驶座上强忍笑意。

周柏野黑着脸关了车门。

等他们的车扬长而去,他没立刻走,而是去甜品店买了个抹茶慕斯,才往回走。

一路上他没放歌,注意力不够集中,红灯变绿灯没有及时走,后面的车摁喇叭,他才回神。

开到十字路口的时候,周建民给他打来电话,问他什么时候给那边答复。

周柏野手摩挲着方向盘,想了会儿才说:"就这几天。"

"你自己考虑清楚。"周建民那边有女人在喊"老公",一声声格外甜,他充耳不闻,当着女人的面,问周柏野,"前几天见你妈了?"

"嗯。"

"她最近怎么样?"

周柏野语气敷衍:"就那样。"

周建民挂了电话。

他拎着粉色的包装盒走到沈枝意家门口,从口袋里摸出钥匙,打开门发现,家里并不只有沈枝意一个人在。

客厅里还有个人,多比正围着那人的腿撒娇。

沈枝意从厨房端来一杯水,走到一半看见站在家门口的他,于是脚步停住。

周柏野松了握着钥匙的手,靠在门上,视线冷淡地看着坐在沙发上的周梓豪,又淡淡望向沈枝意。

他唇边带笑，玩笑般问她：

"我回来早了？"

周梓豪是半小时前来的，沈枝意开门的时候还以为是周柏野忘记带钥匙，谁想到是周梓豪。

他笑着问她："方便让我进去坐坐吗？说点事我就走。"

多比很久没见周梓豪，围着他打转撒娇，舔他的胳膊。沈枝意坐在那边静静看着他跟多比的互动，想起两人刚养多比的时候，它那时候丁点儿大，晚上总喜欢叫，她和周梓豪第二天都要上班，两人在床上你推推我、我推推你，最后她把头埋进被子里，抱怨着说"周梓豪，真的吵死了"，他才起身在客厅里跟哄孩子似的抱着多比哄，嘴里说"别吵了多比，你虽然是自由的小狗，但也不能自由过了头"。

周梓豪环视这间屋子，并未对布置做任何点评，只是问她："跟他在一起开心吗？"

沈枝意微愣，片刻后才说："很开心。"

周梓豪这才拿出一张请帖递给她："看看？"

沈枝意接过，打开后看见他跟曾羽灵的照片，两人挨得很近，中间一个大大的"囍"字。

周梓豪要结婚了，跟曾羽灵。

曾羽灵查出怀孕，算算时间应该是他刚跟沈枝意分手的时候。那晚的场景他也还记得，尽管确实喝醉，但没办法用酒精做借口，曾羽灵穿着两人第一次约会时的白裙子，长发披肩，仿佛从校园走出来，一步步到他面前，然后蹲下身，脸贴过去，问他："梓豪，你还要不要我？"

曹疏香在知道曾羽灵怀孕后，第一次对周梓豪冷脸。

"你喜欢的不是枝意姐吗？为什么现在要跟她结婚？难道你的那些情深全都是装出来的吗？还是说你们男人都是可以心里装一个，身边放一个？哥，你真让我恶心。"

他不知道该如何回应，一个人在沙发上坐到天黑。张正梅从美容院回来，问他是不是真的想好了，要跟曾羽灵过一辈子。

他问张正梅："我有得选吗，妈？"

张正梅笑："你不是早就选了吗？"

在决定跟曾羽灵结婚的那天，曾羽灵摸着肚子坐在他身边，拉着他的手，怯怯地问他："你不开心吗？"

周梓豪看着她的眉眼。他是喜欢过她的，这份初恋的喜欢残留到现在，像是没洗干净的碗里残留的汤汁，在跟沈枝意恋爱过程中收到她无数条短信表达思念和爱意的时候，他不是没觉得不妥，但被需要和肯定的满足感让他以一种救赎者的姿态把不拒绝当作善良。

直到现在，他看着曾羽灵，心里想着沈枝意的时候，他才肯彻底承认自己的劣根性。

他一直以为在他和周柏野之间，周柏野是那个更像周建民的，但现在他发现，原来最像周建民的人是他自己。

伪善多情，又是一个缺爱的怪物，需要以他人的爱意为养料才能过活。

他观察着沈枝意的每一个反应，如果她流露出一丁点难过、不舍，他就……他也不能做些什么。

悔婚吗？曾羽灵已经有他的孩子了。他脑子里想了太多东西，眼睛一眨不眨地盯着沈枝意，发现她只是有些许的诧异，随即就笑了起来，还是那般温柔的表情，对他说恭喜。

他嗓子里像是堵了什么东西，心脏似坠崖。他想他的脸色一定不好看，说话都磕磕绊绊，一个"我"字说了半天，才说完整："我……对不起。"

"不用抱歉。"沈枝意礼貌地移开视线，没有去看他红了的眼睛，"当初分手的时候，话说得不好听，但周梓豪，我们在一起哪怕现在分手，我都不认为你是坏人，也没有后悔过和你交往，只是我们不合适。"

周梓豪看着她的侧脸，问她："他对你好吗？"

沈枝意没有直接回答他这个问题，而是说："梓豪，我很喜欢他。"

周柏野站在门口，视线淡淡地看着周梓豪，又看向沈枝意。

她愣了一下，才反应过来："他是来送请帖的。他要跟曾羽灵结婚了，下个月。"

周柏野这才从门外进来，但打开鞋柜发现自己的拖鞋被周梓豪穿了，又开始不爽，站在那儿也不动，就开着柜门靠那儿这么站着。

沈枝意这才有点头大，她从鞋柜里翻出一双一次性拖鞋，放在他面前："先穿这个，嗯？"

她发誓自己绝对没有故意把他的鞋给周梓豪穿，她甚至压根没注意到周梓豪穿的是周柏野的鞋。这些细微末节的东西，周柏野很在乎，脸色不太好看，但好歹换上了她拿的拖鞋，坐在沙发另一侧，问周梓豪："东西送到了怎么还不走？"

沈枝意在后面拽他的衣服。

周梓豪被他气笑："这是你家？"

周柏野："我女朋友家。"

不提这个还好，一提到这个周梓豪就有气："她以前是我女朋友！"

周柏野"哦"了一声，还挺礼貌："不好意思，现在是我的了。"

沈枝意已经不知道该说些什么了，仰头看看天花板，又低头看看一会儿在周梓豪腿边蹭、一会儿在周柏野腿边蹭的多比。

周柏野生怕周梓豪不够生气，在多比蹭过来的时候，摁住它的狗头，它以为周柏野要跟自己玩，躺在地上露出肚皮让周柏野摸。周柏野一边笑一边对周梓豪说："谢谢你把我儿子养这么大，现在狗也是我的了。"

周梓豪："……你是不是有病？"

周柏野："都要结婚的人了，说话稳重点。"

他伸手拿过桌上的喜帖，看了眼照片，又拿手机拍照。

周梓豪皱眉："你干吗？"

周柏野在发朋友圈。

左手打字速度挺快，很快发了出去。

就"我弟结婚"四个字，下面一张喜帖照片。

周梓豪本人还没发过任何与曾羽灵有关的朋友圈，结婚的消息也还没传播出去，他不打算请朋友，亲戚之间小型聚一下就行，就连周建民都没通知。哪知道周柏野这一通操作，直接替他官宣了。

周梓豪笑出了声："就这么怕？是不是要手段抢来的感情就是不够稳固，生怕有点儿风吹草动就吹了？周柏野，你也有这么卑微的时候？"

这番话让沈枝意皱起了眉。

她觉得周梓豪话说得太刻薄。

她犹豫着要不要打断他们的对话,肩膀被周柏野揽住。他坐姿异常随意,亲昵地将她拉到自己身边,语气格外温柔:"有点儿。"

语调也很奇怪,像是撒娇,但她抬眼,看见周柏野眼里毫无笑意,只有唇勾着,对周梓豪说:"担心你让我女朋友觉得我也有三心二意的可能性。"

周梓豪气得站起身:"你能不能说点人话?就算我当初真的三心二意,你又是个什么好东西?亲弟弟的女朋友都勾搭,你是人吗,周柏野?"

对比他的愤怒,周柏野异常平静:"是吧。"甚至理智思考了会儿,才回答他,"但我记得你们是分手后,她才成了我女朋友。我要真想抢,你们还在谈的时候,我就上位了。"

周梓豪目眦欲裂:"你个王八蛋!"

周柏野:"什么素质?说不过就骂人。平静点儿,都成年人了,又不是村口玩泥巴的小孩儿,要我教你怎么做人吗?"

周梓豪见不惯他这个样子,问沈枝意:"我是不行,他就好了?"气急之下,甚至不惜带着自己一起骂,"他是我亲哥,你觉得我三心二意,他又是什么好东西?"

沈枝意闻言看向周柏野。

周柏野伸手拂开她颊边的头发:"沈枝意,我是你的,你说我好还是不好?"

周梓豪是在沈枝意说"好"的时候走的。

多比看不懂人类的纷争,跟着周梓豪跑到家门口,又趴在了地垫上,眼巴巴地看着周梓豪的身影走进电梯,才转身跑到周柏野脚边。

周柏野低声:"狗东西。"

多比乐呵呵地冲他吐舌头。

沈枝意拿起那张喜帖,问周柏野:"我们是不是要给份子钱?"

周柏野抬头看她:"你打算去?"

沈枝意有些为难:"……都送上门了。"

"也行。"周柏野从她手里接过那张喜帖,"份子钱你不用管了,我给就行。"

但他这么说,沈枝意又有些退缩:"会不会很尴尬?"

周柏野:"那就别去。"

沈枝意沉默着也拿不定主意，但好在婚礼是在下月，还有很多时间可以犹豫。她从厨房冰箱里拿出自己买的蛋糕，放在桌上才注意到鞋柜上也放了一个粉色的蛋糕盒。

"嗯？你买了什么？"

周柏野跟长在沙发上一样一动不动，只弓身去拆她放在自己面前的蛋糕，随口说："你猜。"

沈枝意走过去，打开，随即有些无奈地回头看着周柏野手里拿的那份。

他们买的是一模一样的。

都是抹茶慕斯。

绥北最近的夜晚总是闷热，空调二十四小时不停转。

他们晚上找了部电影，蛋糕在周柏野那儿，他拿着叉子，偶尔递过去喂给沈枝意一块。她抱着膝盖坐在他旁边，眼睛盯着电视机屏幕，注意力始终集中在上面跌宕起伏的剧情中，他递过来，她就张嘴。

周柏野故意使坏，再递过去一次，放的是自己的手指。

沈枝意咬住才抬头看他。

他唇边带笑，有点儿故意地问她："嗯？"

她没吭声，牙齿却咬住不放，舌尖也顶上去，舔着他的指尖。

周柏野似是压根不疼，问她："你是不是很喜欢我？"

沈枝意咬着他的手指，声音含糊，却不退让："是你很喜欢我。"

周柏野凑近过去，脸埋在她颈窝，靠着靠着，突然在她肩上咬了一口。沈枝意疼得倒吸一口冷气，松开他的手指就去推他："你——"

周柏野推倒她的时候，接了她的话，承认得很果断："我有病。"

沈枝意愣住的时候，感觉衣服已经被推上去。这种时候她竟然还能注意到周柏野手里拿着的蛋糕全掉到沙发上，她急得去踢他："蛋糕！"

谁在乎蛋糕，周柏野压根不在乎，他拉住她的双手，让她看着自己的眼睛。

那张漂亮的脸近在咫尺。

这个认知对他们双方而言都通用。

周柏野问她："喜欢我吗？"

沈枝意不肯说。

周柏野亲她的唇:"我希望你喜欢我。"

沈枝意有些别扭,心知肚明他的反常来源,却还要问:"为什么这么希望?"

"因为——"

周柏野低眸。

那双好看的眼睛盯着她,笑容莫名有些脆弱。

这次是明晃晃、不能更直接的撒娇。

"我希望最起码在你这里,我是不可替代的。"

## 第 十 章

流心蛋黄

00 00 23

很早之前，沈枝意就知道自己是一个悲观主义者。

在QQ空间还盛行的时候，她发过很多条仅自己可见的说说，其中印象最深的一个是：我无法理解这世上所有找不到缘由的爱，也无法相信有无私奉献爱的勇士。

外婆说没见过比她更拧巴的小朋友，面子比天还重要，小学文艺会演，脚后跟被磨破了硬是一声不吭，直到表演结束走路一瘸一拐大人才发现她受了伤。她当时被外公背着，外婆提着她的书包，对她说小朋友受伤不丢人，小朋友拥有撒娇任性的权利。

她却好像从未对谁用过这个权利，直到成年后的今天，听着周柏野在她耳边说出的这句话，圈着他的脖子装作没听懂那样，轻声对他说，她很难受。

用这个借口躲过了这个话题。

她看着漆黑的房间，在周柏野的呼吸中，开始设想一些很无聊的问题。

假如她出生在一个幸福的家庭，像顾薇一样，她的性格会不会发生变化。

这个话题在第二天上架子鼓课的时候，她用闲聊的方式对板栗和兔乃提了出来。

板栗说："你这话题我很小的时候就想过。如果我爸妈离婚的时候没把我丢给我奶奶，我可能读书的时候也会去参加个篮球队啊什么的，大学毕业不会以哪份工作赚钱作为考量，我会更多时间专注于我自己，我想做什么、想要什么，但现实就是，我还是要觍着脸去求客户买车，我这个月要是再开不了单，下个月架子鼓我都上不起了。"

兔乃"啧"了一声："说得这么可怜，别以为我不知道，你存款都快三十万了。你说你现在这个年纪，不享受当什么苦行僧啊？我看什么社保啊、医保啊，能活到享受它的年纪再说吧，现在呢，就是享受为主懂吧，人生是风景，不是征程。"

兔乃看得开，还劝自己的两个学生："想这想那，什么因为所以科学道理统统扯淡，我就从来不想这种假设性问题，现在多好，以前的经历就只是记忆，记忆过去就过去了，人生就是一段段风景不停地看，你羡慕人家的风景，人家还羡慕你的阅历呢，世界就是勇敢者的游戏知不知道？所谓勇敢者不就是不管做对做错，只往前走，不后悔也不回头嘛。都看开点儿，跟打架子鼓一样，把自己的人生敲得热烈点儿，也不枉活一次嘛。"

板栗在旁边"啪啪"给兔乃鼓掌。

沈枝意跟着鼓掌，但在心里感慨，兔乃不愧是卖课的，就算在这儿失业换家公司也照样可以当王牌销售员。

她跟周柏野的相处变得有些奇怪。

但这种奇怪好像只有她自己能够发现，兔乃和板栗他们没发现任何异常，其他人也照旧觉得她跟她男朋友感情是真的很好。沈枝意觉得也行吧，感情就像是床单，只有睡上去的人才知道个中感受。

他们在下课后照旧会在街上闲逛，到附近的夜市买些小吃，回家看一部电影，或者躺在床上分享同一本书。

接吻、做爱也依旧是他们的必修课。

她时常觉得周柏野在等她说些什么，只是她没开口，他也不问。

像个极具耐心的猎人，等着她自己卸下警惕。

沈枝意身边的女性朋友不多，唯一能倾诉周柏野话题的只有林晓秋。

她蹲在阳台，看着自己养的栀子花，在电话里问林晓秋，自己是不是不该爱得这么悲观。

林晓秋在那头沉默片刻后说："但你们这情况不悲观不行啊。你妈不同意、他妈也不同意，生活又不是电视剧，双方家长不同意的感情现实里到最后有几对走到最后的，而且——"

她一直不知道该怎么对沈枝意说，她始终觉得周柏野只适合谈恋爱，不适合结婚。他的职业是赛车手，这职业在她看来跟明星差不多，娱乐新闻里今天是这个明星出轨、明天是那个明星离婚，原因在她看来也都简单，无非站得太高、选择太多，抵挡不住诱惑。

她问沈枝意："你就试想一下，他有没有可能喜欢上别人就完事儿。你要是觉得绝对不可能，那你就跟他往结婚的方向处；你要是觉得他也会喜欢别人，那谈个尽兴就得了。"

沈枝意没想过这个问题。

而现在，她发现自己想不出答案。

周柏野从浴室出来，就看见沈枝意蹲在阳台，拿着手机，一副很烦恼的样子看着那盆栀子花。

他站在那里看着她，然后在多比蹭过来的时候，带着狗进了卧室。逃避一直不是他的作风，换作以前的他，会直接走过去，在她旁边蹲下，当两个在花盆前思过的蘑菇，直白地问她在想什么、在顾虑什么。

但现在，他又发现不该这么对待女孩子，怎么说呢，以前他不理解周建民交往的那些女友一天到晚哪儿来的情绪，要人哄、要人陪，所有的情绪都有指向性，那就是钱。所以很长一段时间里，他都认为异性没什么意思，钱这玩意儿无论在哪儿都有个响声，但是像周建民那样砸在女人身上，他觉得挺烂的。

他跟周建民也曾经发生过一次深入对话。

那时他刚十八岁。

他从国外回来，时差都还没倒过来，打开自家房门，看见一个穿着吊带丝绸裙的女人坐在周建民腿上调情，他靠在门上，叩响房门，在周建民看过来的时候，唇边还带着笑："我是不是该自我介绍一下？"眼睛看着那个惊慌失措的女人，"我是他儿子。"

那女人嘴唇还是红的，就被周建民让人送走了。

他西装很乱，里面的白衬衫还有着女人的口红印，这种时候却还能摆出长辈的姿态，问他回来跟张正梅打过电话了没。

周柏野从小是跟着周建民长大的，可以说是亲眼见证过他爸的每一段恋情。他爸妈刚离婚的时候，他还懵懂，拉着周建民的手，问他为什么不能把妈妈留下来，周建民看着他的眼睛说，因为妈妈爱上了别人。然后周建民就像是报复，开始频繁更换女朋友，他的爱情被掰成了很多片，每个人都能分到一点。

十八岁的周柏野说:"爸,你怎么是个人渣?"

周建民脸上看不出愤怒,或许他觉得十八岁跟六岁没有任何区别,冷静地整理着自己的衬衫,让周柏野别管自己不该管的事情。

周柏野问他:"你找那么多我妈的赝品,有什么意思?"

周建民站起来,看着他的眼睛,对他说:"打发时间,就算有意思。"

他十八岁时的狐朋狗友对他说,感情嘛,无非对一个新鲜感过了就换下一个人,真情能值几个钱啊,再说,真情保质期多短啊,出去飙个车都能心动三次,只喜欢一个人比一辈子不亏钱还难得。

人身上最难控制的东西就是心,就跟你控制不住自己做什么梦一样,就算你此刻觉得自己爱这个人爱一辈子,也难保下一秒会不会就把这个人换成了另一个人,所谓动心嘛,总会变动才是人心。

周柏野也是在遇见沈枝意之后,才发现他身上竟然有浪漫主义。

饼干问他,你到底喜欢她什么,感情到底是什么。

他握着手机靠在他最喜欢的车上,被饼干问得也跟着想,想着想着就抬头,看见太阳从天边落下,一片黄灿灿的,颜色巨像沈枝意讨厌吃的流心蛋黄,他跟饼干说挂了吧,他要急用相机功能拍个照。

大概就是那时候吧,他觉得喜欢应该是一种分享欲。

他把蛋黄给沈枝意发过去。

她发过来一个问号,生气地问他怎么一个人在外面看日落不带她一起。

行。

他想。

喜欢大概就是屁大点事儿都想告诉对方的分享欲。

即使是被凶了都觉得,沈枝意真可爱。

他想跟她看日落,也想跟她看日出。

想每天住在一个房子里,不当跟他爸一样的人。

他要,哪怕到八十岁,腿上都只坐着那一个人。

无非追个姑娘,周柏野觉得也没多难。但身边唯一可以做参谋长的朋友狐狸听说后露出匪夷所思的表情,他原话是这样的:"哥哥,你们都谈恋爱了,已经交往了,现在说要开始追她?你什么毛病?请问你们恋爱之前的阶段叫什么？"

周柏野觉得那阶段应该叫情投意合，但显然，他跟沈枝意之间有认知性偏差。让他觉得很有意思的一点是，沈枝意无论是恋爱还是自我认知都是呈逐日下降的趋势，打个比方就是她画画，最初会对自己信心满满，但逐渐就会丧失信心，皱着脸问他，自己是不是画得很烂，完全算不上是个画手。

而在感情中，周柏野能感觉到她随时在做好准备抽离。

狐狸听不懂他们的情感状态，挠着头发提议："送东西咯，或者带她去看你在国外的比赛。你不是要重新打积分赛吗？我跟你讲，没几个女人不爱看赛车比赛，也没几个女人在看了赛车比赛后，会不爱赛车手，天然优势懂不懂，费那劲儿去想着怎么追她干吗？你以为自己重返十八岁闲着没事儿干啊？"

周柏野不耐烦地指了一下休息室的门："你可以出去了。"

"你这人怎么用完人就丢啊，不是，你没谈过恋爱，我怕你分手后走不出来，我得多叮嘱你几句。"狐狸一共谈过两段恋爱。初恋是大学同学，毕业就分手，当时难过得一把鼻涕一把眼泪，结果一个月之后跟朋友开车去川藏线的时候认识了现任妻子，两人进度火速，一夜情之后别的话没啰唆，双双订好机票，第二天就去了民政局，工作人员给他们盖章的时候他们才交换了名字。

爱情这门功课，狐狸自认没人比自己更懂，他坐在沙发上死也不挪窝，跟周柏野说："你这人就是有点儿纯情病你知道吧？你一次恋爱都没谈过你懂个屁，你得听过来人的，她要是真对你没什么意思，你得尽早——"

周柏野打断他，指着门干脆道："赶紧走。"

狐狸：暴政。

他很有骨气地放下二郎腿："行，我这就走！你到时候别来找我哭！"

周柏野看都懒得看他一眼。

他靠在沙发上，闭眸不知道在想些什么，许久后才睁开眼，从桌上摸了手机过来给沈枝意发消息。

周柏野：今天几点下课？

沈枝意：可能会晚点。

周柏野：嗯？

沈枝意：今天板栗生日，他们说晚上约个KTV。

周柏野等了会儿，结果沈枝意没有后文，仅仅是通知他，她晚上有事要做。

他主动问她：不能带家属吗？

沈枝意有些犹豫：虽然不是不行，但今天唱歌女生居多，你来的话可能……不太好？

周柏野可怜兮兮地回了一个"行吧"：那你快结束的时候告诉我，我来接你。

沈枝意：不用这么麻烦吧？我可以自己回来的。

沈枝意其实发完消息就觉得不妥了，拒绝得太生硬，比起情侣更像是不熟的朋友。

她的手指停在屏幕上，还在想着该说些什么时，周柏野已经回复她了。

他完全没有被她的拒绝困扰，一连发了好几条过来。

周柏野：好吧，我也只是想体验一下在女朋友聚会时接她是一种什么感觉而已。之前狐狸跟饼干一直跟我炫耀，说我单身狗注孤生什么都不懂。

周柏野：而且，我也会唱歌啊沈枝意，什么时候跟我去KTV啊？

周柏野：我、唱、歌、超、好、听。

沈枝意被他逗笑，却没再回复。

板栗本人已经忘了自己生日，是兔乃前段时间跟她提起来，说板栗生日要不要一起聚一下，原本打算的小聚，因为偶遇吉他班的人，所以变成了大规模聚会。

沈枝意提前去拿了蛋糕，到KTV时，兔乃正在用手指在桌上模拟架子鼓表演给学吉他的长发美女看。

美女嘴上"哇"了一声，但明显并不感兴趣，有点儿敷衍地拍了下手："厉害哦。"

板栗被起哄着唱歌，她在门口站了会儿，才拿出手机给兔乃发消息对暗号。

庆祝生日无非这么个流程，关上灯，提前点一首《生日快乐歌》。

沈枝意之前过生日差不多也是这个流程，早就没什么新意，就算双手合十许愿，也都很流程化的，每年都同一个：希望早日暴富。

但她没想到，板栗竟然哭了。他在看到蛋糕的那一刻就掉眼泪了，手忙脚乱地给自己擦眼泪，又忘了还戴着眼镜，嘴上不停说着"你们干吗呀"，离他最近的一个女孩子急忙抽纸巾给他，说寿星不能哭的，快吹蜡烛。另一个人"哎"了一声，说不是这个流程，要先唱《生日快乐歌》！

然后大家在烛火里举着手机录像拍照，对板栗唱：祝你生日快乐，祝你生日快乐……

板栗手捂着眼睛："天啊——"他声音哽咽，"我怎么就是个泪失禁体质啊，能别拍我脸吗，哥哥姐姐们？好丢人。"

兔乃站起来举着话筒喊沈枝意的名字，说徒弟过来，咱们架子鼓三人组合唱一个《光辉岁月》。

"啊？"沈枝意皱起眉，"但我不会粤语歌。"

"没事儿，我也不会，就瞎哼呗！"

板栗已经举着话筒一边唱一边哽咽，整个包厢都是他的抽泣声。

兔乃一个巴掌拍到他后背，说："出息点儿！你这搞得像是我们给你买了房！"

板栗苦着张脸："你们要是给我买了房，我能哭晕在这儿。"

沈枝意笑得不行。

聚会的气氛太好，她接连喝了好几杯果酒。

周柏野来接她的时候，她蹲在KTV门口，旁边是个不认识的女生，陪她一起蹲着，两个人像是在聊天。他从车上下来往这边走时，听见沈枝意笑着对女生说"我男朋友来啦"。

雀跃的语气。周柏野莫名被这句话绊住了脚步，停在那里低眸看着她。

她脸红红的，眼睛湿润，仍旧蹲在那里没起来，手却慢慢朝他伸了过去，笑着问他："不是来接我的吗，周柏野？"

周柏野给她系好安全带，还在一直看着她。

她嘴里在哼歌，翻来覆去唱的都是《生日快乐歌》。

"能换首吗？听得我有点审美疲劳了。"

沈枝意好脾气地问他："那你想听什么？"

周柏野说："你刚看到我的时候，心里想的是什么，就唱什么。"

沈枝意皱着眉毛，想了很久，才"哦"了一声。

周柏野看她一副恍然大悟的表情，有些好笑："哦？"

学她，还要把尾音上扬。

车停在路边还没走，车里灯开着。

沈枝意靠在椅背上，视线从周柏野穿着的黑色衬衣到喉结，再到他的脸上。

"周先生。"

周柏野较真道："姓周的那么多，你喊的是哪个先生？"

"周柏野先生，"沈枝意喊出他的名字，一双清澈的黑眸看着他的眼睛，笑道，"刚才看见你的时候，是想起一首歌。"

"是吗？什么歌？"

他问得漫不经心，一只手还拿着手机，在搜从这儿回去的路况。

手机突然被人抽走。

他嘴里"哎"了一声，仍没认真，还在开玩笑问她是不是查岗。

但是沈枝意没理他，她用他的微信，给自己打了个语音通话过去。

前阵子设置的专属来电铃声就在车厢里响了起来。

"这个。"

沈枝意晃着他的手机对他说："你刚才朝我走过来的时候，我想的就是这首歌，还有点儿——"

她想了想，没找到更浪漫的平替词，才直白道："想跟你接吻呢。"

周柏野确定，想要走一遍追求流程是他的想法。

但问题就出在，沈枝意好像无师自通，天生掌握拿捏周柏野的技能。

他看着她的眼睛，好奇地问她："你之前就认识我吗？"

沈枝意被问得一愣："没……没有吧？"她莫名其妙也跟着不确定了起来，"在周梓豪带我去看你比赛之前，我应该没见过你？"

周柏野没什么所谓地"哦"了一声："我觉得，你应该是很早就认识我了，不然没可能这么了解我爱听什么话、喜欢什么类型，你作弊吗，沈枝意？"

沈枝意皱着眉："有点土。"

周柏野："那我换个？"

沈枝意点头："好啊。"

"我能申请场外求助，问下沈枝意本人，她比较爱听什么话吗？"

"啊？就、就都可以啊。"

"那你不想听我唱歌吗？"

"也、也可以啊。"

周柏野却不说话了。

沈枝意已经拿出手机准备录音，有些困惑地看着他："不是说唱歌吗？"

"流程不太对。"周柏野说。

什么流程？

沈枝意一头雾水，不知道是自己喝醉了，还是周柏野说话逻辑太混乱。

她茫然地抬头，看见他表情也同样纠结，仿佛在思考什么很重要的事情。

"我应该先跟你接吻。"

周柏野表情严肃地看向她。

确实很难追。

在认识沈枝意之前，周柏野觉得最难的事情，就是该怎么让周建民认识到他确实是个花心的浑蛋。

但在认识沈枝意之后，最难的事情变成了该怎么让她知道，自己不是个花心的浑蛋。

他确实，是想跟她好好谈个恋爱。

但心动的源头在哪儿？他从驾驶座凑近过去，在她脸上找到答案："最开始是见色起意。"

沈枝意虽然不知道他为什么突然说这个，但是认真地点了点头，认可道："我也是。"

沈枝意仰着头亲他。

周柏野从她口袋里把响个没完的手机抽出来，收进了自己口袋。

沈枝意勾着他的脖子问他："谁打来的？"

"不重要的人。"周柏野说。

沈枝意没法信任他，伸手去他口袋要拿出来看。

周柏野扼住她的手腕："我打算追你来着。"

沈枝意手指僵住："什、什么？"

"因为感觉你随时打算踹了我，没什么安全感，所以跟朋友请教，想要追你，看能不能让你更喜欢我，喜欢到不忍心甩了我。"周柏野低着眸，那张漂亮的脸此刻全是认真。

沈枝意不知道他是认真的还是开玩笑的，只能词穷地说一声意思含糊的"啊"。

"最开始确实是见色起意。"

刚才说到一半的话，现在又被他捡起来。

他仍然按着她的手，不让她去拿手机。

因为不是很让人愉快，在口袋里响个没完的来电是席代清打的。

晚上十一点，异性打来的电话总让人遐思无限。他不想去深思席代清对沈枝意究竟是什么心思，笨蛋才会想去搞定情敌。

他是聪明人，聪明人只会想着搞定喜欢的人。

所以他用非常诚恳，让人无法拒绝的认真语气对她说："但是现在，沈枝意，我想跟你谈一个能被你拿得出手，能带去KTV跟朋友一起唱歌，会被你介绍是你男朋友，能走到结婚的，正常的恋爱。"

周柏野恋爱期间经常卖惨。

她在做饭的时候，他会站在门口一直看，然后突然从后面抱住她，语气可怜地对她说："好喜欢你啊宝宝，没认识你之前从来没人给我做过饭，我可以以身相许表达我的感激之情吗？"

多数时候，沈枝意都觉得周柏野是个天生的浪子，他太擅长说情话，也太了解该怎么让她心软。

她总会觉得自己定力太弱，一个人待着的时候，画的小日常里面全是周柏野的身影。

他像是一团巨大的阴影，慢慢占据她的所有生活。

沈枝意提醒自己这样不太妙，理性跟情感该是势均力敌才不至于最后输得太惨。

成长以来所有经历都告诉她，人只能依赖自己，不该对除自己之外的人产生任何依赖，把心交出去就会输得很惨，被打压、被抛弃、被威胁、被拿捏，心就该是石头做的，捂不热才是最安全的状态。

她有片刻的失语，也有刹那的心软。

正常的、走到结婚的恋爱吗？她没想过，跟周梓豪交往的时候没想过，跟周柏野交往也没想过，而且她肯定的是，哪怕未来她和其他人交往，也不会想到结婚这件事。

她没办法想象婚姻关系,从小父亲这个角色就天然缺失,即使外公外婆在他人看来是一对恩爱夫妻,但是也存在各种问题。小时候她就在想,为什么家里总是外婆做饭、打扫卫生,为什么吃饭的时候总是迁就外公的口味,为什么家里大事都是外公做主。

后来住在表姨家,表姨夫工作清闲,每天待在家,但做个家务都会邀功,仿佛他多大功劳、多大贡献一样,总会对表姨说:"你看这里是我弄的、那里是我弄的,还有哪个男人会像我一样对你这么好哦。"她那时候年纪还小,只觉得刺耳,长大后回忆就觉得可笑。

她心想,凭什么呢?凭什么"我"跟你在一起,承担生孩子的风险,明明夫妻是平等的关系,但家务活就成了我应该做的呢?

在这种有点儿怨恨的疑问下,她意识到擅长思考的人不适合走进婚姻,不然无论和谁在一起,都会成怨侣。

她并不认为周柏野会是例外。

毕竟没人会成为真理的例外。

所以她试图冷静地看着周柏野的眼睛,对他说,这样的恋爱关系不适合她,什么真心实意都得到生命最后一刻才得以验证,她敢赌到那时候。

但是在她开口之前,周柏野率先举起一只手,两只手指竖在太阳穴旁边,笑着对她说:"我用我未来的职业生涯对你发誓,我绝对地、真心地、真诚地,喜欢你。"

看吧,多会作弊。

永远抢在她心狠之前让她心软。

周柏野对沈枝意说,感情哪有那么复杂,你喜欢我、我喜欢你,所以我们在一起。

他心血来潮,问沈枝意要不要看极光。

沈枝意打断了他的浪漫,说你弟马上就要结婚了,我们收了请帖,不可能缺席。

周柏野长叹了一口气,靠在椅背上,偏头看着她的眼睛。

"我有点羡慕独生子女。"

他语气实在委屈,沈枝意有些好笑地反驳他:"你跟独生子女也没区别啊。"

"有啊。"周柏野说，"至少独生子女不会在想跟女朋友出国旅游的时候，还要想着避开亲弟弟结婚的日期。"

沈枝意伸手挡住他的眼睛。

"别想了。"

她抿唇，又补充："也别撒娇了，你想表达的我都知道了。"

都知道了吗？不能够吧，因为周柏野自己都还没想明白。

他决定先找个参照物，晚上打了通视频电话过去给饼干，饼干没立刻接，挂了两次，但架不住周柏野执着。他接通的时候眼睛红红的，头发也乱，背景像是在酒店，灯也没开，整个人陷入在一团阴影中，哑着嗓子问周柏野干什么。

周柏野问他："你还在猫牙那儿？"

分手以来，饼干还是头一次听见这个名字，其他朋友都避讳，不会在他面前直接提，只有周柏野直白，他低着头，闷闷地"嗯"了一声。

周柏野又问："怎么就掰了？"

饼干："猫牙让你来问我的？"

周柏野："不是，我关心你。"

饼干苦笑，"她嫌我管她太多，说我爱吃飞醋。但你说她平时穿衣服总爱穿那么暴露，她一个女孩子在国外我不放心不是很正常吗？我要不是喜欢她我管她那些？说多了她就嫌烦，我想着行，你觉得我烦那就冷静一段时间，隔了半个月我不联系她，她也不理我，我以为她还在生气，跟个傻子一样过去想哄哄她，结果她跟一个男的从酒店出来。"

懂了，周柏野想，大男子主义和缺乏沟通。

"别难过。"他安慰得生硬。

电话挂断后，饼干发来一条微信，问他：真不是猫牙让你来问的？

周柏野完全不知道"愧疚"两个字怎么写，回复饼干说：不是，早点回国吧，你现在像是在国外流浪的孤儿。

他回复完，沈枝意刚好洗完澡，穿着睡裙走到他身边，问他刚才跟谁发信息。

周柏野"啊"了一声："失败案例。"

沈枝意："啊？"

周柏野说,"知道爱神丘比特吧?"

沈枝意:"知、知道吧。"

周柏野指着手机:"被丘比特淘汰的失败案例。"

沈枝意直接拿过他的手机,看见聊天的对象是饼干。

"他们好歹都是你朋友,你说话就不能……好听点儿?"

"我让他早点回国,结束流浪,这还不够好听?"

这人所认为的好听大概跟普通人有壁。

沈枝意也不知道周柏野这种说话方式,是怎么做到身边还有这么多朋友的。

她拉着椅子坐在他旁边,难得好奇,问他猫牙跟饼干到底是怎么一回事。

周柏野就把刚才饼干说的话复述了一遍。

沈枝意听完后觉得有点不对劲:"这前因后果串联得是不是有点不自然,中间是不是少了点什么?"

只是因为对方管东管西,发生了小争执、冷战,所以就出轨是不是有点太牵强了?

"那谁知道呢。"周柏野说,"他又不是我。"

沈枝意:"……我现在是真的发现出国留学的人跟在国内读书的人的区别了,我们在中国读书接受义务教育的人,一般都是说,我又不是他。"

"随便吧,反正都一样。"

"哪儿一样了?"

周柏野坐姿像个大爷,手肘撑在膝盖上,有点儿欠地去撩拨睡着的多比,嘴里说:"穿衣风格、交友范围,这些有什么好管的,想穿漂亮衣服就穿,就算你想穿比基尼逛街,我也不会有意见。"

沈枝意:"等、等会儿,我才不会穿比基尼逛街好吗!"

周柏野:"这只是一个形容。"

"唔……我虽然能明白你的意思,你能这么想确实很难得,但是现实中能不能做到就不好说啊,很少有男朋友会完全接受女朋友所有穿着打扮吧。就拿我在小红书上看到的情侣博主来说,女生穿性感的衣服,男生吃醋说不允许、不换衣服不准出门,无论是女生还是评论区的网友表现出来的都是好甜蜜,所以这么看,这也不算是个大问题吧?比起限制穿衣自由让猫牙生气,我更偏向于是饼干的表述方式问题,他如果跟你一样这么会哄人,猫牙肯定不会生气的。"

"那说明现在网红情侣可真好做,你要是画画的号还是起不来,我也不是不能陪你出镜。"

"……谢谢你的提议,但我社恐,不想出镜。而且你太出名了,我不想被讨论上热搜。"

"那可真是太遗憾了。"周柏野伸手摸摸她的头发,"你要是有这个需求,随时告诉我。"

沈枝意点头说"好",又双手托腮看着他的脸:"我发现你真的很会说话。"

周柏野看向她:"嗯?"

"平时那些花言巧语以为已经是你的必杀技,但你刚才的话,更好听。"

"哦——"周柏野懒着嗓子,"喜欢听这样的啊。"

他笑:"但我认真的,你想跟谁交朋友你就去,想穿什么衣服你就穿,人生这么短暂,还这不能干那不能干,不是太憋屈了?"

沈枝意问他:"一点都不吃醋?"

周柏野凑近过去:"低等男人才通过限制女人的魅力找寻安全感。"

沈枝意故作不懂:"那你呢?"

哪知道这都能让周柏野见缝插针说骚话:"我?我当然是你的了。"

沈枝意沉默片刻,才搓着手臂问他:"你也觉得,'我当然是你的男人了'这种话太恶心了对吧!"

周柏野把她从椅子上拉起来,推着她的肩膀往卧室走:"我留学回来的,语文不好,听不懂你在说什么。"

沈枝意艰难回头:"阳台的门还没关呢。"

周柏野无所谓道:"开着呗,花那么香。"

这晚对话里的内容沈枝意也没当真,但在周梓豪订婚宴前几天,跟周柏野出去逛街买衣服时,才发现他说的都是真的。

她穿着店员推荐的裙子,露出大片后背,浅V设计,领口缀着几颗珍珠,清纯中带着克制的性感,因此更加迷人。

周柏野没多说,直接去刷了卡。

她提着那袋衣服去上了架子鼓课。

课间的时候,兔乃看她从袋子里把衣服拎出来,又听说是参加前男友的婚礼,表情顿时变得奇怪。他偷偷去瞟在休息区坐着的周柏野,问沈枝意:"你确定你男朋友正常?"

沈枝意:"……你能说点人话吗?"

"那只有一种解释了。"

兔乃故弄玄虚,等到沈枝意和板栗问他什么的时候,才说:"非常自信呗,还能是什么?这就跟学神考前不复习也觉得年级第一属于他一样,尔等皆蝼蚁,藐视一切懂吗?"

这天,沈枝意的小红书里新更新的条漫中,周柏野出现的次数大幅度提高,并且终于拥有了五官。

手舞足蹈地站在一排花面前,冲她晃着小旗子,欢呼呐喊:"看我、看我、看我,绝世好男人。"

评论区笑倒一片。

△不是,崩人设了吧太太,我怎么记得之前Z君不是个傲娇怪吗?怎么现在变得这么逗比?

△这有什么的,我老公在外面是花臂大佬,回家扭着屁股给我跳脱衣舞呢。

△……画面太美,无法想象。

△要不单出一本恋爱漫吧,太太跟Z君真的很好嗑啊!(西子捧心)

…………

下面评论若干。

周柏野对沈枝意日常号流量起不来的假设不成立,但这也让沈枝意有些纠结。现在的状况简单概括就是有心栽花花不开,无心插柳柳成荫,她专门用来放自己画画的号流量一直很差劲,截至目前粉丝也只有三百个,可是这个日常号,流量就跟被官方开后门了一样,半月不到的时间,粉丝已经快三万了。

她的私信里甚至有出版社的编辑问她要不要发行漫画。

她没拿定主意,添加了微信说自己再考虑一下。

此刻看着那条让她出恋爱漫的评论陷入沉思。

她现在不缺钱,存款还有几十万,猫牙介绍了她身边的朋友来找她画画,后面还排了五个单子,最低的也是两千一幅。

虽然没人会嫌弃钱多，但是贩卖自己恋爱日常赚钱也就面临跟情侣博主一样的烦恼，那就是一旦分手将很难收场，恋爱不再只是自己的恋爱，它被贴上了商业价值，分手就是情感跟金钱的双重损失。

她盘腿坐在沙发上，看着房门紧闭的卧室。

这个时候把她放在黑名单的沈如清发来微信，问她最近为什么不去见席代清。

沈枝意恍然。还漏了一个，除了金钱和情感的双重损失，还有亲情的阻碍。

沈如清固执己见，对她明确说过，恋爱可以，但不能是姓周的。

因为不好听，跟前男友分手了，转头跟他亲哥哥在一起，随泽就那么小点儿，传出去她跟外公外婆都很难做人。

沈枝意理解他们的为难，但在这个问题上，坚定地对沈如清传达了自己的意见。

——我现在有男朋友。

沈如清给她发来四十秒的语音，二十秒的时间指责她不懂事、不成熟、不体谅他们，又用二十秒的时间告诉她周柏野并非良配，最起码他的妈妈就非常高傲，浑然不懂怎么尊重他人，不门当户对的感情就算步入婚姻，也只是步她亲爸的后尘。

沈枝意把沈如清的语音听了两遍，然后问她："你说步入我亲爸的后尘，是指他婚内出轨，还是指他已婚装未婚欺骗你的感情，你是认为我会是他，还是周柏野会是他？"

这话说得很生硬，没有添加任何语气助词，也没有喊一声妈妈。

这也就导致对话像是在吵架。

沈如清：最起码，你跟他在一起，不会比我的结局好。

她发完，也意识到这话是诅咒。

没有母亲会诅咒自己的女儿。

但她没有撤回，只是继续苦口婆心地对沈枝意说：谈恋爱要找个靠谱的。他是个赛车手，我跟你外公外婆也查过资料，你知道赛车手有多危险、死亡率有多高吗？就算他未来不出轨，他能陪你到最后吗？沈枝意，我不希望你跟我一样，也不希望你未来的小孩跟你一样。

沈枝意看着这串文字，盯得眼睛酸涩，手指麻木地打字。

——他没有做任何错事，我们是在我分手后才在一起的，我们谈恋爱也没有对不起任何人。

——就算说出去不好听，你也不用，这么诅咒他吧？

卧室的房门"咯吱"一声被人从内打开，她发消息的动作被打断。

睡到中午才醒的人靠在门上，冲她打了个响指。

沈枝意怔怔地抬眸。

看见周柏野一脸没睡醒的样子冲她笑，眼睛都没完全睁开，裸着上半身，问她中午要不要出去吃。

太生活的一幕了。

以至于沈枝意因为沈如清的话产生了恐慌和怨恨。

这种感觉让她像是回到了小时候，外婆出去打麻将，她午睡醒来家里空无一人，坐在台阶上抱着膝盖看声控灯亮了又灭，在黑暗里她揪着自己的裤腿，脑子里一直在想死亡。她害怕外公外婆出意外，她就成了在楼梯间无人认领的孤儿。

那时候的她还不完全懂得什么是死亡。

只感觉内心空荡荡的，像是被丢进了悬崖里，又像是坐上了云霄飞车。

一种巨大的失重感，让她胆战心惊。

现在这种感觉因为沈如清的假设再度袭来。

她的注视让周柏野逐渐收敛起笑意，他没带手机，走出来看了眼墙上挂着的时钟，问她："我起太——"

沈枝意已经走过去抱住了他。

"你以后早点起吧。"

她的声音闷在他胸口，带着些埋怨地对他说："你太懒了周柏野，没有人当男朋友是这么懒的。"

周柏野完全不知道她指控的真正来源。

他真的信了她说的话，"啊"了一声，明显情绪不高地说"好吧"。

但是真的做不到。

周柏野在心里说，早起是不可能的。

这辈子不可能早起。

可是先答应着吧，这种程度的哄人……应该不会违反恋爱法吧？

这是下午一点。

刚睡醒的周柏野，所烦恼的最大问题。

周梓豪婚礼那天，沈枝意跟周柏野到场较晚，去到的时候已经走完了新郎亲吻新娘的流程。主要原因在于周柏野，他开车认错路，南辕北辙，等折返已经耗费了大部分时间。沈枝意坐在副驾驶倒是一句催促都没有，调试着音响里的歌，换了首轻松愉悦的，还有兴致拿出手机拍夕阳。

唯一催促他们的人只有曹疏香。

曹疏香不敢给周柏野发消息，就发给沈枝意，问她什么时候到。

沈枝意估摸着时间，回复说还要半小时。

那边安静了好一会儿，才乖乖地回了句"好吧"，又说"姐姐路上注意安全"。

小姑娘头像用的是自拍，周围有着一圈花里胡哨的粉色装饰物，她双手捧着脸冲镜头笑得很甜。

她看曹疏香的头像出神，没注意到周柏野投来的视线，直到他问在看什么，她才回神，老实地说："看疏香的照片。"

周柏野有些意外："看她干什么？"

"就觉得，你们还是有点像的。"相像的部分是眼睛，笑起来温柔，不笑就冷淡。

周柏野勾勾唇，没让话题延续下去。

天边出现的咸蛋黄逐渐下沉，等到达酒店门口，已经换成了泼墨般的夜色。

来之前周柏野就跟她说过，两人可以过来只走个过场，毕竟连周建民都没有出席，曹征这边的亲戚不见得想见张正梅前夫这边的任何人。唯独周梓豪是个例外，他虽然姓周，但是被曹征养大的，在他们看来也算是半个曹家人。

周柏野说起这些的时候完全平静，还拉着她的手，跟她说如果进去有人跟她说些什么，不要在意，不开心他们就走。

沈枝意有些困惑地问他，谁会说些什么？

周柏野捏着她的手心没说话，目光是沉的，不知在想些什么。

很快，沈枝意就知道周柏野说的是什么意思。

她之前见过曹征这边的亲戚。大概是中秋节的时候，她陪同周梓豪回家送月饼，打开门看见客厅里乌泱泱一堆人，见到她都是笑脸，夸她有福气说郎才女貌，吉祥话比桌上的菜品更丰富。

然而今天就是新天地，他们到场晚，卢彦那边留了一个空位，他们冲周柏野招手让他跟沈枝意过去坐。周柏野拉住服务员，正说让他加个椅子，就见曹疏香不知从哪里摸过来，拉着沈枝意的手对周柏野说："就、就让嫂子跟我坐，我那边有、有空位呢。"

也不知道在紧张什么，说话结结巴巴。

周柏野看向沈枝意。

她点点头，从包里把周柏野的手机拿出来给他。

两人在这里分道扬镳。

曹疏香的手湿湿热热的，手心里都是汗。

她带着沈枝意回到自己那桌，见周围那些熟的、不熟的亲戚都投来困惑的目光，她脸像是被烫着似的，低着头慌乱地握着手机，手指不自觉地颤抖。她觉得妈妈疯了，妈妈一定是疯了，不然绝对不会特意交代她给沈枝意留位置坐在这里。

曹征这边的亲戚文化程度低，一周前从家乡赶过来，晚上给订好五星级酒店，白天就不辞辛苦地跑来她家跟她妈妈寒暄，话题东扯西扯最后都是笑眯眯地问能不能帮自己孩子找个工作添个方便。

所以当她们探寻地看向沈枝意，不管他人死活地问她现在男朋友是不是周梓豪大哥的时候，曹疏香后背出了一层汗。她像只耗子一样偷偷看向沈枝意，攥着筷子的手都有些疼。这些恶意的目光都有着她的助力，当她意识到这一点的时候，就发现自己之后恐怕再也没法直面沈枝意了。

卢彦第五次见周柏野往另一个方向看，伸手拍拍他后背，调侃道："干吗呢哥，这才分开多久，这么离不得？"

周柏野半开玩笑地说是有点儿。

这一桌多数人他都认识，只是关系熟与不熟之分。另一侧新郎带着新娘逐桌敬酒，再有不到三桌就到他们面前。黄祺咬着猪肘子问周柏野："你说一会儿梓豪是喊你哥，还是喊你名字呢？"

周柏野没接这个无聊的话题,倒是卢彦直接赌上了,压了一瓶酒说绝对是全名。

结果却是在选择之外。

周梓豪没喊他,酒杯略过他这边。穿着秀禾服的新娘站在他身后,乖乖地被他拉着手,这哥那姐的,到了真哥哥这里停住。桌上眼神交流不断,在座的都是人精,压根不给气氛尴尬的空间,玩笑话一路开到新郎新娘被催着敬往下一桌,大家才落回原座。

旁边几个圆桌不停有人往这边看过来,眼神都往周柏野身上落。

方才所有人都站了起来,就他坐着,像是来镇场的,但眼皮子都没抬。

曾羽灵跟着周梓豪走了两步,手被他从臂弯中拉开,她停在原地,看见周梓豪调转脚步站在了周柏野面前。

她母亲站在她身后,护着她的腰,不解地问:"梓豪这是哪儿去?"

曾羽灵延长过的美甲掐着手指,浓妆下的脸刚挤出笑容,就听不远处周梓豪对周柏野说:"做哥哥的,都没什么想对亲弟弟说的?"

她身体僵直,几秒之后才知道回头看。

那边周柏野依旧坐着,听见周梓豪的话反应也寡淡,随口"哦"了一声权当回应,手里抬了下杯子,真诚欠缺地祝愿:"新婚快乐啊,弟弟。"

充当伴娘的大学同学轻轻拍曾羽灵的胳膊,贴在她耳边问她:"那是你老公的亲哥哥吗?他有没有女朋友的啊?"

她手里握着酒杯,忽然转过头去看另一头的圆桌。其实看不清,来客众多,乌泱泱的全是人头,但那边就像是有个炸弹埋在那里,越是靠近,越觉得火线随时能被点燃。她不清楚周梓豪究竟是怎么想的,虽然答应了结婚,哪怕此刻就在她的婚礼现场,但她仍然没有安全感,她感觉周梓豪如同随时会飞走的风筝,她握不住他。

周梓豪笑着:"也是没想到,你真的会来。"

周柏野手指点着酒杯下的请帖:"毕竟你邀请了。"

旁边的卢彦摸摸鼻梁,想打断对话又找不到节点,只能尬笑着缓和气氛。

周梓豪往周围看了一圈,又看向周柏野:"她呢?"

周柏野现在才抬眸看了一眼穿着西装的他,眼尾略微上挑,有点儿好笑地说:"不在那儿等着你嘛。"而后视线一转,指的是乖顺地站在那儿的曾羽灵。

周梓豪感觉自己成了被水浸泡后的火药，想发火却找不到缘由，谁都有资格骂他一句咎由自取。他的手握成拳又舒展开，台上交换的钻戒硌得手指生疼，看着周柏野的几秒是他隐忍情绪的时间，片刻后重新挂上新郎该有的笑容，走到曾羽灵身边，同抱怨的岳母说了一声抱歉，往下一桌转。

卢彦松了口气，摸了纸巾擦干净额头出的汗。

身旁的黄祺揶揄他皇帝不急太监急。

他仰头看着天花板，想起的却是几年前，曹疏香生日的时候，周柏野被张正梅用身体不舒服为由骗回了家。他跟黄祺坐在客厅给曹疏香唱着《生日快乐歌》，门被人从外推开的时候大家都以为是外卖员，结果看见了周柏野的脸，他是愣住的，刚想问周柏野怎么在这儿，就看周柏野视线冷淡地扫过每一个人，最后落在张正梅身上。

"身体不舒服？"他问。

那种情况下，张正梅笑容依旧温柔："阿野，今天是你妹妹生日。"

周柏野笑："不是一个爸生的算哪门子妹妹。"

张正梅不说话了，曹疏香尴尬地低下头。寂静中，一个打火机直接朝周柏野砸了过去，周梓豪站起来指着门对自己亲哥哥说："你要是实在不懂怎么尊重别人，那你就滚。"

那是成年后，他第一次看周梓豪跟周柏野这么剑拔弩张。大家都以为他们会打起来，结果没有。周柏野捡起那个打火机丢进了垃圾桶，看着张正梅说"这是最后一次"，然后扭头就走了。

那天之后卢彦才知道原来当天下午周柏野有比赛。

但张正梅不在乎，她只想让他给她小女儿送上祝福。

卢彦跟着周柏野走出去，看他蹲在车前，仰头看着天空，他陪着他蹲下。

"野子，你——"

他设想过周柏野会生气会发火，但没想过他会说没事。

卢彦偏向周柏野大概就是从那一刻开始。

如果刚才周柏野真跟周梓豪吵起来，他大概率也会帮周柏野。

因为周梓豪有家，但周柏野没有。

他的一番苦心，周柏野完全没注意。

周柏野的视线正越过人群看向自己的女朋友。只可惜看不清晰，于是发消息问她要不要走。

收到的回复却奇怪。

——周柏野，我吵赢了。

几分钟之前。

这一桌沈枝意完全叫不出名字的七大姑八大姨，说着很多话。

从寒暄般地问她是不是周梓豪前女友开始，渐渐跑偏，一个回忆另一个就搭腔，让饭桌上的话题慢慢跑到了周柏野身上：

"正梅的那个大儿子，完全养不熟的哦。我们阿征对他多好啊，恨不得心都掏出来的，听说他喜欢篮球，在国外费老大劲给他买了签名款回来，结果一句叔叔都不叫，压根就不收的，傲慢得很！"

"听说是在玩什么……赛车？不是什么正经职业，身边小姑娘多得很，我看是随他爸了。"

或许是看沈枝意始终没搭腔，有人问她："你真跟梓豪大哥在一起啦？"

"是啊。"沈枝意承认得果断，"在一起了。"

其他人脸上僵了一下，随即露出厌恶的表情。

"那你等着吧。他那种人，之前见面都不给我们好脸看，性格、人品都比不上梓豪的，不知道你——"

这些话其实左耳进右耳出就可以。

但实在刺耳。

沈枝意知道周柏野与张正梅和曹征关系不好，曹征这边的亲戚不喜欢周柏野她也完全可以理解。

这是周梓豪的婚礼，所有人都捧着周梓豪给他祝福也是应该的，哪怕偶尔过来被喊着喝口茶的张正梅听见这些话，也只是笑笑，不痛不痒地让她们不要瞎说。

没有人在意周柏野，这是沈枝意第一次这么直观地认识到这一点，或许"没有人"的范围可以缩得更小一些，缩小到此处的张正梅和把周柏野一个人丢过来的周建民身上。

她的表情第一次这么冷淡，打断那人道："跟你有关系吗？"

沈如清在她小的时候就一直教她要有礼貌，对长辈要尊重，她也一直遵循这一点，但现在有点难以做到。她不知道这些话周柏野有没有听见过，也不知道在他一个人穿梭在亲爸和亲妈身边的时候在想些什么，是不是跟她此刻的想法一样，觉得明明是他的父母，却一点也不在乎他。

不在乎他被怎么说，也不在乎他被怎么看。

只需要他活着，让他们不被议论、名声清白地活着。

她的愤怒找到了支点。

她仰头，一双漆黑的眸子如箭矢，落向刚才每一个说话的人。

"跟你们有关系吗？你们是他什么人？跟他生活过多久？凭什么这么自以为是地评判他？"

只可惜她吵架的词汇实在欠缺，说到这份儿上想不出更好的词，只能凶巴巴地落下一句"都闭嘴吧"，然后拎起包朝周柏野走了过去。

这一刻，她才意识到他们给她递这封请帖的意义，并不在于婚礼本身。

而是让她认清，那边是被祝福的，而他们这边，是卑劣的、被议论的、不合常理的。

曹疏香站起身，嘴巴张了张又说不出话。

她闷闷地坐下，在桌上抽了一张纸巾捂住眼睛。

旁边气鼓鼓的姑妈嘴里还骂着脏话，见她低头急忙凑近过来拍她后背："哎哟，怎么啦妹妹？怎么还哭了？这是你哥哥结婚的日子，可千万——"

"滚开。"

曹疏香纸巾死死地捂着眼睛，声音几乎是从牙缝里挤出来。

在一派喜庆甜蜜的情歌中，她几乎恶毒地对从小看着她长大的姑妈说：

"你们都，滚开。"


其实沈枝意也记不太清，自己是多少岁的时候产生过一种英雄主义，抢走白雪公主即将吃下的那个毒苹果，或是在公主被恶龙抢走之前替她竖起高墙。只是随着年岁的增长，这种英雄主义就跟漫画书一样被藏在了过往。

但刚才不痛不痒的三言两语，让她有种热血沸腾的感觉，不清楚表情上是否有端倪，可当她站在周柏野面前的时候，听不见周梓豪略带诧异的呼喊，也看不见其他人投来的目光，她直接拽着周柏野的手，一句话没说，带着他从椅子上站起来，径直往敞开的大门走。

周柏野没有全知视角，不知道她发生了什么事。

但在思考之前，身体先学会了顺从。

张正梅匆忙走过来，脚步却赶不上他们离开的速度，只能喊出声："阿野！"

周柏野脚步都没停，完全没听见似的，只是沈枝意代他停下脚步。她回头，看着这满堂喜庆，目光如钟表般转了一整圈后，重新落在张正梅身上。

张正梅已经走到她面前，脸上挂着新郎母亲该有的体面笑容："饭都没吃，你们这是要去哪儿？无论有什么事，也该等大家把饭吃完再走，今天毕竟是梓豪的婚礼。"

在沈枝意回应之前，周柏野走到她面前，挡住她的身形，同时也挡住周围投来探寻的目光。

"不——"

"没什么必要的。"

两道声音同时响起。

周柏野感觉自己的手被人摊开，然后手指插入其中同他十指紧握。

他愣住是再正常不过的反应，垂眸去看她的手时，听见她语气坚定地对他的母亲说："礼金我们已经给了，祝福也送到了，没什么需要我们参与到最后的环节，也麻烦您不要一再强调亲兄弟和母子这样的词语，给人的感觉很像是周柏野不懂礼数、不顾及亲情。"

张正梅没想到沈枝意还有这么伶牙俐齿的一面，在想好回应之前，沈枝意已经拉着她的儿子走出去了。

宴会厅大门敞开着。

迈出那扇门时，沈枝意听见周柏野笑了一声。

她敏锐地抬起头，困惑地看着他的脸："你笑什么？"

"没什么。"周柏野说，又忍不住捏了捏她的手，"就是觉得，还挺新鲜的。"

开车回去的路上，周柏野还是没能想起来张正梅究竟说了些什么，也记不清周梓豪婚礼现场究竟是怎么布置的，他脑子里只剩下坐在副驾驶座的沈枝意。

她余怒未消，两腮鼓鼓的，一言不发，只是偶尔伸手过来换掉欢快的曲目。

然后,在车开进地下车库时,她怒气冲冲地对他说:"你以后再也不要理他们了!"

他没有委屈却摆出委屈的模样,低着眉眼,一张形状漂亮的唇微抿着。

车里灯打开着,暖色的光下,睫毛显得格外长。

这种情形之下,沈枝意很难专注听他说话,注意力全部被他的外貌抢走。

"……你觉得呢?"

回过神,听见的就只剩这一句。

她下意识地摸摸鼻子,视线慌乱地错开,一秒后又看向他的眼睛,点点头说好啊。

于是周柏野的表情变得愉快了起来。

多比在家等待多时,尾巴转成了螺旋桨,几乎是电梯门打开就守在了门口,做好了扑上去的准备,却没料到主人没有回来抚摸它的精力。

在此之前,沈枝意也不知道人竟然能够边接吻边打开房门,也不知道他是怎么做到精准把握开门的瞬间将她抱起,让她双腿夹着他的腰。

她双手圈着他的脖子,呼吸实在困难,忘了用来呼吸的是鼻子,身体后仰,后背贴在墙壁上,听到"吭哧吭哧"的呼吸声,低头看见歪着脑袋看他们的多比。

她没忍住笑出声,这让周柏野看着她被吻得红润的唇,露出跟多比一样困惑的表情:"怎么还分心?"

不被他蛊惑确实是目前无法做到的事情。

所以沈枝意只好遵从本心,凑近过去同他接吻,唇舌密切交缠,你来我往之间,闻到了他身上须后水的味道,带着苦的清凉,像雨后种着薄荷的冷杉林。

卧室房门被打开,又"砰"的一声关上,将多比关在门外。

房间里是只有两人的独处空间。

沈枝意躺在床上看周柏野跪在她面前解衬衫的动作,许是注意到沈枝意痴迷望向他的眼神,他停下,把衬衫纽扣都交到她手上。

"很少看你穿这么正经……"她手指动作灵活,解完一颗又一颗,他胸前戴着的纽扣项链出现在她面前,她已经非常习惯地凑近用亲吻代替打招呼。

意识昏沉间,她听见周柏野对她说:"你好像很爱我。"

她实在没力气回应,闭上眼就能陷入深度睡眠,只能强撑着贴过去,在他怀里蹭一蹭。

是吧。

她想,如果爱情的定义是胡作非为、毫无底线。

那她确实爱得无法自拔。

沈枝意不清楚的是,在她睡着后,夜晚还没完全过去。

周柏野关上夜灯,拿着嗡鸣不断的手机去了客厅。

张正梅实在有太多话要讲,哪怕一天的婚宴让其他人都累得不想动弹,她陀螺般在地毯上走来走去,问周柏野这就是他一定要交往的女朋友吗?又问他是不是谁都可以对他的母亲这么无礼。

周柏野坐在沙发上,看多比跑过来用脑袋反复蹭他的小腿。

他实在没什么兴趣听张正梅做足长辈姿态,疲倦地打断她的话,问她:"还有什么要说?"

张正梅软声:"阿野,我是你的妈妈,妈妈总不会害你,你今晚就这么离开,让场面变得很不好看。"

他敛眸:"那关我什么事呢?"

他语气平淡又温柔,甚至可以算得上礼貌,对电话那头的母亲说:"这又不是我的婚礼,我为什么要在意场面好不好看。"

张正梅还想再说什么,字音都没能发出。

周柏野已经提前喊停:"我实在懒得再玩什么相亲相爱一家人的游戏,就到这儿吧,我想过自己的生活。"

他挂断了电话。

张正梅不敢置信地重新拨打过去,机械的女声却反复提醒对方正在通话中。楼梯间传来脚步声,穿着睡衣的曹征走到她身后,叹口气,抚摸她的后背:"阿野毕竟长大了。"

怀里的人眼泪打湿了他的睡衣。

从房间里跑出来,却坐在楼梯间不敢下去的曹疏香看着黑暗切割开自己熟悉的家。

她手撑在地上,贴近过去,看见母亲哭得双肩抖动,嘴里不停地说:"我那么辛苦、那么辛苦地把他生下来,他怎么就一点都不懂我的苦心呢……我是他妈妈啊……我能害他吗……"

曹疏香忘记在哪里看见的话:所有让人窒息的爱意,都是一场蓄谋已久的绑架。

她手摸摸自己的脖子,又迟缓下移,停在心口,找到了绳索的位置所在。

沈枝意在醒来后想起昨晚自己的所作所为。

她有些困惑地眨眨眼睛,扭头发现床是空的,那个习惯性赖床的人不在。

她拖鞋都没来得及穿,光脚跑到客厅,看见穿着白色卫衣的男人正蹲着给多比的碗添狗粮。

听见脚步声,他看过来,视线从她脚踝一路到她脸上,笑着问她:"是不是没想到,我也有早起的一天?"

她没见他穿过这件卫衣,又搭配着一条黑色长裤。

在清晨显得过于青春阳光,像从学校里溜出来的大学生。

她走过去蹲在他旁边,才点头说:"我确实很爱你。"

周柏野差点手抖把狗粮全倒进去。

沈枝意笑着站起身,拍拍他的头:"感觉你没睡醒哦。"

结果被人拉住手腕,摁在腿上在晨光下接了个早安吻。

周柏野是下午的机票,后续行程紧张,一个国家接着一个国家地飞。

沈枝意送他到机场,被他拉住手腕,再次询问:"真的不跟我一起?"

她坚定地摇摇头:"我还有很多事要做。"

周柏野看着她。

她只好掰着手指数:"我得去趟北京见出版社编辑,还有大学同学的婚礼,架子鼓的课这个月也得上完。"

听上去都没那么紧迫,真正原因其实是不想让他分心。

周柏野明白但没说破,有些遗憾地点头:"好吧。"

狐狸实在看不惯这种腻歪的行为。

仰头看天,又掏出手机在群里吐槽。

——周柏野真的完了。

有人发来问号,让他详细说说。

他低头打字：他以后绝对是个恋爱脑。

准备发送时，看见穿着粉色长裙的沈枝意踮脚主动抱住周柏野，哄小孩儿似的拍拍他后背，声音温柔："我等你拿着冠军回来找我。"

他笑着挪开视线。

假装没看见周柏野瞬间低下的头。

忘了是什么时候，设计复杂的赛道，那辆红色赛车领先跑到终点，观众席欢呼一片。他插兜靠在围栏上，看着他那个最万众瞩目的朋友在记者问他又一次拿到第一有什么感想的时候，思忖片刻，而后话筒里传来他傲慢的一句"等我没拿第一，再来问我感想"。

场上那么多美女没换来他视线停留一秒。

他单手拎着头盔，走上拥有香槟的领奖台。

身后有人叹息："周柏野是不是不喜欢女人啊？"

现在看来，何止喜欢。

他简直迷恋。

沈枝意确实在忙，只不过并不是忙着告诉周柏野的那些事。

她回了趟随泽，试图跟沈如清再好好谈谈关于周柏野的事情，想法很好，落实的时候不出所料伴随着诸多争吵。

沈如清问她："说说看，你喜欢他什么？"

她料定沈枝意说不出所以然，年少人的爱恋无非花与清风，清清淡淡，今天能给这个人、明天就能给那个人，再深刻难忘的情节在过来人看来都不过是周而复始上演的老套路，无论什么答案她都能给出合理的劝告。

但怎料，听见沈枝意对她说："我喜欢在他身边时的我，他不会否定我，不会说这个不行、那个幼稚，也不会对我说很多大道理让我做一个合格的成年人。在没认识他之前，很多事情我都不会去做，但是在认识他之后，我觉得所有事情都可以去尝试。"

沈如清确实愣住了，好一会儿才生硬地说："你也知道你们不合适。"

谁知道沈枝意眼睛亮晶晶的，第一次见她这般执着，像个非要糖的小孩儿："但我想试试。"

她从楼上出来，看见太阳被云遮住，拿出手机拍了一张，给拥有时差的另一人发去。

——周柏野，这朵云，好像多比的肚皮啊。

记录往上翻，都是一些毫无意义的对话。

周柏野给她发一日三餐，顺带评价，难吃、很难吃、非常难吃、难吃到原地去世。

还有手掌。

两人伸开五指，分别发来照片，而后很默契地都紧握。

周柏野说：牵紧了啊这位旅客朋友，带你去下一站了。

沈枝意：下一站是我心里吗？

周柏野：嗯？

沈枝意：你在说我土吗？

周柏野：实话吗？是有点。

不到三分钟，周柏野又发来一句：但确实心有灵犀。

狐狸给他拍了不少照片，甚至很有闲心给他拼成了Plog。

周柏野给沈枝意发过去时，狐狸也发了朋友圈，他文案写得很欠打：让男人变娘只需要一个恋爱脑。

他说的娘，是周柏野坐在咖啡厅，冲着镜头比心的照片。

他就坐在周柏野对面，看周柏野拿着手机就知道他在跟女朋友报备行程，热恋期这样也能理解，但他不太爽的是周柏野发就发了，还要问他："嫂子都不关心你在国外吃得怎么样吗？"

狐狸："……闭嘴啊。"

周柏野点点头："哦，她不关心。"

狐狸又气又好笑："谁还没谈过恋爱了？我谈恋爱的时候跟你秀——"他还真秀过恩爱，但那时候的周柏野不在乎，一副完全不理解你们恋爱人士酸臭味的寡王样。

他不爽地拿起手机："来。"

镜头框着对面这个穿着黑色卫衣的人，还指挥："你这么冷淡是给你女朋友看吗？热情点啊，阿野。"

哪知道周柏野完全配合，甚至笑着露出左边的虎牙，抬手比出的心着实把他给恶心住了。

但这条朋友圈非常热闹，点赞区出现了很多加了微信话没说过几句的人，有人大胆评论，问：他谈恋爱了啊？

比起疑问更像是在确认。

狐狸叹口气，咖啡都喝不下去，看着周柏野，想问他，究竟是怎么做到，在拥有一副好皮囊的同时，还拥有一颗只爱一个人的心。

沈枝意没在随泽停留多久，中间真去了趟北京，跟出版社编辑见面聊一下漫画的具体事宜。她原本犹豫，担心现实跟网络纠缠太过，最后牵扯不清带出一些不良事件，比如人肉和网暴之类。出版社编辑说她忧心太过，让她不必想这么多，现在网友对爱情的态度非常一致：自己不想谈，但喜欢看别人好好谈。

不知道是哪个字触动到她，她条款都没仔细看，就写下自己的名字。

又行色匆匆地赶回绥北，上最后一节架子鼓课。

兔乃提了辞职，下个月回家在父母安排下当学校音乐老师。据说是他们当地比较好的公立学校。

沈枝意带了一束鸢尾，兔乃不懂就问："这个意思是？"

旁边的板栗已经给出答案："祝你鹏程万里，前途无量。"

兔乃松了口气，又瘫坐回椅子上："吓死我了，还以为你对我有非分之想。"

这次连板栗都沉默。

兔乃笑着抛棍，又接住，随性敲了段激昂的鼓点，略一抬头："知道这叫什么？"

沈枝意跟板栗一起摇头。

兔乃抬着下巴："友谊天长地久。"

晚上沈枝意躺在床上和周柏野打视频，目光始终离不开他戴着的粗框眼镜。

"你……近视？"

"不是啊。"周柏野离屏幕更近，坦率地道，"看不出我在耍帅？"

沈枝意伸手摸摸屏幕，意识到他看不见后，又蹭蹭自己的唇角，提醒他："这里，沾了点东西。"

是咖啡。

周柏野拥有让沈枝意感到恐惧的体质，所有咖啡对他都不起作用。沈枝意此前表达过忧虑，问他万一需要熬夜没精神怎么办呢，周柏野说那就睡觉啊。一秒思考都没有的回答让沈枝意哽住，随即意识到这个人完全没有需要熬夜赶完的工作。

他们夜间聊天时间只有半小时。

周柏野每天体能训练安排严格，为了让他保持较好的精神，沈枝意很严格地拒绝了他的续钟请求。

只是在挂电话之前，对上那双漂亮的眼睛。

她的手指还是停在半空，看着右上角的时间，颇为认命地重新趴回枕头上，声音小小的："那就……最后三分钟。"

第二天醒来给房间进行大扫除。

阳台的花从架子上搬下来，抹布全部擦一遍，又搬回去。

拖把上倒了些消毒液，旮旯角落都没放过，全部清理过一遍后，盘腿坐在沙发上拆了包番茄味的薯片，电视机里放着周柏野并不感兴趣的青春文艺伤感电影。

他不能理解爱情悲剧，曾经陪着她看了一部，全程都皱着眉，最后靠在她肩上问她电影里的男女主角是不是得了好好说话就会死的病。

她的悲伤因子没法跟周柏野共存，现在一个人，倒是用完好几张纸巾。

接到兔乃打来的电话，鼻音很重地问他怎么了。

结果下一秒，听到那边带着哭音的回答，对她说板栗没了。

猝然发生、毫无预料的事情，统称为意外。

板栗的意外却也并非毫无征兆，几周前，他就在群里抱怨每天忙不完的应酬、喝不完的酒，还有嘴里永远跑火车把人当猴耍的上级。

席代清最近难得清闲，常来复诊的病人只有早年伤到腿如今天气多变疼痛难忍前来求医的傅晚峒。

傅晚峒每次前来，身边都有妻子作陪。

几次之后，倒也混得熟络，不忙的时候会陪同在楼下散步。

傅晚峒拄着拐棍，走得不快，同他聊股价和基金。

他妻子扶着他的手，并不插话，看着郁郁葱葱的树木，但视线总会不定期落在他身上，看着他的腿。

席代清的手插在白大褂里，顺着傅晚峒妻子的视线也看着傅晚峒的腿，还未说话，先听到住院部传来的吵闹声。

傅晚峒的妻子揉揉耳朵，轻声抱怨："在医院这种地方，怎么这么大声的？"

傅晚峒勾唇，笑她没吃过苦，不懂生活常识，但语气百般温柔，几乎是哄着她说："那我们回去？"

席代清正要说自己先回去忙，就看见前方匆匆忙忙往住院部跑的身影。

他脚步停住，皱眉思考的时候，看见傅晚峒表情也僵住。

沈枝意上二楼，在悲伤来临之前，先观赏了一出人性闹剧。

板栗自幼父母离异，双方都外出打工，抛下他跟着爷爷奶奶生活，起初是给生活费的，直到两人都再婚有了新的孩子，他就成了包袱，母亲推给父亲说法院判给了你，父亲骂着说狗屁你可是他妈。几番交涉后，双方都对彼此的人品有了清晰的认知，默契地不再提起板栗的归属权。

他初中时爷爷病危，奶奶年迈难以下地干活，他从学校回来先耕地，发誓要考出这片山村，出去后也抱着出人头地的梦，但进入钢铁森林后，意识到自己的渺小。

他不是拿着金手指被赏识的千里马，而是一颗默默无闻的螺丝钉。

领导提起他都要思考一会儿，那个戴眼镜的、眼睛圆圆的、嘴唇下面有一颗黑痣的，哦哦哦，赵小刚，就他。

一个很难被人记住名字的螺丝钉。

他说自己像板栗，没人在乎，掉在地上才被捡起来，无论是生的，还是熟的，吃法都困难。

此刻，多年未联系的父亲揪着板栗公司领导的袖子，质问凭什么赔偿金给这么少，人是在公司酒会上喝死的，应该算工伤。

他母亲抹着眼泪问，他没买保险吗？意外险会给赔吗？

沈枝意在长椅上看见捂着眼睛的兔乃。

她走到他面前，听到他在哭。

"凭什么，凭什么他来一趟全在吃苦？"

他嘴里一直重复着这样的话。

沈枝意在他身边坐下，递给他一张纸巾。

她看见手术室暗下去的灯,看见那扇留着缝隙的门。

"没来得及买花……"

她眼神空洞,不知道该看哪里,只能低下头,这时看见裤子上晕开的水渍,她伸手去擦,眼泪滴在了手背上。

"去年过年,他在我出租屋过的,喝多了跟我说他已经存了十几万,问我是在老家买个小平房还是继续存钱找个二三线城市买房,我说先不说这些,兄弟你能不能在楼下买个烧鸡,我们这年过得多寒碜,他捂着口袋跟我说不行,他得存钱,要买房。"

沈枝意没说话,因为她跟兔乃一起,看见板栗的银行卡和手机在两双苍老的手之间争夺。

两人同时沉默。

在这一刻,清楚地认识到。

那个对他们说,自己要努力存钱的人,是真的,不在这个世界上了。

恋爱对人的影响有多大这个命题,狐狸可以通过周柏野这个观察对象写出一篇十万字以上的论文。如果条件允许,他很想采访一下沈枝意,询问她是怎么做到让周柏野俯首称臣的。

跟着出来散心的张爽得知他这个想法,唯有"夸张"二字可作为评价:"不至于吧?哪那么夸张,他这不训练比赛都挺正常吗?"

狐狸看着张爽,突然明白了为什么身边的队友跳槽率这么低,老板实在过于迟钝。

他懒得多言,转身进训练室看正在进行体能训练的周柏野。

这当真是目不斜视,紧身款的运动衣下肌肉起伏明显,头发被汗水浸湿,索性都捋至额后,一双眼睛也似被汗水打湿,却显得更为清亮,一切都很好,如果没有在一组训练结束就去看手机会显得更好。

之前大家开玩笑都说唯有断情绝爱才能真的成神,有人说完便笑,伸手指着周柏野嘴里调侃般说着这不就是。现在就成了另一个极端,仿佛爱神丘比特的箭全刺中了他一个人。

狐狸走过去,坐在他身边:"你这才走了多久,至于联系这么频繁吗?"

他说着实在觉得暴殄天物,看着周柏野的皮囊,颇为感慨:"是不是没人教过你情感课,张弛有度、想不明白猜不透才能让人一直放心上,我看你女朋友玩得比你熟练。"

可不是嘛,出来这些天,他只看见周柏野打过去的电话,没看见几个打过来的,消息也是,只有周柏野频繁报备,吃什么、喝什么、做了什么,真成乖乖仔,跟原本的周柏野背道而驰,这反差让他有些接受不良。

周柏野眼也没抬,刚运动完喘息明显,随口丢了一句:"你懂什么。"

狐狸再要说话,他已经没兴趣听,捞起挂在跑步机上的毛巾,擦拭着额头上出的汗水,径直朝淋浴间的方向去。

算起来,已经整整一天没联系上沈枝意。

他微信发过去消息她没回、打过去的电话也没人接。

他充分相信绥北的治安,也相信沈枝意的自我保护能力,但总担心会有个万分之一可能的意外。单身女性面临的风险总比男人要多,出街遇见色狼,或是回家遇上尾随者,再或者吃饭遇见素质低下的搭讪者,这些念头一旦钻出来个头,紧跟其后的剧情就让周柏野难以摆出好脸色。

他也是在这个时候才发现,自己跟沈枝意的恋爱,当真只是两个人的恋爱。

翻遍通讯录找不到一个沈枝意的好友,微信更是,想联络都不知道该找谁。最后打去物业的时候那边都蒙,竟不知道自己何时有了个摩纳哥的住户,接通后满心困惑地蹦出一个国际化的Hello,结果听见亲切的中文,问他们能否代劳去查看C栋5楼的住户是否在家。

沈枝意不在家,她跟兔乃各出一半的钱帮板栗在绥北郊区买了一块墓地。

板栗父母忙于索取钱财,对他的身后事一概不过问。听到丧葬问题后,双方蒙了一下,随即开始表演家族技能踢皮球。好在抚养权是明确的,哪怕板栗已过十八,但不妨碍她趾高气扬地对前夫说:"当然归你管!法律把他判给了你!不是我!你搞搞清楚!"

板栗父亲皱眉:"你要这么说,现在要什么钱?"

双方又开始争执不下,旁人都听得麻木,医生护士几次想开口,都没能找到时机。谁想到打破僵局的人是一贯抠门的兔乃,他站起身,梁山好汉般冲"菜市场"吼了一嗓子:"我管!他的身后事我来管!"

人和人之间能成为朋友总是因为身上都有共性。

沈枝意跟板栗、兔乃身上的相似之处就是他们都不太考虑现实因素，像是活在童话世界里，有着不合时宜的英雄主义。在场的七大姑八大姨听见兔乃那句"我来管"都不由得困惑，脸上全写着"您哪位"，哪知道坐在他旁边的这位姑娘就紧随其后，红着眼睛说"对，不用你们操心"。

匆匆赶来的其他唱过歌的朋友悲痛、愤怒和震惊的都有，前两个是对着板栗的家人，最后一个是对着沈枝意和兔乃。他们看着那对恶人夫妻露出捡到肥肉的满意笑容，恨不得拧着那两人的耳朵问他们充什么能。

请问是富二代还是救世主，成人世界再好的朋友也有金钱做衡量，好比婚宴，关系好的千元往上，关系寻常的五百往下，更泛泛之交的便是实在抱歉工作抽不出身，二十一世纪哪有这样的冤大头，不过是一起上过课的普通交情，竟要包揽对方的身后事。

绥北郊区一块墓地都要三万以上，其他费用七零八碎暂且不提。

他们不好在医院论钱财，只好唉声叹气说沈枝意和兔乃太冲动。

但冲动也好、上头也罢，沈枝意并不后悔。

她脑子里甚至想不出什么别的东西，死亡的冲击力实在是太大，尤其是突然而至的死亡，更何况这是她第一次面临死亡。躺在太平间里的那个人前不久才和他们谈笑风生，手指着天花板说迟早要闯出属于自己的天地，脸上的笑容至今仍能回忆，但转眼就阴阳两隔。

她怔着听那边争吵不休，憎然将自己代入死亡的那一方，想着倘若有一天，突然死亡的人是她，场面会有什么不同。念头就好比断了线的珍珠，掉下一颗，其余便"噼里啪啦"全往下坠。

她脑子里闪过很多人，想起沈如清、外公外婆，又如走马灯般回想起自己成长至今所有最难忘的记忆，眼神涣散着想对兔乃说一句世事无常，却听见有人气喘吁吁地喊一声她的名字，而后胳膊被人一拽，那张并不算熟悉的脸，焦急地问她："你没事吧？"

这人就是席代清。

沈枝意手机记录里清晰显示，上一次两人联系是半月前。

他问：最近有没有空一起吃顿饭？

她回：抱歉，没有空。

而后再没有任何联络，她脑子此刻塞不下更多东西，只够回一句没有，随即就听见拐杖落在地上发出的"噔噔"声,傅晚峒和一张不算陌生的妇人脸庞出现在板栗父母后。

一边是争执得红了脸,谁也不肯退让一步。

另一边沉默寡言,衣着精致,只抬着两双神色各异的眼,静静地望着她。

脸涨得通红的兔乃不愧是老师,第一个回过神,问沈枝意:"你爸妈?"

傅晚峒并未久留,他上来只不过是为了确认,现在看到她安然无恙,便低了眸,拍拍妻子的手,没走电梯,而是艰难地下了楼梯。

席代清处理过许多纠纷,同赶来的保安一起劝阻了板栗父母。

等他走回来时,已经看不到沈枝意的身影。他靠在墙上,从口袋里摸出来一包纸巾,抽出一张擦了额头上的汗水,角落走来的护士温声唤席医生,他才意识回笼,换回平日那张脸,略一勾唇,温文尔雅地回到属于自己的科室。

只不过远在随泽的沈如清手机上收到短信。

她中意的未来女婿席代清发来两条消息。

第一条:老师,我最近在医院见到一位患者,之前不觉得奇特,今天见他对枝意态度不太一般,想问问您,是否认识,傅晚峒?

第二条:我思考很久,还是想争取。

沈枝意傍晚回到住处,看见门上贴了一张便笺,上面写着:女士您好,自称为您男朋友的人很担心您,如若您回家,可否回条短信?

落款是管家牡丹。

她揭下便笺,回到家,多比都没来得及喂,先给周柏野拨了个视频过去。

她这边夕阳西落,暮色沉沉,接通的视频那边倒是艳阳高照。

便笺中所说非常担心的那位男朋友,面无表情地隔着屏幕注视着她,语气不太好地命令道:"眨眨眼。"

沈枝意顺从地眨了眨眼睛。

那边又变换指令:"张嘴。"

她"啊"了一声,张开嘴巴。

于是听见周柏野嘀咕般来了一句应该不是AI吧,又问:"你男朋友哪位?"

沈枝意坐在沙发上,乖巧地冲手机那头眨着眼睛,灯也忘了开,声音闷闷地对他说:"周柏野,跟我一起上课的板栗在公司酒会上猝死了。"

周柏野确实愣了好一会儿,还没找到话,便听见那边陷入黑暗中的女孩子带着哭腔对他说:"他就,突然,就没了,他爸妈还在医院一直争他的钱,看都不看他一眼……"

周柏野并不是一个共情能力很强的人。

在国外独自生活的日子里,他也面临过死亡,当时认识的朋友三教九流,混黑帮的也有几个,满身刺青,十句话里有七句都在骂人,但是对周柏野很好,教他遵纪守法,拇指顶着胸口说以后罩着他,唯一的要求就是等他在赛车圈混出名堂,获奖感言里提一句他的名字。

这样说话的人转眼就死在街头打斗中,胸口插了刀,背后中了枪。

神父为他祷告,说他死后上天堂。

周柏野仰着头,问身边双手合十的朋友,天堂到底是在上面还是下面。

他没有流一滴眼泪,此刻看着屏幕里自己的女朋友满脸泪水,有些为难地在脑子里搜刮着安慰人的话。

朋友离世该说些什么?节哀?别哭?还是说陪她哭一顿,叫她看到自己的悲伤远胜过她从而安慰与被安慰的身份颠倒?好吧,周柏野确实完全不知道,只是看着屏幕里一边哭一边乖乖给自己擦眼泪的女朋友,而后拉上自己这边的窗帘,跟她一起陷入黑暗之中。

通话时长变成三分钟的时候。

他才终于找到一句:"我有认识很久的律师,在出国前我咨询过他的财产问题,他在这几天才给了我答复,说如果我执意要做个傻子,也不是没有办法。所以我现在想,我大概可以立一份遗嘱,如果死掉的那个人是我,我的财产、我车库里所有的车,包括我的遗体,全归你。"

沈枝意眼泪戛然而止。

她完全蒙住,生平第一次听这样奇特的告白。

看着屏幕,却发现周柏野脸上没有一点开玩笑的痕迹,他甚至是笑着的,似终于找到安慰她的话而十分满意,偏着头问她:"不会有任何人跟你争,所以,不要掉眼泪了好吗?你这样,我会因为没法帮你擦眼泪,而懊悔得想死掉。"

他确实是在国外待过的。

像是舞台剧一样的台词。又像是沉船前,杰克对露丝的真挚表白。

不过哪有触礁,不过是几滴眼泪,就轻易换来这样的话语。

沈枝意看着他，不知该摆出什么表情。

许久，她才叹了口气，对屏幕那头的人说："你回来的话，可以陪我去给板栗送花吗？我打算跟兔乃一起，帮他买一块墓地。"

他完全不懂你，更无法共情你。

但比起那个在医院跑来握住你手的人，唯一的胜算就是，他完全地、盲目地爱你。

哪怕是希腊神话里的美杜莎，最害怕的都是情人的眼。

就算对视一万秒，里面也只装着爱人的脸。

没人拿他有办法，神明都不行。

沈枝意参加过的葬礼，是远房到不能更远房的亲戚，坐了一个半小时的公交车，才被外婆领着下了车。

那是一场让沈枝意觉得很热闹的葬礼。搭台子唱大戏，晚上还有歌手过来唱歌，劣质音响一直放着《你快回来》，参加葬礼的人没一个觉得不对，粗糙圆台下面就放着圆桌，塑料布盖上吃饭，掀开就是一堆人嗑着瓜子打扑克。

外婆拉着她的胳膊，低声对她说一会儿要在蒲团上跪下，喊声外姑奶奶，磕三个响头，再上香。

她懵懂却还是完全照做，手贴地磕完三个头后，看见站在一侧手里夹着烟的老阿叔捂着眼睛，像是哭了，又像是被烟熏到了。

外婆说，死亡是没有声音的，所以离别需要声音。

板栗离开的声音并不重，没人唱大戏，也没人唱歌，前不久才一起聚过的朋友带着花在他坟前走一遭。离开的时候天上下起了阵雨，沈枝意扭头，看见雨点落在他的墓碑上，兔乃撑着伞突然说那是板栗给他们打的最后一场架子鼓。

回去后，林晓秋在微信上联系她，分享八卦：你知道吗？Ruby今天离职了，她怀上了隔壁项目组老大的孩子！

沈枝意看着屏幕很久，才问：隔壁项目组老大？

林晓秋：对啊。他上周刚离婚，今天就带Ruby去民政局领证了，你没看她朋友圈？

沈枝意没有，事实上离职当天，她就对Ruby设置了不看她的朋友圈及不让她看自己的朋友圈。

她对此震惊,林晓秋却觉得很正常:之前就发现啦,Ruby其实挺没安全感的,哪怕都已经成了高层,还总是会说寂寞孤单之类的话,我听别人讲她每年生日愿望都是早点结婚生子,估计蝉知的小郁总完全没有娶她的打算,就另谋高就咯。

林晓秋这个八卦分享完没两天,沈枝意就在面包店碰见了Ruby。

她跟往日有所不同,沈枝意起初都没认出来,直到被喊了一声名字,才发现一直站在自己对面的人是Ruby。

工作的时候两人没什么话好讲,现在已经不是上下级关系,沈枝意更没什么话好说。倒是Ruby东扯西扯,最后才绕回正题,问沈枝意,郁从轩是不是已经结婚了。

沈枝意微愣,有些茫然地摇摇头,诚实地说她也不知道。

晚上和周柏野视频通话,她把偶遇Ruby的事情讲给周柏野听。

周柏野显然没什么兴趣,尽管看着屏幕,但也只是在她停顿的时候,敷衍地说声"嗯"表示自己在听。

屡次三番下来,沈枝意便不再讲,学他的动作,看着屏幕。

周柏野失笑:"怎么了?"

沈枝意不吭声,手指戳戳屏幕。

周柏野后仰,捂着脸,装得很刻意:"要被你弄死了姐姐。"

沈枝意却紧盯着镜头。

她发现周柏野瘦了,他脸颊本来就没什么肉,也不知道是灯光原因还是隔着屏幕,此刻看起来更加消瘦。

她从沙发坐到地上,双手托腮,手肘撑着桌面。

"周柏野。"

"嗯?"那边的人也学她托着腮,他穿着浅蓝色短袖,胸口印了一条波浪形的红线,凑近看才发现是心电图。

两人根本没什么重要的事情可讲。

谈情说爱本质上就是无聊的事情反复说。

她说今天吃了些什么,周柏野就叹气说自己也很想吃。

聊着聊着,从坐着变成了躺着。沈枝意高举着手机,完全不管自己在视频里是什么形象，一双眼睛只盯着周柏野看，又喊了一声他的名字。

"在啊，你别一直喊行吗？"

"为什么？"

周柏野看眼镜头，声音没压，就这么明目张胆地说："喊出事了你负责？"

沈枝意"啊"一声，她看眼阳台，外面天色暗沉。

夜晚总让人意动，多比在阳台上打滚，她拖鞋都没来得及穿，双手捧着手机，钻进卧室，"砰"的一声关上门，那边似有所觉，抬眸笑着看她："干什么呢你？"

沈枝意掀开被子钻进去，发现太黑周柏野完全看不见自己的脸，又钻出来。

周柏野被她逗得笑了起来："捉迷藏呢你？"

沈枝意点点头："你玩吗？"

周柏野："不玩幼稚的。"

沈枝意用谴责的目光看着他。

他在这时问她："想我了吗？"

她想了想才说："有一点的。"

周柏野："好啊。"

这是什么答案？

沈枝意一愣："不是，你是不是中文完全没学好，我有问你什么吗？"

然而，周柏野说："偷个户口本吗？我想了想，觉得只有我们两个人，我还是不敢收拾你，但是人多的场合或许会有勇气，比如，民政局？"

似乎这么说会有些含蓄。

他正想着别的措辞。

"你赚的钱会都给我吗？"沈枝意问他。

周柏野点头："会啊。"

"你还会和女明星上热搜吗？"

"那不是，那些都是我爸的女朋友，我没跟你解释过吗？"

"你会吗？"

"……不会啊。"

"那你出国的话,我可以留在国内等你吗?"

"你不愿意陪着我吗?"

沈枝意想了想:"就,也有可能我会觉得出国坐飞机很累呢?"

周柏野勉为其难:"那也行啊,但你如果要出差能带上我吗?"

沈枝意非常好说话:"好呀,那周柏野,你愿意跟我求个婚吗?"

"好——嗯?"

相处久了的人,完全学会了他的说话技巧。

突然的直球让他说不出话。

却看见屏幕那边的女生笑弯了眼:"你愿意吗,周柏野?"

窗外有大提琴的声音传进来。

他想起这个地方自己是来过,孤身一人,手机都懒得玩,躺在床上听见朋友在外面敲门,喊他名字说周柏野出来玩啊给你介绍漂亮女生,他靠在椅子上,闭着眼说,不了,他不喜欢漂亮的。

外面的人不依不饶,那给你介绍有趣的啊。

他又说,也不喜欢有趣的。

朋友"啧"了一声,"砰砰砰"地敲着门,那你喜欢神仙啊?

他嘴里说了个"啊",拖得很长,自己都笑了。

是啊,喜欢神仙。

现在还是这家酒店。

当初莫须有的神仙在他手机里乖巧地眨着眼睛,像是被他私藏的秘密。

他再度拖着声音说了个"啊"。

"原来你喜欢我啊,沈枝意,你的秘密被我发现了。"

沈枝意煞有介事地配合:"那怎么办?"

周柏野笑。

"只好让你嫁给我了,把一个人的秘密变成两个人的秘密才安全。"

他发现自己还是肤浅。喜欢好看的,喜欢温柔的,喜欢善良的。

也发现自己确实恶劣。对她产生兴趣之初,她甚至有男朋友。

但那又怎么样呢。

周柏野想,人生苦短。

他便要如愿。

## 终 章

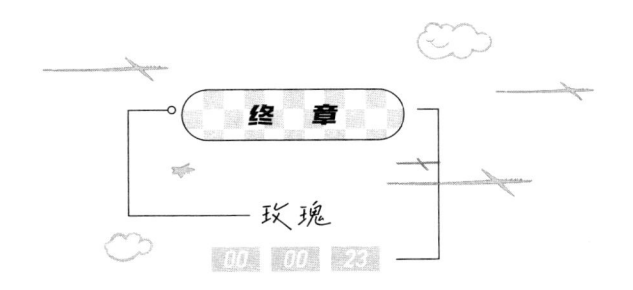

### 玫瑰

挂电话之前,周柏野问她:"你不会醒过来就反悔吧?"

沈枝意无比肯定地对他说:"放心吧,我不会的。"

周柏野伸出小拇指:"拉个钩。"

沈枝意顺从地伸手和他隔空拉钩。

周柏野这才笑:"行了,你睡吧,梦里见啊。"

有些神奇的是,周柏野这么说完,沈枝意真的梦见了他。

他躺在自己身边,嘴唇像轻纱,吻过她的耳畔和脸颊。

她举着手问他:"周柏野,你觉不觉得这里缺了点什么?"

周柏野沉吟着咬她的肩膀:"你伸手过来。"

她不明所以,被他拉着手到胸口,结果好像触摸到了他的心。

冰冰凉凉的东西滑进无名指,再举起来,那里戴着一颗红色的钻石。

抱着她的那个人温声对她说:"我永远都爱你。"

醒来之后,她下意识看了看自己的手指,上面什么都没有,也说不出是庆幸他没将自己的心脏变成钻石,还是遗憾看不见他的心。

中午的时候意外接到郁从轩的电话,问她要不要出来坐坐。

她困惑地给周柏野发去一个问号。

周柏野在一小时后才回复:不是想听八卦吗?我让他自己给你讲。

沈枝意回过去一串省略号。

沈枝意到咖啡厅的时候,郁从轩已经到了。

她尴尬地坐下,不知道该说些什么,结果听见郁从轩问她:"你身份证、护照这些都有在身边吧？"

真以为是来听八卦的沈枝意怔住："啊？"

郁从轩困惑："啊？阿野不是说让我帮你办签证吗？"

完全，被周柏野给耍了。

沈枝意只好让郁从轩在这儿等会儿，她回去拿快递给他。郁从轩已经明白是怎么回事："阿野是怎么跟你说的？"

她也不可能说自己是来听八卦的，正支支吾吾找着借口，结果看见郁从轩戴着的婚戒。

她的视线过于明显，郁从轩抬起手："我下个月结婚，到时候阿野应该回来了，记得来参加我的婚礼啊。"

沈枝意有些困惑："跟……谁结婚？"

换作平时，她不会在意这些八卦，但林晓秋在她耳边反复念着的Ruby在此刻生效，她确实困惑，郁从轩是从哪里蹦出来的一个新娘。

"大学的女朋友，她从国外回来了，上次我们见了一面。"郁从轩说得简单，但其实美化了不少，至少不是见了一面。他自己都觉得莫名其妙，都分手那么多年了，结果她回来还是第一个给他打电话，趾高气扬让他来机场接她，他觉得自己也是贱，嘴里说"我去个屁"，最后还是真去了。

在车上两人就开始吵架。

随怡说他车上一股渣男味，他笑笑说那您下去，随怡面无表情地从储物盒里摸出一盒避孕套，他正在开车没注意，结果红绿灯的时候随怡就一巴掌扇过来了，他顿时火冒三丈，掐住她的手，停在路边拆了自己的领带就把她双手捆起来了。

查摩托车的交警注意到，走过来敲窗问："你们这是在干吗？"

郁从轩冷笑着不说话，随怡红着眼睛说："他强迫我。"

被带去警局的路上郁从轩气压都很低，折腾了好几个小时就差没把行车记录仪拆下来，才被放走。

结果随怡就在警局门口蹲着，见他出来踹他的腿，指着对面酒店问他要不要去睡一觉。

他嘴里冷笑："我是犯贱吗，妹妹？被你弄进警局了还跟你睡觉？您自己去吧。"

结果也是在手指上套着了。

随怡在清晨翻身过来抱住他,蹭着他的脖子说:"我们结婚吧,结婚的话以后吵架你就不会被警察带走了。"

他也不知道自己哪根筋抽错,真跟人去民政局了。

扯完证,他才通知身边的朋友,他结婚了,对象是大学那个把他折腾到住院的祖宗。

千言万语,郁从轩只总结了一句:"栽她手里了,没办法,以为放下了,结果见一面还是喜欢。"

沈枝意回家后,听周柏野说:"你之前那个领导,眼睛很像他现在的妻子。"

沈枝意沉默片刻后,做出评价:"好渣。"

周柏野在电话那头笑:"初恋情怀懂不懂啊你?你看我弟不也是吗?最后跟初恋结婚,婚礼影片上都写着呢,校服是你,婚纱也是你。"

他心情是真不错,声音都带着笑意,让沈枝意听得不是很开心:"你真的很欠。"

"嗯哼,走哪儿了,路过花店没?"

"几米后就是。"

"那记得到花店停一下。"

花店里只有一个小姑娘在忙活。

店门被拉开的时候,她立马站起来,正想问"您想买什么花",就看见这位女顾客拿着手机,屏幕里是一张英俊的脸,应该就是她的男朋友,镜头在店里放着的花上晃了一圈,那人才懒声说了句"停"。

"买那个。"

粉玫瑰,店员立马介绍:"它叫柏拉图,给您包起来?"

沈枝意已经戴上耳机,打开付款码的时候,听见周柏野在耳机里说:"这不就在说我们?"

她低声:"你闭嘴。"

那边控诉:"这么凶呢?"

她抱着花,走出花店才抬了音量:"我真以为郁从轩是来讲八卦的,结果他问我要护照和身份证!"

"来见我啊，玫瑰、月季、百合，你想要的花我都买给你。"

"但我已经有玫瑰了。"她冲镜头晃晃自己手里抱着的花。

那边的人立马扶额，一副困扰的样子："失策了。"

演技非常好。

他趴在栏杆上，垂着眼对她撒娇："心都被你伤透了吧宝贝，我也想亲自送你花，给我这个机会好不好？"

她站在路边，顶着大太阳，有些困扰地想。

结婚后，会不会多数时候是自己妥协。毕竟无论是撒娇还是卖乖，都显然是周柏野更在行。

她到家收到席代清的微信。

席代清问她今天有没有空。

她放下玫瑰才回复：最近要出国去找我男朋友，都没空。

不等那边回复，她又发去一句：我打算跟他结婚，所以席医生，以后还是别联系了，我怕他不开心。

席代清对着这条微信，看见沈如清给他的回复。

——代清，你们年轻人的感情自己做主，我老了，也想当个母亲，而不是她的仇人。

倒是都很坦率。他松了手里的笔，想起在走廊看见的那双眼睛，泛着泪光，一张脸楚楚可怜，将人的保护欲激发到极致，原本三分心动都因此变成十分。

他那时候想，难怪都说男人肤浅，漂亮的人，确实很难不喜欢。

此刻看着这条短信，他许久说不出话。

说不出内心是惆怅还是什么，总之，不那么让人开心。

倒是困惑，不知道那名赛车手除了脸好看，究竟还有什么别的魅力。

他所困惑的这一点，远在另一端有人给了答复。

是来搭讪的女人，酒杯放在他们桌上，拉开椅子坐下，手托着腮，笑着望他："你长得像我下一任男朋友。"

俗套的开场让周柏野身边的朋友都不怀好意地跟着笑。

周柏野抬起手机，露出锁屏上坐在画板前表情懵懂的女人，拒绝得不假思索："我有老婆了。"

"抱歉。"女人尴尬地站起来。走了几步,她听见他身边的朋友打趣,不是女朋友吗怎么就是老婆了?

他声音并不分明,但也能听出得意扬扬,大概是在说很快就是这样的话。

还能是什么呢?

专一就是男人最好的嫁衣。

沈枝意坐上飞机那天周柏野发了很多微信,问她到机场了没、东西带好了没。

她问周柏野:"你为什么变得这么唠叨呢?"

周柏野叹气,发来语音。

——"体谅点,我们有家室的男人是这样的。"

——"话比较多,嘴比较碎。"

——"担心你突然变卦不来找我,那我不是白跟别人吹牛了?"

沈枝意拿着登机牌,问他:你吹什么了?

周柏野:就吹。

周柏野:我女朋友超爱我,不辞千里来找我。

周柏野:她、超、爱。

沈枝意站在安检的队伍里叹气,也摁着语音条。

——"别吹了周柏野。"

——"到时候他们说你骗人,你没朋友了,我拿什么赔你?"

周柏野提前一小时去机场接沈枝意,戴着耳机在大厅等待的时候,收到朋友给他发来的消息,说周建民跟宋蔷上热搜了。

狗仔拍到宋蔷衣着宽松出入妇产科,接送她的人似是金融周刊提及的大人物。

评论区由此发散,说难怪宋蔷最近既不进组又不露面,原来是要嫁入豪门了。

豪门自然姓周,但很快就有网友爆料,所在公司发的一封内部邮件,辞退了实名制上网的员工。

这对打工人来说简直是无妄之灾。在舆论更进一步的时候,周建民让人出来打假了,第一件就是跟宋蔷并无关系,会起诉相关人员,第二件就是澄清辞退的员工与这件事毫无相干，只不过违反公司规章制度没达到业务标准，附了一些打码通知，外加N+3的工资赔付。

朋友叹为观止：你爸这安全感给的，根本不给别人和你争家产的可能。躺平吧周少，只要你不败家，你孙子辈都能啃你爸的老。

周柏野跷着二郎腿回复：我孙子要啃也是啃我的。

这朋友也是很久没和他联系，常年在国外生活，闻言就笑了：还孙子，女朋友找到再说吧周少。

倘若狐狸在这儿，一定会劝：别说了，千万别说了，现在哪怕别人说天气不错，周柏野都会来一句你怎么知道我女朋友飞过来陪我比赛。

只可惜狐狸不在，只有手机见证他回：好巧，你竟然知道我女朋友飞过来陪我比赛？

刚异国恋分手的朋友：……谁问了？

周柏野倒也不是故意要秀，就是觉得自己有女朋友结果身边朋友都不知情，有点对不起这份友谊。

交往之初，他就有点儿秀恩爱成瘾的潜质。

只不过那时沈枝意及时喊停，让他不要过于招摇。

但现在就不一样了。

他跟朋友秀完恩爱，又去沈枝意的小红书。

他作为她的第一个粉丝，她每条动态更新下面必然有他的足迹，说不出专业术语，别人都喊"大大""太太""老师"，就他一直在评论区喊"宝贝"。

——棒啊，宝贝。

——怎么这么会画画啊宝贝。

即使沈枝意从来不回他，也不妨碍其他人察觉不对，有个momo来问他：你就是Z君吗？

他主页什么都没有，干干净净，头像和昵称都是原始设置。

但在这条询问之后，突然就换了。

那位momo大概是唯一的见证者，眼看着这位乱码用户头像变成了一颗纽扣，用户名也随之变成"多比它爹"。

飞机上的沈枝意不知道，在机场等候的男友已经跟她的粉丝进行了好几轮互动。

她没戴隐形眼镜,跟着人流走出来,眯着眼睛左右搜寻半天,才看见周柏野的脸。

周柏野刚想去拉过她的行李箱,就被她一下扑进怀里。

她身上还带着空调的冷气,穿着件浅灰色的裙子,声音暖融融的。

"请问,你是周柏野先生吗?"

他"啊"了一声,十分配合地开口:"不好意思啊小姐,你找错人了,你男朋友没来吧?还是说你要跟我走?"

哪知道沈枝意思忖片刻后,竟然真的点头。

"好啊,你看起来比我男朋友好看点,去酒店吗,帅哥?"

沈枝意不是第一次出国。

但上一次还是部门团建,大家一起到泰国游玩,跟着旅行团,全程除了匆忙感觉不到任何快乐,一个地点还没站稳就被催着上车去往下一个行程。

现在不一样,她身边只有周柏野。

他拉着她的行李箱,车就停在外面。

是一辆非常高调的粉色跑车。

沈枝意看看车,又看看他,困惑全写在了脸上。

直到周柏野把车钥匙塞她手里:"你的。"

"但我只有身份证,没有国际护照,你在国外送我车,我也开不了。"

"到时候运回国不就行了?"周柏野说得轻描淡写,仿佛是一件再简单不过的事情。

沈枝意索性闭嘴,只是上了车,快到酒店时,才又听他问,跟她上次买的玫瑰是不是一个颜色。

开车的还是周柏野。

往酒店去的那一路,他都跟她闲扯。

"你该不会真的更喜欢我的脸吧?"

沈枝意蹭了他的热点,正在看微信,头也没抬:"也喜欢你的钱。"

周柏野笑了一声:"没看出来,你这么肤浅。"

"是啊,毕竟没结婚车和房都给我买了,不喜欢你喜欢谁?"

这下周柏野倒是真的愣住,本想问谁告诉她的,但话准备说出口又觉得没有必要,除了猫牙还能是谁。

"服了啊,她自己感情不顺,怎么来破坏我给我女朋友准备的惊喜?还准备你生日的时候告诉你,这么早就说了,哪儿来那么多房给我买?"

沈枝意原本想板着脸问他干吗花这个钱,结果听完之后没忍住笑,顿时崩盘,抓着安全带看他的脸:"周柏野。"

他看着前方,没回头,语气很正经:"行车安全最重要的一条就是不能和副驾驶座上的乘客调情。"

沈枝意只好安静,低头专注玩手机。

从微信切换去小红书,才知道他都做了些什么。

只是现在,看着那颗出场次数过多的纽扣,也难免有些疑惑。

她在想,这纽扣到底是什么来头,被他弄得这么神秘兮兮的。

这时她只以为是个有待开发的疑问。

在回到酒店后,被人亲吻时手钻进去,问他这到底是谁的纽扣。

听他声音就在自己唇边,一点思考都没有,回答她说:"除了你,还能是谁?"

沈枝意才发现,原来不是疑问,而是一个被人很早就放置在这里的惊喜彩蛋。

她看着手里的纽扣,又看着他的胸口。

周柏野吻着她的额头,问她:"要什么?"

她分不清梦和现实,有些怔怔地问他会不会把心脏给她当戒指。

周柏野用行动回应了这个问题。

但是他好像搞错了用力和用心之间的区别,从被子里把浑身湿透的她捞出来,带着她的时候抚摸自己的胸口。

沈枝意已经困到睁不开眼,手指都没力气,不知道自己是在梦里,还是在雾里:"我不想看了……我想睡觉……"

周柏野似乎在笑,在她耳边不知道说了些什么。

她再醒来时,房间里已经没人了。

床边的小餐桌上放了一束灿烂的向日葵。

底下压了一张纸条,上面写:我训练回来带你去吃饭。

落款是一只涂鸦小狗。

沈枝意摘了里面的一朵小雏菊，别在耳边，换了身鹅黄色连衣裙才下楼，在导航里找了家最近的花店，给周柏野买了一束玫瑰。卖花的外国女人问她是送给谁的，她想了想，回答说是她的丈夫。

总会是要结婚的关系，应该也能算是婚姻关系吧。

她抱着花，拿出手机拍了张金灿灿的天空，发给周柏野：请问周先生，还有多久回来陪我吃饭呢？

那边隔了三分钟才回：你从对面走过来需要多久呢，这位抱着玫瑰花的小姐？

她握着手机，转过身就看见拎着手机冲她晃的周柏野。

沈枝意走到他身边的时候，闻到手里玫瑰花的味道。

很清新的气息，比起花香，更像是水和叶子的气息。

她将玫瑰塞给周柏野，指着花，提问："描述一下它的味道。"

周柏野没能找到正确答案，试探着回："玫瑰味？"

沈枝意看着他的表情肉眼可见变得无语。

他皱眉，清瘦的脸颊因为抿唇而鼓起一点，被她伸手戳出一个酒窝，还将手指比作枪，威胁他："好好回答，不然击毙你。"

周柏野举起玫瑰投降，又彻底摆烂："爱情的味道？"

她冷着脸收回手，周柏野笑得不行，嘴里说着"你生什么气"，手却握住她的，慢慢和她十指交缠。

"我之前也来过这里比赛，不过那时候是自己一个人，赢了比赛别人叫我请吃饭，我直接转账说你们吃了多少都算我的。"

沈枝意思考着点评："那你，还挺敷衍。"

周柏野脚步停了下来，她被扣着手腕，被迫也停下脚步："怎——"

话没说完，见到他拿出手机，打开了听歌识曲。

"……周柏野你有时候真的很跳脱。"

周柏野将这首在路边听到的情歌设置成她的微信来电专属铃声："给我打通电话呢？"

沈枝意狐疑着给他拨了通微信电话，屏幕上显示着 *At My Worst*。

周柏野用玫瑰花瓣蹭她的脸颊："是吧，在别人看来我还真挺敷衍又无趣，除了赛车好像没什么别的兴趣爱好，更多时候跟你在一起都觉得你很热爱生活，最起码换作我，绝对做不到六点起床蹲在阳台欣赏每一朵花的花瓣，你相册里那些照片我传了一份给我自己，翻的时候被狐狸他们看到，他们说——"

他停顿了一下，尽量生动地模仿他们的语气。

"——周柏野，你好阳光啊。"

"他们好像很喜欢逗你哎。"

"看我帅吧。"

"也有可能。"沈枝意认真地点点头，回想起自己所见过他的那些朋友，又一次肯定，"你确实是最好看的。"

周柏野扬眉："然后我就在想。"

他突然不说话。

沈枝意跟着他的话问："想什么——"

他拉住了她的手，让她不得不面朝着他，看着他在口袋里拿出一个黑丝绒的盒子。

她心头顿时猛跳，已经猜到那是什么。

根本不需要猜测的答案。

在他打开的那一刻，她还是忍不住惊愕。

因为梦里出现过的戒指，来到了现实之中，比他怀里的玫瑰更鲜艳。

他笑着侧头看她。

没接通的微信来电，又一次从头开始。

沈枝意没精力听歌词是什么意思，只听见他问她，要不要他献上的一颗心。

沈枝意不知道别人的求婚是怎么样，但应该，没人像周柏野。

他一边问，一边已经将戒指套在了她的手上。

鲜艳的红色，让她想起第一次见他时，她开的那辆赛车。

她对他说："我其实第一次见到你，根本没有注意到你。"

"不意外。"周柏野不太愉快地说，"毕竟你那时候有男朋友。"

但他等了会儿，也没等到沈枝意的转折。

才发现她要说的话已经说完。

他低眸看她。

她注意力全在自己的戒指上，被拉了一下胳膊才抬头，笑睨着他："怎么了？"

故意的。

故意逗他开心。

周柏野兜里手机一直在响，估计是狐狸还是谁在找他。

要做的事情也很多，训练、比赛周而复始，等积分拿满，再等机会眷顾苦心人，拿到入场券，进入F1车队。

这是他一直以来的梦想。

但他确实没想到，能这么幸运，在做自己最喜欢的事情时，碰见了这样一个人。

那是怎么样的一天呢？

一场最无聊、毫无悬念的比赛。他遥遥领先，车轮压过终点线，听见欢呼声时，却没有立马摘下头盔。而是坐在车里，视线往上。

不知道是谁摁响的计时器。

"嘀嘀嘀"的声音响了约有二十三声。

他在第二十三秒的时候，看见了他许久未见的亲弟弟。

以及，在他弟弟怀里的沈枝意。

然后时间来到并不算遥远的现在。

他抱着她送的玫瑰，拉着她的手，带着笑意地看着她。

——那确实是，他所经历的，最好的一天。

（正文完）

## 独家番外一

### 爱人

00 00 23

婚后第二年的新年,张正梅生病住院,周柏野沉默片刻,对电话那头的曹征问了医院地址。他穿衣服的动作很轻,唯恐吵醒刚睡着的沈枝意。

她最近熬夜赶图,通常凌晨三点睡下午两点醒。

他刚一起身,袖口就被人轻轻拽住。

"你要去哪儿?"含糊不清的嗓音带着明显的困顿,随之亮起的声控灯点亮昏暗的房间。

周柏野弯腰抚摸她的头发,低声哄她:"你继续睡,我去倒一杯水。"

沈枝意眼睛还没完全睁开,缓了会儿才说:"我听见你打电话了。"

周柏野笑道:"是有点事,我一会儿进来陪你,嗯?"

沈枝意直觉不对,看着他的眼睛。

周柏野只好说:"我妈在住院,想让我去一趟。"

沈枝意顿时就懂了。不知道为什么,当初还没在一起的时候,周柏野表现得对周梓豪完全不在意,但是婚后,他拈酸吃醋的本领越发高超。

张正梅很多次给她打电话,旁敲侧击想让她作为媒介缓和周柏野和他们的关系,中秋节沈枝意提过一次,问周柏野要不要去他妈妈家过节,当时他正坐在地上打游戏,闻言抬头看着她,看得她莫名其妙,才突然笑了一声:"哦,不去。"

她蹲在他面前:"你妈妈给我打了好多电话,她有些话自己说不出口,我没有希望你们重归于好的意思;只是——"

周柏野扯了垫子示意她坐下继续说。

沈枝意跟他面对面坐着，才继续说："我夹在中间也有些为难呢，阿野。"

他手里还拿着游戏手柄，手腕被她握住，他抵挡不住那双漂亮的眼睛，手指抚摸她的唇角："上次我们回去拜年，他一直盯着你看。"

沈枝意一时间没想起那是谁，等反应过来好气又好笑："他都二孩了，你在翻什么老皇历？"

"不管啊。"周柏野丢了手柄，凑近过去，与她眼对眼，笑着说，"我小心眼、醋意大，逢年过节去你家就行，批准吗，老婆大人？"

当时以为他在开玩笑。

因为婚后，无法避开的会面，气氛都尴尬，能聊的话题只有育儿。周梓豪与曾羽灵的儿子是个捣蛋鬼，满桌子跑。小孩子不懂事，只觉得比起严肃又极少见面的大伯，温柔漂亮还给他带礼物的大伯母简直是天使，因此总会黏着她。

向来会说场面话的曾羽灵这时候一声不吭，表情怪异地看着儿子跟沈枝意的互动，周梓豪则在院子里抽烟，只有周柏野坐在沙发上，撇开小孩儿不断伸过来的手，将沈枝意护在身后，毫不给面子道："就不能自己玩？"

沈枝意每次去都如坐针毡，又担心表现得不够自然让尴尬加剧，因而周柏野不愿意去张正梅这儿，她其实是轻松的。

但生病就是另一回事了，无论怎么说，她都是他妈妈。

她醒了醒神，走出卧室，看着刚结束电话的周柏野："我们明天去一趟医院吧。"

周柏野走过来，拉着她略显冰凉的手："好。"

第二日是个大晴天，他们提前在网上订购了新鲜水果和花束，出门前刚好送达。

到医院门口刚好看见周梓豪和曾羽灵往外走，两人面色都难看，周梓豪步伐迈得很大，曾羽灵小跑才追上他，去抓他的手又被甩开，她声音带着哭腔："梓豪……"

周梓豪正想说什么，却看见站在门口的周柏野和沈枝意。

他们和他们像是两个极端。

今天气温变化大，晨间还阳光明媚，这会儿就下起了毛毛细雨，沈枝意穿着明显宽大的男士外套，里面是色彩柔和的粉色线衫。她跟周柏野十指相扣，眼神没在他身上停留，而是看着他身边面色难看的曾羽灵。

曾羽灵也看见了周柏野和沈枝意，她表情管理一流，仿佛刚才的龌龊没被人看见，上前一步拉着周梓豪的胳膊，温温柔柔地笑着喊"哥哥嫂子"。

直到他们离开，沈枝意还有些没回过神。

周柏野摁下向上的电梯，问她在想什么。

沈枝意说："我一开始以为你妈妈频繁生病是身体不好，现在才发现不是。"

她跟周柏野没真正吵过架，她性子比较软，周柏野又没脸没皮，偶尔故意逗她，眼看着她要生气，哄人的话就信手拈来，宝贝、老婆这样的称呼一句句往外冒，千字检讨都写过好几封，国旗下讲话那样站在她面前念得字正腔圆。

所以她尽管理解，但是不懂得曾羽灵为什么要把幸福耗在不值得的人身上，把自己过成了悲情角色。

张正梅是摔跤伤到了骨头，人虽然躺在病床上但气色不错，床头放着一束康乃馨，坐在旁边的曹征正在给她削苹果。

张正梅看见周柏野非常开心。她有半年没看见大儿子，嘘寒问暖，问他最近都在忙什么，又问他接下来的工作安排。场面话都聊完了，她才笑着问他和沈枝意打算什么时候要孩子。

周柏野皱了下眉："目前还没这个打算。"

张正梅有些急："怎么没有？你都多大了，你看你弟弟，马上就儿女双全了。"说着，眼神就转到沈枝意身上。

周柏野淡淡地道："我精子质量差，之前去检查过，医生说我这种情况很难要孩子。"

别说张正梅，沈枝意都有些傻眼。

张正梅："这话不能瞎说！你什么时候测的？保不准是结果错了呢！"

曹征都站了起来。

周柏野勾唇，笑容有些勉强："我也这么希望。"

张正梅彻底没话说了。

从医院出来，沈枝意一直看着周柏野。

周柏野捏捏她的手背："看什么呢你？"

沈枝意问他："你什么时候做的检查，我怎么不知道？"

周柏野张口就来："就前几天吧。"

语气随意到一听就知道是糊弄人的，沈枝意掐他的胳膊："你怎么还骗你妈妈呢？"

周柏野说："那不然呢？我俩结婚多久就催生，我要不说我不行，她能找八百句话催我们赶紧生孩子，你信不信？"

沈枝意信，只是觉得匪夷所思："你是怎么想到给自己造谣的？"

周围看病的人来来往往很多，两人慢吞吞地走出医院。这个点还早，周柏野没立刻回答她的问题，而是问她要不要去看电影。

沈枝意拿出手机看了下最近上映的影片，摇摇头："没什么想看的，去趟花卉市场吧，我想买点花。"

"你看吧，原因已经呼之欲出了，你每天要画画、照顾花、睡觉，陪我的时间本来就很少，要是再要个孩子，你要把我放在哪里？"周柏野故意说得很可怜。

沈枝意也没想现在要孩子，但还是顺着他的话说："你也没有总是围着我转啊，你出去比赛的时候，我不是都陪着你的吗？"

"嗯，是。"周柏野笑，"我比赛，猫牙就带着你到处玩，沈枝意，我怎么发现你现在对我这么冷漠呢？我以前打比赛你还会给我加油助威，我赢了还会给我奖励，现在就冷漠一句恭喜，连看都不看全程了，你不觉得你需要检讨一下自己吗？"

沈枝意检讨了一下自己，诚恳地道："那我不是看不懂嘛，下次你比赛的时候，我会在观众席看完的。"

周柏野强调："第一时间为我呐喊。"

沈枝意点头。

周柏野又说："给我拥抱。"

沈枝意："好。"

周柏野："然后当着所有人的面说老公真棒。"

沈枝意一言难尽地看着他。

周柏野低下头笑着亲她气鼓鼓的脸。

沈枝意买花的时候挑选时间总是很长,花店老板已经认识周柏野了,跟他抱怨孩子的教育:"比起给小孩儿辅导功课,我宁愿照顾这一院子花,头疼,肺都能给你气炸。"

周柏野没有这方面的烦恼,他笑着随便应和了几句。

"阿野!"沈枝意突然喊他。

他闻声望去,看见沈枝意蹲在地上,笑容明媚地指着一盆文心兰问他这盆花好不好看,老板娘站在旁边热情推销。

他走过去,站在她身边。

沈枝意还在审视这盆花,有些犹豫地问他:"你觉得我们家阳台还放得下吗?"

周柏野逗她:"放不下就放厨房呗。"

老板娘立马说:"那不行,花哪是可以见油烟的?"

周柏野:"明白,跟我老婆一样的养法呗。"

沈枝意立即拧了他一把。

两人提着花回家的路上,沈枝意还在教育他:"你以后在外面,不要胡说八道,刚才老板娘偷偷跟我说,我以后肯定很会带孩子。"

周柏野:"那我以后收敛点?"

沈枝意频频点头。

走了一段,沈枝意又笑:"我以前没想过自己会结婚,没想过会辞职靠画画为生,也没想过会喜欢上养花,跟喜欢的人提着花手牵手走在回家的路上,晒着太阳聊着天。"

她的描述实在过于美好,周柏野忍不住低头看她,笑道:"只是喜欢的人?我以为我已经是你的爱人了。"

沈枝意晃着他的手,羞赧地没有回答。

两人的影子被拖得很长。

路过一阵风时,周柏野学着她的话说:"我以前没想过会跟人买花,提着花走在回家的路上,也没想过会有人影响力大过于赛车,更没想过我会连你视线的落点都嫉妒。

"真完蛋了,沈枝意。"

在一起的第不知道多少天。

他还是特别喜欢她。

而且不需要预测,几乎笃定,这种喜欢将只增不减。

## 独家番外二

### 时光

马上年关,沈枝意跟周柏野还没商量好过年的去处,就收到双方家长发来的信息。沈如清说家里找乡下亲戚烤了头乳猪,还灌了些香肠,所有菜品都是沈枝意喜欢的,说完才问他们大概几号能回来。

周柏野是没什么所谓,但沈枝意有些为难,因为就在几天前,她收到了周柏野的父亲周建民发来的消息,邀请他们一起到海岛过年,身段放得很低,说一起吃顿年夜饭就行。

此外,张正梅也在问他们过年去哪里。

所有的消息都堆积在沈枝意这里,她拿着手机问周柏野怎么办。

周柏野在阳台帮她浇花,闻言看了眼她手机里的消息。

"很好办,去丈母娘那儿,这样我爸妈都没话说。"

沈枝意从桌上拿起他的手机:"你自己跟你爸妈说。"

到随泽是下午两点,出高铁站就看见外面下起了雪。

沈如清收拾了沈枝意的卧室,换上了喜庆的床单。她跟沈枝意依旧话不多,只不过这次多了周柏野做调和剂。多数时候沈枝意不需要说话,跟外公外婆坐在一起看随泽卫视的晚会。

沈如清对周柏野说,给他们准备了年货,让他们回去后带给他父母,又问他们接下来有什么安排。

沈枝意和周柏野都不是朝九晚五的上班族,她所说的安排只能是关于孩子的计划。周柏野没像对张正梅那样胡说八道,只说还早,他们还想多过几年二人世界。

沈如清点点头，没再说什么。

外公指着电视里穿裙子的女明星，笑着对沈枝意说："我们枝意要是穿裙子，也漂亮。"

沈枝意在家穿着厚厚的居家服，肿得行动都不便，听到个人情感色彩这么浓重的夸赞，只能笑着喊了一声"外公"，然而视线刚转过去，就对上周柏野看向她的视线。

在一起这么久，她太了解他每一个眼神背后的含义。

夜间回到房间，她就去他口袋摸手机。

周柏野坐在床上拦住她的手，把人扣在怀里："干什么呢，这是？"问得语调懒散，明显逗人玩。

沈枝意有些急："你别给我买衣服。"

"想什么呢？"周柏野往后靠了靠，给她留出个位置坐着，伸手捏捏她的胳膊，低声在她耳边问，"要不要出去放烟花？"

沈枝意成功被他转移注意力，往窗外看。外面雪花纷飞，小孩儿在楼下玩摔炮，响得"噼里啪啦"，有人家推开窗户喊自家小孩儿回来睡觉。

她懒懒地靠在周柏野怀里，闻到他身上和自己如出一辙的沐浴露味道，鼻子贴着他的脖颈嗅了嗅，发出的动静让周柏野低笑："想多比了？"

多比在宠物店寄养，送去的时候百般不愿，到哪儿看见了一只寄养的萨摩耶，就开始满地撒欢，喊它名字道别都不理会。

沈枝意伸手勾着他的肩膀，低声问："带了吗？"

周柏野低眸看她的眼睛，被她笑容蛊惑，亲吻她的唇："算了，你家隔音一般。"

他坐这儿都能听见她外公打鼾的声音。

沈枝意"嗯"了一声，仰头同他接吻。

他们在随泽没待多久，第三天就回了绥北，正好跟周建民的航班时间相近，晚上约在了绥北一家五星餐厅，除曹征和曹疏香不出席外，其他人都来。

沈枝意回家洗了个澡、换了身衣服，又跟周柏野去宠物店把多比接了回来。多比许久未见他们，兴奋地绕着他们打转。

晚上出门前,周柏野站在卧室门口看沈枝意化妆。

"今晚他不喊你嫂子,就别搭理他了。"

沈枝意涂完口红才回他:"幼不幼稚?"

周柏野抛着手里的车钥匙没搭话。

沈枝意化完妆在抽屉里找出在随泽超市买的两个红包,问周柏野:"你身上有现金吗?你弟的两个小孩儿,我们给多少比较合适啊?"

"一人二百五吧。"周柏野说。

他们到餐厅时间比较早,跟周建民聊了会儿天,张正梅和周梓豪他们才姗姗来迟,两个小孩儿被曾羽灵牵着,穿着红色的小夹袄,乖乖地喊人。

沈枝意把红包给了他们,两个小孩儿蒙蒙的,周梓豪放下筷子,低声说:"说谢谢。"

小屁孩奶声奶气地开口:"谢谢——"

"喊伯母。"周柏野手指敲着桌面淡淡地补充。

沈枝意伸手拧了下他的胳膊,被他扣住,挑剔地换成十指相扣的姿势。

小孩儿哪有主见,别人怎么叫就怎么喊。

周建民说了年后的安排,问周梓豪他们要不要带着孩子一起去海岛玩。

曾羽灵拿着饭碗喂完大的喂小的。

周梓豪反应冷淡:"没空。"

周建民本就是随口一问,没有强求。

这顿饭吃得没滋没味,临结束时,张正梅喊住沈枝意,递给她一个红色丝绒的首饰盒。沈枝意一愣,正要拒绝,张正梅就率先道:"没准备红包,你跟羽灵一人一个,都有。"

沈枝意只能说谢谢。

两个小孩儿被周梓豪牵着,张正梅和曾羽灵去了趟厕所,周建民率先离开,沈枝意和周柏野站在大厅跟着等了会儿。

有人频繁进出,周柏野只穿了件单薄的白色卫衣,出门时沈枝意让他加件大衣,他说自己不冷,这会儿双手放进她外套口袋里,从背后拥着她,脑袋搁在她肩上,懒懒地看她在手机里翻找院线上映的电影。

"都没什么意思。"他很挑剔,垂着眸,一副随时都要睡过去的样子,问她,"就没有浪漫点儿的?"

沈枝意又往下翻了会儿:"不然回家看?"

"嗯,一会儿先去超市买点吃的。"

沈枝意点头,想到多比,又问他:"宠物店营业吗?我们给多比买点零食吧?"

周柏野点点头。

周梓豪站在不远处一直看着他们。

两个小孩儿你踹我一脚、我打你一拳,玩了会儿就把彼此打哭了。

周柏野跟沈枝意朝这边看,周梓豪一手扯开一个,谁也没哄。两人号得整个大厅都能听见,沈枝意在周柏野口袋里找了糖果,走过去,弯腰笑着哄他们:"不哭的小朋友才能吃糖果哦。"

周柏野站在旁边,垂眸看着沈枝意笑,眉眼温柔,完全不复当初对谁都一视同仁的冷漠。

周梓豪在这一刻觉得,当初怎么都放不下的东西,好像也没必要一直成为执念。

晚上周柏野喝了点酒,开车的人成了沈枝意。

她开车向来不争不抢,慢吞吞地行驶在空荡的绥北街头,周柏野坐在副驾驶座上,伸手调出首舒缓的音乐。

"可以,"他说,"我要被你哄睡着了。"

沈枝意目视前方,压根没工夫搭理他,等到家的时候,才发现周柏野竟然真的睡着了。

她坐在车上陪了他半小时,才叫醒他回家。

周柏野睡眼惺忪,率先走下车醒了会儿神,才绕到驾驶座,拉开车门。

姜知杳正在收拾东西,看见他一愣:"怎么了?"

周柏野笑着伸手将她抱下来:"服务一下我老婆。"

小区人不多,大家都回老家过年,四处空荡。

沈枝意于是就安然伸手勾着他的脖子,伸手摸他的脸:"睡得好吗?"

周柏野点头:"感谢你的车技。"

"你以前是怎么过年的?"今晚的饭局,让她更深刻感受到他家庭关系的尴尬,她从前听猫牙说周柏野常年在国外待着,总是一个人。

周柏野说:"随便过,哪个餐厅营业就随便找一家吃。"

沈枝意听完果然更心疼。

"以后你就不是一个人了。"她温声跟他说着将来,"明年我们哪里都不去,自己在家过年好不好?我们可以煮火锅,然后找一部好看的电影,跟多比在阳台看别人放烟花。"

周柏野笑:"我们不能自己放烟花,非要看别人放?"

沈枝意有些为难:"要在哪里买呢?而且绥北禁烟花,这种事情看别人做就好了,你觉得呢?"

周柏野点点头:"老婆说得对。"

沈枝意轻易被他哄开心,低声嘟囔了句什么,周柏野摁下电梯,低头看她:"嗯?"

暖色的电梯间内,沈枝意抿抿唇,在他的注视下才红着脸说:"老公说得也对。"

到家后,周柏野就进了厨房,沈枝意跟多比玩了会儿,手机突然弹出邮件提醒,她在沙发没找到电脑,于是进了书房,是年前跟她约画的杂志社给的修改意见,她看完后回复收到。

准备出去时,看见书架上有一本书不合群地突出,大概是周柏野看了没放好。

她走过去,要推进去放整齐,又伸手将它拿了出来。

是一本诗集。

她站在窗边,心血来潮翻了几页。

在第二十三页时停了下来。

我从未明白什么叫作爱。

直到遇见了你。

下面打断的空白，被人用黑色签字笔端正地写下了"沈枝意"三个字。

写字的人站在门口，手里端着一杯热牛奶，笑着喊她："沈枝意。"
她抬头，在这时候对上了一双温柔的眼睛。

窗外烟花阵阵。
新的一年开始，什么都在变化，唯独爱没有。

（全文完）